Das geheime Kind

WEITERE TITEL VON KERRY FISHER

IN DEUTSCHER SPRACHE

Die stumme Ehefrau

Die Frau, die ich davor war

Das geheime Kind

IN ENGLISCHER SPRACHE

THE ITALIAN ESCAPE-SERIE

The Rome Apartment

Secrets at the Rome Apartment

Escape to the Rome Apartment

The Woman in My Home

Other People's Marriages

Another Woman's Child

The Mother I Could Have Been

The Woman I Was Before

The Not So Perfect Mother

The Secret Child

The Silent Wife

The Island Escape

After the Lie

Kerry Fisher und Pat Sowa

Take My Hand

KERRY FISHER

Das geheime Kind

Übersetzt von Michael Krug

bookouture

Die Originalausgabe erschien 2017 unter dem Titel
„The Secret Child“
bei Storyfire Ltd. trading as Bookouture.

Deutsche Erstausgabe herausgegeben von Bookouture, 2025
1. Auflage Februar 2025

Ein Imprint von Storyfire Ltd.
Carmelite House
50 Victoria Embankment
London EC4Y 0DZ

deutschland.bookouture.com

Der gesetzliche Vertreter in der EEA ist Hachette Ireland
8 Castlecourt Centre
Dublin 15 D15 XTP3
Ireland
(email: info@hbgi.ie)

ISBN: 978-1-83618-679-3
eBook ISBN: 978-1-83618-678-6

Für Cam und alle anderen Söhne im Teenageralter, die wahrscheinlich keine Ahnung haben, wie sehr sie geliebt werden.

PROLOG

8. FEBRUAR 2013

Sechs Wochen. Mehr hatte ich nicht mit dir. Zweiundvierzig Tage. Zeit, die wir achtlos vergeudet haben, verschleudert mit dem Wunsch, die Tage mögen verfliegen, bis Weihnachten, bis zu einem Urlaub, zu irgendeinem Ende oder Beginn, an dem wir gedacht haben, wir würden glücklich werden. Trotzdem haben sie den Rest meines Lebens geprägt, jene kostbaren Wochen, die Augenblicke, in denen ich deinen Duft einatmen, dich tief genug in mein Herz aufnehmen konnte, um für immer davon zu zehren.

Wenn mich heute jemand fragte, was ich in den sechs Sommerwochen im Vorjahr, vor fünf Jahren oder vor zehn Jahren gemacht habe, müsste ich raten. Eine Woche Urlaub mit Danny auf der Isle of Wight? Shopping im Gartenmarkt? Ein Nachmittag im Park mit meiner Enkeltochter?

Doch von jenen sechs Wochen im Jahr 1968 erinnere ich mich an jeden Tag. Oder glaube es zumindest. Dem rationalen Teil meines Gehirns ist bewusst, wie unwahrscheinlich das ist. Aber am emotionalen Abdruck in meinem Herzen besteht kein Zweifel. Du bist um drei Uhr morgens am Donnerstag, dem 13. Juni auf die Welt gekommen. Ich weiß noch, wie froh ich um Mitternacht war, dass du kein »Mittwochskind voll großem Leid« werden würdest, wie es in dem alten Kinderreim heißt. Gleichzeitig »war dein Weg als Donnerstagskind noch weit« wie dasselbe Gedicht prophezeit, und was mir das Herz gebrochen hat. Weit weg von mir. Jedes Mal, wenn ich daran dachte, hat sich mein Magen zusammengekrampft. Die Nonnen wiederholten wie ein Mantra: »Ein Baby braucht zwei Elternteile. Wenn du es wirklich liebst, gibst du es weg. Du wärst eine schlechte Mutter. Du wirst darüber hinwegkommen und dein Leben weiterführen. Du kannst dem Baby nicht das bieten, was eine Familie kann.«

Eine Nonne, Schwester Patricia, beugte sich über mich, während ich in den Wehen lag, die Lippen so verkniffen und schmal, als wären sie nicht geschmeidig genug, um ein Lächeln zu bilden. »Deine Schmerzen sind Gottes Strafe für deine Sünde.«

Meine rebellische Seite wollte hervorplatzen: ›Meine letzte Entbindung war viel schmerzhafter, und die Kleine ist ehelich geboren worden.‹ Aber ich war überhaupt erst dort gelandet, weil ich nicht gespurt hatte. Und um meine Schande wiedergutzumachen hatte ich meiner Mutter versprochen, so zu tun, als wäre ich jung, ledig und kaum welterfahren genug, um zu verstehen, wie ich eigentlich schwanger geworden war. Mit einer zweijährigen Tochter zu Hause war es etwas spät, zu behaupten, ich hätte nicht gewusst, dass es auch im Stehen passieren konnte.

Aber ich gönnte den Nonnen die Genugtuung nicht, zu sehen, wie ich mich vor Schmerzen wand. Sie wussten nicht, dass du mein zweites Kind warst, und ich kannte bereits die Wahrheit über die Entbindung. Diesmal stolperte ich nicht unbedarft mit der Erwartung hinein, sie würden »wie starke Regelschmerzen« sein, was mir meine Mutter vor Louises Geburt versichert hatte.

Ich zwang mich, nicht an Mum und daran zu denken, wie

ich sie enttäuscht hatte. Ich war kurz nach Dads Tod schwanger geworden, als sie völlig aufgelöst und am Boden zerstört von seinem Verlust gewesen war. Es war der falsche Zeitpunkt, sich den Kopf darüber zu zerbrechen. Ich hatte noch ewig Zeit, die Dummheit zu analysieren, die mich an diesen Ort geführt hatte. Als die Nonnen – die eindeutig die Bibelstellen über Vergebung übersprungen hatten – meine Füße in die Stützen hievten, sang ich im Kopf vor mich hin, um mich abzulenken. Keine Ahnung, warum ich mich für das Kirchenlied »Amazing Grace« entschied, obwohl mich Religion anwiderte. Trotzdem beruhigten mich die schönen Worte und erleichterten mir deine Ankunft auf der Welt. Als du herausgeschlüpft warst, wollte man dich ins Säuglingszimmer bringen, aber ich protestierte dagegen so lautstark und wild, dass man am Ende einen Moses-Korb brachte und dich neben mir schlafen ließ.

Schwester Patricia verzog darüber, dass ich gewonnen hatte, das Gesicht wie eine zerknitterte alte Papiertüte. »Glaub bloß nicht, du bekommst eine Sonderbehandlung. Morgen wandert er für die Nacht ins Säuglingszimmer.«

Ich schöpfte ein wenig Trost aus dem zweifelsfreien Wissen, dass mein Baby niemals über Nacht dort landen würde. Der Drang der Nonnen, eine Regel durchzusetzen, würde es nicht mit meinem Bedürfnis aufnehmen können, dich in meiner Nähe zu behalten. Sobald sie weg waren, hob ich dich hoch und knuddelte dich. Ich musterte dich aufmerksam und versuchte, mir dein Gesichtchen für immer ins Gedächtnis zu prägen. Das Grübchen in deinem Kinn. Das perfekte, bei jedem Atemzug zuckende Näschen. Deine langen, auf die noch geröteten, runzligen Bäckchen reichenden Wimpern. Deine rastlosen Augen unter den von winzigen blauen Äderchen durchzogenen Lidern. Man hatte mir die Brüste bandagiert, um den Milcheinschuss zu verhindern, trotzdem fühlten sie sich voll und schwer an. Ich riss die Verbände ab. In der Hinsicht konnte mir niemand das Wasser reichen, nicht mal die Mutter, die dir später ein viel besseres Leben bieten würde. Im Gegensatz zu Louise, bei der das Anlegen schwierig gewesen war, weil sie nie ganz die richtige Position finden konnte, hast du auf Anhieb drauflos gesaugt und leise, zufriedene Geräusche von dir gegeben. Einen Moment lang stellte ich mir vor, ich säße mit dir zu Hause an meine eigenen Kissen gelehnt, während Louise herumtollte, deine Windeln holte und deinen Schnuller suchte. Dann dachte ich an Danny am anderen Ende der Welt und stellte mir vor, wie er durch die Tür kam und mich mit einem Baby erblickte.

Einem Baby, das unmöglich von ihm sein konnte.

Als Schwester Patricia und ihre kleine Schar von Krähen dich am nächsten Tag holen und ins Säuglingszimmer bringen wollten, wehrte ich mich erneut. Ich schmiegte mich um dich und hielt mir so ihre knochigen Finger vom Leib, als sie dich von mir wegzerren wollten. Schließlich kam eine ältere Nonne namens Schwester Domenica hereingeeilt, um nachzusehen, was vor sich ging. Mit kühlen Fingern berührte sie mich sanft am Arm.

»Lass ihn los, Paula. So wird es einfacher.« Ihr freundlicher Ton hätte mir beinah den Kampfgeist geraubt.

Trotz der warmen, aus dem Garten hereinwehenden Luft durchlief mich ein Schauder. »Ich werde ihn aufgeben. Wirklich. Aber bis dahin soll er bei mir bleiben. Nur bis dahin. Ich will ihn stillen.«

Sie schüttelte den Kopf. »Du machst es dir nur so viel schwerer, Kind. Lass ihn sich ans Fläschchen gewöhnen.« Schwester Patricia stand hinter ihr und schaute drein, als wäre Mutterliebe eine Schwäche oder Eitelkeit.

Ich versteifte den Körper, als mich Trotz durchströmte. Protestierend spannten sich meine Bauchmuskeln an.

Schwester Domenica seufzte. »Wie du willst.«

So schnell, wie sie gekommen war, machte sie auf dem

Absatz kehrt und verschwand mit der scharfen Anweisung an die anderen Nonnen: »Hinaus mit euch.« Danach versuchten sie nicht mehr, dich mir wegzunehmen. Bis zu jenem Tag.

Manchmal hast du mit halb geöffneten Augen geschlafen, als hättest du gewusst, dass du auf der Hut bleiben musstest – als hättest du geahnt, dass man sich auf mich als Beschützerin nicht verlassen konnte. Jede Nacht blieb ich vor lauter Angst, einzuschlafen, so lange wach, wie es nur ging, weil ich fürchtete, du könntest nicht mehr da sein, wenn ich aufwachte. Ich versuchte, mir einen Plan zu überlegen, wie ich dich behalten könnte. Wieder und wieder spielte ich selbst die unmöglichsten Szenarien durch, während ich erst die Wochen, dann die Tage herunterzählte und die Ohren vor den Schreien der anderen armen Frauen verschloss, die im Stockwerk über mir in den Wehen lagen.

Ich konnte nicht ignorieren, was unweigerlich kommen würde.

Der Tag, an dem ich ein Zustimmungsformular für die notwendigen Impfungen »in der Obhut der künftigen Adoptiveltern bis zum Vorliegen des Adoptionsbeschlusses« unterzeichnen musste, hätte mich beinah umgebracht. Ich würde nicht da sein, um dich festzuhalten und dir zu erklären, dass die Schmerzen in deinem pummeligen kleinen Oberschenkel nur zu deinem Besten wären. Ich würde nicht da sein, um auf das Pflaster zu drücken und dich zu knuddeln, bis du zu weinen aufhören würdest.

Mit beklommen pochendem Herzen starrte ich aus dem Fenster, wenn fast täglich eine andere junge Frau das Büro am Ende des Gartens betrat, den Kopf tief über ein in eine Decke gewickeltes Bündel gebeugt. Ich beobachtete und wartete, obwohl ich wusste, dass ich es nicht sehen wollen würde. Trotzdem konnte ich mich nicht davon losreißen. Nach zehn, manchmal auch zwanzig Minuten, aber nie länger, tauchte die junge Frau mit leeren Armen wieder auf. Manche hasteten danach weg. Ihre Schritte hallten über das Pflaster, als würden sie gejagt. Einige kamen mit hängendem Kopf heraus und schleppten sich mit dem unsteten Gang Betrunkener heimwärts. Andere staksten erhobenen Hauptes mit trockenen Augen davon, gestützt von einem eng geschnürten Korsett aus Gefühlstaubheit.

Wer auch immer gemeint hat, die Zeit verginge schneller, je älter man würde, lag falsch. Ich war damals zweiundzwanzig, und jene sechs Wochen rasten vorbei wie ein Schwarm kleiner Fische im Schatten eines Hais. Im Vergleich dazu sind die fünfundvierzig Jahre seither dahingeschrammt wie ein verbogenes Fahrradrad. Heute werde ich siebenundsechzig Jahre alt, und mir ist nicht nach Feiern zumute. Es ist bloß ein weiterer Geburtstag ohne dich.

Du fehlst mir nach wie vor, mein Kleiner.

TEIL 1

SUSIE

EINS

24. JULI 1968

Am Tag, bevor ich dich weggab, besuchte mich meine Mutter zum ersten Mal. Ich hatte nicht damit gerechnet, sie zu sehen, bis ich nach Hause zurückkehren würde, um Louise abzuholen. Sie hatte sich in meiner Abwesenheit um sie gekümmert. Oder während meiner Verbannung, denn so fühlte es sich für mich an – weggeschickt, bevor jemand meinen Babybauch bemerken konnte. Zuerst hatte ich mich bei der Schwester meiner Mum versteckt, meiner Tante Margaret in Brighton, danach in der Hölle des Mutter-Kind-Heims in London.

Ich versuchte, mir das Gesicht meiner Mutter vorzustellen, als sie dich zum ersten Mal gesehen hatte – sie konnte gar nicht anders und hat dich auf Anhieb genauso geliebt wie ich. Ich hatte dir einen kleinen weißen Strampler angezogen, dazu eine Strickjacke, die ich an den Nachmittagen nach Erledigung meiner sonstigen Aufgaben für dich angefertigt hatte. Du hast dich mit wachen Augen umgesehen und versucht, deine Umgebung zu verstehen.

Oder vielleicht warst du auch nur auf der Hut, weil du gespürt hast, dass nichts Gutes auf dich zukam. Du würdest intelligent, stark und tüchtig werden, davon war ich überzeugt.

Ich trug dich den Korridor entlang und hielt an, weil ich mit der jungen Frau mitfühlte, die auf Händen und Knien den Boden schrubbte. Vor deiner Geburt war das meine Aufgabe gewesen. Ihr Rücken würde sie durch das Gewicht des nach unten hängenden Babybauchs umbringen. Ich sah mich im Gang nach Anzeichen auf umherwuselnde Nonnen um, bevor ich ihr meine freie Hand entgegenstreckte. »Komm, steh kurz auf und streck den Rücken durch. Du wirst sehen, das hilft.«

Ich zog sie hoch. Sie hatte das knalligste rote Haar, das ich je gesehen hatte. »Ein echter Karottenschopf«, hätte meine Mutter gesagt. Ihr Kopf bestand aus jeder Menge enger Locken, die in allen möglichen Winkeln davon abstanden. Bestimmt wurde sie von den Nonnen gehänselt. Nicht bußfertig wirkendes Haar wäre dafür Grund genug. Dennoch wurde ich einen Moment lang neidisch auf sie. Ihr Baby würde höchstwahrscheinlich rothaarig werden und somit später *aus einer Menschenmenge hervorstechen*. Ich hingegen würde dazu verdammt sein, die Bevölkerung auf ewig nach dunkelhaarigen Jungen und später Männern abzusuchen. Würde ich dich überhaupt wiedererkennen, wenn du in fünf Jahren neben mir stündest, geschweige denn in zwanzig?

Die junge Frau erhob sich und stemmte die Hände ins Kreuz. »Diese verdammten Nonnen sind schon echte Miststücke, oder? Ich würde gern mal sie auf den Knien sehen, wie sie mit hochgestrecktem Hintern den Boden schrubben«, sagte sie entschieden zu laut. Ihre Stimme hallte durch den Flur.

»Pssst. Du bringst uns noch in Schwierigkeiten.«

Sie lachte, ein volles, kehliges Gackern. »Wie jetzt, in mehr, als wir schon haben? Kann ich mir nicht vorstellen. Bist du von hier?«

Ich schüttelte den Kopf. »Südküste.« Schuldbewusst sah ich mich um. Wir durften keine persönlichen Informationen austauschen. »Sag's mir nicht – Plymouth? Portsmouth?«

»Portsmouth«, flüsterte ich ihr zu.

»Ich auch. Jede zweite Frau hier kommt aus einem Ort mit einem Marinestützpunkt. Offensichtlich vergnügen sich die Matrosen bei ihren Landurlauben prächtig. Wir haben hier wohl einen regelrechten Ansturm von Frauen, die ›ihre Cousinen besuchen‹.«

Obwohl ich fürchtete, eine Nonne könnte um die Ecke stürmen und mich als Strafe für mein Lachen in die Wäscherei schicken, hätte ich diese Frau am liebsten umarmt und mich an ihr festgeklammert. Bislang war sie die Einzige, der ich begegnet war, die nicht herumschlich, als wäre sie jederzeit für einen Schlag gewappnet.

Ich lächelte. Ihre Verwegenheit färbte auf mich ab. »Ich bin hier, um ›meiner Tante mit Rückenbeschwerden zu helfen‹. Und ich kann dir sagen, wie echte Probleme aussehen. Unten ist meine Mum.«

Ihr Lächeln verblasste ein wenig. »Meine Mutter kann mich nicht besuchen. Mein Dad lässt sie nicht.«

Dass mein Vater im vergangenen Jahr in Folge eines Herzinfarkts tot umgekippt war, hatte nur einen winzigen Vorteil. Mir war seine Enttäuschung darüber erspart geblieben, dass die Tochter, die er Danny an jenem frostigen Märztag vor drei Jahren übergeben hatte – ›Pass gut auf sie auf, sie ist etwas Besonderes‹ –, etwas getan hatte, was keine Ehefrau je sollte.

Ich verlagerte dein Gewicht in den Armen. Vor allem hatte ich dich enttäuscht, indem du als Bürde betrachtetet wurdest, als Unannehmlichkeit, die es zu verstecken und zu verleugnen galt. Vermutlich würde ich nie die Gelegenheit bekommen, dir alles zu erklären. Aber ich hoffte, jede Zelle deines kleinen Körpers würde meine Liebe absorbieren und für dein späteres Leben speichern.

»Wie heißt du eigentlich? Ich bin Elizabeth. Lizzy.«

Ich wusste nicht, ob es ihr richtiger Name war, und erkundigte mich auch nicht danach. »Paula. Dauert es noch lange?«, fragte ich und deutete mit dem Kopf auf ihren prallen Bauch.

»Weiß nicht genau, wann ich schwanger geworden bin. Vielleicht sind's noch zwei Wochen, vielleicht auch ein Monat. Den Schwestern hab ich's zwar nicht unter die Nase gerieben, aber es war keine einmalige Sache. Uniformen konnte ich nie widerstehen.«

Unwillkürlich bewunderte ich ihren Esprit. Die Hälfte der jungen Frauen im Asyl tat so, als hätte es sich bei ihnen um eine unbefleckte Empfängnis gehandelt. Lizzy klang so nüchtern, als bedauerte ein Teil von ihr, schwanger geworden zu sein, bevor sie mehr Spaß hatte haben können. Ich schämte mich nach wie vor dafür, dort gelandet zu sein, obwohl es offensichtlich sinnlos war zu behaupten, ich hätte keinen Sex gehabt.

Sie beugte sich vor und betrachtete dich. »Lass dich mal richtig ansehen. Ein hübscher Junge. Er hat deine Augen.«

Diese Worte trösteten mich ungemein. Du würdest etwas von mir haben, das niemals jemand ändern könnte. Ganz gleich, wie du aufwachsen würdest, wie man dich kleiden oder dir die Haare schneiden würde, du würdest für immer etwas von deiner Mutter besitzen.

Lizzy senkte die Stimme. »Es ist doch nicht heute so weit, oder?«

Ich schüttelte den Kopf. Das Wort »morgen« erschien mir zu groß, zu real, zu schrecklich, um es herauszubekommen. Das klatschende Geräusch von Nonnensandalen im Korridor beendete unser Gespräch, bevor ich mir eine Antwort abringen musste.

Ich ging weiter. Als ich zurückschaute, sah ich, wie Lizzy hinter dem Rücken der Nonne die Zunge rausstreckte. Irgendwo in der Ferne dudelte Louis Armstrongs »What a Wonderful World«. Mein Gehirn versuchte, sich in den Gedanken zu flüchten, dass die Strafe derjenigen blühte, die das Radio eingeschaltet hatte. Allerdings wurde der oberflächliche Trost von einer größeren, gewichtigeren Hoffnung verdrängt – vielleicht, nur vielleicht war meine Mutter aufgekreuzt, um mir mitzuteilen, dass sie eine Lösung gefunden hatte. Vielleicht konnte sie es nicht ertragen, dass ihr Enkel bei Wildfremden aufwachsen würde. Aber selbst in meinen kühnsten, optimistischsten Fantasien fiel mir kein einziges Szenario ein, in dem mein Ehemann nicht erfahren müsste, was ich getan hatte. Mein Herz setzte einen Schlag aus, als ich mir den Schmerz in Dannys Gesicht vorstellte, während er zu verstehen versuchte, warum ich bereits gegen mein Gelübde verstoßen hatte. Ich hatte meiner Mutter nicht widersprechen können, als ich mich dazu durchgerungen hatte, ihr die »freudige« Neuigkeit zu beichten: »Eigentlich sollten sich Ehefrauen Sorgen machen, was ihre Männer treiben, nicht umgekehrt.«

Einen Moment lang ließ mich der Gedanke erstarren, ich könnte Danny verlieren. Ich klammerte mich am Geländer fest, bis sich die Angst legte. Meine Mutter hatte nichts davon hören wollen, ihm die Wahrheit zu sagen. »Wirf deine Zukunft nicht weg. Tu es für Louise, wenn schon nicht für dich selbst. Das ist der beste Weg. Der einzige. Nicht einmal ein anständiger Mann wie Danny wird das Kind eines anderen annehmen. Nicht unter solchen Umständen. Du bist es der Tochter schuldig, die du schon hast, dass du die Sache hinter dich bringst und zu niemandem ein Wort darüber verlierst. Ich kann es mir nicht leisten, Louise und dich durchzufüttern, falls er euch auf die Straße setzt. Nicht ohne deinen Vater.«

Ich wusste, dass sie recht hatte. Nur empfand ich den Preis des Schweigens als schier unerträglich hoch.

Schwester Patricia tauchte am Fuß der Treppe aus Eichenholz auf, ein Aasgeier, der sich von den Tragödien anderer ernährte. »Hoffen wir, dass deine Mutter vernünftig ist.«

An der Stelle hast du die Hand fest um meinen kleinen Finger geschlungen. Ein Junge mit hervorragenden Instinkten. Ich schob mich an Schwester Patricia vorbei in den düsteren Empfangsraum und spürte, wie die Temperatur sank. Trotz des sonnigen Julitags fühlte es sich kalt darin an. Ich drückte dich fester an mich und zitterte in meinem dünnen Sommerkleid, das ich schon vor der Schwangerschaft getragen hatte. Mir war der Appetit vergangen, und du warst ein so hungriges Baby. Die anderen Frauen waren neidisch darauf, dass ich bereits so viel Gewicht verloren hatte. »Was ist dein Geheimnis, Paula? Nimmst du irgendwelche Diätpillen?«

Die Schmerzen, wenn du den kleinen Mund auf meine Brüste gepresst hattest, hatte ich beinah als Quell der Freude empfunden. Ich hatte dich so gern gestillt. In jenen Augenblicken hatte mir niemand vorschreiben können, dass ich etwas anderes tun sollte. Es hatte dann nur dich und mich gegeben, eng zusammengekuschelt. Ich hatte geweint, als die Nonnen mich gezwungen hatten, dich zehn Tage, bevor du mich verlassen solltest, an das Fläschchen zu gewöhnen. »Du musst ihn auf sein neues Leben vorbereiten. Seine Mutter muss ihn auf dem Weg nach Hause füttern können.« Ich konnte mir nicht vorstellen, wie sie aussehen, wer sie sein würde.

Denn deine Mutter war ich.

Meine saß auf einem braunen Ledersessel. Ein schmaler Sonnenstrahl fiel auf ihre violett und rosa karierte Bluse, die einzigen spärlichen Farben in dem Raum unter den düsteren Gemälden von Jesus am Kreuz und den Kruzifixen aus Holz. Ich musterte ihr Gesicht, als betrachtete ich das Porträt einer entfernten Vorfahrin und versuchte, Familienmerkmale zu erkennen. Das Dasein als Witwe und ihre eigensinnige Tochter hatten ihr alles Weiche geraubt, das dralle Gesicht, früher immer so einladend wie eine Zuflucht. Stattdessen wirkte sie verkniffen und steif, eine starre Hülle, in der sie existierte, statt das Leben auszukosten.

Ein leiser Aufschrei entfuhr ihr, und sie sprang auf. Die Arme behielt sie an den Seiten, um nicht von ihnen verraten zu werden, indem sie sie sich nach dir streckten. Komplett konträr zu meiner Erinnerung daran, wie sich Mum und Dad durch die Stationstür gedrängt hatten, um im Krankenhaus einen ersten

Blick auf Louise zu erhaschen, und dabei freudig gescherzt hatten, sie hätte ihr Kinn. Diesmal verhielt sich meine Mutter völlig anders als bei meiner ersten Schwangerschaft, während der sie im Akkord Tragetücher und Babyschuhe gestrickt hatte.

Sie kam auf mich zu. »Susie«, sagte sie, als steckten ihr Emotionen im Hals, die sie nicht herauszulassen wagte. Es fühlte sich so seltsam an, wieder meinen richtigen Namen zu hören, nachdem ich die ganze Zeit auf »Paula« reagiert hatte. Beinah so, als spräche sie mit jemand anders. Was sie in gewisser Weise tat. Ich würde nie mehr nur Susie sein, Louises Mutter und Dannys Ehefrau. Ruckartig hob sie die Hände und ließ sie wieder fallen. Ich zwang mich, mir vor Augen zu halten, dass ich keinen Feind vor mir hatte, sondern eine Frau in einer verzwickten Lage. Unter anderen Umständen hätte sie dir Schlaflieder vorgesungen, dich beruhigt, wenn niemand sonst es gekonnt hätte, und dich stolz der Nachbarschaft präsentiert, auf dass dich alle hätten sehen und bewundern können.

Statt uns hier zu verstecken.

Eine lange Weile betrachtete sie dein Gesichtchen. Ihre Lippen zuckten, während sie versuchte, ihre Worte in die richtige Reihenfolge zu bringen.

»Louise vermisst dich.«

Ich nickte. Mein Herz war deinetwegen so kummervoll, dass ich mich kaum daran erinnern konnte, wie es sich anfühlte, ein Kind ohne zeitliche Begrenzung zu lieben. Du hattest damals noch achtzehn Stunden und dreizehn Minuten mit mir. Louise blieb ein ganzes Leben.

Hastig füllte Mum die Stille aus. »Ich habe Tante Margaret die Briefe abschicken lassen, die du Danny geschrieben hast. Etwa einen pro Woche, wie du es wolltest. Das hier sind die Antworten darauf.« Sie öffnete die Handtasche und zog ein Bündel blauer Luftpostkuverts mit Poststempeln aus Singapur heraus. Mir graute davor, vielleicht zu erfahren, dass er früher zurückkehren würde und mir keine Zeit bliebe, mich wieder an mein altes Leben zu gewöhnen.

»Behalte du sie, Mum. Ich lese sie, wenn ich zu Hause bin.« In weniger als vierundzwanzig Stunden würde ich dich für immer weggeben. Ich hatte noch den Rest meines Lebens, um den Wahnsinn zu verarbeiten, dass ich das Baby eines anderen vor meinem Ehemann zu verheimlichen versuchte.

Mum klemmte sich eine Strähne unter das Kopftuch. »Hast du noch die Fahrkarten für Bus und Bahn?«

»Ja.« Es erschien mir unmöglich, dass ich bereits am nächsten Tag meine wenigen Habseligkeiten packen, durch das große Eisentor gehen und den Bus nach Victoria nehmen würde, um mit dem Zug zurück nach Portsmouth zu fahren, als hätte ich lediglich einen Tagesausflug nach London unternommen.

»Vergiss nicht, was ich allen erzählt habe. Du hast meiner Schwester geholfen, ihren Gemüseladen in Brighton zuschmeißen, während ihr Rücken sie geplagt hat. Sogar Eileen von nebenan findet es ganz wundervoll, dass du eingesprungen bist.« Mum lächelte beinah, als glaubte sie die eigene Lügengeschichte.

Dann straffte sie die Schultern, und die Worte schienen ihr auszugehen.

Völlig anders als damals die Mutter der Braut, die so aus dem Häuschen vor Freude darüber gewesen war, dass ihre Tochter einen Unteroffizier der Marine heiratete. Wieder und wieder hatte sie Dannys Uniform getätschelt und gesagt: »Sieht er nicht schneidig aus?« Ich war zu dem Zeitpunkt erst neunzehn. Meine ganze Familie ließ es so klingen, als hätte das unscheinbarste Mädchen der gesamten Britischen Inseln so lange Staub angesetzt, bis mich jemand gerettet hatte, der viel besser war, als ich es hätte erwarten dürfen. Am schlimmsten war Tante Margaret. »Hat unsere Susie nicht Glück, so einen gutaussehenden Burschen zu heiraten? Und sie zieht direkt in ein eigenes Haus. Bert und ich haben jahrelang zur Miete gewohnt, bis wir uns etwas Eigenes leisten konnten. Hoffentlich wird sie eine gute Ehefrau. Männer wie ihn findet man nicht jeden Tag.«

Ich bezweifelte, dass sich Danny über das Haus freute, denn er besaß es nur, weil seine Eltern vor seinem sechzehnten Geburtstag gestorben waren. Gott sei Dank zog Dad die Augenbrauen hoch und flüsterte mir ins Ohr: »Er ist der Glückliche, Schatz. Wenn er sich nicht gut um dich kümmert, knöpfe ich ihn mir mit der Schrotflinte vor.«

Lachend hatte ich entgegnet: »Du hast gar keine Flinte.«

Er hatte mir in die Augen gesehen. »Noch nicht. Hoffen wir, dass ich keine brauche.« Dazu hatte er gezwinkert. Es fühlte sich beruhigend an, zu wissen, dass zumindest mein Vater nach wie vor mich als die wichtigste Person betrachtete.

Tante Margaret hatte an jedem Morgen, den ich bei ihr verbracht hatte, eine Miene aufgesetzt, als wäre die Milch in ihrem Tee geronnen. Als mein Babybauch gewachsen war, hatte sie bei jedem Blick darauf einen missbilligenden Laut von sich gegeben, bis ich mein Zimmer kaum noch verlassen hatte, denn jedes leise Schnalzen ihrer Zunge hatte einen neuen Anflug von Scham in mir ausgelöst. Dennoch musste ich ihr dankbar sein. Immerhin hatte sie mir geholfen.

Eine Glocke läutete. Eine von vielen. Es hätte so viel zu sagen gegeben. Nur würde nichts davon etwas nützen.

Mum wetzte auf ihrem Sitz. Ihre Augen flehten um Verständnis. »Wenn Danny dich rauswirft, kann ich es mir nicht leisten, dich aufzunehmen, Susie. Nicht zusammen mit Louise. Seit dem Tod deines Vaters komme ich schon allein kaum über die Runden. Und ein Großteil meiner Ersparnisse ist dafür draufgegangen, dich hier unterzubringen, weit weg von Portsmouth …« Sie senkte die Stimme zu einem Flüstern. »Ich musste die Sozialarbeiterin bestechen, damit sie einen Ort gesucht und angegeben hat, du wärst nicht verheiratet.«

Ihre Augen glänzten.

»Danny ist ein anständiger Mann und guter Versorger. Er braucht nichts davon zu erfahren.«

»Das weiß ich, Mum. Ich liebe ihn.« Die Wahrheit dieser drei Worte hätte mich zerrissen, wenn in mir noch Platz für Kummer gewesen wäre.

Kurz schwieg sie und mied meinen Blick.

»Du hast dem Vater des Kindes doch nichts gesagt, oder?«

»Was glaubst du wohl? Ich bin nicht völlig verblödet.«

Ihre Züge entspannten sich sichtlich erleichtert.

»Nur du, Margaret und ich wissen Bescheid. Du musst das Würmchen jetzt hergeben. Mit zwei kleinen Kindern willst du nicht allein dastehen. Du musst an Louise denken. Sie hat nichts falsch gemacht.«

Ich konnte mir nicht vorstellen, nach Hause zurückzukehren, sie hochzuheben und den süßen Duft ihrer weichen Haut zu riechen. Nach Hause zu meinem Baby – aber ohne dieses Baby. Und doch würde ich morgen dort sein. Ohne dich in den Armen, ohne das wohlige Gefühl deines kleinen Pos in der Ellbogenbeuge, ohne dein weiches Haar an meiner Haut. Louise festzuhalten, würde vielleicht die von dir hinterlassene Lücke füllen. Allerdings wollte ich dich nicht mit der Hoffnung beleidigen, dass es möglich sein könnte.

Mum stand auf und wandte sich zum Gehen. Sie konnte es sich nicht verkneifen, dich unter dem Kinn zu kitzeln. Prompt hast du ihren Finger ergriffen, und ihre Augen wurden feucht.

Mit angehaltenem Atem hoffte ich immer noch auf ein Wunder, das es mir ermöglichen würde, dich zu behalten. Die Familie zählte für Mum mehr als alles andere.

»So ist es am besten, Susie. Es verschafft ihm die Chance auf ein besseres Leben. Weißt du, es bricht auch mir das Herz.«

Ich drückte dich fest an mich und ging hinaus. Dabei überraschte ich Schwester Patricia, die sich vor der Tür herumtrieb. Sie verengte die Augen zu Schlitzen, wodurch sie wie eine hinterhältige Katze wirkte, die laut schnurrte, obwohl sie sich dafür wappnete, einem die Hand zu zerkratzen. »Alles in Ordnung, Paula? Kopf hoch. Wenn du von hier aufbrichst, kannst du vergessen, dass die Sache je passiert ist.«

Ich stapfte an ihr vorbei, ohne anzuhalten oder etwas zu erwidern.

Achtzehn Stunden, sechs Minuten.

Ich *wollte* nicht vergessen, wie sehr ich dich liebte.

ZWEI

OKTOBER 1968

Ich konnte mich nicht dazu durchringen, im Hafen auf Dannys Schiff zu warten und mir im Gedränge zwischen all den anderen Ehefrauen den Hals zu verrenken, um einen ersten Blick auf sein dunkles Haar und sein freundliches Gesicht zu erhaschen. Deshalb hatte ich eine Freundin gebeten, ihm zu sagen, dass Louise krank wäre und ich ihn daheim erwarten würde. Normalerweise wäre ich hin gestürmt, hätte mich hibbelig vor Ungeduld nach vorn gedrängt und mich kaum davon abhalten können, ihn nach Hause zu holen, ihn von seinen Freunden loszueisen, von den Rufen »Bis später, Danny!«, von der Kameradschaft, die uns, seine kleine Familie, in den fünfzehn Monaten seiner Abwesenheit ersetzt hatte. Ich hätte mich danach gesehnt, mit ihm durchs Wohnzimmer zu tanzen und bei Engelbert Humperdinck, Tom Jones und den Beach Boys mitzusingen. Einige Ehefrauen fürchteten die Rückkehr ihrer Ehemännerfast, weil ihnen die Beschränkungen ihrer Freiheiten widerstrebten. Andere stöhnten über die zusätzliche Arbeit. »Herrgott, wieder jeden Abend ein richtiges Essen kochen, kein schneller Gang zur Frittenbude mehr – ganz zu schweigen davon, dass er Bettsport haben wollen wird!«

Mich hingegen begeisterte es in der Regel, wenn Danny nach Hause kam und ich ihn neu kennenlernen konnte. Anfangs tänzelten wir stets ein wenig zaghaft umeinander herum. Er gehörte nicht zu den Männern, die ihre Frauen die Treppe hinaufjagten und ihnen die Bluse vom Leib rissen. Als er zuletzt zu Hause gewesen war, hatte er Louise im Kreis durch die Luft gewirbelt, bis sie irgendwann erschöpft gewesen war, bevor er mir die Hand entgegengestreckt hatte. »Lässt du mir ein Bad ein, während ich mich umziehe?« Wir wussten beide, dass wir im Bett landen würden. Natürlich würden wir das. Wir waren verheiratet und jung.

Trotzdem verspürte ich eine unangenehme Nervosität beim Gedanken, dass er mich nackt sehen würde, weil ich fürchtete, ich könnte ihn enttäuschen und der Liebe und Sehnsucht in seinen Briefen nicht gerecht werden. ›Ich schleppe mich gerade durch die letzten Wochen. Nicht zu glauben, wie langsam die Zeit vergeht. Ich denke ständig an dich.‹ Am Ende hatte er mich dazu gebracht, mit ihm zu baden, mir den Rücken eingeseift, mit den Händen jeden Quadratzentimeter meiner Haut erkundet, bis die Kilometer und Monate zwischen uns wieder auf ein überbrückbares Maß geschrumpft waren. Und nach wenigen Tagen hatte es sich angefühlt, als wäre er nie weg gewesen.

Wie banal mir das plötzlich erschien. Natürlich hatte ich mich immer gesorgt, ob er mich noch attraktiv finden würde – ob ich noch den Erwartungen entsprechen könnte, die er in all der Zeit auf See hegte. Oder ob er sich mit uns als einzige Gesellschaft, ohne die gesellige, raubeinige Kameradschaft an Bord, langweilen würde. Ich hatte ständig gefürchtet, nicht alles aus der Zeit herauszuholen, die er zu Hause verbrachte, und wollte nie daran denken, wie bald er wieder abreisen würde. Nun kamen mir solche Sorgen unbedeutend im Vergleich zu der Angst vor, er könnte bemerken, dass ich ein Baby zur Welt gebracht hatte, während er im Südchinesischen Meer gekreuzt war.

In wenigen Stunden würde er zu Hause sein, und auf einmal empfand ich den mit meiner Mutter ausgeheckten Plan als Wahnsinn. Seit damals »I Love You Because You Understand Me« im Tanzsaal gespielt worden war und Danny mir die Hand entgegengestreckt hatte – »Erweist du mir die Ehre?« –, war der Song zu unserer Hymne geworden. Wir verstanden einander. Wir brauchten nicht zu lügen. Ich gehörte nicht zu den Ehefrauen, die das Haushaltsgeld für eine neue Bluse verprassten und Fragen danach mit den Worten abtaten: »Ach, das alte Ding hab ich doch schon ewig.«

Wenn ich mit Freunden ausgegangen war, hatte ich Danny in meinen Briefen davon berichtet. Er hatte zurückgeschrieben: »Bin froh, dass du nicht zu einsam bist. Aber ich muss zugeben, dass ich ein bisschen eifersüchtig bin. Lass dir nicht von einem anderen den Kopf verdrehen – du und Louise seid mein Leben!« Ich hatte gelächelt, als ich es gelesen hatte.

Wenn ich dazu aufgefordert wurde, tanzte ich zwar mit anderen Männern, aber nie mehr als zweimal – höchstens dreimal, wenn einer es wirklich gut konnte. Ich ließ ungern ein Lied mit gutem Rhythmus aus. Hartnäckige Verehrer reagierten allerdings frustriert. »Wie kannst du behaupten, du hättest keine Lust zum Tanzen? Du kannst die Hände und Füße ja kaum stillhalten.« Aber selbst, wenn ich mich überreden ließ, sah ich nie einen anderen so an wie Danny.

Als er im Juni 1967 nach mehreren Wochen in Schottland wieder in Portsmouth eingetroffen war, hatte Louise im Alter von vierzehn Monaten zu seinem Entzücken gelernt, »Dada« zu sagen. Danny hatte einen herrlichen Monat lang Urlaub, und wir verfielen prompt in den alten Rhythmus zurück, jeden Samstagabend tanzen zu gehen. Das Babysitten übernahmen meine Eltern. Dad winkte uns jedes Mal an der Tür nach. »Geht und amüsiert euch, macht das Beste aus eurer Jugend.«

Ich fühlte mich wie ein Teil eines Traumpaars, wenn Danny mich leichtfüßig zu »A Little Bit Me, A Little Bit You« im Kreis drehte und mein Rock wirbelte. Gleich am ersten Samstag, an dem wir ausgingen, fragte die Band nach Freiwilligen, die auf der Bühne »What Becomes of the Broken Hearted?« mitsingen sollten.

»Bitte nur, wer auch singen kann, wir wollen schließlich nicht, dass sich der Saal leert.«

Danny stupste mich an. »Geh schon, Susie.«

Ich zögerte, schwankte dazwischen, den Mut dafür zusammenzukratzen oder mich am Rand des Saals hinzusetzen, doch Danny schob mich nach vorn. Der Leadsänger der Truppe – Rob – kniete sich an den Bühnenrand und hielt mir das Mikrofon hin. »Wie heißt du? Und kannst du auch singen? Wollen wir es mit ihr versuchen?« Lauter, zustimmender Jubel erhob sich. Er sang die Einleitung, bevor er das Mikrofon wieder zu mir streckte. Nachdem ich die nächste Strophe gesungen hatte, setzte er sich auf die Fersen zurück. »Damit haben wir jetzt nicht gerechnet, oder, Leute?« Und plötzlich hoben mich mehrere Hände auf die Bühne. Ich behielt Danny im Auge. Er grinste, als wäre ich der Star des Abends in der Albert Hall, statt in einem nach Zigarettenrauch und abgestandenem Bier riechenden Tanzlokal ein paar Strophen zu trällern.

Die nächsten Wochen hielt Rob jedes Mal irgendwann im Verlauf des Abends nach mir Ausschau und winkte mich zu sich, um unseren gemeinsamen Auftritt zu wiederholen. Danny schien es nicht zu stören. Er tanzte indes mit den Ehefrauen und Partnerinnen seiner Freunde, die Schlange standen, um beim König des Jive an die Reihe zu kommen. Bevor ich auf die Bühne ging, umarmte ich Danny jedes Mal demonstrativ, womit wir verdeutlichten, dass wir einander gehörten. Wenn ich ein Liebeslied sang, heftete ich den Blick auf ihn. Dann rückte einige Momente lang alles andere um uns herum in den

Hintergrund, und wir weilten in unserer persönlichen kleinen Blase. Am nächsten Tag beim Sonntagsessen erzählte Danny meinen Eltern, welche Lieder ich gesungen hatte, und ließ mich ihnen Kostproben davon geben. Dad meinte dann scherzhaft, Danny müsste aufpassen, dass ich ihm nicht mit den Beatles durchbrennen würde, aber Mum warf regelmäßig ein: »Noch jemand Kohl? Yorkshire-Pudding? Danny, ein strammer Bursche wie du möchte doch bestimmt einen Nachschlag Kartoffeln, oder?« Ich wusste, wenn wir in die Küche gingen, um den Kuchen zu holen, würde sie wieder ihre besten Tipps dafür auspacken, wie man »einen guten Mann wie Danny« behielt – als bräuchte er nicht bloß mit den Fingern zu schnippen, damit ich alles für ihn tun würde. »Gib ihm das Gefühl, das Wichtigste in deiner Welt zu sein. Lass dir das Singen nicht zu Kopf steigen.«

Es irritierte mich, wenn sie solche Dinge von sich gab, doch in Wahrheit fühlte ich mich tatsächlich wie ein Star bei *Top of the Pops*, wenn ich mir auf der Bühne das Mikrofon mit dem Sänger der Band teilte. Dann war ich nicht bloß die langweilige Suzanne Duarte aus Portsmouth, die eine Hälfte ihres Lebens damit verbrachte, auf einen im Briefkasten landenden Brief von Danny zu warten, die andere damit, die Tage der Freude oder Beklommenheit zu zählen, je nachdem, ob er ankam oder abreiste. Wenn ich hinabblickte und die Leute zu »The Green Green Grass of Home« schunkelten oder zu »Good Vibrations« ausflippten, kam ich mir vor, als wäre ich nicht nur die Ehefrau eines Unteroffiziers der Marine, sondern eine eigenständige Persönlichkeit. Insgeheim betrachtete ich mich gern als die neue Cilla Black. Ich hatte mir sogar eine Kurzhaarfrisur schneiden lassen. Aber als Danny gemeint hatte »Du siehst aus wie Cilla!«, hatte ich entgegnet, er sollte nicht albern sein, der Friseur hätte mir bloß nicht zugehört, als ich erklärt hatte, wie ich den Haarschnitt eigentlich wollte.

Dann, Anfang Juli, als ich ohnehin schon aufgelöst war,

weil Danny zum bisher längsten Einsatz aufbrechen sollte, starb Dad. Wenige Tage später wäre er sechsundvierzig geworden. Statt »For He's a Jolly Good Fellow« für ihn zu singen und mit Babycham auf ihn anzustoßen, drückte Mum mir Dads Taschenuhr in die Hand, kaufte Steaks zum Abendessen, und Louise saß in einem Hochstuhl dort, wo mein Vater hätte sitzen sollen. Eine Woche später, während sein Rasierpinsel noch auf dem Waschbecken im Badezimmer lag und der Duft von Acqua di Parma nach wie vor in ihrem Schlafzimmer hing, winkte ich Danny zum Abschied, als er für fünfzehn Monate an Bord seines neuen Schiffs in See stach.

Meine übliche Reaktion auf Menschen, die schniefend auf einem Sessel saßen – »Die brauchen bloß ein bisschen Rückgrat« –fiel nun gnadenlos auf mich zurück. Mir wurde klar, dass sich Trauer nicht durch einen schmalen Kanal zwängen und in ein Gehege sperren ließ. Jene Zerbrechlichkeit und Untätigkeit, über die ich mich früher so abfällig geäußert hatte, brachen über mich herein. Das Einzige, was mich morgens aus dem Bett zerrte, war Louises Weinen in ihrem Zimmer. Und manchmal lag ich da und lauschte, wie sie gegen die Gitterstäbe klopfte. Die Monate vor Dannys Rückkehr nach Hause erstreckten sich vor mir wie ein dunkles Labyrinth, und ich war mir nicht sicher, ob ich es allein bewältigen könnte. In solchen Momenten dachte ich an meine Mutter, die noch nie eine Rechnung selbst bezahlt, nie eine Kohlenlieferung organisiert, nie eine Glühbirne allein gewechselt hatte und trotzdem wacker einen Fuß vor den anderen setzte. »Ich komme schon zurecht, Liebes. Das muss ich.« Dann überkam mich ein Anflug von Scham, und ich raffte mich dazu auf, Louise aus dem Gitterbett zu heben.

Schon nach wenigen Wochen drängte meine Mutter mich, mein gesellschaftliches Leben wieder aufzunehmen. »Das bringt dich auf andere Gedanken. Es ist nicht gut für Louise, wenn ihre Mama ständig Trübsal bläst. Das würden weder Dad noch Danny wollen. Ich passe auf Louise auf. Sie wird mir

Gesellschaft leisten. Geh du mit den anderen Ehefrauen ins Kino.«

Aber natürlich wollten die anderen Ehefrauen lieber tanzen. Und die Band wollte, dass ich sang.

Ich hätte klüger sein müssen.

DREI

OKTOBER 1968

Ich fand keine Ruhe, während ich darauf wartete, dass Danny zur Tür hereinkommen würde. Louise schnappte meine Stimmung auf und quengelte um meine Beine herum. Ich war seit sechs Uhr morgens auf den Beinen. Auch wenn ich den Brunnen damit erst zudeckte, nachdem das Kind bereits hineingefallen war, ich wollte versuchen, eine bessere Ehefrau zu werden. Ich hatte überall gesaugt und sogar den Parkettboden poliert. Meine Mum wäre stolz auf mich gewesen. Sie meinte immer scherzhaft: »Lass bei ihr nicht locker, Danny. Meine Susie hat's nicht so mit der Hausarbeit.«

Als ich noch zu Hause gelebt hatte, war ich wirklich faul gewesen. Ich hatte lieber mit einer Haarbürste als Mikrofonersatz gesungen und mir die Augenbrauen gezupft, als meiner Mutter zu helfen, wenn sie mit ihren Sodakristallen hantiert hatte, damit »unser Weiß nicht so grau wie das von Eileen nebenan wird«. Mittlerweile jedoch hatte ich reichlich Übung darin, als Mutter einen Haushalt zu führen. Die Angst, die Nonnen könnten einen Eimer mit schmutzigem Wasser über den eben erst von mir gewischten Boden ausschütten oder den ganzen Vormittag gefaltete Wäsche auf einen Haufen werfen, hatte mich gelehrt, mir Zeit für Handgriffe zu nehmen, die ich früher nicht für wichtig gehalten hatte. Ich war kompetent darin geworden, Staub zu beseitigen, Handtücher gerade aufzuhängen und Fenster mit Zeitungspapier und Essig zum Funkeln zu bringen. Nur das Bügeln fiel mir nach wie vor schwer, denn wenn wir nicht von den Nonnen beobachtet worden waren, hatte ich die Aufgaben mit Maria getauscht, einer Irin, die es sogar gern gemacht hatte.

Ich hob Louise hoch, strich ihre Augenbrauen glatt und küsste sie auf den Kopf. Sie rutschte von meinem Knie und holte ihr Buch. Als sie damit zurückgekommen war, schlug sie ihre Lieblingsseite auf. Sie zeigte das Bild eines Jungen und eines Mädchens, die mit ihren Eltern in der Küche saßen, während in einem Korb auf dem Boden ein flauschiges Kätzchen lag. Diese Familie würden wir nie werden. Wenn ich mir ihre Bücher über Janet und John ansah, in denen die ausgeglichene Mutter hübsche Pflanzen eintopfte und aufgeschürfte Knie verarztete, hätte ich mich am liebsten aufs Sofa geworfen und geheult, bis das Haus erbebte. Eine solche Mutter war ich nicht. Ich war eine, die sich in einem heißen Bad aufgeweicht hatte, bis sich die Haut gerötet hatte. Und ich hatte Gin getrunken, bis mir schlecht geworden war. Nur der Gedanke daran, wie Louise in ihrem Zimmer gebrüllt hätte, während ich verrenkt und mit gebrochenen Gliedern in der Diele lag, hatte mich davon abgehalten, mich die Treppe hinunterzustürzen.

Und du, mein wunderbarer Junge, du hast in mir durchgehalten, dich geweigert, mich zu verlassen, deine Chance auf ein Leben verlangt. Dann hast du irgendwann in mir gestrampelt, mich zappelnd begrüßt, und trotz allem verspürte ich einen Anflug von Freude. Eigentlich Wahnsinn. Aber wer könnte schon einem neuen Leben widerstehen, einer noch nicht absehbaren Zukunft? Ich musste mich davon abhalten, über deinen Vater zu grübeln. Bereute er jene Nacht? Wir waren damals beide berauscht vom Applaus und den stampfenden Füßen nach den letzten Songs der Band gewesen. Ich hatte den anderen Marine-Ehefrauen von der Bühne aus zugewunken und mit den Lippen geformt: ›Ich werde nach Hause gebracht.‹

Es war besser, nicht darüber nachzudenken.

Jedenfalls könnte ich nie die perfekte Mutter aus Louises Büchern werden, dieses Fabelwesen mit dem geduldigen Lächeln und den sanften Händen. In mir fühlte sich alles leer und verängstigt an. Wenn Louise auch nur eine Seite in ihrem Buch aufschlug und mit dem pummeligen Fingerchen auf John auf der Schaukel zeigte, wurde ich von Verzweiflung überwältigt. Ich würde nie mit dir in den Park gehen. Nie Brotreste mitnehmen, um mit dir die Enten zu füttern.

Nie hören, wie ich von dir »Mama« genannt wurde.

Es würde lange dauern, bis ich wieder auf der Bühne singen würde. Ich fühlte mich schon schuldig, wenn ich nur zum Radio mitsummte und mir gestattete, unbeschwert zu sein und zu vergessen, was ich getan hatte. Dann eilte ich jedes Mal sofort zu Louise, holte die Farben heraus, buk Marmeladenkuchen, spielte mit ihr im Garten mit ihren Puppen oder schob sie im Kinderwagen umher. Mir war alles recht, wodurch ich mich auf sie konzentrieren und nicht an dich denken musste.

Und nun, vier Monate nach deiner Geburt, war ich gezwungen, zu tun, was die Nonnen von mir verlangt hatten – dich vergessen. Sonst würde ich mich verraten, und alles wäre umsonst gewesen.

Es dämmerte bereits, als ich bemerkte, wie ein dunkler Schemen vor unserer Haustür zum Stehen kam. Damit ich Danny sehen könnte, er uns aber durch die Gardinen nicht, hatte ich alle Lichter ausgeschaltet.

Ich hob Louise auf, um mich hinter ihr zu verstecken. »Daddy ist zu Hause!«

Ich riss die Tür auf, und zum ersten Mal, seit ich erkannt

hatte, dass ich schwanger war, wurde mir leichter ums Herz. Der Klang seiner Stimme senkte sich wie ein Pflaster auf meine Wunden.

Er warf sein Gepäck über die Schwelle. »Wie geht's meinen Mädchen?«

Als Erstes fiel mir auf, dass er sich nicht anhörte, als wäre er enttäuscht von mir. Keine Spur vom emotionslosen Klang der Stimme meiner Mutter, kein subtiler Unterton in seinen Worten. Obwohl ich damit gerechnet hatte. Es erschien unmöglich, dass mir etwas so Gewaltiges widerfahren war und er unbekümmert in meine Welt zurückkehrte, als wäre nichts passiert, allein darauf bedacht, wie groß Louise in seiner Abwesenheit geworden war. Ohne Vorwürfe. Ohne Barriere zwischen uns.

Er zog uns in eine Umarmung, sein Mund wollte sich auf meinen senken. Louise hob die Hand und schob sie zwischen unsere Gesichter. Lachend zog sich Danny zurück. »Mein kleines Töchterchen – genauso lebhaft wie deine Mutter, was? Aber ich dachte, es geht ihr nicht gut«, wandte er sich an mich.

Ich mied seinen Blick. »Sie hatte heute Morgen Fieber. Ich wollte nicht, dass sie sich beim Warten auf dich im Hafen erkältet.«

»Stimmt, ist bitterkalt draußen. Sie muss im Warmen bleiben. Nicht wahr, mein Schatz?« Er streckte sich nach ihr.

Louise fing zu weinen an.

Danny runzelte die Stirn. »Sie erkennt mich nicht.«

»Als sie dich zuletzt gesehen hat, war sie erst fünfzehn Monate alt. Gibt ihr Zeit. Das legt sich.«

Ich herzte sie und tätschelte ihr den Rücken, bis sie sich beruhigte. Dabei verspürte ich eine beschämende Befriedigung darüber, dass ich meine Tochter immer noch besser trösten konnte als Danny. Ich setzte sie mit ihrer Tiny-Tears-Puppe auf den Teppich. Allein beim Anblick, wie Louise ihr den Schnuller in den Mund steckte und das Lätzchen zurechtrückte, wurde mir zum Weinen zumute. Ich schluckte schwer und rang mir ein Lächeln ab, während Danny sie kopfschüttelnd betrachtete.

»Wow. Sie ist so sehr gewachsen. Ist fast so, als würde ich zu jemand völlig anderem nach Hause kommen.«

»Aber ich bin noch dieselbe.« Ich hoffte, dass er die zarte Note der Lüge überhörte.

Er nahm mich in die Arme. »Die Frisur gefällt mir«, sagte er und rieb die Wange an meinem Kopf. »Du siehst dünner aus«, merkte er an.

Ich versteifte mich. »Liegt wohl daran, dass ich ständig hinter Louise herlaufe. Seit sie gehen kann, hält sie überhaupt nicht mehr still, es geht hin und her, hin und her. Außerdem hab ich nicht so viel gekocht, während du weg warst.« Bevor er sich dazu äußern konnte, fügte ich hastig hinzu: »Aber es ist merkwürdig. Obwohl ich abgenommen habe, fühlt sich mein Bauch ein bisschen dick an.« Ich versuchte, zu scherzen. »Wie vor Louise werde ich wohl nie wieder aussehen.«

»Du bist wunderschön. Uneingeschränkt schön.« Über die Schulter warf er einen Blick zu Louise. »Ich denke, ich gehe besser duschen.« Er schaute weg. »Kalt.«

Panik regte sich in meinem Magen. Ich würde mit ihm schlafen müssen. Was, wenn ich mich für ihn verändert anfühlte? Ich zwang mich dazu, mich zu beruhigen. Selbst wenn es nicht so wäre, wie er es in Erinnerung hatte, würde sein nächster Gedanke wohl kaum sein: ›Hat meine Frau in meiner Abwesenheit ein Kind bekommen und vergessen, es mir zu sagen?‹ Niemand bei klarem Verstand würde zu so einem Schluss gelangen.

Ich nahm ihm die Jacke ab. »Ich setze den Kessel auf.«

Damit ging ich in die Küche, drehte den Wasserhahn auf, hielt die Handgelenke unter den kalten Strahl und wartete, bis mein Herz langsamer schlug. Ich hörte, wie Danny mit Louise plauderte. Er erklärte ihr, dass er gerade von einem großen

Schiff zurückgekommen war und sie nun wochenlang jeden Tag sehen würde.

So viele Tage vor mir, an denen ich aufpassen musste, was ich von mir gab.

Lug.

Trug.

Und Kummer.

VIER

JUNI 1976

In der Regel herrschte an deinem Geburtstag Sonnenschein. Ich sagte mir, es wäre ein Zeichen dafür, dass die Götter auf dich herablächelten und du glücklich wärst. Und das Jahr 1976 bildete keine Ausnahme. Die Sonne brannte bereits früh am Morgen herab. Obwohl es ein Sonntag war, hatte es zum Glück irgendeinen Zwischenfall in der Fabrik gegeben, in der Danny seit dem Ausscheiden aus der Marine vor fünf Jahren arbeitete, und man hatte ihn hin gerufen. Meine Mutter hatte Louise mit folgenden Worten in die Kirche mitgenommen: »Es geht nicht an, dass sie als Heidin aufwächst.« Somit hatte ich freie Bahn, mein jährliches Ritual durchzuführen.

Ich verriegelte die Haustür, zog die Leiter zum Dachboden herunter und kletterte hinauf. Oben hielt ich inne, um mich zu sammeln, bevor ich weiter in die staubige Enge drang. Ich wühlte unter den alten Teppichresten, dem Windschutz und dem Zelt, in dem Louise so gern mit ihren Freundinnen im Garten übernachtete. Meine Hände ertasteten die Truhe, die ich stets verschlossen hielt. Kaum hatten sie das glatte Holz berührt, entspannte ich mich auf Anhieb. Bevor ich den Schlüssel drehte, zögerte ich einen Moment. Ich versuchte, mir das Gefühl deines Gewichts in meinen Armen ins Gedächtnis zu rufen, dein kehliges Murmeln kurz vor dem Einschlafen. Mit einem so vertrauten Schmerz, dass ich ihn beinah als angenehm empfand, zog ich den Deckel auf. Ich legte die Actionfigur eines Hubschrauberpiloten zu den sieben anderen Geschenken. Hoffentlich würdest du nicht zu jung dafür sein, aber Gina von gegenüber hatte dasselbe für ihren Sohn gekauft, der in deinem Alter war. Vielleicht würdest du irgendwann Hubschrauberpilot werden. Klug genug dafür wärst du jedenfalls.

Und dort im Licht der nackten Glühbirne auf dem Dachboden schrieb ich mit dem Rücken zu den Dachsparren auf die Karte mit der großen »Acht«. Dasselbe wie immer.

Ich denke heute an dich. Ich liebe dich. Hoffentlich bist du glücklich. Hoffentlich hast du ein wunderbares Leben. Es tut mir leid, dass ich dir keine gute Mutter sein konnte, aber ich wollte dich nie weggeben.

In Liebe, deine (andere) Mum xxxx.

Du warst vier Jahre alt, als ich angefangen habe, mich als deine »andere« Mutter zu bezeichnen. Die Frau, die dich adoptiert hatte, würde bis dahin eine Menge harte Arbeit geleistet haben – unruhige Nächte, Fieber, Zahnen. Aber sie würde auch Zeugin deines ersten Lächelns, deines ersten Schrittes, deines ersten Wortes geworden sein. Egoistisch hoffte ich, dass Letzteres nicht »Mama« gewesen war.

Nachdem ich den Umschlag geschlossen hatte, legte ich ihn auf den Stapel der anderen sieben.

Ich kaufte immer eine Karte mit einer Zahl darauf. Du solltest genau wissen, wie viele Jahre vergangen waren. Acht mittlerweile. Acht Jahre, in denen ich mich zunehmend verzweifelter nach einem weiteren Baby gesehnt habe, um die von dir hinterlassene Leere zu füllen. Nach Louises Geburt hatte ich mich erschöpft gefühlt. Außerdem hatte mich frustriert, wie lange wir dafür brauchten, das Haus zu verlassen, dass ständig eimerweise aufgeweichte Windeln im Badezimmer waren und dass sie jedes Mal aufwachte und weinte, wenn ich mich mit einer Tasse Kaffee hinsetzte. Füttern, Windeln wechseln, baden – und wieder von vorn. Noch schlimmer wurde es, wenn Danny unterwegs war und sich die Abende hinzogen. Es sei denn, Mum schaute vorbei oder eine der Marine-Ehefrauen erbarmte sich meiner.

Mit dir hätte ich mich nicht so gefühlt.

In jenem grauenhaften Heim – was hoffte ich doch, dass Schwester Patricia in der Wäscherei ein glitschiges Ende gefunden hatte, indem sie auf einem großen grünen Stück Seife ausgerutscht war – habe ich mich gefreut, wenn du nachts aufgewacht bist. Ich bin dann mit dir zum Fenster gegangen. »Schau, das ist der Mond. Und die Sterne da drüben, die eine Linie mit einem Eimer am Ende bilden, die nennt man den Großen Wagen. Wo auf der Welt du auch bist, halte immer Ausschau nach dem Nordstern, dem ganz hellen dort oben. Wenn du dir sagst, dass wir ihn beide sehen können, werde ich nie wirklich weit weg sein.«

Ich holte eine Windel heraus, die ich am letzten Morgen im Heim in meinem Koffer versteckt hatte. Mit dem Finger fuhr ich meinen anderen Namen nach, jenen, den die Nonnen uns mit roter Seide in die Ecke der Frotteewindeln hatten sticken lassen. Paula. Ein Name aus einem anderen Leben.

Damals warst du für mich natürlich noch ein hilfloses Neugeborenes. Mittlerweile jedoch würdest du eine eigene Persönlichkeit, eigene Ängste und Stärken haben. Würdest du ungestüm sein? Wissbegierig? Klein und schlank wie ich? Oder groß und stämmig wie er?

Ich ging zu dem Teil meines Rituals über, den ich mir bis zuletzt aufgehoben hatte. Die damit einhergehenden Qualen fürchtete und begrüßte ich zugleich. Sie bewiesen, dass ich kein gänzlich verachtenswerter Mensch war, der dich einfach weggegeben hatte und durchgebrannt war, ohne je zurückzuschauen. Meine Hände ertasteten das vom häufigen Falten und Entfalten abgegriffene, weiche Seidenpapier. Ich zog die Ecken zurück. Zum Vorschein kam das einzige Schwarz-Weiß-Polaroidfoto, das ich von dir besaß. Schwester Domenica hatte es mir in die Hand gedrückt, als ich zum letzten Mal die Tür jenes Heims geöffnet hatte und auf die Straße gewankt war, die Arme noch so gebeugt, als würde ich dich halten. Damals konnte ich nicht begreifen, dass es für die Passanten mit ihren Einkaufswagen, ihren Hunden, ihren Aktentaschen ein gewöhnlicher Donnerstag im Juli war. Ich bin mir nicht sicher, ob ich ihr überhaupt gedankt habe. Dabei hatte sie ständig wiederholt, ich sollte dich vergessen. Ich habe nie verstanden, warum sie mir das Foto gegeben hat, doch eines ist mir klar – es hat mich davor bewahrt, den Verstand zu verlieren. Ein Beweis in Form von Pausbacken und strahlenden Augen dafür, dass es dich gibt, obwohl seit Jahren nicht mehr über dich gesprochen worden ist. Bis auf ein einziges Mal im April dieses Jahr. Damals fand meine Mutter mich in Tränen aufgelöst vor, nachdem meine unregelmäßige Periode mehrere Monate lang ausgeblieben war und unverhofft wieder eingesetzt hatte. Gerade, als ich zu hoffen begonnen hatte. Sie tätschelte meine Hand und sagte: »Eigenartig, wie leicht du mit jenem anderen Kind schwanger geworden bist und es jetzt nicht mehr zu klappen scheint.«

Sie hatte keine Ahnung, dass mein gesamter Körper an manchen Tagen vor dem Verlangen schmerzte, über »jenes andere Kind« zu reden, darüber zu spekulieren, wo du inzwischen sein, was du gerade machen könntest. Mir wäre sogar egal gewesen, dass wir die Wahrheit nicht kannten. Ich wollte nur deinen Namen laut aussprechen und mich mit der einzigen anderen, mir nahestehenden Person, die dich je gesehen hat, über die Welt unterhalten, in der du leben könntest.

Aber wie immer hatte ich meine Wut runtergeschluckt und

mich damit abgefunden, als Strafe für meinen Fehler abermals zu schweigen.

Diesen einen Fehler bei einer einzigen Gelegenheit.

Ich hielt mich davon ab, zu brüllen: ›Hättest du nicht so verdammt viel Geld dafür hingeblättert, die Sozialarbeiterin zu bestechen und für dieses Gestapo-Heim für Mütter und Kinder zu zahlen, hätte ich zu dir ziehen können, falls Danny mich vor die Tür gesetzt hätte.‹ Stattdessen täuschte ich Migräne vor und flüchtete nach oben, um mich hinzulegen.

Als Danny von seiner Schicht an den Pressen nach Hause kam, brodelten die Emotionen in mir und suchten nach einer Schwachstelle, um hervorzubrechen. Er fand mich am Küchentisch vor, wo ich die widerwillige Louise dazu zwang, Scrabble mit mir zu spielen. Dabei schimpfte ich mit ihr, wenn sie sich so dumm anstellte, Wörter mit doppelter Punktzahl zu übersehen, und zeterte: »Du willst nicht wie ich enden und zu Hause festsitzen, weil du nichts kannst. Du musst etwas aus deinem Leben machen.«

Danny hatte ihr stumm die Buchstaben aus der Hand genommen, während ich aufgebracht mit dem Finger auf das Spielbrett gezeigt hatte. »Schau hin! Was könntest du hier legen? Denk nach!« Er führte sie ins Wohnzimmer.

Als er zurückkam, stellte er sich hinter mich und massierte mir die Schultern. »Sie ist erst zehn. Lass sie jetzt fernsehen. In der Schule hat sie sich den ganzen Tag angestrengt. Sie muss sich ein bisschen entspannen.«

»Ich möchte, dass etwas aus ihr wird. Sie ist alles, was wir haben.«

Er seufzte. »Ich weiß.«

All die Jahre hatte er Rücksicht auf mich genommen, mich unterstützt und beteuert, er wäre glücklich mit seinen beiden Frauen, »meiner Großen und meiner Kleinen«, und es wäre ihm egal, ob wir noch ein Kind bekämen. Ich jedoch war wie besessen von einem weiteren Baby, überzeugt davon, dass dies meine einzige Chance auf eine bessere Zukunft war. Jedes Mal, wenn er auf Landurlaub zu Hause war, hatte ich ihn zu Sex genötigt, bis wir beide kein Vergnügen mehr daran gefunden hatten.

Louise war dreieinhalb Jahre alt gewesen, als er das letzte Mal zu einem längeren Einsatz nach Westindien in See gestochen war. Damals war ich hysterisch geworden. Ich hatte gewusst, dass mindestens ein weiteres Jahr verstreichen würde, bevor auch nur die Möglichkeit einer Schwangerschaft bestehen würde. Hemmungslos hatte ich an seiner Brust geschluchzt. »Ich brauche einen Ehemann. Louise braucht einen Vater! Es hat keinen Sinn, verheiratet zu sein, wenn du den Großteil deines Lebens am anderen Ende der Welt verbringst!«

Er hatte versucht, mich zu trösten. »Sobald Louise in die Schule kommt und du arbeiten gehen kannst, wird die Zeit nur so verfliegen. Und eh du dich versiehst, bin ich zurück.«

Am Ende hatte Danny vor fünf Jahren meinem Drängen nachgegeben und war aus der Marine ausgeschieden, als die zwölf Jahre, für die er sich verpflichtet hatte, um waren. Danach war ich für einige Monate so optimistisch wie lange nicht mehr gewesen, überzeugt davon, ich würde schwanger werden, da er nun ständig zu Hause war. Nur hatte es nichts geändert. Ich hatte damit lediglich dafür gesorgt, dass er genauso unzufrieden geworden war wie ich. Nach der Arbeit kam er oft mit hängenden Schultern kopfschüttelnd nach Hause. »Gott weiß, wie die Leute das Geklapper der verdammten Druckerpressen tagein, tagaus ertragen. In der gesamten vermaledeiten Fabrik gibt's keinen Mundvoll frischer Luft.«

Ihm fehlte das aufregende Leben als Seemann. Wenn seine früheren Kameraden von der Marine Landurlaub hatten, ging er mit ihnen trinken. Nach der Rückkehr beglückte er mich mit Geschichten von seinem ehemaligen Schiff. »Du errätst nie, was Bobby mit einem Landungsboot in Singapur gemacht hat.«

Ich schaute dann immer weg, weil ich den wehmütigen Ton seiner Stimme nicht ertragen konnte, bevor ich am Ende barsch fragte: »Wär's nicht langsam an der Zeit, dass sie endlich erwachsen werden?«

Aber die Augenblicke des Grolls gegen Danny waren nichts im Vergleich zu dem sengenden Hass, der sich gegen mich selbst richtete. Schwanger, als ich es nicht hätte werden sollen, danach unfruchtbar wie ein windgepeitschtes Moor.

Ein letztes Mal blickte ich auf dein Gesicht hinab.

Danny würde bald nach Hause kommen.

Ich drückte die Lippen auf dein Foto, packte es zurück in das Seidenpapier und verschloss die Truhe.

In einem Jahr würde ich dich wiedersehen.

FÜNF

APRIL 1977

Am Wochenende vor der Bekanntgabe der Ergebnisse der Einstufungstests und der Zuteilung der Gymnasialplätze konnte ich mich auf nichts konzentrieren. Louise saß mit untergeschlagenen Beinen auf der Couch und las in *Fabulous 208*. Das dunkle Haar hing ihr ins Gesicht. Gebannt kaute sie auf der Unterlippe, während sie Neuigkeiten, über die von ihr vergötterten Popstars aufsaugte.

Gelegentlich übermannte mich meine Nervosität wegen der Ergebnisse. »Du glaubst also, Mathe könnte dich runtergezogen haben?«

Irritiert über die Störung erwiderte sie: »Die Aufgaben waren echt schwer. Aber das haben alle so empfunden.«

Rastlos wanderte ich umher und redete mir ein, es wäre kein Weltuntergang, wenn sie nicht auf ein Gymnasium käme. Nur für mich wäre es das sehr wohl. Jene Nonnen durften nicht recht damit behalten, dass ich eine schlechte Mutter war und meine beiden Kinder in einer anderen Familie bessere Chancen gehabt hätten. Ich wollte nicht, dass Louise wie ich endete und dankbar für einen Job sein müsste, bei dem sie drei Tage die Woche in einem Café an der Ecke Tee und Sandwiches servierte. Jedes Mal, wenn ich sie fragte, was sie werden wolle, antwortete sie: »Ich will wie Agnetha von Abba werden.«

»Sei nicht albern. Gewöhnliche Leute wie wir werden keine Popstars.« Dann zuckte sie mit den Schultern und setzte eine verschlossene Miene auf.

Heute stand ich in der Küche, bleichte Tücher und drängte auf weitere Antworten von ihr – auf Fragen, die ich ihr schon gestellt hatte, nachdem sie vor einer gefühlten Ewigkeit von der Prüfung nach Hause gekommen war. Stattdessen begann ich, die Sammlung der Keramikfiguren von Wade auf der Fensterbank abzustauben. Igel, Rehkitz, Hund.

Mir kam in den Sinn, ob du wohl mit einem Haustier aufgewachsen bist. Ich stellte mir vor, wie du durch einen großen Garten rennst und ein Stöckchen für einen Spaniel-Welpen wirfst. Hoffentlich hatten dir deine Eltern jeden Abend vorgelesen und waren mit dir jede Woche in die Bibliothek gegangen, damit du dir neue Bücher aussuchen konntest, statt dich nach der Schule nur vor dem Fernseher sitzen zu lassen. Hoffentlich hast du wirklich das bessere Leben bekommen, wie die Nonnen es versprochen hatten.

Schließlich schlenderte ich zurück ins Wohnzimmer und drückte mich neben der Couch herum. Louise schaute genervt auf. Ich musste es einfach wissen. »Glaubst du, dass du mehr als drei Viertel der Fragen richtig beantwortet hast?«

»Keine Ahnung! Ich hab mein Bestes getan, okay? Hör auf, endlos darüber zu reden!«

Sie schnappte sich ihre Zeitschrift und stürmte in dem Moment die Treppe hinauf, als Danny zur Tür hereinkam.

»Was war das denn?«, fragte er, als oben Musik auf den Flur herausdröhnte.

Instinktiv wandte ich mich ab, damit er mein Gesicht nicht sehen konnte. »Ich hab sie nur gefragt, ob sie sich Sorgen wegen der Ergebnisse nächste Woche macht.«

Danny seufzte. »Ich hab den Einstufungstest nicht bestanden, du ebenso wenig. Mein Leben ist keine Katastrophe geworden. Und ihres würde das auch nicht. Ich weiß nicht, warum du so besessen davon bist.«

»Ich bin nicht *besessen* davon. Aber ich möchte, dass sie Chancen bekommt. Die Zeiten, in denen Frauen darauf warten, von einem hübschen Prinzen gerettet zu werden, sind vorbei. Was habe ich schon aus meinem Leben gemacht? Geheiratet hab ich. Und jetzt verbringe ich die Zeit damit, zu fragen, ob ein Stück Zucker oder zwei gewünscht werden, und zur Bank zu laufen, um Wechselgeld für die Kasse zu holen.« Ohne auf die Kränkung zu achten, die in Dannys Gesicht aufflammte, fuhr ich fort: »Louise ist intelligent genug, um Lehrerin zu werden. Sie könnte an der Universität studieren.«

Beim Wort »Universität« schossen Dannys Augenbrauen in die Höhe. Doch er war so klug, mir nicht direkt zu widersprechen. Stattdessen sagte er, als hätte er eine Schwachsinnige vor sich: »Vielleicht. Aber selbst, wenn sie in ein Gymnasium kommt, sollten wir nicht herumposaunen, dass sie studieren wird. Es soll ja nicht jeder glauben, wir wären größenwahnsinnig geworden.«

»Was ist falsch daran, aufsteigen zu wollen? Daran, genug zu verdienen, dass man im Leben Wahlmöglichkeiten hat? Sonst müssen sich Leute wie wir ewig vorschreiben lassen, was sie zu tun haben, damit sie nicht auf der Straße landen.«

Danny reagierte wie neuerdings immer – er schwieg. Womit er das Feuer meiner Unzufriedenheit nur zusätzlich schürte.

»Könnte ich noch mal von vorn anfangen, würde ich mir in der Schule Mühe geben und etwas aus mir machen. In Englisch war ich Klassenbeste. Aber Mum hat mich ständig aufgefordert, die Bücher wegzulegen und mein Hirn auszuruhen. Sie wollte nur, dass ich einen reichen Ehemann finde. Was hab ich schon von der Welt gewusst, als ich mit neunzehn geheiratet und mit zwanzig ein Kind bekommen habe?«

Danny sah mich an und schüttelte langsam den Kopf, als hätte er Mühe, mich zu erkennen. Ich erkannte mich selbst kaum als die Frau wieder, die sich früher oft stundenlang mit flüssigem Eyeliner perfektioniert, mit Begeisterung getanzt und die Dinge mit Humor genommen hatte. Die Frau, die zur Tür gerannt war und sie aufgerissen hatte, sobald sie Dannys Schlüssel im Schloss gehört hatte. Die ihm ein Bad eingelassen und sich auf die Toilette gesetzt hatte, um ihm den neuesten Klatsch aus der Messe zu erzählen. Die beobachtet hatte, wie sich seine Züge erst gespielt abschätzig verzogen hatten, bevor er in Gelächter ausgebrochen war.

»Ich gebe mein Bestes, Susie. Wir sind keine Millionäre, aber wir haben ein schönes Haus. Und ob wir nun zu jung waren oder nicht, ich bin trotzdem froh, dass wir geheiratet haben. Auch wenn du es nicht bist.«

Ich wollte ihm erklären, dass ich nach wie vor die Frau war, der er das Ja-Wort gegeben hatte. Dass ich ihn unverändert liebte, aber feststeckte. Oder schlimmer noch, nicht feststeckte, sondern mir selbst entglitt, nicht mehr die sein konnte, die ich gewesen war – wegen jener großen, in mir klaffenden Lücke, die nur ein weiteres Baby füllen könnte.

»Aber wenn du dich so gefangen fühlst, warum willst du dann noch ein Kind?«, fragte er.

Ich begann zu schreien. »Weil ich es mir so ausgesucht und jetzt keine anderen Möglichkeiten mehr habe, als Mutter zu sein. Und nicht mal das kann ich richtig.«

Tränen traten mir in die Augen, als Danny davonging, bevor ich meine übliche Leier anstimmen konnte: ›Wie kann es fair sein, dass die dämliche Linda von gegenüber fünf Kinder hat, die wochenlang nicht baden und ständig verlaust sind, während ich nicht mal mit einem zweiten schwanger werde? Das versteh ich einfach nicht.‹

Als ich in die Küche zurückkehrte, hörte ich, wie er nach oben ging. Seine Stimme klang leise und ruhig, die von Louise schrill und aufgebracht. Ich schloss die Tür und schaltete das Radio ein. Wieder einmal wusste ich, dass ich zu weit gegangen war und sie die Auswirkungen meiner Unsicherheiten zu spüren bekamen, ohne zu verstehen, warum mir so viel daran lag, warum meine Tochter alle anderen übertrumpfen musste.

Meine Anweisungen – »Sag immer bitte und danke, frag, ob du vom Tisch aufstehen darfst, vergiss nie, dir vor dem Essen die Hände zu waschen.« – begleitete sie zu jedem Besuch bei Freunden. Wenn die jeweilige Mutter nicht löblich erwähnte, wie höflich sie war und länger als nötig an der Schwelle verweilte, fühlte ich mich gekränkt. Wenn Mädchen in alter, abgetragener Kleidung, hässlichen, zwei Nummern zu großen Kordhosen und Anoraks mit zu langen Ärmeln zum Essen vorbeikamen, taten sie mir leid.

»Du verwöhnst das Kind«, meinte Danny jedes Mal, wenn ich mit einem schicken Oberteil oder einer Latzhose für Louise auftauchte.

»Wenigstens sieht meine Tochter nicht so aus, als würde sie nicht geliebt.«

Ich saß in der Küche, rührte meinen Kaffee um und schrammte mit dem Löffel über den Boden der Denby-Tasse. Als die beiden ins Wohnzimmer herunterkamen, um sich die Sendung *New Faces* anzusehen, hätte ich mich gern zu ihnen gesetzt. Danny und Louise diskutierten über jedes der vorgestellten Talente. »Eine Sieben für den Auftritt.«

»Auf keinen Fall! Höchstens eine Fünf für den Inhalt.«

Obwohl ich eigentlich schmollte, konnte ich mir ein Lächeln nicht verkneifen, als Louise bei jedem Lied mitsang. Für ihr Alter klang ihre süße Stimme sehr kräftig. Danny ermutigte sie. »Lou, du solltest dich dort bewerben. Du hast Starpotenzial.«

Schließlich betrat er die Küche, um mich zu holen. »Komm schon, Schatz. Setz dich zu uns.«

Demonstrativ widerwillig schaltete ich das Radio aus und

dankte insgeheim den Sternen, dass ich so einen freundlichen Mann geheiratet hatte. Was wünschte ich mir, mit ihm über dich reden zu können. Oder mit irgendjemandem. Um deiner Existenz Ausdruck zu verleihen. Und meinem Verlust.

Erst neulich hatte Eileen, Mums Nachbarin, die neugierige Nase über die Gartenmauer gestreckt und laut genug getönt, dass es die gesamte Häuserreihe hören konnte: »Habt ihr euch für nur ein Kind entschieden, Susie? Inzwischen ist der Abstand zu deiner Louise wohl ein bisschen zu groß für ein weiteres.«

Normalerweise überwand ich mich, scherzhaft zu erwidern, Lou würde mir völlig reichen. An jenem Tag jedoch erwischte sie mich auf dem falschen Fuß. »Nummer zwei hat noch nicht eingeschlagen.«

»Ihr könntet auch adoptieren. Es gibt viele junge, unfreiwillige Mütter, die froh wären, ihr Kind einem netten Paar wie euch zu überlassen.«

Meine Mutter begann, die Wäscheklammern mit kurzen, abgehackten Bewegungen von der Leine zu lösen, als könnte allein die Erwähnung des Wortes »Adoption« mein Geheimnis die Straße hinunterposaunen. Wuchtig stellte sie den Wäschekorb auf den Boden. »Weißt du, bei einer Adoption hat man nie eine Ahnung, was man kriegt, oder? Wer waren die Eltern? Man könnte sich eine Menge Ärger einhandeln.«

Ich starrte sie mit offenem Mund an. Nur Eileens Gegenwart hatte mich davon abgehalten, verbal über sie herzufallen. Ich konnte den Gedanken nicht ertragen, dass die neuen Großeltern meines Sohnes womöglich ähnliche Meinungen äußerten. Aber meine Mutter – Mum hätte es eigentlich besser wissen sollen. Manchmal glaubte ich, sie heuchelte so verzweifelt, es wäre nie passiert, und log so gut darüber, dass sie es tatsächlich vergessen hatte.

Aber ich würde das nicht. Wenn man mich nach meinem Tod aufschnitte, würde man deinen Namen in den tiefsten

Winkel meines Herzens eingraviert finden, davon war ich überzeugt.

Kurz bevor wir das Wohnzimmer betraten, blieb Danny stehen. Mit leiser Stimme sagte er: »Ich wünschte, ich könnte dich glücklich machen, Susie.«

Ich lehnte mich an ihn, senkte den Kopf auf seine Schulter.

Er zog mich an sich, schloss die Augen und vergrub das Gesicht in meinem Haar. »Weißt du, ich liebe dich wirklich«, sagte er.

»Ja, ich weiß.« Ich konnte die Worte nicht erwidern. Nicht mehr. Nach dem, was ich getan hatte, konnte ich nicht mehr über Liebe reden. Ich bekam die Worte einfach nicht heraus. Wer liebte, sollte nicht lügen. Ich küsste ihn sanft auf die Lippen und fuhr mit den Fingern durch sein Haar. »Bin ich immer noch dein Sonnenschein?«

Er hatte seine Briefe nach Hause stets mit »Mein lieber Sonnenschein« begonnen. Ich hatte ihn damit aufgezogen, aber er hatte es vollkommen ernst gemeint. »Ehrlich, an Bord liege ich in meiner Hängematte und denke an dich, stelle mir vor, wie wir durch den Saal tanzen und du dir die Seele aus dem Leib singst. Und was ich auch für einen Tag hinter mir habe, es muntert mich auf.«

Wie lange das zurückzuliegen schien.

Danny lächelte. »Manchmal ziehen zwar ein paar kleine Wolken auf, trotzdem wirst du immer *mein* Sonnenschein sein. Komm, lass uns nachschauen, ob irgendjemand bei *New Faces* so gut singen kann wie du.«

Am nächsten Morgen bestand Danny darauf, dass wir alle einen Ausflug die Küste entlang nach East Wittering unternahmen, um aus dem Haus zu kommen und »ein bisschen frische Luft zu tanken«.

Abgesehen von einem Moment, als ein Junge in deinem

Alter mit seinem Vater am Strand Kricket spielte, konnte ich mich auf die Familie konzentrieren, die ich bei mir hatte, anstatt auf die Person, die ich nicht war.

Ich stellte mir vor, dass andere Familien zu uns schauten und beobachteten, wie wir Swingball spielten, nach Muscheln suchten und Steine über das Wasser flitzen ließen. Vielleicht würden sie uns für ein glückliches kleines Trio halten. Woher sollten sie auch wissen, wie gezwungen sich mein Lob – »Guter Schlag, Louise!« – anfühlte? Oder wie rau und hohl mein Lachen in meinen eigenen Ohren klang? Oder dass ich den Eindruck hatte, eine Rolle zu spielen, als ich Dannys Hand hielt, mit ihm die Sonne über dem Meer betrachtete und ihm einen herzförmigen Kieselstein schenkte, den ich gefunden hatte?

Ich fühlte mich beinah entspannter, als der Montag anbrach, der Tag der Prüfungsergebnisse – und der Möglichkeit, dass ich der Wahrheit ins Auge sehen müsste, als Mutter ein hoffnungsloser Fall zu sein. Dann kam mir das Bild von Schwester Patricia in den Sinn, den Mund abschätzig verzogen, als könnte mein Sohn von meiner Verdorbenheit angesteckt werden, wenn sie ihn nicht schleunigst weg von mir und in die Arme seiner sehnsüchtig wartenden Adoptiveltern brächte. Ich hoffte, sie würde sich in mir geirrt haben – hätte ich mich nicht auf ewig vom Glauben abgewandt, hätte ich sogar dafür gebetet.

Um fünf Uhr dreißig war ich auf den Beinen und hielt Ausschau nach der Post, obwohl ich wusste, dass sie erst kurz vor sieben eintreffen würde. In der Zwischenzeit fand ich keine Ruhe. Ich glich einem Kind, das auf dem Spielplatz darauf wartete, bei der Hüpfstange an die Reihe zu kommen. Ich zog die Standuhr im Flur auf. Dann putzte ich Louises Schuhe für die Schule, wobei ich an meinen Vater denken musste. Vor meinem geistigen Auge breitete er die Zeitung aus und ließ sich mit Bürsten, Politur und Lappen am Küchentisch nieder – »Man kann jemanden immer nach seinen Schuhen beurteilen.«

Früher hatte ich seine stille Besonnenheit, seine Gabe, Wogen zu glätten, nie zu schätzen gewusst. In diesen Dingen war er Danny so ähnlich gewesen. Was hätte ich dafür gegeben, mit ihm reden zu können. Allerdings hätte ich ihm trotzdem nicht erzählt, was passiert war.

Das Klappern des Briefkastens riss mich aus meinen Gedanken. Ich hatte nicht mehr so auf die Post gelauert, seit Danny sechs Wochen, nachdem ich ihn kennengelernt hatte, zur Marine zurückgekehrt war. Wie naiv mir meine damalige Freude über eine Briefmarke aus Singapur nun vorkam. Ich hastete den Flur hinunter und erblickte einen offiziell aussehenden Brief auf der Binsenmatte. Und plötzlich war ich mir nicht sicher, ob ich den Mut aufbringen könnte, ihn zu öffnen. Hätte ich Danny erklären können, welchem Druck ich wegen dieses einen Ergebnisses ausgesetzt war, er hätte mir die Hand auf die Wange gelegt und gesagt: »Mein Gott, Susie. Bist du sicher, dass du sie ins Gymnasium schicken willst? Die meisten Kinder aus der Gegend werden die Sekundärschule besuchen. Sie wird die Außenseiterin sein.«

In Wirklichkeit jedoch war sie das bereits. Ich ließ sie nicht wie die anderen Kinder den ganzen Tag mit dem Fahrrad verschwinden. Nicht mehr, seit jenes arme Mädchen entführt und tot in einem Abwasserkanal gefunden worden war. Wenn sich Louise draußen in der Nachbarschaft aufhielt, ließ ich mir ständig Ausreden einfallen, um nach ihr zu sehen. »Ich dachte mir, ihr könntet durstig sein, und hab Fruchtsaft für euch alle mitgebracht.« Oder: »Ich war mir sicher, ich hätte einen Schrei gehört. Geht's allen gut?« Oder: »Hab ich dir gesagt, dass du um sechs zum Essen reinkommen sollst?« Ich konnte es nie leiden, wenn sie auf Bäume kletterte oder ein Rad schlug. Mir graute vor dem Gedanken, sie könnte sich verletzen und bräuchte einen Gipsverband für den Arm oder müsste genäht werden. Die Ärzte würden die Augenbrauen hochziehen, als hätte ich es irgendwie verhindern können, wenn ich nicht nachlässig und unaufmerksam gewesen wäre. Also musste ich sie unversehrt durchs Leben bringen.

Ich wünschte, ich könnte mehr wie Danny und einfach damit zufrieden sein, dass sie glücklich war. Wahrscheinlich scherzte er nur halb, wenn er meinte: »Und überhaupt braucht eine junge Frau nur einen wunderbaren Ehemann.« Dann setzte er seine verschmitzte Miene auf und sagte zu Louise: »Deine Mum dachte, sie hätte alle Weihnachtsgeschenke ihres Lebens auf einmal bekommen, als sie mich geheiratet hat.« An der Stelle legte er immer eine Pause ein. »Natürlich hatte sie damit recht.« Daraufhin versetzte ich ihm einen verspielten Klaps auf den Hinterkopf, und eine Minute lang waren wir wieder das Paar von früher.

Meine Finger brachten kaum die nötige Koordination auf, um den Umschlag aufzureißen. Ich holte tief Luft, zog den Brief heraus und erblickte die Worte: »Wir freuen uns, Louise Duarte ab dem 4. September 1977 einen Platz an der Shorefield Grammar School für Mädchen anbieten zu können.«

Ironischerweise rutschte mir als erstes »Gott sei Dank« heraus.

SECHS

JUNI 1977

Der siebte Juni 1977 war ein Feiertag, und nicht nur für Elisabeth die Zweite. Das Silberne Thronjubiläum bescherte Danny einen zusätzlichen freien Tag von der Arbeit und Louise von der Schule. Obwohl es weniger als eine Woche bis zu deinem Geburtstag war, wurde ich unwillkürlich von der feierlichen Stimmung erfasst. Wimpel hingen über dem Grünstreifen in der Mitte unserer Sackgasse. Meine Mutter war früh mit mehreren Packungen Toastbrot, einem Glas Fischpaste und Brotaufstrich bei mir zu Hause eingetroffen. Außerdem trug sie einen Plastikhut mit der Nationalflagge und nahm ihn keine Sekunde lang ab. »Das muss ich auskosten. Das nächste Thronjubiläum ist das goldene, und das steht erst in fünfundzwanzig Jahren an. Bis dahin könnte ich gestorben sein.«

Wie immer, wenn jemand ein künftiges Datum erwähnte, rechnete ich im Kopf aus, wie alt du dann sein würdest. Fast vierunddreißig. Ein erwachsener Mann.

Ich nahm mir vor, an diesem Tag nicht mehr an dich zu denken, sondern mich auf das Kind zu konzentrieren, das ich bei mir hatte. Louise trat bei einem Schönheitswettbewerb an und wollte unbedingt gewinnen. Ich hatte ihr das Haar geflochten und hochgesteckt. Außerdem hatte ich ihr ein langes Kleid und silbrige Glitzersandalen gekauft. Ihr gefielen die Geräusche, die sie damit beim Gehen über den Parkettboden verursachte. Danny und ich trugen T-Shirts mit Aufdrucken zum Jubiläum. Er hatte mich überreden müssen, meines anzuziehen, weil es etwas eng saß und so meine Brüste betonte, ich aber nicht zu aufreizend wirken wollte. »Du würdest selbst in einem alten Kohlensack schick aussehen. So wunderschön, wie du bist.«

Draußen sprach einer unserer Nachbarn in ein Megafon. »Zeigt euren Patriotismus, zieht euch rot, weiß und blau an! Holt euch von meinen fleißigen Helfern ein Jubiläumsplakat und hängt es an den vorderen Fenstern auf!« Im Radio sang Rod Stewart, der Kommentator schwärmte von der goldenen Staatskutsche der Queen, und Danny hatte bereits sein erstes Bier geöffnet. Nach einem ausgiebigen Schluck ergriff er den Schlägel, um in der Nähe der Laternenpfähle weitere Pflöcke für noch mehr Wimpel in den Boden zu schlagen.

»Halte dich mit dem Bier lieber zurück. Sonst müssen wir dich mit gebrochenen Fingern ins Krankenhaus bringen, statt dich beim Seilziehen anzufeuern.«

»Vergiss nicht, dass ich bei der Marine war, Susie. Es braucht schon mehr als ein paar Dosen Double Diamond, bis ich einen in der Krone habe.« Damit küsste er mich auf den Kopf und marschierte hinaus. Mum schaute beim Schmieren von Buttercreme auf ihre Schmetterlingskuchen auf. Sie bedachte mich mit einem dieser Blicke, die besagten, dass ich mich nicht wie eine pflichtbewusste Ehefrau verhalten hatte.

Danny legte mir die Hand an den Arm, als Louise auf den Wagen zwischen den Pearly King und die Pearly Queen gehievt wurde. Der Pearly King – Kevin, der sich im wahren Leben die Brötchen damit verdiente, verstopfte Abflüsse zu reinigen – übernahm das Megafon. Er legte mit Vorliebe nach jedem Wort eine dramatische Pause ein, selbst wenn er nur über einen Siphon sprach. Wir alle steckten uns die Finger in die Ohren, als das Megafon schrillte. »Am heutigen T-a-a-ag, dem Silbernen Thro-o-onjubilä-ä-äum der Queen im Jahr 1977, erkläre ich Louise Duarte, elf Jahre, zur offiziellen Schönheitskönig-i-i-in des Bezirks Eastney!« Er setzte ihr eine rot-weiß-blaue Krone aufs Haupt, und sie hielt in der Menge nach uns Ausschau. Während ich ihren Namen rief und meine Flagge schwenkte, ging mir durch den Kopf, wie sehr sie Danny ähnelte. Dieselben dichten, dunklen Augenbrauen, dieselbe zurückhaltende Art. Auch sie stellte stets Blickkontakt mit Leuten her und wog ab, wie ihr jemand gesonnen war, bevor sie ein Lächeln aufsetzte. Ich war in ihrem Alter wesentlich extrovertierter gewesen. »Frühreif«, hatte meine Mutter es immer genannt.

Es war gut, dass sie mehr nach Danny kam. Was das anging, hatten wir alles richtig gemacht. Das würde sie vielleicht davon abhalten, meine Fehler zu begehen.

Wieder dröhnte ein schrilles Pfeifen aus dem Megafon. Der Pearly King verkündete die Siegerin der nächsten Altersgruppe: Sarah Blacklock, acht Jahre alt. Mit den rotbraun schimmernden Locken und dem Kleid mit Lochspitze hätte sie Bonnie Langfords kleinere Doppelgängerin sein können. Danny drehte sich mir zu. »Ein hübsches junges Ding, nicht wahr?« Dazu klatschte er laut. Dann tippte er mir auf die Nase und fügte hinzu: »Natürlich ist unsere Tochter die Schönste, Dummchen.« Er kannte mich so gut.

Schließlich bog die Marschkapelle um die Ecke. Ein riesiger Schwarm Jubiläumsballons wurde entfesselt, und der Wagen rumpelte weiter. Louise und das andere kleine Mädchen lachten daraufhin und ahmten die Queen nach, winkten genau wie sie.

Ich sah den Jungen beim Fußballspielen auf der Grünfläche zu und verbot mir, wie üblich abzuschätzen, welche davon ungefähr so alt sein könnten wie du. Danach feuerte ich die Männer beim Wettrennen an, während sie mit flatternden Schlaghosen und Strickjacken auf die Ziellinie zustürmten, entschlossen wie die Athleten bei *Superstars*. Beim Seilziehen kamen Bierbäuche voll zur Geltung. Die gesamte Straße spornte Väter, Großväter und Teenager an, als wären sie Geoff Capes.

Mit einem großen Krug eisgekühltem Fruchtsaft steuerte ich auf Danny und die siegreiche Mannschaft zu. Die Hälfte der Wettstreiter sah aus, als könnten sie von der Anstrengung und Hitze jeden Moment umkippen.

Louise kam mit beschwingten Schritten zu mir. »Das ist Sarah. Sie war mit mir auf dem Wagen.« Danny hatte recht. Mit den rotbraunen Löckchen war sie wirklich ein bestechend süßes Kind.

Als ich gerade Orangensaft einschenkte, winkte Sarah ihrer Mutter. Die Frau schob einen Kinderwagen mit einem Baby darin und einem rothaarigen Jungen vorn auf der Stange. Ich wappnete mich für einen Anflug von Neid, als ich lächelnd zu ihr meinte: »Haben wir nicht Glück, so wunderschöne Mädchen zu haben? Und sieh sich nur einer diese zwei Hübschen an. Sie sind goldig.«

Ich war so gut darin geworden, meiner Stimme einen unbeschwerten, fröhlichen Klang zu verleihen. Sarahs Mutter lachte. »Mit ihnen hat man alle Hände voll zu tun. Ich hatte schon drei und nicht vor, nach dem kleinen Carl hier noch eines zu kriegen. Aber dann ist als unerwartetes Geschenk dieser Wonneproppen dazugekommen.«

Ich spürte, wie ich mich zurückzog. Es widerstrebte mir

zutiefst, wenn Frauen davon redeten, wie leicht sie schwanger wurden – als wären sie der selbstgefällige Inbegriff der Weiblichkeit, das fruchtbare Gewächshaus des Mutterglücks.

Doch bevor ich mich mit einem freundlichen Lächeln und dem Vorwand, ich müsste zu meinem Mann, aus der Affäre ziehen konnte, bemerkte ich ein unangenehmes Kribbeln, das Aufflackern eines Unbehagens, als mein Verstand registrierte, dass irgendetwas nicht stimmte, auf das ich zunächst nicht den Finger legen konnte. Dann ereilte mich eine Erkenntnis, gefolgt von einer Flutwelle nackter Angst. Sie besaß nicht mehr die scharf gezeichneten Wangenknochen von vor neun Jahren. Die Oberarme spannten die kurzen Ärmel ihres Kleids, Sommersprossen dehnten sich über ihre Pausbacken. Beim Schieben des Kinderwagens über das Gras atmete sie vor Anstrengung schwer. Eine dickere, faltigere Version. Aber eindeutig sie.

Gleichzeitig wurden ihre Augen groß, und sie sagte mit leiser, verschwörerischer Stimme: »Paula?«

»Ich heiße nicht Paula! Sie verwechseln mich mit jemandem.« Damit packte ich Louise am Oberarm, ignorierte ihre Proteste und achtete nicht darauf, dass sie Fruchtsaft auf ihr Kleid verschüttete. Ich marschierte zu Danny und entging nur knapp einem Zusammenstoß mit zwei Jungen auf einem Chopper. Unterwegs schaute ich zurück, um mich zu vergewissern, dass sie mir nicht folgte. Aber sie beugte sich gerade über den Kinderwagen und hob sich das Baby auf die Hüfte. Nur Sarah starrte mit gerunzelter Stirn hinter uns her.

Als wir Danny erreichten, war Louise in Tränen aufgelöst.

»Hey, was hat denn meine Schönheitskönigin?«

Louise schluchzte. »Mum hat Orangensaft auf mein neues Kleid verschüttet. Sie ist vor Sarahs Mutter geflüchtet.«

Gemein und rachsüchtig ließ ich meine Panik an meiner Tochter aus. »Sei nicht albern. Ich bin vor niemandem geflüchtet. Aber ich wollte Daddy was Kaltes zu trinken bringen, bevor er umkippt. Ich wollte mich bloß nicht in einem Gespräch mit ihr verzetteln. Sieh nur, wie verschwitzt er nach dem Seilziehen ist.«

Louise schniefte. »Warum bist du so wütend geworden, dass sie dich Paula genannt hat?«

Ich riss mich zusammen, um sie nicht anzuschreien, als ich entgegnete: »Sie hat mich nicht Paula genannt!«

»Hat sie wohl.«

Die Worte polterten zornig und gehässig aus mir heraus. »Du bildest dir was ein. Ich sollte besser mit dir zum Arzt, damit er dir die Ohren auswäscht.«

Wieder verzog Louise ihr Gesicht.

»Herrgott noch mal.« Als ich das Aufflammen von Angst in meiner Brust spürte, bemühte ich mich, tief und ruhig zu atmen. Ich kniete mich hin. »Es tut mir leid, Schatz. Wirklich leid. Granddad ist um diese Jahreszeit gestorben, und ich bin immer besorgt, dass es an der Hitze gelegen haben könnte. Ich hätte dich nicht anschreien dürfen. Mach dir keine Gedanken wegen dem Kleid. Das lässt sich rauswaschen.«

Danny sah mich an und schüttelte den Kopf. Etwas daran wirkte resigniert, verhalten. Sein Blick wanderte über meine Schulter, suchte nach einem Fluchtweg, um Louise aus der Gefahrenzone zu bringen, eine mittlerweile so vertraute Geste. Er legte den Arm um sie. »Mum kriegt das schon hin. Mach dir keine Sorgen. Wollen wir schauen, ob's irgendwo Schweinefleischpastete gibt? Ich könnte eine Stärkung für das Eier- und Löffelrennen vertragen. Und du kannst mir erzählen, wie's auf dem Umzugswagen war. Seid ihr durchs Zentrum gefahren?«

Damit schlenderten sie Hand in Hand davon. Ich blieb zurück und suchte die Menge nach Lizzy ab.

Falls sie überhaupt so hieß.

Ohne sie aus den Augen zu lassen, wählte ich einen Platz am anderen Ende der aufgebockten Tische, so weit wie möglich von ihr entfernt. Gelegentlich bemerkte sie meinen Blick. Eigentlich wollte ich nicht in ihre Richtung schauen, doch ich konnte nicht anders. Vier Kinder. Ich brannte vor Neid. Einer der Söhne war größer als Sarah. Ich stellte eine Überschlagsberechnung an. Wenn Sarah acht Jahre alt war und das andere Kind älter, musste sie fast sofort nach dem Verlassen des Mutter-Kind-Heims wieder schwanger geworden sein.

Dann ereilte mich ein anderer, so schmerzlicher Gedanke, dass sich mein Magen zusammenkrampfte. Vielleicht hatte sie ihr Baby nicht weggegeben. Vielleicht hatte sie in letzter Minute einen Weg gefunden, den Jungen zu behalten. Vielleicht hatte sie nach jenem ersten Kind nur drei weitere bekommen.

Einmal sah ich, wie meine Mutter mit ihr scherzte, als sie mit einem Tablett voller Käse-Ananas-Häppchen herumging. Ihr Lächeln würde sich in Luft auflösen, wenn sie wüsste, mit wem sie gerade redete. Ich konnte mich nicht entspannen, konnte nicht in das Lachen der anderen Frauen einstimmen, während ihre Kinder Cream-Cracker bei einem Wettbewerb in sich hineinstopften, bei dem das Ziel darin bestand, die meisten zu essen, ohne etwas zu trinken. Irgendwie passte ich nie dazu. Wohin ich auch sah, gingen Mütter in ihrer Rolle auf – sie beaufsichtigten das Stiefelwerfen, nahmen am Sackhüpfen teil, machten beim Springseilhüpfen mit und sangen dabei »Farmer wants a wife«.

Ich war keine richtige Mutter, sondern eine Frau, die ihr Kind weggegeben hatte. Eine Mutter ohne ihr Kind. Ich verdiente es nicht, mich daran zu erfreuen, dass Kinder bei Ochs am Berg vor Vergnügen quietschten, oder mit einer anderen Mutter, die eher sterben, als ohne ihr Neugeborenes aus dem Krankenhaus nach Hause kommen würde, den Dreibeinlauf zu bestreiten.

Und nun befand sich keine hundert Meter entfernt jemand, der die Wahrheit kannte. Jemand, der mir die Lügenmaske vom Gesicht reißen könnte. In meinem Magen wartete ein Docht nackter Panik darauf, angezündet zu werden.

Wenn diese Leute nur wüssten, wer ich war. Die Ehemänner, die aus den Partyfässern spritzendem Bier auswichen, Kunststücke mit Münzen und Streichhölzern zeigten und, ja, lüsterne Blicke auf mich warfen. »Erzähl meiner Lynne mal, wie du so schlank bleibst. Oder liegt's etwa am vielen Bettsport mit deinem Mann?«

Schon mehr als eine Frau hatte mich nach meinem Geheimnis gefragt. »Machst du diese Slim-Fast-Diät? Oder die mit der Kohlsuppe?« Am liebsten hätte ich sie geschüttelt, ihnen ins Gesicht geschrien, bis mir der Speichel von den Lippen spritzte, dass ich keinen Wert darauf legte, dünn zu sein, und lieber wie ein Pinguin watscheln würde, wenn ich dadurch nur ein weiteres Baby bekäme.

Louise bettelte mich an, beim Seilspringen mitzumachen, aber ich schüttelte den Kopf. »Tut mir leid, Schatz, mir geht's nicht so gut. Mir ist ein bisschen flau. Wohl zu viel Sonne.« Es stimmte, dass ich mich krank fühlte. Jedes Mal, wenn mich jemand ansprach, musste ich mich überwinden, um zu antworten. Mein Gehirn war wie gelähmt, vor Angst erstarrt. Schließlich gab Louise auf, saß still da und zupfte lustlos an einem Cupcake. Ich hatte ihr den Tag verdorben.

Danny zeigte sich als Ausgleich zu seiner spröden Ehefrau übertrieben ausgelassen. »Hier, trink ein bisschen Wein!« Oder: »Warte, ich besorge dir einen Platz.« Dann eilte er herum, schenkte Black Tower ein, zückte das Feuerzeug, sobald irgendwo eine Zigarette auftauchte, und stimmte in die Klagen über die finanzielle Misere des FC Portsmouth und dessen Abstieg ein.

Die anderen Frauen empfanden mich als eingebildet. Ich nahm selten eine Einladung zu einem Kaffeekränzchen an. Früher schon, als ich noch dachte, dass ich mit etwas Übung in mein altes Leben zurückfinden könnte. Aber die Schwangerschaftsankündigungen – »Dieses Jahr gibt's bei uns ein ganz besonderes Weihnachtsgeschenk!« – führten dazu, dass ich mit jeder Ausrede, die mir einfiel, nach Hause flüchtete. Noch schlimmer fand ich es, wenn mir Mütter ihre Neugeborenen zum Halten anboten. »Nur zu, Susie, nimm sie. Mal sehen, ob du dann nicht auch wieder einen Kinderwunsch kriegst.« Es war einfacher, gleich zu Hause zu bleiben.

Danny schaute regelmäßig zu mir und versuchte, mich in das Gespräch einzubeziehen, mit »Nicht wahr, Susie?« und »Das sage ich auch immer zu Susie«. Aber sobald ich konnte, tat ich so, als würde ich den Jungen zusehen, die hinter Lizzy Fangen spielten, während ich darüber grübelte, ob der Sohn jener sein könnte, den sie im Heim herumgetragen hatte. Am Ende hielt ich es nicht länger aus. Ich teilte Danny mit, dass ich kurz nach Hause und auf die Toilette gehen würde.

Er nickte. »Vergiss nicht, dass du um vier mit Louise den Auftritt beim Talentwettbewerb hast.«

Ich schaute zu meiner Tochter, die sich Streusel vom Finger leckte. »Willst du das nicht lieber allein machen? Du siehst aus wie Marie Osmond, Schatz. Ohne mich bekommst du wahrscheinlich mehr Stimmen«, meinte ich. Gleichzeitig überlegte ich, wie um alles in der Welt ich durch meine vor nackter Angst wie zugeschnürten Kehle einen Ton herausbekommen sollte.

Doch Louise wollte nichts davon wissen. »Mum. Es ist ein Duett. Deshalb haben wir ja ›I'm Leaving It All Up To You‹ ausgesucht. Sonst hätte ich ›Oh, Lori‹ geübt.« Ihre Miene verdüsterte sich.

Danny runzelte die Stirn. »Lass sie jetzt nicht im Stich, Susie. Ich sehe dich so gern singen. Das machst du nicht annähernd oft genug. Ich kann mich gar nicht erinnern, wann du uns zuletzt damit beglückt hast.«

Ich sah keine Möglichkeit, mich herauszuwinden, ohne den Tag noch schlimmer zu machen, als ich es bereits getan hatte.

»Bin gleich wieder da«, sagte ich und trat den Weg nach

Hause an. Mächtige Wellen von Übelkeit schwappten über mich hinweg. Plötzlich konnte ich es kaum erwarten, mich für ein paar Minuten auf der Couch einzurollen, weit weg von allem in meiner Gegenwart.

Und meiner Vergangenheit.

SIEBEN

JUNI 1977

Auch wenn es sich um das Silberne Thronjubiläum der Queen handelte, ich konnte mich nicht erinnern, warum ich zugestimmt hatte zu singen. Es war über neun Jahre her, dass ich zuletzt öffentlich ein Mikrofon in die Hand genommen hatte. Mein Magen flatterte vor Nervosität. Louise und ich sahen zu, wie drei kleine Mädchen eine gemurmelte Interpretation von »Halfway Down the Stairs« ablieferten. Louise flüsterte mir zu: »Die sollten wir wohl schlagen, Mum.« Als Nächstes folgte die junge Frau von der Kasse bei Budgens und säuselte Olivia Newton-Johns »Sam«. Danach trat unser Fensterputzer auf, bei dessen Performance man nachvollziehen konnte, warum sich »Lucille« aus dem Staub gemacht hatte.

Louise wirkte überhaupt nicht nervös. Und sobald die Musik einsetzte, köderte mich die Eröffnungsmelodie. Ich verspürte einen Anflug von ungefiltertem Vergnügen, als sich meine Stimme mit dem Text hob und senkte, so mühelos wie eh und je. Es fühlte sich an, als benutzte ich einen Muskel, der nicht verkümmert, sondern die ganze Zeit einsatzbereit geblieben war. Die größte Freude jedoch bereitete mir, zu beobachten, wie das Geplapper auf der Wiese verstummte, als

Louise den Text von Marie Osmond in die Menge sang. Alle drehten sich um und lauschten. Augen wurden groß, Münder klappten auf. »Sie ist gut«, bildeten die Lippen der Leute. Nach der letzten Note erhob sich lauter Jubel, und die Menschen trommelten mit Fäusten und Löffeln auf die Tische. In mir stieg eine Empfindung auf, die ich nicht recht einzuordnen vermochte. Euphorie? Erleichterung, gewürzt mit Stolz? Was es auch sein mochte, *meine* Tochter, *mein* Kind wurde von den Leuten bestaunt und gelobt, und ich sonnte mich in dem von ihr ausgehenden Ruhm.

In der Menge nahm ich Lizzy wahr, die sich mit einem kleinen Jungen auf der Hüfte zur Musik wiegte, und ich spürte, wie die Schatten der Vergangenheit um mich schwirrten. Aber ich hoffte, sie würde mir den Moment gönnen, einen der wenigen, in denen ich überzeugt davon war, nicht versagt zu haben, sondern gut genug gewesen zu sein.

Es würde nicht lange dauern, bis sie Louise betrachten und darüber grübeln würde, dass sie den Schönheitswettbewerb der älteren Kinder gewonnen hatte. Sie würde ihr Gedächtnis nach den Ereignissen von vor neun Jahren durchforsten, und ihr würde einfallen, dass der Moderator von der *elfjährigen* Louise Duarte gesprochen hatte. Dann würde ihr klar werden, dass ein Teil des Puzzles fehlte.

Der Moderator übernahm das Mikrofon und sagte: »Ich glaube, wir haben die neue Karen Carpenter entdeckt. Und ihr habt sie hier zuerst gehört, Leute.«

Dann umarmte er Louise. Seine wulstigen, sabbernden Lippen berührten ihre Wange. Ich bemerkte, wie sie zusammenzuckte, bevor sie höflich lächelte und sich bedankte. Wohlerzogen wie immer.

Zum zweiten Mal an jenem Tag nahm ich sie am Arm und führte sie weg.

Ich behielt aufmerksam im Auge, wo sich Lizzy befand, bereit zu leugnen, dass ich sie kannte, falls sie es wagte, mich anzusprechen. Doch im Laufe des Abends machte sie keine Anstalten, herüberzukommen. Nach und nach lockerte sich der feste Knoten der Angst in mir. Danny lief einem ehemaligen Kameraden von der Marine über den Weg, was damit endete, dass sie mit Whisky auf die alten Zeiten anstießen. Dann tauchte von irgendwoher eine Flasche Tawny Portwein auf. Ich trank so gut wie nie, nur gelegentlich ein Schlückchen Wein oder Bacardi Cola. An jenem Abend jedoch fing irgendjemand mit Minzlikör an, und der Gedanke, alles zu verdrängen und in ein Vergessen abzutauchen, das ich mir nicht mehr gestattete, wurde zu verlockend. Danny schenkte mir immer wieder nach. »Schön zu sehen, dass du auch in Stimmung kommst.«

Mum tauchte mit dem Eiskübel auf. »Wurde höchste Zeit, dass du mal ein bisschen auftaust«, meinte sie und klatschte, als ich in Dannys Versuche einstimmte, Tom Jones zu imitieren. Einen Moment lang fühlte ich mich wieder jung und unbesiegbar.

Erst, als sich die Menge und somit der Puffer zwischen uns und Lizzy allmählich lichtete, weckte ich Louise, die sich auf einer Picknickdecke eingerollt hatte.

»Komm, Danny. Zeit, aufzubrechen. Wir müssen unsere Kleine nach Hause bringen.« Er trug eine Krawatte zum Silbernen Thronjubiläum über einem T-Shirt mit der Silhouette der Queen und legte den Arm um mich – ob schützend oder stützend, vermochte ich nicht zu sagen. Jedenfalls schmiegte ich mich an ihn und fühlte mich ihm so nah wie schon ewig nicht mehr.

Als wir später an jenem Abend ins Bett gingen, tastete er nach mir. Seine Hände erkundeten meinen Körper, und ich kuschelte mich an ihn. Als er sich nach oben arbeitete, fragte er: »Treibst du neuerdings Sport? Deine Brüste fühlen sich viel größer an.«

»Werde ich etwa dick?«

Er zog mich an sich und meinte leicht lallend: »So was kannst auch nur du negativ auffassen. Ich liebe dich so, wie du bist. Das weißt du.« Sogar mein von Alkohol benebelter Verstand erkannte die Wahrheit darin.

Ich ließ mich führen, ihn die Kontrolle übernehmen, gab mich ihm uneingeschränkt hin, bis wir erfüllt und befriedigt in den Schlaf glitten.

Erst am nächsten Morgen, als meine Brüste synchron mit meinem Schädel pulsierten, entfaltete sich nach und nach der Keim einer Erkenntnis in mir. Ich stellte mich seitlich vor den Spiegel im Badezimmer. Eigentlich war ich immer dünn gewesen, geradezu dürr. Allerdings ließ sich nicht übersehen, wie sich die Haut am Bauch über eine unverkennbare kleine Erhebung spannte. Ursprünglich hatte ich gedacht, es wäre ein Symptom des einsetzenden mittleren Alters, und hatte aufgehört, Kartoffeln zu essen.

Mit beiden Händen auf dem Bauch stand ich da und suchte mein Gesicht im Spiegel auf Anzeichen darauf ab, dass ich mich veränderte, wieder eine werdende Mutter war, fast ein Jahrzehnt, nachdem ich dich weggegeben hatte. Freudige Ungläubigkeit rang mit der Erinnerung daran, wie ich schon einmal so im gleichen Badezimmer gestanden hatte. Damals waren Tränen von meinen Wangen auf die Fliesen getropft, als ich mich der Realität stellen musste, dass ich von einem anderen Mann schwanger war. Sanft tätschelte ich den Bauch und gelobte, dass ich dieses Baby nicht im Stich lassen würde.

Danny klopfte an die Tür und erkundigte sich, ob alles in Ordnung war. Ich ließ ihn rein und legte einen Finger an die Lippen. Louise sollte uns nicht hören.

Dann zeigte ich auf meinen Bauch und wagte kaum, die Worte zu flüstern. »Ich glaube, ich bin schwanger.«

Eine Sekunde lang stand Danny wie erstarrt da. »Bist du sicher?« Die Emotionen in seinem Gesicht, die pure Freude überraschten mich. Anscheinend hatte meine Verzweiflung darüber, nicht schwanger werden zu können, ihn gezwungen, seine Enttäuschung herunterzuspielen, um uns beide vor dem Untergang zu bewahren. Er senkte den Kopf auf meine Schulter und sagte halb lachend, halb schluchzend: »Du schlaues Ding.«

»Was hoffst du, dass es wird?«, fragte ich ihn.

Danny lachte nur und rümpfte die Nase. »Für dieses Spiel kenne ich meine Ehefrau zu gut. Ich wünsche mir ein gesundes Baby. Das ist alles. Lass uns zufrieden mit dem Glück sein, dass uns ein zweites Kind vergönnt ist.«

Ich umarmte ihn innig.

Er löste mich von sich. »Vorsicht, zerquetsch das arme kleine Würmchen nicht.«

Ich vergrub das Gesicht an seiner Schulter und hoffte, dein neuer Vater war dir von Anfang an genauso liebevoll zugewandt. So viel besser als dein Erzeuger.

Ihn hatte ich nur ein einziges Mal gesehen, seit ich dich weggegeben hatte, ein paar Monate danach. Damals war er aus dem noblen Hotel an der Strandpromenade gekommen, in das er mich mitgenommen hatte. Ich sah ihn, bevor er mich bemerkte. Er bewegte den muskulösen Körper mit federnden Schritten, die Arme rhythmisch schwingend, als hätte er die Musik aus dem Tanzsaal noch in den Ohren. Ich wechselte die Straßenseite, um ihm auszuweichen. Die Zeit für einen höflichen Umgang miteinander war längst vorbei. Dass er mich gesehen hatte, bemerkte ich daran, wie er mitten im Schritt stockte. Sein Doc Marten verharrte einige Zentimeter über dem Bürgersteig, bevor er entschied, weiterzugehen. Sein kastanienbrauner Schopf schimmerte in der Herbstsonne, als er den Kopf senkte und den Blick jener Augen, die mich einst so angezogen und aller Vernunft beraubt hatten, auf den Boden richtete. Wahrscheinlich war es so am besten, obwohl ich einen verrückten Moment lang mit dem Gedanken spielte, mich zwischen den Bussen hindurch auf seine Straßenseite zu schlängeln, mich vor ihm aufzubauen und ihn zu zwingen, anzuerkennen, dass sich die Sache zwischen uns nicht einfach bequem wegfegen ließ wie ein Haufen Zigarettenstummel nach einer Party. Am Ende jedoch hatte ich mich stattdessen auf die Stufen des Postamts gesetzt, mich nach vorn gebeugt und geschluchzt, bis ich all die tief in mir eingeschlossenen Gefühle hinausgelassen hatte, was mir vorübergehend Erleichterung verschaffte, bis sie wie eine Gebirgsquelle erneut hervorsprudeln würden.

Ich riss mich zusammen, kehrte in die Gegenwart zurück. Ich atmete Dannys Duft ein, saugte mir bewusst die Lunge damit voll und genoss, wie solide er sich anfühlte. Er murmelte vor sich hin. »Ich kann nicht glauben, dass nach all der Zeit ein neues Baby unsere Familie bereichern wird. Viel besser kann es nicht werden.«

Und in jenem Moment dachte ich, er hätte recht.

ACHT

AUGUST 1977

Jedes Mal, wenn mich leichte Verdauungsstörungen oder Blähungen plagten, fürchtete ich, dass es sich um Anzeichen einer Fehlgeburt handelte. Als das zunehmend unwahrscheinlicher wurde, quälte ich mich stattdessen mit dem Gedanken, das Baby könnte tot oder behindert zur Welt kommen. Danny hingegen sorgte sich nicht, sondern blieb von Anfang an in freudiger Erwartung. Er hätte wohl sogar eine Bekanntgabe in der Abendzeitung geschaltet, wenn ich es zugelassen hätte.

Aber ich verbot ihm, es irgendjemandem vor dem fünften Schwangerschaftsmonat zu erzählen. Danny war so schlecht darin, Geheimnisse zu bewahren, wie Englands Chancen darauf standen, erneut Fußballweltmeister zu werden. Ich hoffte inständig, er würde nie einen Mord begehen, denn er würde jedes Mal, wenn er am Schuppen mit der darin versteckten Leiche vorbeikäme, mit den Augenbrauen wackeln. Und jedes Mal, wenn er an mir vorbeiging, summte er »Daddy Cool«. Vor meiner Mutter sang er regelmäßig »Isn't She Lovely?«, um mich zum Lachen zu bringen. Allerdings konnte ich seine Freude vor lauter Angst, dass ich kein weiteres Baby verdiente, nicht teilen. Damit reihte ich mich offen in die Kategorie der Frauen, die nie mit etwas zufrieden waren.

Jahrelang hatte er miterlebt, wie ich die Daumen gedrückt hatte, während aus vier Wochen sechs oder sieben wurden – bevor ich stets irgendwann weinend aus dem Badezimmer gestürmt war. »Diesmal dachte ich wirklich, ich wäre schwanger.« Danny stand dann an der Tür und wusste nicht, wie er mich über meine Enttäuschung hinwegtrösten sollte, bis ich ihn anschnauzte: »Geh und such dir was zu tun!« Louise blieb aus der Schusslinie, indem sie bei der Heimkehr von der Schule schnurstracks die Treppe hinaufmarschierte. Sie brachte so gut wie keine Freundinnen mehr mit nach Hause, seit ein Mädchen ein Fläschchen mit lila Nagellack über den Teppich in ihrem Zimmer verschüttet hatte. Ich war gerade aus dem Badezimmer gekommen, nachdem ich feststellen musste, dass die Zukunft für mich lediglich die nächste Packung Damenbinden bereithielt. Und Louises Freundin hatte die volle Wucht meiner Enttäuschung abbekommen. So heftig, dass sie weinend nach Hause gerannt war, während ich ihr auf der Eingangsstufe nachgebrüllt hatte, sie sollte zurückkommen, es würde gleich Karamell-Pudding geben. Die Szene hätte geradewegs aus *The Two Ronnies* stammen können.

Später am Abend hatte Danny bei der Freundin zu Hause vorbeigeschaut und versucht, die Wogen zu glätten, doch der Schaden war bereits angerichtet gewesen. Wann immer ich Louise danach vorgeschlagen hatte, »Warum lädst du nicht Jane ein? Oder Karen?«, hatte sie den Kopf geschüttelt.

»Ich muss Klavier üben.« Oder: »Hab zu viele Hausaufgaben. Ich will im September im Gymnasium nicht dumm dastehen.« Ich war dann immer machtlos gewesen, entwaffnet von meinen eigenen Worten.

Die überschwängliche Freude, mit der die gesamte Familie in meiner Fantasie der glücklichen Ankunft eines weiteren Babys entgegenblicken würde, schlug sich natürlich in der

Realität kaum nieder. Als ich mich endlich sicher genug fühlte, um es allen mitzuteilen, verwöhnten wir Louise zur Feier des Tages mit einem Ausflug zu einer Wimpy-Filiale. Bei Schoko-Milchshakes platzten wir mit der »aufregenden Neuigkeit« heraus. Sie verzog das Gesicht. »Ein Baby? Ich dachte, ihr würdet mir sagen, dass ihr Tickets für Showaddywaddy im Hammersmith Apollo bekommen habt.«

Ungewöhnlicherweise reagierte Danny darauf irritierter als ich. Er hatte mir über Wochen versichert, wie sehr sich Louise freuen würde, weil sie sich schon immer ein Brüderchen oder ein Schwesterchen gewünscht hatte. Allerdings hatte sie das in meiner Erinnerung zuletzt gesagt, als sie ungefähr sieben gewesen war. Danny lehnte sich auf dem Stuhl zurück und saugte an seinem Strohhalm. Er schürzte die Lippen und tat, was ich nie gemeistert hatte – sich von der erhofften Reaktion distanzieren, um die zu verstehen, die er erhalten hatte. Seine Züge wirkten ernüchtert. Alle Energie war daraus verschwunden.

Schließlich streckte er die Hand aus und legte sie auf die von Louise. Sie zog sie nicht zurück. »Niemand wird je deinen Platz einnehmen, falls dir das Sorgen macht.«

Wie ihr Blick nach unten schnellte, verriet mir, dass Danny den Nagel auf den Kopf getroffen hatte. Eigentlich hätte ich diejenige sein sollen, die sie beruhigte. Aber ich schien nie auf die Art die richtigen Worte zu finden wie er.

Ich überredete Danny, es mich meiner Mutter allein sagen zu lassen, falls die Neuigkeit einen Anflug von Kummer auslöste, weil mein Vater sein neues Enkelkind nicht erleben durfte. In Wirklichkeit hatte ich Angst, ihr könnte dabei etwas über dich herausrutschen, indem sie deine Geburt, mit der von Louise verwechselte, den falschen Altersunterschied erwähnte oder dergleichen. Mir vielen etliche Möglichkeiten ein, wie das Geheimnis, das zu hüten wir uns neun Jahre lang so bemüht hatten, aus dem Kerker des Schweigens ausbrechen könnte.

Tatsächlich reagierte meine Mutter mit Erstaunen darüber, dass ich im hohen Alter von einunddreißig schwanger geworden war. »Bist du sicher?«, fragte sie, als hätten Danny und ich Sex schon vor Jahren aufgeben sollen. »Bist du inzwischen nicht ein bisschen zu alt, um noch mal von vorn anzufangen?«

»Wie du weißt, ist es nicht ganz wie geplant gelaufen.«

Die Vergangenheit hing zwischen uns wie jemand, vor dem man sich in einem überfüllten Raum zu verstecken versuchte und der jedes Mal direkt neben einem auftauchte, wenn man sich etwas zu trinken holte.

Sie lächelte. »Ob es wohl ein Junge wird?«

Am liebsten hätte ich gebrüllt, dass ein weiterer Sohn nicht in Ordnung bringen könnte, was geschehen war. Ihre Züge würden sich verfinstern, als könnte sie es nicht ertragen, deinen Namen zu hören. Ich redete mir ein, dass es an ihrer Mittäterschaft lag. Weil sie sich fragte, ob wir etwas hätten anders machen können.

So, dass ich meinen Sohn hätte behalten können.

Doch tief in mir wusste ich, dass sie sich bloß für mich schämte. Diese Überzeugung ließ mich mutiger als sonst werden. Er ermöglichte es mir, Gedanken auszusprechen, die sich immer noch um drei Uhr morgens einschlichen, festsetzten und mir jede Chance auf Schlaf raubten. Dann musterte ich stets Dannys Gesicht, betrachtete die sanfte Wölbung seiner Lippen und lauschte der Atmung eines Mannes, der sich nie viel vom Leben gewünscht hatte, nur, dass seine Frau glücklich war, seiner Tochter nichts passierte und sein neues Baby gesund sein würde.

»Selbst wenn es ein Junge wird, kann er ihn nicht ersetzen. Ich liebe ihn immer noch, Mum.« In meiner Stimme schwang Trotz mit, in meinen Worten ein Fehdehandschuh, der meine Mutter köderte, damit herauszurücken, was sie wirklich meinte. Nämlich, wie glücklich ich mich schätzen konnte, ein Kind von einem anderen entbunden zu haben, ohne dass mein Ehemann es herausgefunden hatte.

Mum runzelte die Stirn, als wäre ich albern und unvernünftig, weil ich mich nach all der Zeit überhaupt noch daran erinnerte, dass ich dich bekommen hatte. »Du denkst besser nicht an jenes andere Baby. Freu dich lieber auf diesen kleinen Schatz. Und ich fange besser an zu stricken.«

Du denkst besser nicht an jenes andere Baby. Die Worte wirkten wie ein Schneidbrenner auf die Gefühle ein, die ich so lange wütend und ohnmächtig wie eine Wespe unter einem Glas eingesperrt hatte. Wieder schwanger zu werden, den – unnötigen – Beweis zu erhalten, wie kostbar, wie unersetzlich ein Kind war, hatte den Deckel von jener zornigen, brodelnden Masse gehoben.

»Ich soll besser nicht an das andere Baby denken? Wie kann ich *nicht* an ihn denken? Ich habe ihn weggegeben, und die Nonnen haben mir eingeredet, es wäre das Beste, was ich tun könnte. Danach haben sich alle verhalten, als hätte ich etwas absolut Schreckliches getan. Etwas so Schlimmes, dass ich nicht mal mit meiner eigenen Mutter darüber reden konnte. Ich habe nie auch nur seinen Namen vor dir aussprechen dürfen. Tja, jetzt pass mal auf. Edward, Edward, Edward, Edward!«

Ich beobachtete, wie Mum vor meinen Augen zerbröckelte. Die Frau, die nach dem Tod meines Vaters nie vor mir geweint hatte. Von der ich bei jedem Besuch mit einem fröhlichen »Hallo« und einem strahlenden Lächeln begrüßt worden war, das einen Widerspruch zu den rotgeränderten Augen gebildet hatte. Die angefangen hatte, abends Bügelarbeit für andere zu übernehmen, um über die Runden zu kommen, und dazu schulterzuckend gemeint hatte: »Ich bin halt gern nützlich.« Die einen kleinen Hühnerstall in ihren Garten gepfercht hatte und mir jedes Mal, wenn ich bei ihr vorbeischaute, ein paar Eier »für Louise« mitgab.

Mum erschlaffte auf dem Sessel und wich vor mir zurück, als wären meine Wahrheiten nach so vielen Jahren Lug und Trug zu schmerzhaft für sie. Bei diesem Baby würde Mum für die perfekte Decke in ihrem Musterbuch blättern und über die Häkelnadel gebeugt arbeiten, bis es zu dunkel dafür würde. Deine Geburt hat niemand auch nur mit einem dämlichen silbernen Taufbecher oder einem im Schrank Beschlag ansetzenden Teelöffel gewürdigt. Dinge, die nur dann wichtig waren, wenn eine Ankunft auf der Welt als Katastrophe abgetan wurde, von der man sich erholen musste, statt als zu feierndes Wunder.

Aber während ich vor meiner Mutter stand und Traurigkeit, Wut und Frustration ein Ventil suchten, spürte ich, wie sich das neue Baby in mir bewegte. Prompt flammten all die Ängste auf, die ich vor zehn Jahren ausgestanden hatte. Als ich mir nicht mehr einreden konnte, meine Periode wäre ausgeblieben, weil ich mir die Mühe erspart hatte, anständig zu kochen, während Danny auf See war. Als ich nicht mehr glauben konnte, mein kleines Bäuchlein wäre normal und der Muskeltonus nach Louises Geburt endgültig dahin. Oder meine überempfindlichen, schweren Brüste wären hormonell bedingt, ein Hinweis auf die Fälligkeit meiner Periode – die ich seit Monaten nicht mehr gehabt hatte. Ich konnte nicht länger die Anzeichen ignorieren, dass ich schwanger war.

Von einem Mann, mit dem ich nie unter den Sternen hätte sitzen dürfen.

Ich tobte weiter. »Dir wäre recht gewesen, wenn ich ihn einfach herausgepresst, den überzuckerten Tee von Schwester Domenica runtergestürzt, den Zug nach Hause genommen und nie wieder an ihn gedacht hätte, nicht wahr?«

Mit großer Zurückhaltung erwiderte Mum: »Nicht ich habe das Problem verursacht, Susie. Ich habe nur mein Bestes getan, um dir dabei zu helfen, es zu lösen.« Sie schaute zu Boden. »Entschuldige. Ich dachte, mit der Zeit würdest du darüber hinwegkommen. Außerdem hattest du ja Louise, an die du denken musstest.«

Das sah meiner Mutter ähnlich. *Entschuldige*. Ein so kraftvolles Wort, wenn es ohne Hintergedanken ausgesprochen wurde. Meine Wut legte und verflüchtigte sich. »Ich bin diejenige, die sich entschuldigen sollte.« Dafür, wie ich ihre Vorbehalte gegen meine Ausflüge ins Tanzlokal abgetan hatte, während Danny auf See gewesen war. Dafür, wie sagenhaft ich es vermasselt hatte, noch bevor die Eheringe abbezahlt waren. Dafür, dass sie Danny hatte belügen müssen, den sie als den Sohn betrachtete, den sie nie bekommen hatte. Trotzdem hatte sie mir nie Vorwürfe gemacht, mich nie nach Einzelheiten meiner Dummheit gefragt. Und zum Glück hatte ich sie ihr nie erzählen müssen.

Ihre Züge wurden milder. »Ich dachte, es wäre einfacher, wenn wir nicht ständig über ihn reden.«

Als mir klar wurde, dass es Menschen ihrer Kriegsgeneration jeden Morgen aus dem Bett schafften, indem sie nicht über ihre grausamen Verluste sprachen, nickte ich. Mütter hatten Söhne verloren, die sie achtzehn Jahre lang geliebt hatten, erkannten ihre Geister in jenen der überlebenden Ehemänner wieder, mit denen sie Abend für Abend beim Essen saßen, den Tisch mit der Seite an die Wand geschoben, an der früher noch ein Stuhl gestanden hatte. Fred, der Bruder meiner Mum, war mit neunzehn in Frankreich gefallen, zerfetzt von einer Mine. Aber solche Frauen brachen daraufhin nicht zusammen. Sie schluckten den Kummer runter, richteten den Blick auf die Zukunft und gestatteten sich nicht, sich in ihrem Verlust zu suhlen. Jedenfalls nicht offen. Es gab immer jemanden, dem es schlechter ging.

Mum redete nie über Fred, suchte nie nach Mitleid. Es war nun mal so, wie es war. Kein Wunder also, dass sie fand, ein nach sechs Wochen weggegebenes Baby verdiente nicht, erwähnt zu werden. Meine Augen wurden feucht.

Sie schaute zu mir auf. »Komm und lass dich drücken, Schatz. Es wird alles gut.«

Und so ließ ich mich im Alter von einunddreißig Jahren auf den Knien meiner Mutter von ihr wiegen. Tränen tropften auf ihre hellbraunen Strümpfe, bis sie ein Taschentuch, das ich als das meines Vaters erkannte, aus dem Ärmel zog und mir das Gesicht abtupfte. Meine Eltern waren nie reich gewesen. Dennoch hätte ich zu wetten gewagt, dass sie sich für den Lebensabend mehr erhofft hatte, als irgendwie das Geld für Kohle im Winter zusammenzukratzen, Dads Pullover aufzutrennen, um die Wolle wiederzuverwenden, und Blumenkohlblätter und -stängel fein zu hacken, damit das Abendessen länger reichte.

Trotzdem hatte sie mir gegenüber nie so die Beherrschung verloren, wie ich meine Unzufriedenheit an anderen ausließ. Innerlich zuckte ich zusammen, als ich an meine jüngste Reaktion auf Louises Semesterzeugnis dachte. Ich war begeistert von all den wunderbaren Anmerkungen gewesen. »Die Ideen ihrer Geschichten zeugen von unerwarteter Reife«, »Ihr Geografie-Verständnis ist außergewöhnlich für ihr Alter«, »Ihre Beiträge sind stets durchdacht und intelligent«. Louise hingegen interessierte nur die Meinung der Musiklehrerin und drehte sich aufgeregt im Kreis, als sie die Worte las: »Eine Musikerin und Sängerin mit herausragendem Talent.«

Zaghaft sah sie mich an. »Meinst du, ich bin gut genug, um Popstar zu werden?«

Ich wirbelte zu ihr herum. »Das kannst du vergessen. Du wirst wie jeder andere einer richtigen Arbeit nachgehen. Ich habe dich nicht dazu erzogen, mit einem Haufen Hippies abzuhängen, die sich für die nächsten Rolling Stones halten.« Dabei verdrängte ich die Erinnerung daran, wie ich selbst in *jener* Nacht in eigens auf dem Markt gekauften Hotpants auf der Bühne gesungen hatte.

Sie stemmte die Hände in die Hüften. »Nur, weil *du* nicht

gut genug dafür warst, heißt das noch lange nicht, dass ich es nicht bin.«

Ich brüllte sie an: »Du hast keine Ahnung, wie schwer es ist, sich in der Musikbranche durchzusetzen, du dummes kleines Mädchen.«

Sie brach in Tränen aus und schrie mich an, bis Danny angerannt kam.

»Wieso um alles in der Welt streitest du mit Louise darüber, was sie vielleicht in zehn Jahren machen wird oder auch nicht?« Danach hatte er mich mit halb wütender, halb verwirrter Miene in die Küche geschickt, während er Louise beruhigt hatte. Und wieder hatte ich alle, die ich liebte, ein Stück weiter von mir entfremdet.

Als mein Schluchzen nachließ, beugte sich meine Mutter vor und legte die Hand auf meinen Bauch. »Dieses kleine Würmchen wird ein wunderschönes Leben haben.«

Ich hoffte, sie würde recht behalten.

NEUN

OKTOBER 1977

Es hätte mich nicht überraschen sollen, dass Baby Nummer drei das Ende für meine Bauchmuskeln sein würde, doch im siebten Monat glich mein Gang einem schwerfälligen Watscheln, und Danny beschrieb mich liebevoll als »das vorbeikreuzende Schlachtschiff«. Zumindest hoffte ich, dass er es liebevoll meinte. Als der Geburtstermin näher rückte, plagten mich nachts oft lange Verdauungsprobleme, die ich auf Kissen gestützt aussaß, um das in der Speiseröhre tobende Brennen zu lindern. Und jene Stunden, in denen ich manchmal zum Fenster ging und den Nordstern betrachtete, erwiesen sich als fruchtbarer Nährboden für meine Ängste. Würde ein Fremder das Kind aus dem Park entführen? Würde es Bleiche trinken, während ich mich kurz umdrehte? Würde ein riesiger Hund angerannt kommen und es beißen? Ich versuchte, meine Sorgen zu verdrängen, indem ich daran dachte, wie sehr sich Danny auf die Ankunft des Babys freute. In seiner Freizeit hatte er bereits das Kinderzimmer gestrichen und die Wände mit kleinen Schiffen verziert. »Vielleicht erbt das Würmchen ja mein Fernweh und will die Welt sehen«, hatte er gemeint. Ich wusste, dass er hoffte, es würde ein Junge werden. Allerdings traute ich mich nicht, darüber nachzudenken, was mir lieber wäre, denn solche Überlegungen führten mich unweigerlich wieder zu dir.

Trotz aller Vorsätze stand ich manchmal im Kinderzimmer, wenn Louise in der Schule und Danny bei der Arbeit waren, strich mit den Fingern über das Bettchen, das er geschliffen und lackiert hatte, und spürte, wie sich deine Abwesenheit in den Vordergrund drängte, bis mir die wenigen Bilder, die ich von dir hatte, durch den Kopf wirbelten und mir davon schwindlig wurde. Manchmal wurde das Verlangen, zu erfahren, wie es dir ging, so heftig, dass es wie quälender Hunger an mir nagte. Das einzige Heilmittel dagegen bestand darin, kilometerweit zu gehen, viel weiter, als mein von Wehwehchen geplagter Körper wollte, bis ich zu erschöpft für Gedanken war. Und heute hatte ich wieder einen jener Tage.

Ich war bereits in Richtung des Hafens unterwegs. Dabei erinnerte ich mich daran zurück, wie ich dort früher auf Danny gewartet hatte, wenn sein Schiff eingelaufen war. Damals hatte ich mich stets körperlich nach dem Moment gesehnt, in dem ich mich an ihn schmiegen könnte, nachdem ich mich in seiner Abwesenheit so lange allein über Wasser gehalten hatte. Er war immer ein wenig anders zurückgekommen, als ich ihn im Gedächtnis hatte, ein bisschen sonnengebräunter, das Haar kürzer, die Hände rauer. Etwas jedoch hatte sich nie geändert – wie ich mich durch ihn fühlte. Als gäbe es jemanden auf dem Planeten, der auf meiner Seite stand. Und wie hatte ich es ihm zurückgezahlt?

Trotz des schmerzenden Rückens und der geschwollenen Fußgelenke zwang ich mich, weiterzugehen, vorbei an der Guildhall. Die körperliche Anstrengung verhinderte, dass sich unerwünschte Erinnerungen einschlichen.

Ich sah sie nicht rechtzeitig, um zu flüchten. Plötzlich stand sie unmittelbar vor mir. Sie schob das Baby im Kinderwagen.

Ein größerer, ungefähr vier Jahre alter Junge hielt sich neben ihr daran fest und jammerte vor sich hin.

Sie setzte ein strahlendes Lächeln auf. »Paula!«

Ich schüttelte den Kopf. »Tut mir leid, Sie irren sich.« Ich wollte mich an ihr vorbeidrängen, doch der Bürgersteig war zu schmal, und auf der Straße rauschte lautstark der Verkehr vorüber. Mir blieb keine andere Wahl, als mich gegen die Wand zu drücken.

Sie blickte resigniert. »Du bist es. Ich wusste sofort, dass du es bist, als ich dich beim Thronjubiläum gesehen habe. Deine Augen haben dich verraten. Ihre Schönheit vergisst man nicht.« Ihr Blick fiel auf meinen Bauch. Ich legte die Hände über die Wölbung, ein erbärmlicher Versuch, sie zu verstecken, als hätte ich dich irgendwie verraten.

Am liebsten wäre ich in den Verkehr geflüchtet, hätte mich zwischen den Autos hindurchgeschlängelt und wäre verschwunden. Sie bemerkte meine Miene, hob sich ihren kleinen Sohn auf die Hüfte und wischte ihm mit dem Daumen grünen Rotz von der Nase. »Ich kann dir nicht verübeln, dass du nicht an die Zeit damals erinnert werden willst. War verdammt schrecklich, oder?«

Verleugnung lag mir auf der Zunge. Wie könnte sie etwas beweisen? Aber nackte Panik sorgte dafür, dass ich mich nicht mehr verstellen konnte. Als ich das Wort ergriff, hörte ich, wie flehentlich meine Stimme klang. »Du darfst es niemandem sagen. Mein Mann und meine Tochter wissen nichts davon.« Meine Gedanken strudelten wild. Mein Verstand konnte nicht verarbeiten, dass mein gesamtes Leben innerhalb von Minuten an einem beliebigen Tag in sich zusammenfallen könnte. Ich wollte mich gerade von ihr abwenden, da

packte sie mich am Arm. »Du hast es deinem Mann nie erzählt?«

Offensichtlich hatte sie nicht darüber nachgedacht, dass man beim Schönheitswettbewerb laut und deutlich meine elfjährige Tochter zur Siegerin erklärt hatte und mein anderes Baby vor neun Jahren adoptiert worden war, wie sie wusste.

Ich zog den Arm zurück. »Ich habe niemandem davon erzählt. Nur meine Mum weiß es.«

Sie nickte. Ihre Miene wirkte sanft und mitfühlend. Der Gesichtsausdruck von jemandem, der wusste, wie es sich anfühlte, verurteilt zu werden. »Du Glückliche.« Sie deutete mit dem Kopf auf meinen Bauch. »Und wann ist es so weit?«

»Erste Dezemberwoche.«

»Ist es das Einzige seit dem Heim?«

Ich nickte und wusste, dass ich gehen sollte, doch irgendwie fühlte ich mich zu dieser Frau hingezogen, der einzigen anderen, die mich verstand.

»Wie groß wird der Altersunterschied zwischen dem Baby und deiner Tochter sein?«

Ich hätte so gern gelogen, die Wahrheit ausradiert, bis ein Loch in jener Seite meiner Vergangenheit entstanden wäre wie manchmal bei Louise in ihrem Mathebuch. Nur konnte ich es nicht. Ich konnte meine Tochter nicht verleugnen. Also versuchte ich es ausweichend. »Sie kommt dieses Jahr in die Sekundarschule.«

Aber Lizzy war nicht dumm. Ich konnte beobachten, wie sich ihre grauen Zellen in Bewegung setzten wie der Münzschieber in der verflixten Spielhalle, in die Louise immer wollte. Ein Gedanke schob den nächsten an, bis sie nach und nach eine Ebene tiefer fielen und sich zu Verständnis verdichteten. Sie verengte die Augen zu Schlitzen. »Wie geht das denn, wenn deine Tochter älter ist als das Baby, das du weggegeben hast? Ist *sie* von deinem Mann?«

Ich fühlte mich hin- und hergerissen. Am liebsten wäre ich zurück nach Hause gerannt, wo ich die Tür zuschlagen und mich davor verstecken könnte, dass sie von meiner Schande wusste. Eigentlich hätten ihre Worte aufdringlich, unsensibel und sogar vorwurfsvoll klingen müssen. Aber sie strahlte etwas

Unerschütterliches aus, als wäre sie selbst so tief gefallen, dass ihr die schmutzigen Geheimnisse anderer niemals mehr als eine halb hochgezogene Augenbraue wert waren. Ich ertappte mich dabei, ihre Fragen zu beantworten, anfangs noch zögerlich, schon bald jedoch erklärte ich ihr ausführlicher, dass Danny bei der Marine und oft lange weg gewesen war. Sie reagierte darauf mit: »Du Arme. Hast alles für dich behalten. Kein Wunder, dass du wie eine verletzte Katze davongerannt bist, als wir uns beim Thronjubiläum über den Weg gelaufen sind. Ich hätte vor Louise nichts sagen sollen. Ist mir vor Überraschung einfach herausgerutscht.«

Meine Gedanken kehrten zu dem Tag zurück, an dem ich sie inmitten ihrer feuerköpfigen Sprösslinge gesehen hatte. Der Anblick ihres großen Sohns hatte mich verfolgt. Er sah aus, als wäre er ungefähr neun, so alt wie du mittlerweile bist.

Ich bemühte mich, meiner Stimme einen unbeschwerten Klang zu verleihen, als führte ich bloß eine höfliche Unterhaltung. »Also hast du dein Baby nicht behalten?« Ich spürte, wie ich mich angespannt vor der Antwort scheute, weil ich fürchtete, sie könnte bestätigen, dass jemand anderes unter denselben Umständen eine bessere, mutigere Mutter als ich gewesen war. Aber ich musste mich vergewissern, ob auch sie ihr Baby verloren und keinen Weg gefunden hatte, es zu behalten. Ob sie verstand, wie es sich anfühlte, wenn einem die Hälfte des Herzens fehlte.

Bevor sie antworten konnte, verlagerte der kleine Bursche auf ihr das Gewicht, krallte die Finger in ihre Locken und verdrehte sie, bis sie zusammenzuckte. »Aua, Carl, hör auf, das tut weh.« Lizzy wandte sich mir zu. »Sie ziehen mich alle an den Haaren. Hat sogar der kleine Racker damals gemacht.«

Bittersüße Erinnerungen huschten über ihre Züge, doch ich verspürte einen Anflug von Erleichterung in den Kniekehlen, als sie schließlich sagte: »Nein, ich hab ihn nicht behalten. Wie hätte ich das gekonnt? Mein Vater wollte auf keinen Fall eine

Tochter mit einem unehelichen Kind, für die er sich vor seinen Freunden hätte schämen müssen. Er hat mich fast zu Tode geprügelt, als er es herausgefunden hat. Erst nachdem ich die Adoptionspapiere unterschrieben hatte, hat meine Mutter mir gesagt, dass ich so oder so nicht zurück nach Hause kommen konnte.«

»Dann musst du aber ziemlich schnell noch ein Baby bekommen haben. Wie alt ist dein Ältester?«

»Erst sieben. Rick ist groß für sein Alter. Oft frage ich mich, ob Bobby auch so geworden ist. Ich hab keinem der Kinder je erzählt, dass ich noch ein Baby hatte. Es bricht mir das Herz, dass Rick irgendwo einen großen Bruder hat, von dem er nichts weiß.«

Ein Lastwagen ratterte vorbei, was eine Unterhaltung unmöglich machte und uns einige Augenblicke verschaffte, um uns zu sammeln.

»Hast du deinen Mann kennengelernt, nachdem du das Baby weggegeben hattest? Hast du ihm davon erzählt?« Durch mein Verlangen, die Erlebnisse einer anderen zu verstehen, wurde ich aufdringlich.

»Ich hab behauptet, es wäre passiert, lang bevor ich ihn kennengelernt habe. Mein Alter mag's nicht, wenn ich darüber rede. Er wird davon gereizt, empfindlich.« Sie verdrehte die Augen. »Du weißt ja, wie Kerle sind. Er regt sich jedes Mal auf, wenn er nur einen amerikanischen Akzent hört, weil ich ihm gesagt hab, dass der Vater ein Yankee ist, der mich sitzen lassen hat.« Sie lachte, allerdings klang es freudlos. »Ich dachte mir, das wäre sicherer, als ihn im Tanzlokal jeden Kerl anglotzen und sich fragen lassen, ob er mit seiner Frau geschlafen hat.«

Das kleine Mädchen im Kinderwagen begann zu weinen. Lizzy steckte ihr einen Schnuller in den Mund.

»Ich hab mehr oder weniger den Erstbesten geheiratet, der mir über den Weg gelaufen ist. Hauptsächlich um meiner Mum zu beweisen, dass sie sich geirrt hat.« Sie ahmte ihre Mutter nach. »So wird dich kein Mann auch nur ansehen wollen. Wenn du vernünftig bist, verlierst du nie ein Wort über den kleinen Bastard, den du weggegeben hast.«

Mit gequält verzogenem Gesicht schaute sie über meine Schulter.

»Alles wegen der verfluchten Religion. Was in der Kirchengemeinde getratscht werden würde, hat ihr mehr Kopfzerbrechen bereitet, als ihre achtzehnjährige Tochter nach London zu schicken, damit sie ihr Enkelkind loswird.«

Mit einer Hand schaukelte sie den Kinderwagen, mit der anderen gestikulierte sie. »Diese verdammten Nonnen. Wenn das Religion sein soll, können sie es sich dorthin schieben, wo der Papst es nicht sieht. Ich bin danach zu meiner Schwester gezogen, nur war dort eigentlich kein Platz für mich. Sie hatte es so schon eng. Mit Simon bin ich ins Gespräch gekommen, als er von Tür zu Tür gewandert ist, um Versicherungen zu verkaufen – meine Güte, war er wortgewandt. Geheiratet hab ich ihn nur, um ein eigenes Zuhause zu bekommen.«

Das erklärte ihre Abgebrühtheit, das fehlende Selbstmitleid. Wenigstens hatte ich ein Leben gehabt, in das ich hatte zurückkehren können, und eine Mutter, die mich umarmt hatte. Ich war nicht auf Gedeih und Verderb mir selbst überlassen worden.

Sie streichelte den Kopf ihres Sohnes, als seine Lider schwer wurden und er sich an ihre Schulter schmiegte. »Eigentlich hatte ich nicht vor, Simon von der Adoption zu erzählen, aber ich hatte es satt, mich zu schämen. Meine Mutter hat vor meinem eigenen Vater verheimlicht, dass sie sich weiterhin mit mir getroffen hat. Da hab ich beschlossen, eine bessere Mutter zu werden, auch wenn ich meinen ersten Sohn nicht habe behalten können. Zumindest wollte ich anerkennen, dass es ihn gibt.«

Am liebsten hätte ich über ihren Mut gejubelt. Ich wollte nicht mehr vor Lizzy weglaufen, sondern mich an sie klammern, eine weitere gestrauchelte Mutter, die einzige mir bekannte Person, die wusste, wie es war, mit einer dumpfen, schmerzlichen Leere zu leben, gegen die es kein Heilmittel gab. Ich musste herausfinden, wie sie überlebt hatte, und ob sie glaubte, den Verstand zu verlieren, wenn sie daran dachte, dass sie jenen kleinen Jungen nie wiedersehen, nie erfahren würde, ob man ihn gut versorgte, schätzte, *liebte*.

Sie senkte den Blick und schrammte mit den Sandalen über den Bordstein.

»Weißt du, er war ein so wunderschöner Bursche. Hatte den Kopf voller Haare. Natürlich ein Rotschopf. Ich wollte ihn nicht weggeben. Aber was für ein Leben hätte ich dem Kleinen schon bieten können? Als auf Sozialhilfe angewiesene Mutter ohne eigene Bleibe? Und wir hatten sowieso keine Chance. Die Nonnen haben ja in jedem Gang nur darauf gelauert, uns die Babys zu entreißen.« Sie schaute zu mir auf. Ihr Blick flehte förmlich um meine Bestätigung. »Oder?«

»Hatten wir wirklich nicht. Erinnerst du dich an Schwester Patricia?«

Bei dem Gedanken verdrehte sie die Augen. »Dieses Miststück.«

Das stimmte zwar, trotzdem konnte ich nicht so über Nonnen reden. Obwohl ich Lizzy dafür bewunderte, dass sie keine Heuchlerin war.

Ich deutete mit dem Kopf auf ihr Baby. »Hat es dir geholfen, weitere Kinder zu kriegen?«

Sie musterte mich, als wollte sie abwägen, wie viel Wahrheit ich ertragen könnte. Schließlich seufzte sie. »Am Anfang hab ich mir geradezu verzweifelt noch ein Baby gewünscht. Keine zwei Monate, nachdem ich Simon geheiratet hatte, war ich schwanger. Seither kann ich nicht aufhören, weitere zu bekommen. Mittlerweile habe ich vier.« Sie schlug die Augen nieder. »Trotzdem sehe ich mich als Mutter von fünf, und es fühlt sich ständig so an, als würde eines fehlen.«

Sie versuchte ein Lächeln, doch ich erkannte den über ihre Züge huschenden Schmerz und die zerrissene Sehnsucht in ihrer Stimme. Offensichtlich war ich ein schlechter Mensch, denn ich spürte, wie ich mich besser fühlte. Noch jemand auf der Welt trug dieselbe Bürde wie ich, eine untrennbar mit ihr verbundene, verborgene Traurigkeit, eine innerlich schwärende Wunde.

Sie senkte die Stimme. »Ich hab's zwar drauf, schwanger zu werden, aber bei Männern hab ich kein so gutes Händchen.«

Über die Ironie daran musste ich unwillkürlich lachen. »Ich wiederum tue mir hoffnungslos schwer damit, schwanger zu werden, dafür hat sich mein Mann als recht passabel herausgestellt.« Prompt fürchtete ich, selbstgefällig zu klingen. »Ich meine, er lässt zwar seine Socken auf dem Boden rumliegen und leert die Aschenbecher nicht aus, aber er ist ein wunderbarer Vater.«

Das Baby weinte erneut, und der Moment der Vertraulichkeiten verflog. Sie schwang den Jungen zu mir herüber, der dagegen protestierte, von seinem Platz an ihrer Hüfte entfernt zu werden. Er erwies sich als schwer. Ich hatte Mühe, ihn bequem zu halten. Er spürte mein Unbehagen auf Anhieb, stieß sich von mir ab, rief nach seiner Mutter und streckte sich nach ihr.

Lizzy beugte sich über die Kleine im Kinderwagen und steckte ihr den kleinen Finger in den Mund. »Ich sollte besser gehen. Sie ist hungrig.« Sie nahm mir den Jungen wieder ab und prustete ihm auf die Wange, bis er lachend den Kopf zurückwarf. Unwillkürlich beneidete ich sie um jene unbefangenen Gesten und das Gefühl von Spaß. Ich konnte mich gar nicht erinnern, wann Louise und ich zuletzt zusammen gelacht hatten. Als sie klein gewesen war, hatte ich nicht annähernd genug Zeit damit verbracht, Seifenblasen zu pusten, Schlammkuchen zu machen oder Burgen aus Knetmasse zu basteln. Ich war zu versessen darauf gewesen, ihr Lesen und Schreiben beizubringen, noch bevor sie eingeschult wurde. Vielleicht würde ich bei dem neuen Kind das Gleichgewicht wiederherstellen können.

»Ich schiebe dir den Kinderwagen noch bis zur Ecke«, bot ich an, um Lizzys angenehme Gesellschaft etwas länger zu genießen.

Sie schlang den freien Arm um mich.

»War schön, dich zu sehen. Nachmittags bin ich eigentlich immer im St. Edward's Park. Bis ungefähr drei, wenn für die anderen Kinder die Schule endet. Kannst mich jederzeit gern dort besuchen kommen. Tschüss, Paula.«

Ich nickte und überlegte, ob ich ihr vertrauen konnte. »Ich heiße Susie.«

»Jeanie.«

ZEHN

DEZEMBER 1977

Meine zweite Tochter wurde am 1. Dezember 1977 geboren. Die Hebamme lachte, als meine erste Frage lautete, ob es dem Baby gut ging und nicht, welches Geschlecht es hatte. Ich konnte ihr nicht sagen, dass ich damit gerechnet hatte, bestraft zu werden. Und kaum war die Kleine herzhaft schreiend auf die Welt gekommen, ereilten mich Albträume von all den Möglichkeiten, wie ich sie versehentlich verletzen könnte – indem ich auf dem Parkettboden ausrutschte und ihr Schädel aufbräche, indem mir ihr Kinderwagen in den Verkehr davonrollte, weil ich die Bremse vergessen hatte, oder indem ich ohnmächtig würde, während ich sie badete.

Danny wischte meine Sorgen weg. »Klopfen wir auf Holz. Du hast nie zugelassen, dass Louise etwas passiert ist. Ehrlich, du bist eine großartige Mutter. Zerbrich dir lieber darüber den Kopf, dass wir den richtigen Namen für siefinden.«

Danny wollte sie Leia nennen, weil ihm der Film *Star Wars* so gefiel. Und natürlich wäre es »der perfekte Name für eine Prinzessin«. Ich hingegen war unbedingt für Grace, denn jedes Mal, wenn ich das Lied »Amazing Grace« hörte, dachte ich an den Tag deiner Geburt. Auch wenn du deine Schwester nie kennenlernen würdest, wollte ich dich irgendwie in ihr Leben einbeziehen, und mochte die Verbindung noch so dünn sein.

Danny probierte den Namen mehrmals aus. »Grace. Gracie. Meine bezaubernde Gracie.« Dann nickte er. »Damit kann ich leben. Du hast die meiste Arbeit geleistet, also entscheidest du.« Und so wurde das neue Mädchen in unserer Familie Grace Leia genannt.

Nachdem ich mit ihr aus dem Krankenhaus nach Hause zurückgekehrt war, konnte ich drei Nächte lang nicht schlafen. Fernab der regelmäßig ein- und ausgehenden Krankenpflegerinnen und ihres Lobs darüber, wie brav sie die Brust annahm und wie bezaubernd sie war, hielt mich die Angst davor wach, ihr könnte etwas passieren. Jedes Mal, wenn ich die Augen schloss, sah ich die imposante alte Treppe im Mutter-Kind-Heim vor mir und das lange Geländer, das regelmäßig eine der armen Bewohnerinnen polieren musste. Mit der linken Hand hatte ich mich daran abgestützt, in der rechten hatte ich den Koffer getragen, während sich meine Füße die Stufen hinuntergeschleppt hatten. Ohne dich.

Schließlich griff Danny ein und löste Grace von mir. »Du musst schlafen, Susie. Sonst wirst du krank. Komm schon, bei Louise warst du nicht so, und mit ihr ist alles gut geworden. Ich bleibe bei ihr sitzen.«

»Versprochen? Versprichst du mir, nicht einzuschlafen?«

An den hängenden Schultern sah ich Danny an, wie müde er war, als ihm klar wurde, dass ein weiteres Kind mich nicht »in Ordnung gebracht«, sondern lediglich mitten hinein in ein anderes Meer aus Sorgen katapultiert hatte. Wahrscheinlich hatte er sich das vergangene Jahrzehnt lang gefragt, wohin die junge Frau verschwunden war, die es bei »Let's Twist Again« nie auf dem Stuhl gehalten hatte, und er hatte wohl gehofft, das von mir ersehnte Baby würde sie zurückkehren lassen. Aber statt die Kluft zwischen uns, zwischen der Zeit vor und nach dir zu füllen, legte Grace' Ankunft alles frei, was ich zu vergraben versucht hatte.

Und dafür, endlich die von mir erträumte Bilderbuchfamilie zu werden, zeigte Louise entschieden zu wenig Interesse an Grace. »Bringt nichts, mit dir zu reden, wenn *sie* hier ist.« Sosehr ich versuchte, mich nicht ablenken zu lassen, wenn Louise mir etwas erzählte, ein Murmeln von Grace genügte, schon flitzte ich zu ihr und rückte ihr Strickjäckchen zurecht, deckte sie zu, wickelte sie, knuddelte sie, wiegte sie.

Meine Besessenheit von Louise und ihren Noten wurde von der Fixierung auf frische Luft für das Baby abgelöst. Jeden Tag ging ich spazieren, stapfte kilometerweit über die Bürgersteige, um meine Ängste in Schach zu halten. Wenn Grace in ihrem Kinderwagen lag, wusste ich, dass sie in Sicherheit war. Wenn sie sich zu Hause oben in ihrem Zimmer befand, brachte ich kaum den Abwasch zu Ende, ohne nachzusehen, ob sie wohl nicht irgendwie mit dem Kopf zwischen die Gitterstäbe des Kinderbetts geraten und stecken geblieben war. Während Grace' Mittagsschläfchen saß ich in der Stille des Hauses und nahm mir vor, nicht aufzustehen und nach ihr zu schauen, bevor die Standuhr zur Viertelstunde schlüge. Meist jedoch hetzte ich dann doch wieder mit wild pochendem Herzen ins Kinderzimmer, leckte mir über den Zeigefinger und hielt ihn unter ihre Nasenlöcher, um den beruhigend kühlenden Atem aus ihnen zu spüren.

Danny zeigte sich anfangs tolerant, ja sogar beinah stolz auf meine Aufopferung für unsere Tochter, mit der er mich verspielt aufzog. »Wie viele Möhren hast du heute püriert?«; »Keine Sorge, ich hab den Löffel für die Prinzessin sterilisiert.«; »Wie lange hast du sie weinen lassen? Ganze zwei Sekunden? Wow!« Aber nach einer Weile wichen die Scherze geflüsterten Unterhaltungen in der Küche mit meiner Mutter, aus denen ich Phrasen aufschnappte wie: »Meinst du, sie muss zum Arzt?«

Oder: »Die Auswirkungen auf Louise ...« Oder: »... mit meinem Latein am Ende.«

Als Grace fünf Monate alt war, wusste ich, dass sich etwas ändern musste. Wie eine Maus, die sich zu einer Falle pirschte, um sich den Käse daraus zu holen, obwohl sie wusste, dass es leicht schiefgehen könnte, trat ich daher nach Ostern den Weg in den Park an, wo ich hoffte, Jeanie mit ihren Kindern anzutreffen. Ich sagte mir, es wäre unwahrscheinlich, dass zwei gebrochene Menschen einander helfen könnten. Aber mein Verlangen, mit jemandem zu reden, der den von der Geburt eines weiteren Kindes ausgelösten Wirbelsturm der Gefühle verstand, überwältigte meinen gesunden Menschenverstand.

Es bedurfte nicht vieler Anläufe, bis ich sie aufspürte. Jeanie winkte mir zu, als wäre sie nicht überrascht, mich zu sehen.

Sie beugte sich über den Kinderwagen und warf einen Blick auf Grace. »Also hast du noch ein Mädchen bekommen?«

Mir war klar, dass sie damit fragte, ob ich mir einen Jungen als Ersatz für dich gewünscht hätte. Um zu rechtfertigen, dass ich prinzipiell nicht viel über mich preisgab, steckte ich meinerseits nie die Nase in die Angelegenheiten anderer. Aber als ob ich sie schon mein Leben lang kennen würde, erwiderte ich: »Ist es dir besser gegangen, als du noch einen Sohn bekommen hast?«

Und als hätte ich jedes Recht, direkt die Gefühle tief in ihrem Herzen zu ergründen, ohne davor auch nur einleitende Worte über den herrlichen Sonnenschein zu verlieren, antwortete sie: »Es hat keinen Unterschied gemacht. Mit der Zeit ist es eher schlimmer geworden. Ich hab bei jedem aufs Neue gehofft, es würde den Zauberstab schwingen, durch den es sich vielleicht nicht in Ordnung, aber wenigstens nicht mehr wie ein Schwert in meinen Eingeweiden anfühlen würde, dass ich ihn aufgegeben habe. Hat es jedoch nicht. Jedes Mal wäre ich fast zusammengebrochen. Der Vorteil von vier Kindern ist allerdings, dass ich kaum je Zeit habe, an ihn zu denken.«

Ich liebte sie für ihre Ehrlichkeit. Ihre Worte wirkten wie eine Linksdrehung des Reglers für die Lautstärke meines Wahnsinns. Mums Mitgefühl war der Angst gewichen, dass Danny mich verlassen könnte. »Glaub bloß nicht, dass er sich nicht von dir scheiden lassen würde. Das ist heutzutage viel einfacher als früher. Die jungen Leute kuschen nicht mehr so, wie wir es mussten. Es würden genug andere Frauen parat stehen. Du musst aufhören, darüber zu jammern, was du nicht hast, und das Augenmerk darauf richten, was du hast.«

Eine Weile standen Jeanie und ich einfach da und beobachteten drei ihrer Kinder auf dem Spielplatz. Ihr ältester Sohn trieb seine Schwester und den kleinen Jungen auf der drehbaren Kletterpyramide so weit nach oben, dass es mich eine Willensanstrengung kostete, nicht die Luft anzuhalten. Schließlich deutete ich mit dem Kopf auf sie. »Geht's dem Jüngsten da oben auch gut?« Ich gab mir alle Mühe, wie eine Frau zu klingen, die lediglich plauderte, obwohl ich kurz davorstand, aus voller Kehle zu schreien: ›Hör auf, hör auf! Du bringst noch jemanden um!‹

Jeanie zuckte nur mit den Schultern. »Denen passiert nichts.« Sie lachte. »Das ist harmlos. Als ich neulich zuhause nach oben gegangen bin, sind Rick und Sarah auf den Kleiderschrank geklettert und von dort ins Bett gesprungen. In der Woche davor hat sich Rick die Säge meines Ehemanns geschnappt und unsere Gartenbank zerlegt. Der kleine Schlingel.«

Unwillkürlich dachte ich daran, wie ich durchs Haus patrouillierte und nach scharfen Kanten Ausschau hielt, nach allem, was Grace auf sich herunterziehen könnte, sobald sie zu krabbeln anfing. Ich hatte Danny sogar verboten, Kohle für den Winter zu bestellen, weil ich mir ständig vorstellte, wie sie ins Feuer fiel.

»Machst du dir keine Sorgen, dass sie sich verletzen könnten?«

Jeanie sah mich an. »Ein bisschen schon. Aber mein Vater hat mich gar nichts machen lassen. Immer hat es irgendeine blöde Regel gegeben, wegen der man früh ins Haus musste. Wenn man einen Spritzer Schlamm abbekommen hatte, ist er ausgerastet. Und wenn wir unser Spielzeug im Wohnzimmer auf dem Boden vergessen hatten, hat er uns ordentlich mit dem Gürtel versohlt. Und am Ende bin ich aus der Spur geraten. Meine Kinder sollen mich als lustig in Erinnerung behalten, und wenn's das Letzte ist, was ich tue.«

Ich beneidete sie um ihre Einstellung. »Lustig« gehörte mit ziemlicher Sicherheit nicht zu den Adjektiven, mit denen Louise mich beschreiben würde.

»Ich wünschte, ich wäre mehr wie du. Aber ich sorge mich bei allem.«

Sie drehte sich zu mir. »Das Schlimmste ist uns bereits passiert. Jetzt können wir alles überstehen.«

Während ich vor ihr stand, musterte ich ihr sommersprossiges Gesicht, ihr hocherhobenes Kinn, ihre Weigerung, sich dafür zu entschuldigen, wer sie war. Es kümmerte sie nicht, dass die Hälfte der Mütter auf dem Spielplatz missbilligende Laute über ihren Sohn von sich gab, als er sich auf die Schaukel stellte und sie eindrehte, bis er beinah die Stange oben erreichte. Sie zuckte mit keiner Wimper, als er durch den Sandkasten stürmte und dabei allen Sand ins Gesicht spritzte. In früheren Jahren wäre ich genauso empört darüber gewesen. Ich hätte Louise zur Seite genommen und ihr ins Ohr geflüstert: »Halt dich bloß von diesem schrecklichen kleinen Jungen fern.«

Stattdessen bewunderte ich Jeanie. Die Gesellschaft hatte sie verurteilt, und nun zeigte sie allem, was irgendjemand über sie dachte, beide Stinkefinger. Von ihr könnte ich eine Menge lernen.

Es dauerte Jahre mit wöchentlichen Treffen im Park, bis ich Jeanie genug vertraute, um ihr Danny vorzustellen. Als ich zum fünfzigsten Mal wiederholt hatte, dass Danny nichts von meiner Zeit im Mutter-Kind-Heim wusste, hatte sie erwidert: »Ob du's glaubst oder nicht, ich posaune nicht herum, dass ich mit achtzehn von einem Matrosen geschwängert worden bin, der sich ein letztes Mal vergnügen wollte, bevor er nach Brunei abgedampft ist. Ich bin nicht scharf drauf, darüber zu reden. Nein, wir sagen einfach die Wahrheit. Natürlich die, auf die wir uns geeinigt haben. Wir sind uns beim Silbernen Thronjubiläum über den Weg gelaufen, dann noch mal im Park, und wir haben uns angefreundet, weil wir Kinder in ähnlichem Alter haben. Damit hat es sich.«

Und wie immer hatte aus Jeanies Mund alles so einfach geklungen.

ELF

JULI 1983

»Du bist schon komisch, Susie. Die Marine-Ehefrauen willst du nicht mal zum Kaffee einladen, aber sie lässt du mit ihren Kindern herkommen und das gesamte Haus verwüsten!«, meinte Danny fast jedes Mal, wenn Jeanie vorbeischaute.

Ich konnte seinen Standpunkt nachvollziehen. In den ungefähr vier Jahren, die sie uns mittlerweile besuchte, hatte das Haus einiges einstecken müssen. Angestachelt von Carl, dem jüngsten der Buben, der mit zehn eigentlich klüger sein sollte, tobten die Kinder umher, sprangen vom Sofa, spielten in den Schränken Verstecken und plünderten die Küche, ohne um Erlaubnis zu fragen. Noch Tage später fand ich Reste von Feigenriegeln an Türklinken und von Schokokeksen hinter den Vorhängen. Louise verbarrikadierte sich immer in ihrem Zimmer und hörte Musik, bis sie gingen.

Wenn Danny von der Arbeit kam, bevor ich hatte aufräumen können, meinte er: »Die führen sich auf wie aus dem Zoo entlaufene Tiere.«

Ich hob dann weiter hinter das Sofa gestopfte Verpackungen auf. »Aber Grace versteht sich so gut mit der kleinen Stella. Und ich bemühe mich, bei ihr nicht so streng zu sein wie früher bei Louise, der ich alle Freundinnen vergrault habe. Im Grunde sind sie ganz lieb, nur ein bisschen wild.«

Daraufhin schüttelte er ungläubig den Kopf und stapfte durch das Chaos nach oben, um sich umzuziehen. Ich wollte von ihm nicht davon abgehalten werden, mich mit Jeanie zu treffen. Wenn sie vorbeischaute, fühlte ich mich wie in der Zeit, bevor ich dich weggegeben hatte. Damals hatte nichts so sehr gezählt, wie zu lachen, zu singen und das Leben in vollen Zügen zu genießen. Und mit etwas hatte sie recht: »Wenn Grace weniger wie das Baby aussieht, das du weggegeben hast, und mehr wie ein eigenständiges Kind, wird es dir nicht mehr so an die Nieren gehen. Wirklich verrückt macht einen die Säuglingsphase, weil man glaubt, die Geschichte würde sich wiederholen, man hätte sich neun Monate lang abgemüht und würde am Ende mit nichts dastehen.«

Zum Glück tolerierte Danny vereinzelte Sprünge in einer Fußleiste oder Schrammen an der Wand, weil er merkte, dass Jeanies optimistische Einstellung gegenüber allem – »Es könnte schlimmer sein, oder?« – auf mich abgefärbt hatte. Als Grace fast sechs Jahre alt war, hatte ich längst aufgehört, aus einer leichten Erkältung, einem Sturz im Park oder einem zu nah an ihr vorbeiflitzenden Fahrrad ein Drama zu machen. Danny freute sich, eine Frau mit sonnigerem Gemüt und weniger Alltagsfrust zu haben. Und natürlich war er ein Mann, daher analysierte er nicht akribisch, wie ich es getan hätte, stets auf der Hut vor etwas nicht Koscherem, einer Halbwahrheit, einem Geheimnis. Ich war so lange verkrampft gewesen, dass sich Danny nicht mehr gefragt hatte, wie ich mich von einer einst sorglosen Frau in eine verwandelt hatte, die nicht einschlafen konnte, wenn das Licht im Flur nicht brannte und wenn ich das Schloss der Eingangstür nicht dreimal überprüft hatte.

Jeanie war mit unserer Vergangenheit anders umgegangen. Nicht mit meiner bleiernen Schwermut, meinem Widerwillen, glücklich zu sein. Im Gegenteil. Ich verdarb alles, weil ich mich nicht daran erfreuen konnte, Grace auf Rollschuhen durch den Garten flitzen zu sehen, ohne mich zu fragen, ob du sportlich geworden warst, dynamisch auf dem Fußballplatz oder sogar eine Dampfwalze auf dem Rugbyfeld, falls man dich auf eine noble Privatschule geschickt hatte.

In der Regel lud ich Jeanie ein, wenn Danny nicht da war. Allerdings herrschte Arbeitsmangel, und er hatte in der Fabrik nur eine Drei-Tage-Woche. Diesmal brachte sie ihren dreizehnjährigen Sohn Rick mit, als Stella zu Beginn der Sommerferien Grace zum Spielen besuchte. Er wirbelte regelrecht herein, ein ungestümes Bündel aus Hormonen und Pickeln. Seine Stimme klang abwechselnd wie die einer Backgroundsängerin von The Three Degrees und wie die eines Ausbilders bei den Royal Marines. Als er anfing, gegen unser Aquarium-Glas zu klopfen, wodurch der Goldfisch, den Danny auf dem Jahrmarkt gewonnen hatte, unter den Plastikfarn flüchtete, tippte Danny ihm auf die Schulter. »Komm schon, Kumpel. Hilf mir draußen im Schuppen. Ich hätte da ein paar Dinge, die du für mich tun könntest.«

Durchs Fenster beobachteten wir, wie Rick Nägel in Holz hämmerte, mit dem Zimmermannseisen hantierte und hobelte.

Jeanie klatschte in die Hände. »Du meine Güte, das ist das erste Mal, dass er sich länger als fünf Minuten auf etwas konzentriert. Mein Mann interessiert sich zu sehr für Hunderennen, um Zeit mit ihm zu verbringen.«

Ich lächelte vor Stolz auf Danny, der aus jedem das Beste herausholte.

Schließlich kam Rick zurück herein und schwenkte eine grob gearbeitete Schatulle. »Schau, was ich gemacht hab, Mum!«

Jeanie drehte das Bastelstück in den Händen, als wäre es eine erlesen geschnitzte Eule aus feinstem Eichenholz. Bei dem Anblick schämte ich mich dafür, wie ich mich auf jeden noch so kleinen Rechtschreibfehler in Louises Aufsätzen stürzte.

Danny ergriff das Wort. »Dein Junge hat ein gutes Auge für die Arbeit mit Holz. Das solltest du fördern. Er hat gesagt, er war auch noch nie angeln. Darf ich ihn vielleicht irgendwann runter zum Fluss mitnehmen?«

In meinem Magen nistete sich ein hohles Gefühl ein, als ich beobachtete, wie sich Jeanie zu Danny beugte, als er zu ihr meinte, wie großartig es wäre, einen Jungen zu haben, dem er etwas beibringen könne, und darüber klagte, dass es ihm nie gelungen war, Louise für Holzarbeiten zu begeistern.

»Wenn kein Ton rauskommt, interessiert es sie nicht. Grace ist vorerst noch zu klein, aber ihr scheinen ihre Puppen lieber als alles andere zu sein. Du kannst Rick gern zu mir schicken – ich wollte schon immer mal ein Baumhaus bauen. Vielleicht kann er mir dabei zur Hand gehen.«

Ricks Augen wurden vor Begeisterung groß.

Jeanie lachte. »Wäre schon toll, wenn du ihm was Nützliches beibringst. Mein Mann hat einen Schlägel benutzt, um einen Nagel in die Wand zu schlagen. Jetzt fehlt im Vorderzimmer ein großes Stück Verputz. Wenn Simon eine Sache erledigt, macht er damit nur noch mehr Arbeit.«

Ich kündigte murmelnd an, dass ich Tee zubereiten würde, um aus dem Zimmer verschwinden zu können. Ich konnte es nicht ertragen, Danny darüber reden zu hören, welche Projekte er gern mit einem Jungen in Angriff nehmen würde. Es weckte in mir den Drang, auf die Straße zu stürmen, auf- und abzurennen und die Menschen anzuflehen, mir bei der Suche nach dir zu helfen. In unserem Leben war Platz für einen Sohn. Danny wäre ein großartiger Vater für einen Jungen gewesen.

Nur nicht für dich.

Als ich zurückkam, saßen Danny und Rick am Tisch und zeichneten Baumhäuser. Rick kritzelte hastig Leitern, Schießscharten und Fluchtluken. Als Kontrast dazu arbeitete Danny mit einem Radiergummi, Linealen und dünnen Bleistiftlinien. Ich konnte nicht mit ansehen, wie die beiden die Köpfe zusammensteckten, das knallige Rotbraun neben Dannys dunklen Locken, während sie sich einem gemeinsamen Ziel widmeten. Also teilte ich Jeanie nicht mit, dass ich gleich Eier und Schinken kochen würde und sie alle herzlich eingeladen wären wie sonst. Sie warf immer wieder stirnrunzelnd Blicke zu mir. Schließlich rief sie ihren Nachwuchs zusammen und begann, Jacken zuzuknöpfen und Schuhe anzuziehen. Jegliche Proteste – »Bleiben wir nicht zum Essen?« – wischte sie einfach weg.

Als Jeanie ging, flüsterte sie mir zu: »Es ist die Vater-Sohn-Sache, oder? Entschuldige. Daran hab ich nicht gedacht. Ich hab mich so gefreut, weil sonst niemand Rick wirklich mag. Ihm fehlt der Charme der anderen drei. Er ist seinem Vater zu ähnlich. War einfach eine schöne Abwechslung, dass sich mal jemand für ihn interessiert hat. Und Danny ist so toll mit ihm umgegangen.«

Ich umarmte sie und hasste mich für meine Gemeinheit. »Tut mir leid, dass ich so ’ne Miesepetra bin. Für Danny ist es toll, einen Jungen im Haus zu haben.«

Trotz meiner guten Vorsätze blieb ich nach Jeanies Besuch den ganzen Abend gereizt, schimpfte mit Louise, weil sie zu laut sang, reagierte unwirsch bei Grace, weil sie einen Becher Orangensaft verschüttete, und pflaumte Danny wegen der Unordnung in seinem Schuppen an.

Ausnahmsweise gab er nicht klein bei. »Jetzt mach mal halblang, Susie. Du gehst nie in den Schuppen. Was kümmert’s dich, ob Nägel auf der Werkbank und Holzspäne auf dem Boden verstreut sind?«

Dann lenkte ich den Streit darauf ab, was er glaubte, wie ich mich fühlte, wenn ich sah, wie er den gesamten Nachmittag mit dem Kind einer anderen Frau verbrachte, während er nie mit Grace las, Lou nie dazu anregte, am Klavier zu üben, und anscheinend lieber mit seinen Freunden in den Arbeiterklub ging, als zu Hause bei seiner Familie zu bleiben.

An jenem Abend stapfte Danny nicht wie sonst davon und

setzte sich mit den Kindern vor den Fernseher, bis es ›Mummy wieder besser geht‹. Stattdessen redete er Klartext mit mir. Nicht hysterisch und aufgebracht wie ich, sondern ruhig und sachlich. Seine Stimme klang dabei so frostig und distanziert, dass es sich anfühlte, als würde ich vom Sonnenbaden auf einer gemütlichen Liege in einen eiskalten Swimmingpool katapultiert.

»Susie, es tut mir leid, dass ich dir nicht genüge. Es tut mir leid, dass ich kein guter Ehemann bin. Ich gebe mir Mühe. Das tue ich wirklich. Ich bin aus der Marine ausgetreten und habe einen Job angenommen, bei dem ich den ganzen Tag drinnen eingesperrt bin, damit ich mehr zu Hause sein kann. Ich mache Überstunden, so viel ich kann. Ich finde, wir haben ein angenehmes Leben. Und es tut mir wirklich *verflucht* leid, dass du dich so elend fühlst. Wenn du glaubst, jemand anders kann dich glücklicher machen, ist es vielleicht an der Zeit, in uns zu gehen, bevor wir bis ins hohe Alter so weitermachen und dann feststellen, dass wir unser Leben vergeudet haben.«

Damit griff er sich seine Jacke, fuhr sich mit den Fingern durchs Haar und verschwand zur Tür hinaus.

Louise steckte den Kopf aus dem Wohnzimmer. »Lasst Dad und du euch scheiden?«

Ich streckte die Arme nach ihr aus, und ausnahmsweise schmiegte sich ihr kantiger siebzehnjähriger Körper an mich. »Sei nicht albern. Ich werde nie aufhören, deinen Vater zu lieben. Und er liebt uns alle so sehr. Wir hatten nur eine kleine Meinungsverschiedenheit, mehr nicht.«

Zumindest eine meiner Äußerungen stimmte. Ich würde mich zusammenreißen müssen, um dafür zu sorgen, dass beide wahr würden.

ZWÖLF

AUGUST 1983

Als Danny spät an jenem Abend nach Hause kam, dachte ich, er würde sich beruhigt haben, versöhnlich sein und wie immer alles unter den Teppich kehren. Aber das tat er nicht. Als er nach oben ins Bett wankte, zog er eine Bierfahne hinter sich her. Grace wachte auf, als er die Badezimmertür zuknallte. Ich kauerte neben ihrem Bettchen und streichelte ihre Stirn, bis sie wieder einschlief. Dabei haderte ich damit, wie dumm es war, dass ich dich aufgegeben hatte, um den Rest der Familie zu retten, und dein Verlust mir so viel Schmerz bereitete, dass ich dennoch alles zerstörte.

Schließlich kroch ich in unser Bett. Danny gab das rasselnde Schnarchen eines Mannes von sich, der mehr als ein Glas gekippt hatte. Während ich in der Hitze der Sommernacht lag, dachte ich daran zurück, wie ich gewesen war, bevor ich angefangen hatte, regelmäßig mit den Shakers zu singen. Bevor ich begonnen hatte, zu filtern, was ich in meine Briefe an Danny schrieb. Damals hatte ich nur hin und wieder beiläufig erwähnt, dass ich im Tanzlokal das eine oder andere Mal auf der Bühne gestanden hatte, statt mit der vollen Wahrheit herauszurücken. Die hatte so ausgesehen, dass ich samstagabends ganze Auftritte mit der Band absolviert und jeden Mittwochabend mit ihr geprobt hatte. Dafür hatte ich Louise stets über Nacht bei meiner Mutter gelassen und war zu meinem »Töpferkurs« gegangen. »Gönn dir eine Auszeit, Schatz, schlaf ordentlich durch.«

Sie hätte meinen Drang, zu singen, nicht verstanden und mit Sicherheit missbilligt. Die Anziehungskraft der Musik und das Verlangen, neue Arrangements auszuprobieren und Choreografien einzustudieren, waren so stark gewesen, dass mein schlechtes Gewissen über die Lüge darüber, wohin ich ging, gerade mal bis zur nächsten Ecke gereicht hatte. Ich hatte mir eingeredet, dass es Danny nicht stören würde. Immerhin hatte er oft gemeint: »Ich kann wohl kaum von dir erwarten, dass du nur zu Hause sitzt und Däumchen drehst, bis ich zurückkomme.« Allerdings bestand ein gewaltiger Unterschied dazwischen, ob man mit einer Freundin ins Kino ging oder als einzige Frau mit einer Gruppe von Männern bis in die frühen Morgenstunden trank. Und dass ich mich zu dem Glauben hatte verleiten lassen, mir könnte ein Leben in der Musikbranche vergönnt sein, war blankem Wahnsinn gleichgekommen.

Dennoch hatte es an einem Abend einen flüchtigen Moment gegeben, in dem ich mit dem Gedanken gespielt hatte. Damals hatte ich mir eingeredet, ich könnte jeden dazu bringen, mir eine Chance zu geben. Ich hatte mir die Fantasie gestattet, ich könnte berühmt werden und so viel Geld verdienen, dass wir uns nie wieder um irgendetwas sorgen müssten. Wenn uns nur bewusst wäre, dass solche winzigen Augenblicke, solche übersehenen Minuten im Leben, solche Ereignisse, die sich unscheinbar wie ein Windhauch durch einen Netzvorhang einschlichen, manchmal entscheidende Wendepunkte sein konnten. Momente, die eigentlich mit einem Fanfarenstoß, einem Feuerwerk und ACHTUNG in knallroten Buchstaben angekündigt werden sollten.

Und nun, fünfzehn Jahre nach deiner Geburt, hatte ich Danny an seine Grenzen getrieben und sah mich mit einem solchen Wendepunkt konfrontiert. Über ein Jahrzehnt lang hatte ich mich wegen Dannys nachgiebiger Natur dem Irrglauben hingegeben, dass er automatisch stets dasselbe wollte wie ich. Mittlerweile ging er auf Mitte vierzig zu, und es sah so aus, als könnte ich mich nicht mehr darauf verlassen. Nur allzu leicht konnte ich mir vorstellen, wie er in unserem Schlafzimmer stand und sagte: ›Suze, ich hab alles gegeben, aber ich kann so nicht weitermachen. Ständig versuche ich, dich glücklich zu machen, nur bist du es nie.‹

Die Worte klangen in meinem Kopf so plausibel, so real, dass ich mit einem jähen Anflug von Angst aus dem Bett springen und nachsehen wollte, ob sich im Kleiderschrank ein halb gepackter Koffer verbarg.

Als der Morgen dämmerte, wurde mir klar, dass ich die Gedanken an dich für immer würde begraben müssen. Kein Kauf von Geschenken zu deinem Geburtstag mehr. Kein Hochschauen zum Nordstern mehr. Kein Flüstern zu Jeanie mehr über meinen Traum, sie dir irgendwann vorzustellen, ohne dass es jemand mitbekäme. Wenn meine verbliebene Familie überleben sollte, musstest du für mich tot sein.

Als ich mich schließlich aus dem Bett schleppte, hatte ich den Entschluss gefasst. Ein Gefühl wie ein Rausch durchströmte mich, als hätte mich eine Erkenntnis ereilt. Ich durfte nie wieder an dich denken.

Stattdessen konzentrierte ich mich auf Danny. Ich sah ihn eindringlich an, betrachtete ihn als Mann, nicht als jemanden, bei dem ich mich nie vollständig entspannen konnte, weil ich fürchtete, du könntest dich unverhofft in unsere Unterhaltung schleichen. Sein Gesicht, die Züge im Schlaf so sanftmütig. Die großen Hände, die selbst die kleinsten Schrauben an Grace' Fahrrad reparieren, ihr mit einer Spontaneität, die ich nie beherrscht hatte, eine Strähne hinters Ohr klemmen und mit einem schlichten Druck der Finger Liebe und Geborgenheit vermitteln konnten.

Und der herrliche Mund, den ich gern mit dem Finger nachgezogen hätte, um die berauschenden Tage nachzuerleben, wenn er bei der Marine Landurlaub gehabt, wir uns in unserer eigenen Welt abgekapselt und uns nur einander gewidmet hatten.

Schließlich rannte ich die Treppe runter und richtete für ihn Tee und Toast auf einem Tablett.

Als er die Augen öffnete und gegen das Licht zusammenkniff, lächelte ich und konnte es kaum erwarten, ihm meine Idee mitzuteilen. »Danny, ich hab nachgedacht. Hast du Lust, zu deinem Geburtstag eine Feier zu geben? Das Wetter soll ja den restlichen August schön bleiben.«

Doch statt sich auf die Gelegenheit zu stürzen, wie ich es erwartet hatte, schüttelte er den Kopf. »Nicht wirklich.«

»Warum nicht? Louise kann mithelfen. Sie ist alt genug.«

Er stützte sich auf die Ellbogen.

»Willst du die Wahrheit?«

Obwohl ich mir nicht sicher war, nickte ich.

»Ich will mich nicht mit den Mädchen auf eine Feier freuen, die du dann in letzter Minute absagst, weil du zu ausgelaugt bist, Migräne hast, die vielen Leute nicht ertragen kannst, dir die Bewirtung zu aufwendig und zu teuer ist. Und am Ende fragst du, ob ich nicht ohnehin lieber nur ein Familienessen hätte.«

Damit ließ er sich zurück aufs Kissen plumpsen und zog die Decke über sich.

Ich starrte auf seinen Hinterkopf. Es schien mir lange her zu sein, dass er mich am Portsmouth Palais in den Arm genommen und gesagt hatte: »Jeder Mann hier will dich.« Dann hatte er schüchtern weggeschaut. »Aber du hast mich ausgewählt.«

Ich würde ihm beweisen, dass ich wieder diese Frau

werden konnte. Sein zweiundvierzigster Geburtstag würde denkwürdig werden. Mir blieben drei Wochen, um meine Überraschung zu planen.

Als der Tag der Feier am dritten Samstag im August kam, arbeiteten Louise und ich wie zwei Geheimagentinnen. Anfangs hatte sie gezögert, sich darauf einzulassen. »Du sagst immer, wir machen was, und dann passiert es nie.« Aber als sie sah, wie ich Bier im Kohleschuppen einlagerte und drei Nachmittage hintereinander Pilz-Pasteten und Würstchen in Blätterteig zubereitete, willigte sie ein, mit Grace durch unsere Sackgasse zu ziehen und die Nachbarn einzuladen. Niemand konnte Grace widerstehen. Obwohl sie einem Magneten für Unfug glich, besaß sie auch die angeborene Fähigkeit, Menschen mit einem verschmitzten Lächeln zu verzaubern. Das Einladen empfand ich als unangenehm, weil es sich anfühlte, als müsste ich meinen plötzlichen Drang rechtfertigen, Schüsseln mit Knabbergebäck zu füllen und Obst für die Bowle aufzuschneiden. Dannys ehemalige Kameraden von der Marine anzurufen, schob ich so lange vor mir her, bis es unhöflich gewirkt hätte, noch länger damit zu warten. Alle stockten, als ich verkündete, wer anrief und warum, als ließen sich »Susie« und »Party« nicht im selben Satz miteinander vereinbaren. Trotzdem sagten alle zu.

Zu Danny hatte ich gemeint, wir würden ein nettes Familienessen veranstalten, er sollte aber vorher noch mit seinen Kumpels auf ein paar Drinks in den Klub gehen, bevor Mum um acht Uhr zu uns käme. Er hatte dabei eine ausdruckslose Miene aufgesetzt. Seine Hoffnung auf eine von mir ausgerichtete Feier hätte ich wohl bestenfalls mit einem Mikroskop gefunden. Während er weg war, wirbelten Jeanie und ich herum, dekorierten den Garten und hängten Lichter in die Bäume. Mum gab ihren Senf dazu, während sie an ihrem

Reissalat und dem Krönungshühnchen herumfummelte. Louise kümmerte sich um die Luftballons. Zum ersten Mal seit Langem fühlte ich mich wie eine Mutter, die für Spaß zu haben war, statt wie die strenge Hüterin von Disziplin und Manieren.

Kurz vor halb acht lege ich die Bay City Rollers in den Kassettenrekorder ein. Als bewusste Herausforderung entschied ich mich für »Bye Bye Baby« und überwand mich, jedes Wort mitzusingen. Wir alle tanzten und schwenkten die Hände durch die Luft, als wären wir bei einem Konzert in Wembley statt in einem Garten in Portsmouth. Ich weigerte mich, deswegen Schuldgefühle zu empfinden. Es würde einfacher werden. Das musste es.

Als nach und nach die Gäste eintrafen, blieb mir keine Zeit, über irgendetwas nachzudenken. Louise übernahm den Begrüßungsposten am Eingangstor, während ich herumeilte und Getränke einschenkte. Jeanie mixte die Cocktails, obwohl sie es mit den Mengenangaben nicht allzu genau nahm. Sie schüttete einfach Galliano, Wodka und Orangensaft in die Gläser und verkündete: »Näher könnte man sich Magaluf kaum fühlen.«

Als Louise uns vorwarnte, schalteten wir die Lichter im Garten aus, und alle gingen in Deckung. Ich eilte zur Haustür und ließ Danny rein. Statt ihm wie üblich einen Schmatz auf die Wange zu drücken, stellte ich mich vor ihn, hob das Gesicht dem seinen entgegen und küsste ihn innig auf die Lippen. Überrascht hielt er kurz inne, bevor er mit mir verschmolz und sich gierig auf den Moment der Spontaneität stürzte.

»Ich liebe dich.« Mittlerweile sprach sonst nie ich als Erste die Worte aus, erwiderte sie höchstens. Sie kamen mir klobig und hölzern vor, geheuchelt.

Die Verdrossenheit, die Dannys Züge seit Wochen verdüstert hatte, lichtete sich, als er mir tief in die Augen sah. Er küsste mich auf den Hals. »Ich liebe dich auch. Wo sind deine Mutter und die Mädchen?«

Ein Hauch von Erleichterung durchströmte mich. Widerwillig wich ich von ihm zurück. »Sie warten im Garten auf dich.« Er setzte eine gespielt enttäuschte Miene auf. Ich küsste ihn erneut. »Später.«

Als wir durch die Hintertür traten, erhob sich wilder Jubel. Die Lichter gingen an, und Louise sang »Happy Birthday«. Sie stand dafür auf einer Bühne, die wir aus Kisten und einer alten Palette zusammengeschustert hatten. Ihre gefühlvolle Stimme verwandelte den abgedroschenen Refrain in etwas Erlesenes. Die anderen Stimmen bildeten einen Kontrast dazu.

»Du durchtriebenes Luder!«, entfuhr es Danny. Er schlang die Arme um mich und überhäufte mich mit Küssen, bis seine Freunde riefen: »Nehmt euch ein Zimmer.«

Es war lange her, dass ich mich schelmisch genug verhalten hatte, um die Bezeichnung Luder zu rechtfertigen.

Jeanie bahnte sich den Weg mit ein paar Harvey-Wallbanger-Cocktails zu uns.

»Kommt Simon auch noch?«, fragte Danny sie.

»Nein. Er ist sowieso ein mürrischer Miesepeter.« Jeanie hatte den Leitfaden für loyale Ehefrauen nutzloser Männer nie gelesen. »Wahrscheinlich hängt er im Pub ab. Seine Mutter passt auf die Kinder auf.«

»Du hättest sie mitbringen sollen«, meinte Danny.

»Meine vier? Sehr witzig, mein Lieber. Du weißt genau, was für Rabauken sie sind. Und die Kleine ist die schlimmste von ihnen.«

Jeanie zwinkerte mir zu, als Danny davonging, um die Gäste zu begrüßen.

»Ich hab Simon gesagt, dass ich babysitte, um ein bisschen was dazuzuverdienen. Er hätte mir nur den Spaß verdorben, wenn er mitgekommen wäre. Obwohl er ständig andere Frauen anquatscht, kriegt er jedes Mal eine Stinkwut, wenn ich nur mit einem Mann rede. Dass ich ein Baby von einem anderen bekommen habe, ist für ihn der ewige Beweis, dass ich durch und durch ein Flittchen bin.«

Und als müsste Jeanie seine Abwesenheit aufwiegen, fiel sie über die Cocktails her, als bestünde ihr einziger Lebensinhalt darin, Wodka zu vernichten. Es war kaum zu übersehen, dass die Frau zu feiern verstand. Sie brachte sogar Mum dazu, Obstpunsch zu trinken und zu den Klängen der Blues Brothers mit dem Hintern zu wackeln.

Grace döste schließlich auf einem Liegestuhl ein und rührte sich nicht mal, als die Gäste in einer Polonaise durch den Garten und das Haus zogen. Louise war voll in ihrem Element, spielte Gitarre und sang ein Repertoire von Songs, zu denen Danny und ich getanzt hatten, als wir anfangs miteinander ausgegangen waren, darunter Lieder, von denen ich nicht geahnt hatte, dass meine Tochter sie kannte. Als Danny bei »When I'm Sixty-Four« einstimmte und seine schiefen Töne mit ihrer mutigen, lebhaften Interpretation kollidierten, hätte ich am liebsten die Zeit anhalten und alles Gute in meinem Leben mein Herz füllen lassen wie Regen einen Stausee. Ich ließ den Blick über all die lachenden und mitsingenden Gesichter wandern, und wenn ich das Ziepen an der Stelle ignorierte, an der du gefehlt hast, konnte ich mich als glücklich betrachten.

Gegen Mitternacht löste sich die Feier allmählich auf. Danny lehnte sich immer wieder an mich, küsste meinen Hals und ließ die Hände über meinen Hintern gleiten. »Ich hatte einen Heidenspaß. Einfach toll. Du bist die beste Ehefrau aller Zeiten.«

Normalerweise hätte ich ängstlich daran gedacht, wie gerädert ich am nächsten Tag sein würde, wenn ich erst nach Mitternacht ins Bett käme. Diesmal jedoch wollte ich nicht, dass die Nacht endete. Dich verbannte ich aus den Gedanken, abgesehen von einem flüchtigen Moment, in dem ich mich fragte, ob du Chips verteilt und mit den Gästen geplaudert oder dich in der Küche versteckt und so getan hättest, als würdest du nach Mum sehen, wenn du dabei gewesen wärst, ein Fünfzehnjähriger mit beginnender Gesichtsbehaarung. Dank Jeanie fiel es mir nicht allzu schwer – man musste sie nicht ermutigen, um die Party am Leben zu halten. »Kommt schon! Die Nacht ist noch jung!« Mit einem Weinglas in der Hand legte sie ausgelassen eine Pirouette hin. Immer wieder bat sie Louise um Songs, die begeistert auf der E-Gitarre in die Saiten griff, die wir ihr auf Dannys Drängen zum siebzehnten Geburtstag gekauft hatten. »Mir ist klar, dass es ein extravagantes Geschenk ist, aber sie verdient es. Sie ist ein gutes Mädchen.«

Jeanie zerrte einen Mann auf die Tanzfläche, der sich jedoch nicht von seinem Bier trennen wollte. Es hatte eine gewisse Komik, wie sie sich völlig aus dem Takt zur Musik bewegten, während sie sich bemühten, ihre Getränke nicht zu verschütten. Als ich gerade aufstehen und mitmachen wollte, weil die Freude am Tanzen meinen gesamten Körper erfüllte und die Rhythmen mich so mühelos wie damals packten, schwang krachend das hintere Tor zur Gasse auf. Jeanies Ehemann Simon stürmte herein wie ein Silberrücken, der fest entschlossen war, sein Territorium gegenüber anderen Gorillas zu behaupten. Wutentbrannt stampfte er zu Jeanie, die in ihrer eigenen Welt weilte und einhändig auf einem imaginären Schlagzeug spielte.

Sie brauchte ein, zwei Augenblicke, bis sie die Tanzbewegungen einstellte. Stockend wie Gracies Spielzeughund, wenn ihm die Batterie ausging, hielt sie schließlich inne. Er packte sie. Jeanie zuckte zusammen und wand sich frei. »Ich dachte, du bist beim Babysitten. Stattdessen führst du dich hier wie ein Flittchen auf. Schon wieder.«

Ohne zu zögern, holte sie mit der Hand aus und schlug ihm wuchtig ins Gesicht. »Wag es ja nicht noch mal, mich Flittchen zu nennen. In Wahrheit bin ich viel zu gut für dich.«

Danny grinste unter den Auguststernen auf einem Liegestuhl mit zurückgelegtem Kopf im Halbschlaf vor sich hin. Jedes Mal, wenn ich an ihm vorbeigegangen war, hatte er nach meiner Hand gegriffen und gemurmelt: »Der beste Geburtstag aller Zeiten. Und du bist auch nicht so schlecht.« Bei dem Tumult setzte er sich abrupt auf und sah sich benommen um, ehe er aufsprang. Es gelang ihm nicht, rechtzeitig dazwischenzugehen, bevor Simon seiner Ehefrau einen Stoß versetzte. Jeanie landete verrenkt im Gras. Ich hörte, wie ihr zischend der Atem aus der Lunge gepresst wurde, dennoch lachte sie unbeeindruckt.

»Nur zu, zeig allen, was für ein harter Kerl und tolles Vorbild du für die Kinder bist. Kein Wunder, dass Rick ständig in Schwierigkeiten steckt.«

Louise stand mit ihrer Gitarre vor der Brust da und schaute panisch zu mir. Ich rannte zu ihr und stellte mich neben sie, bereit, Simon ebenfalls zu schlagen, sollte er versuchen, sich ihr zu nähern. Mit wesentlich mehr Zuversicht, als ich empfand, beruhigte ich sie: »Dein Dad regelt das, keine Sorge.«

Mittlerweile war Danny hellwach und stand mit ausgestreckten Armen da, um die beiden voneinander fernzuhalten. »Jeanie! Simon! Hört auf damit.«

Aber Simon war noch nicht fertig und stürmte erneut auf sie zu. Zum Glück packten ihn mehrere Männer von der Marine und zerrten ihn zurück zum hinteren Tor.

»Raus mit dir. Verschwinde und kühl dein Mütchen ab, Kumpel. Geh nach Hause.«

Als er brüllte, dass er ohne seine Frau nirgendwo hingehen würde, hoben ihn die beiden Männer vom Boden auf. Seine Füße zappelten in der Luft, bevor sie das Tor aufstießen, ihn draußen abluden und es danach mit einer Gartenbank verbarrikadierten. Das Tor erzitterte, als er dagegentrat, bis ihn einer der Männer warnte, dass sie ihn besinnungslos prügeln würden, wenn er nicht sofort Land gewänne.

Danny half Jeanie auf die Beine, im Gesicht eine Mischung aus Besorgnis und Verärgerung. »Geht's dir gut?«

Als sie aufrecht stand, setzte sie jenes Lächeln auf, das

Menschen wie wir im Verlauf der Jahre als Alternative zum Weinen entwickelten. »Und nun zu meinem nächsten Trick.« Sie hickste und drehte sich mir zu. »Tut mir leid. Wenn er getrunken hat, wird er manchmal ein bisschen handgreiflich, aber ich kann auf mich aufpassen.«

Ich schlang den Arm um sie und spürte den Trotz in ihren Schultern, die Härte in ihr, die sie nicht mal bei mir aufgab.

Wir setzten uns auf die Bank. Die verbliebenen Gäste verabschiedeten sich und gingen. Danny verschwand ins Haus, um Kaffee zu holen.

Jeanie beugte sich vor und stützte das Kinn auf die Hände. »Simon ist meine Strafe dafür, dass ich das Baby weggegeben habe.«

»Sei nicht albern«, flüsterte ich. »Jetzt klingst du wie eine der Nonnen. Unsere Strafe ist, dass wir ohne unsere Babys leben müssen. Das ist schlimm genug.«

Jeanie drehte den Kopf in meine Richtung. »Bist du froh, dass du bei Danny geblieben bist? Oder wärst du lieber mit dem Vater des Kindes durchgebrannt?«

»Pssst! Am Ende hört er dich noch.«

Sie ließ nicht locker. »Ich hab nie verstanden, warum du Danny untreu gewesen bist. Ist er nicht alles, was sich eine Frau wünschen kann? Attraktiv, freundlich, ein guter Vater, fleißig, ein fürsorglicher Ernährer. Hast du wirklich geglaubt, du könntest es besser treffen? Du hattest schon den Kuchen, du hättest ihn nur zu genießen brauchen. Herrgott, ich hätte einen solchen Mann am Boden festgenagelt.«

Ich spürte, wie meine Stimmung sank. Jeanie hatte immer die Gabe besessen, die scharfkantigen Ränder brutaler Tatsachen zu glätten, damit sie leichter zu schlucken waren. Und im Augenblick feuerte sie treffsicher eine solche Wahrheit auf mich ab. Aber mich musste niemand darauf hinweisen, wie viel Glück ich mit Danny hatte. Oder wie dumm es gewesen war, was ich getan hatte. Ich scharrte mit der Sandale im Gras, die

Aufmerksamkeit halb auf Danny gerichtet, der ahnungslos in der Küche hantierte. Schließlich brachte ich heraus: »Ich denke, es ist gerade nicht der richtige Zeitpunkt, um darüber zu reden.« Tatsächlich wäre ich stattdessen lieber durch den Garten gestampft, hätte die Tische umgetreten, die dämlichen Pilz-Pasteten zermatscht und aus voller Kehle gebrüllt: ›Du hast keine scheiß Ahnung, wie es damals gewesen ist!‹

Aber Jeanie lallte weiter, entzog sich meiner Kontrolle wie ein über einen Hang hinabrollender Fußball. »Warum hast du's getan? Was war an deinem Fehltritt so besonders? War er die Liebe deines Lebens? Nicht nur eine schnelle Nummer hinter dem Pub wie bei mir?«

Als Danny mit zwei Tassen Kaffee an der Hintertür erschien, zischte ich ihr zu: »Halt jetzt die Klappe!« Zum Glück erschlaffte sie auf der Ecke der Bank.

Als Danny ihr den Kaffee reichte, sah er mich stirnrunzelnd an. Mein Herz setzte einen Schlag aus, als ich mich fragte, ob Jeanies Worte ihn in der Stille der Dunkelheit erreicht hatten. Dann jedoch lächelte er und streckte mir die Hand entgegen. »Richten wir Jeanie die Couch zum Schlafen her.«

Nicht zum ersten Mal wünschte ich, er wäre nicht so freundlich.

DREIZEHN

AUGUST 1983

Als Gracie am nächsten Tag ins Bett kletterte und uns weckte, kuschelte sich Danny an mich. »Ob Jeanie die Nacht wohl überstanden hat, ohne auf den Parkettboden zu kotzen?«

Ich stupste ihn mit dem Ellbogen. »Du sprühst heute Morgen ja vor Charme. Wie wär's damit: ›Guten Morgen, Liebe meines Lebens, du hast eine so wunderbare Party für mich geschmissen.‹«

»Dass du die Liebe meines Lebens bist, versteht sich von selbst.«

Grace begann, auf Danny zu hopsen, und entlockte ihm damit ein Stöhnen.

»Was ist los? Hat dir die Party nicht gefallen, Daddy?«, fragte sie.

Er setzte sich auf und rieb sich mit den Händen das Gesicht. »Sie war spitze. Das sollten wir öfter machen. Aber ich wette, einige Leute werden heute Morgen ganz schön verkatert sein. Nicht zuletzt Jeanie. Und Simon muss auch ziemlich betrunken gewesen sein, um so hereinzuplatzen. Allzu fit fühle ich mich selbst nicht.«

Gern wäre ich gemütlich im Bett geblieben und hätte

genüsslich die Feier nachbesprochen, wer was gesagt hatte, wer in welches Fettnäpfchen getreten war oder welche Grenze überschritten hatte, wer sich als überraschend unterhaltsam erwiesen hatte. All die Aspekte des menschlichen Umgangs miteinander, an denen man sich maß, wodurch man sich besser fühlte – oder schlechter. Ich sehnte mich danach, diesen Moment der Nähe mit Danny zu genießen, und zu spüren, dass er noch hinter unserer Ehe stand, statt zu planen, sich daraus zu verabschieden. Aber durch das Wissen, dass Jeanie sich unten aufhielt, die unzuverlässige Mitwisserin meines Geheimnisses, wurde ich zappelig. Zwar hatte sie dich in Dannys Nähe noch kein einziges Mal erwähnt, allerdings hatten wir bisher auch stets nur Tee oder Limonade getrunken. Mittlerweile hatte sich der Dunstnebel des Alkohols gelichtet, und das schiere Entsetzen darüber, wie leicht mein Leben mit ein paar in Galliano getränkten Worten hätte zerstört werden können, vibrierte in mir wie ein rhythmischer Trommelschlag.

Dann fragte Danny: »Worüber hast du mit Jeanie geredet? Als ich mit dem Kaffee rausgekommen bin, hat's ausgesehen, als hättet ihr Streit.« Ich rollte mich von ihm weg. Blanke Angst schwappte wie flüssiges Blei durch meinen Magen.

»Ich kann mich nicht erinnern. Wir hatten beide ein bisschen zu viel getrunken.«

»Du hast zu ihr gesagt, sie soll die Klappe halten.«

»Gott weiß warum. Wahrscheinlich wollte sie mir Erziehungsratschläge erteilen. Ja, ich glaube, das war's. Sie hat zu mir gemeint, ich wäre zu streng. Das hab ich ganz schön dreist gefunden, wenn man bedenkt, dass ihre Rasselbande in der Lage ist, unser gesamtes Haus innerhalb von fünfzehn Minuten zu verwüsten.«

Ich hielt den Atem an, während sich meine Gedanken überschlugen. Einen Moment lang starrte Danny mich an, als wollte er noch nachbohren. Zum Glück ließ sich Grace nicht ignorieren und fing wieder zu hopsen an. Danny lachte. »Du bist vielleicht bei Louise streng, aber dieses kleine Äffchen könnte sogar mit Mord ungestraft davonkommen«, sagte er und kitzelte Grace, bis sie quietschte. Damit hatte er zwar recht, doch in jenem Moment hatte für mich keine Priorität, dass ich einfach nicht mit meiner jüngeren Tochter schimpfen konnte. Ich musste mich vergewissern, dass Jeanies lose Zunge ein einmaliges Versehen gewesen war.

Also schwang ich die Beine aus dem Bett. »Bleib du hier. Ich mache Tee. Du darfst noch ein bisschen länger das Geburtstagskind sein.«

»Ich wusste doch, es gibt 'nen Grund, warum ich dich liebe«, erwiderte er und warf mir einen Luftkuss zu, ehe er mit Grace rangelte, die ihm die Decke wegzuziehen versuchte.

Bevor Danny hinuntergehen würde, musste ich Jeanie ein paar Dinge klarmachen.

Ich schlich nach unten, bereit, mich auf sie zu stürzen, falls sie etwas anderes als ›mir tut der Kopf weh‹ von sich gäbe. Im Wohnzimmer herrschte der schale Geruch einer alten Billardhalle. Ich schloss die Tür hinter mir und kauerte mich auf den Rand des Sofas. Dann schüttelte ich Jeanie nicht annähernd so sanft an der Schulter, wie ich es getan hätte, wenn kein Zorn mehr in mir geschwelt hätte.

Mit fuchtelnden Armen schoss sie hoch wie eine Zeichentrickfigur. »Herrgott noch mal. Ich dachte, es wäre ein Schultag und ich hätte verschlafen.« Dann stöhnte sie auf. »Bitte sag, dass wir diese Unterhaltung nicht wirklich geführt haben.« Sie verzog das Gesicht zu einer Grimasse. »Hab ich davon gefaselt, wie glücklich du hättest sein sollen?«

Mir war nicht danach zumute, sie so leicht vom Haken zu lassen. Zischend erwiderte ich: »Ja, und zwar ziemlich laut. Danny hätte es hören können.«

Sie riss die geröteten, kleinen Augen weit auf. »Nein! Hab ich was allzu Schlimmes von mir gegeben? Bitte sag, dass ich dich nicht in die Bredouille gebracht habe.«

Sie klang mir nicht annähernd entsetzt genug. »Hätte leicht passieren können. Was hast du dir dabei gedacht? Du hast mit gefühlt tausend Dezibel herumposaunt, ob ich wünschte, ich wäre mit dem Vater des Babys durchgebrannt. Ist dir eigentlich klar, was du hättest anrichten können?«

Unter anderen Umständen hätte ich ein wenig Mitleid für sie gehabt, als sie die Augen zusammenkniff und sich die Stirn massierte. Allerdings wurde es von der Angst davor erstickt, dass eine Frau, die mein schändlichstes Geheimnis kannte, es in einer Augustnacht unbedacht ausplaudern könnte, nur weil sie ein paar Cocktails zu viel hatte.

»Erstens steht dir darüber kein Urteil zu, weil du keine Ahnung hast, wie meine Umstände damals waren. Und zweitens hab ich geglaubt, ich könnte dir vertrauen. Gerade du weißt, dass etwas, das ›zum Besten aller‹ gedacht war, am Ende ein schweres Kreuz geworden ist, das wir durchs Leben schleppen. Du brauchst mir keine Schuldgefühle einzureden, das mache ich selbst gut genug. Und noch weniger kann ich's gebrauchen, dass du es vor Leuten ausplauderst, die mich lieben und nichts davon wissen! Bei dir war's anders, du konntest es Simon sagen. Wie du genau weißt, kann ich das nicht, weil ich mit Danny schon verheiratet *war*, als ich schwanger geworden bin.« Unwillkürlich erhob ich die Stimme. Tränen brannten mir in den Augen.

Ich hatte mich noch nie zuvor mit Jeanie gestritten. Bisher war sie immer mein Fels in der Brandung gewesen. Schnell drang die Frau durch, die mit achtzehn vor die Tür gesetzt worden war und seither ums Überleben kämpfte. »Herrgott, jetzt krieg dich wieder ein, Susie. Es tut mir leid. Ich war betrunken. Und versteh das jetzt nicht falsch ...«

Sofort wappnete ich mich dafür, mich maximal gekränkt zu fühlen.

»... aber Danny ist so gut zu dir, und du kannst manchmal echt schwierig sein, willst nie mit ihm ausgehen. Der Arme muss immer allein in den Klub. Jede Wette, seine Freunde dort glauben, er hätte sich dich ausgedacht. Du gibst dir nicht mal Mühe, ihn zu halten, obwohl er dir nie Stress macht. Du hast ja gesehen, was für ein Prolet Simon ist. Wäre er nicht der Vater meiner Kinder, ich hätte längst das Weite gesucht.«

In meiner Familie galt ich tatsächlich als die »Schwierige«. Louise verdrehte regelmäßig die Augen und meinte: »Damit hat Mum sicher ein Problem.« Danny bat oft: »Hör mich erst zu Ende an, bevor du nein sagst.« Trotzdem spürte ich, wie das Gefühl von Ungerechtigkeit die Flammen meiner Wut anfachte.

»Himmel noch mal! Ich hab's so satt, dankbar sein zu müssen. Den Nonnen dafür, dass sie einer Sünderin wie mir ein Dach über dem Kopf gewährt haben. Einem anderen Paar dafür, dass es meinen unehelichen Sohn bei sich aufgenommen hat. Und für einen Ehemann, den alle für einen verdammten Heiligen halten, weil er es mit mir aushält, seiner übellaunigen, untreuen Ehefrau!«

Jeanie hob die Hand, um mich zu bremsen, doch die Worte brachen mit der Gewalt einer Lawine aus mir hervor.

»Raus. Hau einfach ab. Ich muss von dir nicht hören, wie verflucht glücklich ich mich schätzen kann. Geh.«

Jeanies Miene glich einer Mischung aus Grauen und Wut. Kapitulierend hielt sie die Hände hoch. Diesmal musste sie mich auffordern, leiser zu reden.

Ich holte tief Luft. »Jeanie, du musst gehen. Ich ertrage dich hier nicht länger.«

Sie stand auf. »Du bist gerade wirklich unfair. Ja, ich habe einen Fehler gemacht, Susie, aber es ist nichts passiert. Ich hab meine Lektion gelernt. So etwas werde ich nie wieder sagen. Keine Ahnung, was in mich gefahren ist.« Sie verzog das Gesicht. »So oft habe ich nicht die Gelegenheit, mich gehen zu lassen. Gut, ich hab's ein bisschen übertrieben, nur hätte ich nicht gedacht, dass du mich dafür gleich steinigst. Ich verschwinde jetzt. Aber wir sehen uns bald, ja? Sag Danny danke von mir, dass er sich um mich gekümmert hat.«

Ich erwiderte nichts, scheuchte sie nur zur Tür hinaus und knallte sie hinter ihr zu. Danach lehnte ich mich gegen das Buntglas und spürte, wie sich mein Herz langsam beruhigte, meine Raserei zu einem steten Puls abflaute.

Danny brüllte aus dem Schlafzimmer herunter. »Hey! Wolltest du nicht Tee für mich machen?«

Und wie eine Ehefrau, die nichts Wichtigeres im Sinn hat, als mit ihrem besten Porzellan die Treppe hinaufzueilen, rief ich zurück: »Komme gleich.«

VIERZEHN

SEPTEMBER 1983

Nach Dannys anfänglicher Neugier, warum Jeanie so überstürzt gegangen war, was ich damit erklärte, dass sie nach Hause zu den Kindern musste, fiel einige Wochen lang niemandem ihre Abwesenheit auf. Irgendwann sagte Danny zu mir: »Ich denke, dieses Wochenende gehe ich angeln. Kannst du Jeanie fragen, ob Rick mitkommen will? Ich hab's ihr vor einer Ewigkeit versprochen. Ihr Mann klingt ja eindeutig nicht so, als würde er viel Interesse an seinem Jungen zeigen.«

»Ich glaube, die haben im Moment eine Menge zu tun. Simon lässt Rick an den Wochenenden mit ihm an den Lieferwagen arbeiten.«

Danny zuckte mit den Schultern. »Auch gut. Ich hab bloß ein schlechtes Gewissen, weil ich's zugesagt und noch nicht eingelöst habe.« Kurz verstummte er und sah mich an. »Ihr habt euch doch nicht gestritten, oder? Sie ist schon länger nicht mehr hier gewesen.«

Ich bückte mich, um ein Tuch unter dem Waschbecken hervorzuholen, damit er mein Gesicht nicht sehen konnte. »Nein. Sie hat bloß alle Hände voll mit den Kindern zu tun, und ich mühe mich damit ab, Louise wegen dem Platz an der vermaledeiten Musikschule zur Vernunft zu bringen, sodass uns kaum Zeit bleibt, einander zu sehen.«

Während ich versuchte, die Hitze aus dem Gesicht zu bekommen, fing ich an, am Kalk um den Wasserhahn in der Küche zu rubbeln.

Danny schlurfte hinter mir herum und strahlte deutlich aus, dass »etwas gesagt werden musste«.

Schließlich drehte ich mich um. »Was ist?«

Er kam auf mich zu. »Leg den Lappen weg und hör auf, so mürrisch zu sein.« Er schlang die Arme um mich. Ich lehnte mich an ihn und spürte, wie ich mich entspannte. »Ich weiß, du willst Louise unbedingt als Lehrerin sehen. Aber meinst du nicht, wir sollten sie die Sache mit der Musik wenigstens versuchen lassen? Sie hat solche Leidenschaft dafür. Solange sie sich Mühe gibt und die Noten gut genug für die Universität sind, bleibt immer noch ein Plan B, falls es nicht klappt. Ich wüsste also nicht, was es schaden soll. Sie hat ein volles Stipendium.«

Ich lehnte mich von ihm weg. »Sie geht nicht dorthin, Danny. Damit würden wir nur vorprogrammieren, dass sie enttäuscht sein wird. Wer schafft es schon in der Musikbranche? Nur eine Handvoll Leute von allen, die es versuchen. Sie glaubt, nach ein paar Jahren an der Musikschule würde sie vor Menschenmassen in Wembley auftreten. Aber das wird nie passieren. Wir kennen niemanden aus diesen Kreisen. Wir sind keine Familie, die Popstars hervorbringt.«

»Ich vermute mal, das hat auch Paul McCartneys Mutter gedacht. Irgendjemand schafft den Durchbruch immer. Warum nicht sie?«

Weil sie meine Tochter war. Weil sie kostbar war und ich sie unter allen Umständen beschützen wollte. Wenn ich nur die richtigen Worte gefunden hätte. Beim Gedanken daran, dass sie glaubte, irgendein Mann würde ihr zu ihrem Traum verhelfen, hätte ich am liebsten das gesamte Geschirr zertrümmert. So unbeliebt ich mich damit machte, ich konnte meine siebzehnjährige Tochter nicht in eine Welt entlassen, in der sie Abendessen und Drinks zustimmen, über Berührungen lachen, sich von jemandem das glänzende Haar streicheln lassen und dabei ständig ein mulmiges Gefühl im Magen verdrängen würde, weil derjenige die Macht besaß, sie ›zu einem Star zu machen‹.

Vor ihr sollte kein schneidig gekleideter Plattenproduzent sitzen, der mit schief gelegtem Kopf angeblich ihre Stimme beurteilte, während er insgeheim überlegte, ob er sie dazu bringen könnte, sie in sein Hotel zu locken, um mit ihr über Verträge zu sprechen. Sie sollte sich nie von ihren Bandkollegen dazu drängen lassen, die bereits darüber scherzten, Stadien zu füllen und in Privatjets zu reisen.

Ich sah Rob vor mir, wie er an jenem Samstagabend im September 1967 in den schäbigen Raum hinter der Bühne des Portsmouth Palais gestürmt war, kaum mehr als ein Wandschrank unter der Treppe, in dem wir damals während des Auftritts eine Pause eingelegt hatten. Sein Gesicht hatte vor Aufregung gestrahlt.

Er hatte triumphierend die Faust in die Luft gestreckt. »Ratet mal, wer im Publikum ist?« Wir alle hatten damit gerechnet, dass er sagen würde, »die Frau, die ich heiraten werde«, denn das kam alle zwei Wochen von ihm. Stattdessen hatte er herausgeplatzt: »Ein Talentsucher von Top Note Records! Er ist gerade zu mir gekommen und hat gesagt, er will ›das Potenzial der Band ausloten und Demoaufnahmen arrangieren‹! The Shakers werden berühmt!«

Ich hatte die Arme um ihn geschlungen. »O mein Gott! Versprich mir, dass du mich immer noch die Backgroundstimme zu ›I'll Never Fall In Love Again‹ beisteuern lässt, wenn du reich und berühmt bist. Um der alten Zeiten willen.«

Mit vor Freude großen Augen hatte er meine Handgelenke

ergriffen. »Wie meinst du das? Er will uns alle. Auch dich, Susie. Tatsächlich hat er ein besonderes Faible für dich. Er findet, du rundest die Truppe perfekt ab. Ihm gefällt anscheinend die ›Chemie‹ zwischen uns allen.«

Mein Herz hatte erst einen Freudensprung darüber hingelegt, dass ich einbezogen wurde. Gleich darauf war ein übelkeitserregendes Gefühl der Enttäuschung gefolgt, weil ich gewusst hatte, dass ich nie mehr als eine Sängerin an Samstagabenden im Tanzlokal sein könnte. Im Gegensatz zu den anderen war ich nicht ungebunden gewesen.

Ich hatte mich bemüht, zu lächeln, weil ich Robs Enthusiasmus nicht hatte trüben wollen. »Dabei kann ich nicht mitmachen, Rob. Wie soll ich Musikaufnahmen mit einer zweijährigen Tochter und einem Ehemann am anderen Ende der Welt unter einen Hut bringen? Ich kann froh sein, dass Danny noch kein Veto gegen meine Auftritte im Palais eingelegt hat. Ein festes Mitglied einer Band kann ich unmöglich werden. Ich bin Ehefrau und Mutter. Ein Leben voller Proben und Aufnahmen ist für mich nicht drin. Wir müssten auf Tournee gehen und alles Mögliche.«

Robs Miene verdüsterte sich. »Aber das ist unsere große Chance. Und die kriegen wir ohne dich nicht. Er will eine Frau in der Gruppe. Ihm gefällt das Zusammenspiel, und er meint, so spricht die Band ein breiteres Zielpublikum an.«

Ich hatte es nicht tun können. Natürlich wäre ich gern auf der Bühne gestanden, um vor Tausenden Menschen zu singen. In jenem Moment hatte ich mich dafür geschämt, wie sehr ich es wollte. So sehr, dass sich ein Teil von mir gewünscht hatte, ich hätte nicht vorschnell mit neunzehn geheiratet, als wäre es für eine junge Frau wie mich das höchste der Gefühle, mit einem attraktiven Unteroffizier der Marine häuslich zu werden und ein Baby zu bekommen. Auch wenn ich Danny liebte, über Briefe ließ sich schwer der Eindruck einer Gegenwart und des gemeinsamen Aufbaus einer Familie vermitteln. Während Louise gezahnt hatte und mürrisch gewesen war, hätte ich jemanden gebraucht, der gesagt hätte: ›Komm, gib sie mir, lass sie mich eine Weile übernehmen.‹ Jemanden, der bei einem Stromausfall die Kerzen angezündet hätte. Jemanden, der zu mir gemeint hätte: ›Setz dich mal. Du bist schon den ganzen Tag auf den Beinen. Möchtest du eine Tasse Tee?‹

Danny und ich hatten nie im Augenblick leben können. Entweder hatten wir uns darauf gefreut, uns wiedersehen, oder uns hatte davor gegraut, erneut getrennt zu werden. Wenn er sich in der Ferne auf See befand, hatte ich die Wochen abgehakt oder das flaue Gefühl im Magen gespürt, wenn ich die Tage in letztmaligen Ereignissen gemessen hatte. Wann wir uns zuletzt einen Film zusammen angesehen hatten. Wann wir zuletzt am Sonntag einen Vormittag im Bett verbracht hatten. Wann wir den letzten Ausflug zum Entenfüttern mit Louise unternommen hatten. Bis hin zum letzten Tag, an dem wir uns wortlos, zärtlich geliebt und versucht hatten, einander genug Verbundenheit zu vermitteln, dass es bis zum nächsten Landurlaub vorhalten würde.

Und manchmal, wenn ich monatelang an einem weiteren Pullover für Danny als Willkommensgeschenk gestrickt hatte, in *Good Housekeeping* geblättert hatte, nachdem Louise eingeschlafen war, und *The Avengers* geschaut hatte, wenn Mum vorbeikam, um mir Gesellschaft zu leisten, hatte ich mir gewünscht, ich könnte einfach alles hinschmeißen und mit Rob und Jim zu einem Abenteuer aufbrechen. Was hatte ich mich danach gesehnt, den Kompass in unbekannte Gefilde richten zu können, statt still und allein einen weiteren Geburtstag, ein weiteres Weihnachten, einen weiteren gewöhnlichen Dienstag zu begehen.

Danny hatte diese Einsamkeit nie wirklich verstanden. Wie könnte er auch? Wenn er unterwegs gewesen war, hatte er sich das Mannschaftsdeck mit fünfzehn anderen geteilt und regelmäßig darüber geklagt, dass er nie einen Moment für sich allein gehabt hatte. Er würde nie nachvollziehen können, wie ein kleines Gewächshaus unscheinbarer Umstände eine so bedrückende Ernte hervorbringen konnte.

Ich verschloss die Augen vor den Erinnerungen und widmete die Energie wieder der Diskussion über diese verdammte Musikschule. Dazu gehörte unter anderem Louises Wut, mit der sie oft durch das Haus dröhnte, grollend wie Steinschlag über eine Felswand. Ihr getuscheltes Einwirken auf Danny. »Sag's ihr, Dad! Sag ihr, dass es das Einzige ist, was ich will.« Wie sie beim Singen sofort verstummte, wenn ich darin einstimmte. Wie sie mir gegenüber abwechselnd bettelte und unverhohlen feindselig auftrat, vor allem, seit die Schulleiterin eine persönliche Nachricht verfasst und darin ausführlich dargelegt hatte, was für eine fantastische Chance es für jemanden »mit derart bemerkenswertem Talent« wäre.

An diesem Tag spürte ich, dass Danny das Thema ein für alle Mal erledigen und ergründen wollte, warum ich mich so starr, so kompromisslos gab. Er versuchte, mich an sich zu ziehen, doch mein gesamter Körper war angespannt von einer Frustration, die ich ihm nie erklären können würde. Wenn er dasselbe wie ich wüsste, würde er eigenhändig die Saiten von Louises Gitarre durchschneiden. Er unternahm einen neuen Anlauf. »Schreckt dich ab, dass sie dafür in London leben müsste? Wäre das denn so schlimm, wenn wir uns vergewissern, dass sie zusammen mit anderen Mädchen an einem sicheren Ort wohnt? Du hättest den rechten Arm für eine solche Chance gegeben. Sie wünscht es sich so verzweifelt, Susie.«

Mit Verzweiflung kannte ich mich aus. An jenem Abend damals hatte ich sie an Rob gewittert. In seiner Stimme hatte das sehnsüchtige Verlangen danach gelegen, eine Platte herauszubringen, mehr zu werden als der süße Kerl im schillernden Anzug, der im Portsmouth Palais auftrat. Jene Augen, die so oft kokett in die Gesichter der Groupies an der Bühne geblickt und jeder Frau das Gefühl gegeben hatten, sie könnte die Auserwählte sein, hatten mich geradezu flehentlich angesehen. »Gib dir einen Ruck, Susie. Geh einfach mit ihm was trinken.« Er hatte es scherzend versucht. »Setz bei ihm deinen Charme einer verirrten jungen Frau ein. Dann frisst er dir aus der Hand. Bitte.«

Jim hatte an der Wand gelehnt und mit einem Drumstick auf sein Knie geklopft, während er beobachtet hatte, wie die Gelegenheit zum Verwirklichen seiner Träume mit meiner Weigerung dahingeschwunden war. Im Gegensatz zu Rob hatte er nicht gebettelt. Er hatte wütend gewirkt. Ihm hatte widerstrebt, dass ihre Chance auf Ruhm und Reichtum von mir abhing. Die Frau, die anfangs nur gelegentlich eine Strophe mitgesungen hatte, hatte auf einmal ihr Schicksal in den Händen gehalten. Ich war auf und ab gelaufen, hatte Tränen in den Augen gehabt, und aus einer wie zugeschnürten Kehle mehrfach Entschuldigungen dafür hervorgepresst, dass ich je mitgemacht hatte.

Jim hatte sich kalt und lethargisch gezeigt. Völlig anders als die gefühlvolle Persönlichkeit am Schlagzeug und an der Gitarre jeden Samstagabend, wenn er die Menge mit seinen Rhythmen verzaubert und pure Freude und Energie ausgestrahlt hatte, ob beim langsamsten Liebeslied oder beim schwungvollsten Jive. Er hatte einen Drumstick in den zerbrochenen alten Spiegel geworfen. Verputz war zu Boden gerieselt. »Vermassle uns das nicht, Susie. Zieh einfach mit, verdammt, und sag ihm, dass du die Leadsängerin machst. Geben wir sechs Monate lang unser Bestes und versuchen, eine Platte rauszubringen. Vielleicht klappt es ja trotzdem nicht, aber es wird sicher nicht passieren, wenn du abspringst.« Mit einem dumpfen Laut hatte er mit dem Absatz seines Doc Martens auf den fleckigen Teppich gestampft.

Also hatte ich kein klares Nein von mir gegeben, das

bedeutet hätte, es könnte und würde nicht dazu kommen. Stattdessen hatte ich halbherzig einige Einwände gemurmelt. Aber am Ende hatte ich Lippenstift und einen zusätzlichen Strich Kajal unter den Augen aufgetragen, bevor ich in meinen silbrigen Hotpants und dem lila Rollkragenpulli auf die Bühne geschritten war. Wir hatten unseren besten Song gespielt, und ich hatte alles an Emotionen in jede von mir gesungene Textzeile gelegt. Und obwohl ich gewusst hatte, dass eine Musikkarriere für mich nicht infrage kam, hatte ich einen kleinen Adrenalinschub verspürt, als ich den von Rob beschriebenen Talentsucher erblickt hatte. »Gestreifte Jacke, Mitte dreißig, dunkles Haar, ziemlich lang. Sieht sehr nach einem Londoner aus.«

Und nun stand ich hier in der Küche und erinnerte mich an den Abend damals.

Er lehnte an einer Säule und blies Rauchringe in die Luft. Ein auffallender, eher dunkelhäutiger Typ, als hätte er exotische Vorfahren. Im Gesicht hatte er den Ausdruck eines Mannes, der erwartete, dass man ihn von sich selbst überzeugen wollte. Er ließ mich nie aus den Augen. Auch als ich die Aufmerksamkeit auf andere Gesichter in der Menge richtete, nahm ich unterschwellig ständig seinen Blick wahr. Als der Song endete, zwinkerte er mir zu, nickte knapp und schob die Unterlippe zu einem Ausdruck vor, der ›gar nicht mal so übel‹ besagte. Seine herausfordernde Haltung vermittelte: ›Hey, Süße, du kannst gern rüberkommen, aber ich werd keinen Muskel rühren.‹ Damit weckte er meinen Kampfgeist, sodass ich die Hände in die Hüften stemmte und zum Ausdruck brachte: ›Komm du doch her und versuch's bei mir, wenn du glaubst, gut genug dafür zu sein.‹ Das Selbstbewusstsein, mit dem ich Danny bei unserem Kennenlernen gegenübergetreten war, die Eitelkeit der Jugend, durch die alles zu einem koketten Spiel wurde, beschleunigte flüchtig meinen Herzschlag. Ich wollte nur testen, ob ich ihn um den Finger wickeln, für Rob und Jim an Bord holen könnte, danach würde ich mich zurückziehen. Zurück zu den dämlichen Zierdeckchen, die Mum so gern mit mir häkelte, wenn sie mich besuchte. ›Das wird bezaubernd auf deinem Couchtisch aussehen‹. Zurück dazu, Schlangen aus Knetmasse zu rollen, imaginären Tee aus Louises Plastikkanne einzuschenken, dabei zuzusehen, wie der Slinky zum fünfhundertsten Mal unsere Treppe runterhüpfte, und mich dafür zu schämen, dass ich lieber wie vor meiner Ehe bei der Arbeit gewesen wäre und mit meinen Freundinnen getratscht hätte.

Aber auf der Bühne wurde ich lebendig. Dort fühlte ich mich wie mehr als eine Einundzwanzigjährige, die zu jung geheiratet hatte und für die das Aufregendste in absehbarer Zukunft wohl darin bestehen würde, im Park vielleicht eine Pfundnote zu finden. Wie mehr als eine pflichtbewusste Ehefrau, die das Verschwinden von Hilda Ogden in *Coronation Street* spannender fand als das eigene Leben.

Als wir die Bühne verließen, bewegte ich mich langsam und schwang die Hüften, als wäre ich überzeugt davon, dass die Welt nur auf mich wartete. Danny meinte immer, ich hätte ihn mit meinem »Portsmouth-Schmollmund« erobert.

Ich blieb hinter den Männern. Rob eilte mit federnden Schritten voraus, aufgeregt wie ein Welpe bei einem Picknick. Jim überspielte seine Schüchternheit mit einer lässigen Haltung und einem Händedruck, der den Eindruck vermittelte, er täte dem Talentsucher einen Gefallen damit.

»Jim.«

»Mal, Künstler-Abteilung bei Top Note. Ihr habt einen tollen Sound drauf.« Kurz verstummt er und richtete den Blick auf mich. »Und das ist?«

»Susie.« Ich schüttelte ihm die Hand mit bewusst festem Druck. Worum es sich bei der Künstler-Abteilung handelte, fragte ich nicht. Ich würde es mir später von Rob erklären lassen.

»Susie.« Wieder dieser abschätzende Blick. »Du, ich und die Jungs hier müssen reden. Mal sehen, ob wir was aus euch machen können.«

Wir folgten ihm nach draußen zu seinem Morris Minor, einem weißen Cabrio, bei dessen Anblick ich mich zugleich wie Audrey Hepburn und hin- und hergerissen fühlte. Einerseits wollte ich, dass mich meine früheren Arbeitskolleginnen darin sahen, andererseits fürchtete ich, die Neuigkeit könnte irgendwie Danny auf seinem Schiff erreichen.

Mal ließ mich vorn einsteigen. »Gutes Aussehen ist in der Branche die halbe Miete. Wie wäre es mit einem kleinen Vorgeschmack?«

Später an dem Abend standen wir alle in der Bar eines Hotels an der Strandpromenade. Er fragte uns nicht, was wir trinken wollten, sondern nickte nur dem Barkeeper zu. »Vier Jack Daniel's mit Eis.« Ich konzentrierte mich darauf, ohne tränende Augen an dem Whisky zu nippen. Er führte uns hinaus auf die Terrasse. »Hier draußen ist es schön ruhig und friedlich. Ist doch nicht zu kalt für September, oder? Außerdem haben wir ja den Whisky zum Wärmen.«

Dann schilderte er uns, was ihm für uns vorschwebte. Wir würden Demoaufnahmen anfertigen und ein bisschen Geduld aufbringen müssen, doch er war außerordentlich angetan davon, was er gehört hatte. Er meinte, wir wären »durchaus hittauglich, vor allem mit Susie als Frontfrau. Versprechen kann ich nichts, aber wenn ihr eure Karten richtig ausspielt, könntet ihr sehr reich werden.«

Ich schaute zu Rob. Es gelang ihm hervorragend, ob seiner Absetzung als Leadsänger keine Miene zu verziehen. Er zwinkerte mir unauffällig zu. Ich rang mir ein Lächeln ab und verdrängte den treulosen Gedanken, dass unser Demoband mit etwas Glück im Müll landen würde. In sechs Monaten würden wir die Sache hoffentlich nur noch als aufregendes Intermezzo betrachten, bevor sich Rob damit abfinden würde, in der

Pommesbude seines Vaters neben dem Krankenhaus zu arbeiten, und Jim würde wieder Autos reparieren. In einem verräterischen Winkel meines Gehirns gestattete ich mir einen kurzen Flirt mit der Idee, durch Südfrankreich zu kurven, den Arm aus einem Auto mit offenem Verdeck gelehnt, auf dem Kopf eine Sonnenbrille und ein Tuch wie Jackie Onassis.

Rob rieb sich die Hände. »Wie geht's weiter? Was ist der nächste Schritt, falls der große Chef grünes Licht gibt?« Sogar Jim gab für den Abend seine Fassade als abgebrühter Künstler auf und scherzte über Privatjets und Jachten.

Nach dem vierten Drink lehnte sich Mal auf den Tisch, stützte das Kinn auf die Faust und meinte lachend zu den Jungs: »Ihr werdet jede Frau abkriegen, die ihr wollt. Wie im Selbstbedienungsladen. Die da, danach vielleicht eine andere oder doch lieber die dort drüben. Vor allem, wenn ihr anfangt, richtig Kohle zu machen.« Rob setzte eine Miene auf, als hätte er soeben die beste Nachricht des Jahres gehört, und sogar Jim schaute wie Les Dawson drein. Mir hingegen fiel das Lachen zunehmend schwerer. Danny konnte es nicht ausstehen, wenn Männer so in Gegenwart von Frauen redeten. Ich zog ihn immer damit auf, dass sein Spitzname an Bord »der Mönch« lauten musste.

Er zuckte dazu bloß mit den Schultern. »Ich albere schon mit den anderen herum, nur kann ich's nicht leiden, wenn es zu weit geht. Vor allem bei den Jungs, die Frauen und Töchter daheim haben. Die sollten eigentlich klüger sein. Jedenfalls wissen sie, dass sie so was über dich besser nicht mal im Scherz sagen. Außer, sie legen es auf Ärger an.«

In jenem Moment hätte ich alles dafür getan, zu Hause bei Danny zu sein, mir auf dem Sofa mit Louise zwischen uns noch mal *Gesprengte Ketten* anzusehen und Steve McQueen auf seinem Motorrad zuzujubeln, obwohl wir wussten, wie der Film endete. Mein Kopf fühlte sich benebelt an. Ich musste mich konzentrieren, um an den richtigen Stellen zu lächeln und so zu tun, als wäre die Aussicht auf einen Plattenvertrag ein großes, glitzerndes Geschenk statt einer tiefen Kluft voller Probleme, die sich vor mir auftat. Würde Danny eine Karriere in der Musikbranche akzeptieren können? Vielleicht würde es gar nicht so viel Zeit in Anspruch nehmen, wenn wir nicht auf Tournee gingen. Aber die Beklommenheit in meinem Herzen ließ sich nicht ignorieren. Er würde alles andere als erfreut sein.

Und Mum wäre regelrecht entsetzt. Die Beatles hörte sie nicht mehr, seit sie im Juli einen Aufruf zur Legalisierung von Marihuana unterstützt hatten. »Ich hab dir ja gesagt, dass diese Sänger alle auf Drogen sind. Es kann nichts Gutes dabei herauskommen, ständig in Hotelzimmern zu leben und nie zu Hause bei der Familie zu sein.«

Ich überlegte gerade, wie ich mich herauswinden und gehen könnte, als sich Mal mit freundlicher Stimme an mich wandte. »Was ist mit dir, Susie? Wirst du in jedem Hafen einen Mann haben?«

Kurz zögerte ich mit der Antwort. »Ich bin schon verheiratet.« Mir widerstrebte zutiefst, wie entschuldigend ich klang.

Mal rümpfte die Nase. »Und wo steckt dein Holder?«

Ich erklärte ihm, dass er bei der Marine war, und beobachtete, wie Mals Züge in sich zusammenfielen, als ihm klar wurde, dass ich für die angestrebte Kundschaft vielleicht doch nicht so attraktiv wäre. Er verengte die Augen zu Schlitzen. »Ich denke, damit müssen wir niemanden behelligen. Wir müssten ihn aus der Presse heraushalten. Dürfte nicht allzu schwer sein, wenn er fünfzehn Monate am Stück unterwegs ist. So ist es ja eigentlich gar keine richtige Ehe, oder?«

Obwohl ich oft dieselben Worte benutzte, wenn ich aufgebracht war, weil Danny wieder wegmusste, kränkte es mich, dass Mal meine Ehe als minderwertig gegenüber einer betrachtete, bei der sich Mann und Frau sieben Tage die Woche über Schweinekoteletts und Erbsen hinweg anschwiegen. »Ich hab mich dran gewöhnt.« Indem ich ein Auge leicht zukniff, gelang es mir, ihn weiterhin scharf zu sehen. »Und damit muss ich los. Ich muss meine Tochter morgen früh um acht Uhr dreißig bei meiner Mutter abholen.« In die Worte legte ich allen Stolz und alle Überzeugung, hielt mich jedoch davon ab, hinzuzufügen: ›Damit Mum in die Kirche gehen kann.‹ Auch wenn ich nicht zugeben wollte, dass meine Mutter den Besuch des Sonntagsgottesdiensts nach wie vor für so unerlässlich wie eine Weste im Winter hielt, würde ich mich nicht für Louise entschuldigen, ob sie nun in seinen Plan für The Shakers passte oder nicht.

Mal ließ die Schultern hängen. »Ich wusste nicht, dass du ein Kind hast. Himmel, hast du entbunden, als du noch in der Schule warst?«

Etwas in seinem Tonfall vermittelte mir das Gefühl, dumm zu sein, als hätte ich nicht begriffen, wie es zu einer Schwangerschaft kam. »Nein. Ich war zwanzig. Erwachsen und durchaus in der Lage, mich um ein anderes kleines menschliches Wesen zu kümmern.«

Rob warf mir einen erschrockenen Blick zu, als er die Verärgerung in meinen Worten aufschnappte. Aber Mal lachte nur. »Spitze. Wir können an Erwachsenen brauchen, was wir kriegen können. So weiß wenigstens jemand, wie man Hemden bügelt, wenn wir unterwegs sind.«

»Mein Mann bügelt seine Sachen selbst. Hat er bei der Marine gelernt – er kann es besser als ich.« Mir gefiel, dass etwas, wofür ich mich sonst schämte – meine Unzulänglichkeiten als Ehefrau –, zu etwas wurde, womit ich mich verteidigen konnte.

Mal sah nacheinander Rob und Jim an. »Himmel, die Kleine hat Temperament. Pflegeleicht wird die nicht. Meint ihr, wir sind der Aufgabe gewachsen, Jungs?«

Jim lachte, Rob hingegen nippte an seinem Drink und sagte: »Die Zusammenarbeit mit Susie ist spitze. Sie hat reingepasst, seit sie zum ersten Mal spontan zu uns auf die Bühne gekommen ist. Sie gibt sich Mühe, ist witzig und eine fantastische Sängerin.«

Mal grinste. »Das nenne ich mal ein begeistertes Lob. Und optisch steigert sie die Attraktivität der Band um etwa fünfzig Prozent.« Kurz verstummte er. Seine Miene wurde ernst. Der Blick seiner dunklen Augen wirkte eindringlich, als er mich ansah. »In den mittlerweile deutlich über zehn Jahren, die ich das schon mache, hab ich noch nie jemanden gehört, der in so jungen Jahren einen derartigen Stimmumfang hat. Wie du diese hohen Töne erreichst, weiß Gott allein.«

Ich spürte, wie ich errötete. Dabei fiel mir auf, wie dunkel seine Wimpern waren. Durch seine Adern musste spanisches oder italienisches Blut fließen. Tatsächlich ähnelte sein Teint dem von Danny. Stolz walzte meine Irritation von zuvor platt. Ich war immer Mittelmaß ohne echte Begabung für etwas gewesen. In meinen Schulzeugnissen hatte stets gestanden, »Sie gibt ihr Bestes«, »Sie arbeitet stetig vor sich hin«, »Ihr beflissenes Bemühen verdient Lob«. Und nun hielt mich dieser Mann, dieser *Talentsucher*, der keinen Grund hatte, mir etwas anderes als die Wahrheit zu sagen, für außergewöhnlich.

Verlegen senkte ich den Blick. »Danke.«

Mal tätschelte mir den Arm. »Ist mein Ernst. Du hast ja keine Ahnung, wie gut du bist. Stimmt's, Jungs?«

Beide nickten, doch mir war eher unangenehm, dass er mich hervorhob. Immerhin ging es um ihren Traum. Sobald ich könnte, würde ich ihn den beiden überlassen müssen. Aber noch während ich es mir vornahm, überlegte ich, wie sich ein Kompromiss zwischen Ehefrau, Mutter und Sängerin zustande bringen ließe. Vielleicht könnten Danny und Louise mich auf Tour begleiten. Wir könnten uns zusammen neue Orte ansehen, statt dass nur er mir erzählte, wo er gewesen war. Paris. Rom. Womöglich sogar New York. Ein Mädchen wie ich aus einem kleinen Reihenhaus in New York! Louise würde nie Gutscheine aus der Zeitung ausschneiden müssen. Für einen

Moment gestattete ich mir zu träumen. Ein Haus auf dem Land. Ein Pony für Louise. Ein Swimmingpool. Ich elegant in langen, glitzernden Kleidern mit seitlichem Schlitz bis hinauf zum Oberschenkel. Danny in schicken Anzügen.

Dann sah ich Rob in dem ärmellosen Oberteil an, das seine Mutter gestrickt hatte, und Jim in der mit Schaffell gefütterten Jacke, durch die er meinte, wie John Lennon auszusehen, in Wirklichkeit jedoch nur wie ein nasser Labrador roch – und stand auf.

»Ich wünsche euch alles Gute und bin raus. Denkt an mich, wenn ihr alle bis mittags schlaft.« Ich streckte die Hand aus. »Hat mich gefreut, dich kennenzulernen, Mal. Danke für die Drinks.«

Rob legte mir die Hand auf den Arm. »Wie kommst du nach Hause, Suze? Es fahren keine Busse mehr.«

Ich warf einen Blick auf die Armbanduhr. »Schon halb eins. Dann wohl zu Fuß. Egal. Die frische Luft wird mir guttun.«

»Ich begleite dich nach Hause«, bot Rob an. »Mir gefällt der Gedanke nicht, dass du spätnachts allein durch die Gegend läufst, schon gar nicht, wenn eben erst ein Schiff eingelaufen ist.« Kurz verstummte er. »Tut mir leid, nichts gegen Danny, aber du weißt ja, wie Matrosen sein können.«

Am liebsten hätte ich ihn für seine Freundlichkeit umarmt, denn ich wusste, dass er bleiben und an jedem Wort von Mal hängen wollte. »Du bist schwer in Ordnung, Rob. Danke, aber du musst in die andere Richtung. Mir passiert nichts. Ich halte mich an die Hauptstraßen.«

Doch Mal war bereits auf den Beinen und holte den Autoschlüssel heraus. »Ich fahre euch alle nach Hause. Kann ja nicht riskieren, dass meinen nächsten Superstars was passiert.«

Jim schüttelte den Kopf. »Ich wohne gleich um die Ecke, Kumpel. Lohnt sich nicht, Benzin für mich zu vergeuden.«

Mal klopfte ihm auf die Schulter. »Dann geh vorsichtig. Ich melde mich bald.«

Rob und ich folgten Mal nach draußen. Dabei machte Rob kein Hehl daraus, dass er vorn sitzen wollte, damit er sich das Auto genauer anschauen konnte. »Ich bin immer ein Schmiermaxe gewesen. Obwohl Jim der Mechaniker ist, interessiere ich mich mehr für Motoren als er.«

Mal schob den Sitz weiter vor und half mir auf die Rückbank. Er erkundigte sich nach unseren Adressen und teilte Rob mit, dass er ihn zuerst absetzen würde.

Rob widersprach. »Besser wär's, vorher die Küstenstraße entlang zu Susie zu fahren und dann umzukehren. Du kannst mich an der Tankstelle rauslassen und danach direkt auf die A3.«

Mal ignorierte ihn und fuhr weiter zu ihm nach Hause. Als Rob ausstieg, drehte er sich zu mir nach hinten. Ich war halb eingedöst, schläfrig vom Whisky und ihrer Unterhaltung über die Besonderheiten eines Himmels aus Leder und einer temperaturgesteuerten Starterklappe.

Er schüttelte mich sanft. »Wenn du willst, kannst du auf der Couch übernachten und Mal die Mühe ersparen, dich zurück in die Stadt zu bringen. Meine Mutter wird nichts dagegen haben.«

Mal drehte sich um. »Ist überhaupt kein Problem. Ich bin 'ne Nachteule. Ich wäre sowieso noch stundenlang wach. Aber ich will mich nicht wie ein Taxifahrer fühlen. Also sei so gut und setz dich nach vorn zu mir, Little Susie.«

Ich war wirklich nicht in der Verfassung, Robs Familie kennenzulernen. Und wenn ich nicht sofort nach Hause käme, müsste ich in aller Herrgottsfrühe los, um Louise abzuholen. Außerdem könnte ich auf keinen Fall direkt in meinen silbrigen Hotpants hin. Sonst könnte ich mir einen Vortrag von Mum darüber anhören, was ich trieb, ›während dein Mann so hart arbeitet, um dich zu versorgen‹. Ich wollte einfach in mein eigenes Bett.

Rob half mir aus dem Auto. Er umarmte mich, als ich gerade dabei war, vorne einzusteigen. »Sei vorsichtig«, flüsterte er mir ins Ohr. Ich gab ihm einen Kuss auf die Wange. Rob passte stets auf mich auf, aber in jener Nacht führte er sich auf wie eine Glucke. Ich würde in zehn Minuten zu Hause sein.

Rob zögerte immer noch, sich zu entfernen, doch Mal beugte sich zu uns. »Komm schon, hopp, hopp. Gute Nacht, Rob!«

Ich ließ mich auf dem Beifahrersitz nieder. »Wir sehen uns am Mittwoch«, rief ich.

Rob stolperte den Weg hinauf und winkte, bevor er sich bückte, um einen Schlüssel unter dem Blumentopf neben der Tür hervorzuholen.

»Also, wohin jetzt?«, fragte Mal.

Da ich sonst nur den Bus benutzte oder zu Fuß ging, konnte ich ihm keine gute Wegbeschreibung liefern, aber ich sagte ihm, er sollte Richtung Meer fahren. Er legte eine Kassette ein und sang zu »Wake Up Little Susie« mit. Zuerst dachte ich, er wäre eine Falle, um zu sehen, ob ich es wagen würde, ein Wort über seine krummen Töne zu verlieren, doch er klopfte mit der Hand den Takt aufs Lenkrad und bewegte sich, als wäre er ein internationaler Rockstar. Mich belustigte, dass jemand, der beruflich Gesangstalente suchte, selbst so unmusikalisch sein konnte. Ich richtete den Blick aus dem Fenster und zermarterte mir das Hirn nach einem Gesprächsthema, bevor mich ein Lachanfall ereilen könnte. In Gedanken ging ich die Möglichkeiten durch. Wohin würde er anschließend fahren? Prompt verwarf ich die Idee, weil es so klang, als wollte ich mitkommen. Wie viele Bands hatte er schon entdeckt? Auch ungeeignet, falls er Namen nannte, die ich nie zuvor gehört hatte. Dann würde er mich auslachen und als provinziell abstempeln. Während ich noch grübelte, wie sich ein unverfängliches

Gespräch beginnen ließe, bog er auf einen Parkplatz am Strand ab und schaltete Motor aus.

Er lehnte sich gegen seine Tür und drehte sich mir zu. »Macht's dir was aus, wenn wir kurz zum Meer runtergehen, bevor ich zurück nach London fahre? Kann mich gar nicht erinnern, wann ich zuletzt Sand zwischen den Zehen gespürt habe. Und schon gar nicht in einer so herrlich sternenklaren Nacht wie dieser.«

Er klang wie ein kleiner Junge, der sich auf einen Tagesausflug an den Strand freute. Nur würde Danny denkbar wenig davon halten, wenn ich um zwei Uhr nachts mit einem Kerl, den ich eben erst kennengelernt hatte, am Meer entlangschlenderte. Als ich antwortete, bemühte ich mich, nicht zu lallen. »Ich sollte wirklich zurück. Mir ist der Luxus nicht vergönnt, mich morgen auszuschlafen.« Ich versuchte, einen Scherz einzustreuen: »Bei dir ist das anders, du bist frei und ungebunden. Aber weißt du, ich hab Verpflichtungen.«

»Ach, jetzt leb mal ein wenig. Nur fünf Minuten, dann bringe ich dich nach Hause. Gib dir 'nen Ruck. Wann hast du zuletzt was Verrücktes gemacht?«

Gern hätte ich etwas ausgepackt, das ihn verblüffen, ihm beweisen würde, dass ich den Rock 'n' Roll im Blut hatte. Allerdings würde ihn wohl kaum beeindrucken, dass Rob und ich mal den Stummel eines in der Garderobe zurückgebliebenen Joints zusammen geraucht hatten. Neben Mal kam ich mir so ahnungslos von der Welt vor, als hätte mein Horizont die Breite und Tiefe eines Kaninchenstalls.

Er stieg aus und kam auf meine Seite des Autos herum. »Fünf Minuten. Bitte.«

Ich verdrehte die Augen. »Fünf Minuten. Dann muss ich wirklich zurück.«

Wir gingen zum Strand hinunter. Die Keilabsätze meiner Schuhe versanken im Kies, deshalb zog ich sie aus. Ich musste mich konzentrieren, um nicht zu taumeln, während Mal über die Sterne am Himmel und darüber plauderte, dass man sie in London vor lauter Lichtern gar nicht mehr erkennen konnte. Er fügte hinzu, dass er sich irgendwann mit einer Frau und Kindern irgendwo auf dem Land niederlassen wollte. »Eigentlich will ich das, was du hast. Eine Familie, zu der ich nach Hause kommen kann.«

Da ich nicht recht wusste, ob er mich damit veralbern wollte, spähte ich zu ihm. Ich schwankte dazwischen, mich geschmeichelt zu fühlen, weil er es doch nicht für dumm hielt, dass ich bereits mit zwanzig Mutter geworden war, und der Angst, er könnte mir ins Gesicht lachen, wenn ich ihn ernst nähme.

Schließlich traute ich mich, ein bisschen zu sticheln. »So sehe ich dich eigentlich gar nicht. Was ist mit den Bands, den Cocktailbars, den Hunderten Frauen, die du Rob und Jim versprochen hast?«

Er setzte sich in Ufernähe hin und neigte den Kopf zurück, um zu mir aufzuschauen. »Das ist bloß Fassade. Ein solcher Job lässt ein Familienleben kaum zu. Man ist ständig unterwegs. Nicht viele Frauen würden das aushalten. Klar, man erlebt Glamour, es fließt eine Menge Champagner und all das, aber es kann auch etwas einsam sein.«

Ich stand da. Meine Zehen brachten den Kies zum Knirschen. »Der Schlüssel ist, die richtige Frau zu finden. Ich ertrage es, dass mein Mann fünfzehn Monate am Stück weg ist. Für mich wäre es schon ein Luxus, ihn drei Nächte die Woche zu Hause zu haben.«

Mal tätschelte den Boden neben sich. »Setz dich kurz, danach gehen wir. Ob du's glaubst oder nicht, ich habe nicht oft Gelegenheit, ein richtiges Gespräch mit einer intelligenten Frau zu führen.«

Als ich mich hinkniete, ließ mich die Kälte der Nacht frösteln.

Mal rückte näher und legte den Arm um mich. »Entschuldige. Ich lasse dich erfrieren, während ich vor mich hin schwafle. Es ist bloß so schön, hier in der frischen Luft zu sitzen.«

Ich verharrte stocksteif und überlegte, wie ich mich ihm entziehen könnte, ohne unhöflich zu wirken. Er sollte nicht noch einmal denken, ich wäre ein dummes kleines Frauchen, das die Flucht ergriff, sobald sich ein Mann auch nur neben sie setzte. Mal erzählte mir, wie besorgt seine Mutter über seinen Umzug nach London gewesen – ›Dort gibt es alles Mögliche an Gesindel.‹ Allmählich entspannte ich mich und gestattete mir sogar, die Wärme eines um mich gelegten Arms zu genießen, nachdem ich drei einsame Monate lang Dannys Briefe gelesen und seinem Foto eine gute Nacht gewünscht hatte. Vor allem, da der Arm jemandem gehörte, der interessiert daran wirkte, was ich zu sagen hatte, als wären meine Worte wirklich intelligent und regten zum Nachdenken an. Ich fand es schön, zur Abwechslung für etwas anderes geschätzt zu werden als dafür, dass ich Louise die richtige Öffnung zeigen konnte, durch die sie eine rosa Pyramide stecken musste. Noch dazu von einem Mann wie Mal, der über »Engelbert«, »Jimi« und »Aretha« sprach, als würde er regelmäßig mit ihnen in den Kneipen von Soho trinken.

»Sag, Little Susie, was hältst du davon, in einer Band zu sein? Deine Sicht der Dinge dazu ist mir noch nicht ganz klar. Wie willst du das mit einem Ehemann und einem Kleinkind schaffen?«

Um ein Haar wäre ich mit der Wahrheit herausgeplatzt. Mich plagte ein schlechtes Gewissen, weil ich ihn gewissermaßen an der Nase herumgeführt hatte und glauben ließ, ich wäre genauso engagiert dabei wie Rob und Jim. Ich stellte mir ständig vor, wie er seinen Bossen enthusiastisch unser Demoband präsentierte, uns über weiß Gott wie viele Hürden hinweghalf und ich dann sagen würde: ›Die Royal Albert Hall klingt ja toll, aber geht nicht auch Southampton, damit ich

Louise zuerst ins Bett bringen kann?‹ Gleichzeitig gingen mir Robs freudige Begeisterung und Jims unterschwelliger Zorn nicht aus dem Kopf. Krampfhaft bemühte ich mich, meine Gedanken zu ordnen. Mit wesentlich mehr Selbstvertrauen, als ich empfand, versuchte ich, das Thema abzuwürgen. Ich hörte das Lallen in meiner Stimme, als ich sagte: »Weiß ich noch nicht. Mir fällt schon was ein. Wird Zeit, dass ich anfange, ein bisschen zu leben, wie du vorhin angemerkt hast.«

Und damit änderte sich die gesamte Atmosphäre der Nacht. Mal nahm mein Kinn in die Hand und drehte mein Gesicht zu sich. »Wirklich?« Ein Herzschlag verstrich. In der Ferne quietschten die Bremsen eines Autos. Die Wellen rauschten säuselnd ans Ufer. Dann küsste er mich so sanft, so zärtlich, dass ich einen Moment brauchte, um mich von ihm zu lösen.

»Wir sollten gehen.«

»Hab dich nicht so, Suze, es ist nur ein Kuss. Zwei Menschen, die einander unter dem Sternenhimmel Gesellschaft leisten. Da ist nichts dabei. Ein wenig Zuneigung zwischen London und Portsmouth.«

Bevor ich etwas entgegnen konnte, drückte er die Lippen abermals auf meine und küsste mich so sinnlich, dass ich unwillkürlich darauf ansprach. Mein Körper verriet mich, verlor sich im Rausch der Sinne, den jemand auszulösen vermochte, der genau wusste, wie man Leidenschaft, Zärtlichkeit und Nachdruck dosierte. Alles in mir schien sich ihm entgegenzustrecken, die Folge eines monatelangen Daseins an der Seitenlinie einer Welt voller Paare, wohin ich auch blickte – Teenager, die eng umschlungen am Strand lagen; Paare, die sich auf der Tanzfläche küssten; sogar Mr und Mrs Jones von nebenan, die Händchen hielten, während sie ihre Lupinen im Vorgarten bewunderten. Mein Gehirn kämpfte darum, es zu beenden. Verzweifelt befahl es meinen Gliedmaßen, ihn von mir zu schieben und nicht mit jemandem intim zu werden, der nicht Danny war.

Als Mal mich nach hinten drückte, verfingen sich seine Finger an der Kette mit dem goldenen Herz um meinen Hals, die Danny mir vor seiner letzten Abreise geschenkt hatte. »Das ist mein Herz, das bei dir bleibt, bis ich zurückkomme«, hatte er gesagt.

Mit einem Ruck drehte ich den Kopf weg und versuchte, mich aufzusetzen. »Das sollte ich nicht tun. Ich muss nach Hause.«

Aber Mal senkte mich zurück auf den Kies. »Sei keine Spielverderberin«, sagte er, küsste mich auf die Nasenspitze und stemmte sich hoch, bis sich sein Gesicht unmittelbar über meinem befand. »In jemanden wie dich könnte ich mich wirklich verlieben.« Seine Finger strichen über meine Brust, umkreisten durch das Oberteil meine Nippel.

Ich versuchte, die richtigen Worte zu finden, um ihn zum Aufhören zu bewegen. Am liebsten wäre ich zum Meer gerannt und hätte den Kopf ins kalte Wasser getaucht, um meinen Verstand in Gang zu bringen. Offensichtlich hatte ich falsche Signale ausgesandt und ihn glauben lassen, er hätte eine Chance. Ich nahm einen neuen Anlauf. »Mal, du bist wunderbar, aber ich bin verheiratet. Und ich liebe meinen Mann.«

Als er meinen BH löste und den Kopf senkte, schämte ich mich dafür, wie kindisch es klang, zu behaupten, ich liebte Danny – als ginge ich noch zur Schule und würde Herzchen mit Pfeilen auf die Rückseite meiner Schulhefte zeichnen.

Mal hielt inne, hob den Kopf und sagte: »Du bist wirklich was Besonderes, Little Susie. Was denkt sich dein Mann dabei, wenn er dich monatelang allein lässt? Ich würde eine so bezaubernde Frau wie dich keine Nacht lang verlassen.«

Ich versuchte, mein Oberteil runterzuziehen. Singen war eine Sache. Aber darüber, was hier gerade passierte, könnte ich zu Danny nichts sagen, was es auch nur annähernd entschuldigen würde. In seinem jüngsten Brief hatte er geschrieben, wie schwer ihm die Zeit der Trennung fiel und dass er sich vorstellte, er würde sich an mich schmiegen, während er in einer Hängematte lag und »entweder von Moskitos oder vom Schnarchen der anderen« wachgehalten wurde. Als ich versuchte, mich unter Mal hervorzuwinden, erwies er sich als zu schwer. »Ich muss jetzt wirklich los.« Meine Stimme klang schrill, panisch.

»Sus-ieee. Dein Holder ist unzählige Kilometer weit weg und vergnügt sich wahrscheinlich gerade in einem Hafen mit vielen Frauen. Mit all den Marinematrosinnen, die ihm schönen Augen machen. Du glaubst doch nicht etwa, dass er darauf verzichtet, oder?«

Ich schüttelte den Kopf. Sosehr ich die Worte entschlossen und fest aussprechen wollte, sie purzelten aus meinem Mund, als wüssten sie nicht recht, welche Richtung sie einschlagen sollten. »So ist Danny nicht. Darauf würde er sich nicht einlassen.«

Mal fuhr mir mit den Fingern durchs Haar. »Das erzählt er dir zumindest. Glaubst du wirklich, dass er ein ganzes Jahr oder länger keine andere Frau anfasst?« Als er den Kopf senkte, um mich erneut zu küssen, drehte ich mich weg.

»Ich weiß es nicht. Und falls er es tut, spielt es keine Rolle. Aber ich weiß, was ich tun sollte. Und dazu gehört nicht, mit dir am Strand rumzumachen.«

Mal zuckte mit den Schultern. »Komm schon, Susie. Wer wird je erfahren, dass wir ›rummachen‹?« Er ließ meine eigenen Worte klingen, als kämen sie von einer Lehrerin der Sonntagsschule. Er legte mir die Hand auf die Wange. »Du musst jung geheiratet haben. Mit wie vielen Männern hast du eigentlich geschlafen?«

Ich versuchte, gegen seine Brust zu drücken. »Darüber rede ich nicht mit dir. Das geht dich nichts an.«

»Also nur mit ihm, richtig? Wird Zeit, dass wir das ändern.«

Ich hörte, wie er die Schnalle seines Gürtels öffnete.

»Nein. Nein, ich kann das nicht, Mal.«

»Little Susie. Ich glaube, du bist scharf darauf. Eben noch dachte ich, es könnte schwierig werden, mit dir mitzuhalten. Als ich dich heute Abend auf der Bühne gesehen habe, war mir nicht klar, was für eine heißblütige Frau ich da vor mir hatte. Ich werde meine Pflichten als dein erst zweiter Mann sehr ernst nehmen. Du wirst es nicht bereuen, Susie. Sieh es als kleines Geschenk, damit du durchhältst, bis dein Mann zurückkommt.« Nach den Worten küsste er mich und zerrte meine Hotpants runter.

Ich versuchte, sie zurück an ihren Platz zu ziehen, aber Mal legte sich auf mich und öffnete mit einer Hand den Reißverschluss seiner Hose. Ich schaute den Strand entlang. Nur gelegentlich erhellten vorbeifahrende Scheinwerfer kurz die Straße. »Tut mir leid, wenn ich einen falschen Eindruck vermittelt habe. Keine Ahnung, was in mich gefahren ist. Ich muss Danny wohl sehr vermissen. Oder vielleicht hat es am Whisky gelegen.« Die lahmen Rechtfertigungen drangen in die Dunkelheit und verflüchtigten sich im Rauschen des Meers. Meine Stimme klang seltsam, zögerlich und flehentlich, als bäte ich jemanden, den ich nicht besonders gut kannte, um einen Gefallen.

Aber es hatte keinen Sinn. Mal wollte mir zeigen, was mir entgangen war. Ich konnte nur den Kopf zur Seite drehen und die Augen zusammenkneifen. Tränen quollen zwischen den Lidern hervor und liefen mir ins Ohr.

Als er fertig war, erschlaffte er auf mir. »Er ist ein Glückspilz, dein Ehemann. Du bist ein Schatz. Und obendrein noch sexy.«

Ich rückte meine Kleidung zurecht und ließ zu, dass er mir seine Jacke um die Schultern legte, als wir zum Auto zurückkehrten – »Ich will nicht, dass du dich erkältest.« Während der Fahrt nach Hause saß ich da und umklammerte meine Schuhe auf den Knien. Ich beantwortete seine Fragen danach, wo er abbiegen musste, ob es eine ruhige Gegend war und wie weit meine Mutter entfernt wohnte, als hätten wir uns lediglich an der Bar einen Portwein mit Zitrone geteilt. Als er vor mein Haus rollte, tätschelte er mir den Arm und sagte: »Danke für den bezaubernden Abend, Susie. Ich gebe Rob Bescheid, wann wir das Demoband aufnehmen können. Schlaf gut.«

Meine letzten Worte an ihn waren: »Danke fürs Heimbringen.« Ich flüsterte sie in die Dunkelheit, um die Nachbarn nicht zu stören.

FÜNFZEHN

SEPTEMBER 1983

Louise kam herein, während Danny mich davon zu überzeugen versuchte, dass wir ihr eine Chance geben sollten – ein Jahr am College of Modern Music, um herauszufinden, ob es ihr dort gefallen würde. Sie stand da und fingerte am Insektenschutzgitter der Hintertür, nicht mehr feindselig, nur noch niedergeschlagen nach den wochenlangen Diskussionen. Allerdings hielt mich die Erinnerung an Mal davon ab, einzuknicken. Ich brachte jedes Argument vor, das mir einfiel. »Sie muss sich eine Karriere aufbauen, die ihr für den Rest ihres Lebens ein stabiles Einkommen sichert. Frauen sollten nicht erwarten, dass ein hübscher Prinz sie rettet. Die Welt hat sich weiterentwickelt. Sie müssen selbst Verantwortung übernehmen, arbeiten gehen und sich versorgen können.«

Obwohl Danny und Louise alles, was ich vorbrachte, für Vorwände hielten, um aus ihr eine Lehrerin zu machen, glaubte ich wirklich daran. Mittlerweile erschien mir befremdlich, dass wir selbst in Louises Alter immer nur darüber nachgedacht hatten, wen wir mal heiraten würden. Alle Frauen im Büro und ich hatten die Arbeit dort als eine Art Überbrückung angesehen, bis wir »den Richtigen« gefunden hätten.

Einmal hatte Danny scherzhaft zu mir gemeint, ich würde mich zur »Emanze« entwickeln, nur waren wir zu dem Zeitpunkt über Scherze bereits hinaus gewesen. »Ich denke dabei nur an Louise. Popstar zu werden, ist eine schöne Fantasie. Aber sie ist viel besser damit bedient, die Ausbildung zur Lehrerin am Portsmouth Poly zu machen. Singen kann sie als Hobby weiterhin. Die Musikhochschule existiert erst seit zwei Jahren, und es gibt noch keinen Beleg dafür, dass die Absolventen danach auch Arbeit finden. Mit einer Ausbildung als Lehrerin steht ihr die Welt offen.«

Louise verdrehte die Augen, als ich sie darauf hinwies, dass sie zu Hause wohnen könnte und sich nicht durch die Kosten für eine Unterkunft in den Ruin treiben müsste. Außerdem würde sie eine Qualifikation haben, auf die sie immer zurückgreifen könnte, selbst wenn sie dazwischen eine Auszeit nehmen würde, um Kinder zu bekommen.

Und wie nebenbei streute ich mittendrin ein, dass die Musikwelt voll von Spinnern und Lustmolchen war. Schließlich wandte ich mich an Danny. »Würdest du wollen, dass sich Louise von einem vierzigjährigen Plattenproduzenten ausführen lässt, der ihr die Welt verspricht? Weißt du, als ich damals manchmal mit den Shakers gesungen habe, sind alle möglichen zwielichtigen Typen bei uns aufgekreuzt und haben behauptet, wir könnten die nächsten Superstars werden, wenn ich nur eine Spazierfahrt mit ihnen unternähme oder sie ins Hotel begleiten würde.«

Danny runzelte die Stirn. »Wirklich? Das hast du mir nie erzählt.«

Mir wurde immer noch jedes Mal übel, wenn ich an Mal dachte. »Ich war mir ziemlich sicher, dass du so was nicht hättest lesen wollen, während du in Singapur warst.« Kurz verstummte ich. »Natürlich bin ich nie mitgegangen.«

Die Worte einer Lüge besaßen eine eigene Schwere, mit der

sie in die Welt rollten. Darauf folgte eine Wartezeit, um zu sehen, ob sie auf Widerstand stießen.

Ich erkannte, dass ich mit dieser ins Schwarze getroffen hatte. Erst am Tag zuvor war Danny wutentbrannt hinausgestürmt, weil er ein paar Jungs »sexy Schnalle« rufen gehört hatte, als Louise den Weg zur Haustür entlanggegangen war.

Ich setzte nach. »Wollen wir sie wirklich in solch eine Welt schicken? Sex, Drogen und Rock 'n' Roll? Feiern mit Gott weiß wem? Sie ist nicht welterfahren. Bisher hat sie eine Mädchenschule besucht. Sie hatte noch nicht mal einen festen Freund. Und so sollen wir sie nach London schicken, wo jeder Kerl, der in einem Aufnahmestudio auch nur den Boden fegt, überlegen wird, wie er sie übervorteilen könnte?«

Ich merkte, wie der Kampfgeist Danny verließ. Er legte die Stirn in Falten und kaute auf der Unterlippe, während er dazwischen schwankte, Louise fliegen zu lassen und sie der eigenen Sicherheit halber zu Hause anzuketten. Der kleine Keim des Zweifels, dass ich nicht bloß eine Spielverderberin war und kein Vertrauen in Louises Können hatte, war gesät.

Louise schüttelte den Kopf. »So dumm bin ich nicht, Mum. Ich will nur wegen des Gesangs- und Gitarrenunterrichts dorthin. Abends würde ich nicht mal ausgehen. Jedes Wochenende würde ich nach Hause kommen. Ich versteh einfach nicht, warum du mich das Einzige, was ich liebe, nicht machen lassen willst. Wenn ich in zehn Jahren an irgendeinem dämlichen Schreibtisch sitze, statt mir die eigenen Platten im Radio anzuhören, ist es deine Schuld.«

Damit stürmte sie aus der Küche und knallte die Tür so heftig zu, dass all ihre Musikpreise und Tassen auf der Kommode klapperten.

Um ein Haar hätte ich nachgegeben. Die Intensität ihres Verlangens, Musik zu erschaffen, aufzutreten, es in der Branche zu etwas zu bringen, erinnerte mich an Rob. Dabei hatte ich mich so bemüht, nicht an ihn zu denken. An seine Freundlichkeit. Daran, wie sehr er mich hatte beschützen wollen. Daran, wie ich Louise an jenem Sonntagnachmittag bis zu seinem Haus geschoben hatte, während mir ihr Geschrei in den verkaterten Schädel gefahren war und mir die Anstrengung mit dem schweren Kinderwagen Übelkeit bereitet hatte. Seine Mutter hatte damals steif an der Eingangstür gestanden und in den Wagen gespäht. Ihre gesamte Haltung schien erleichtert, als ich ihr erklärte, wer ich war. Rob kam noch im Halbschlaf aus seinem Zimmer gewankt und zog sich einen Mohair-Pullover über den Kopf. Die Einladung seiner Mutter, seine Freundin und das Baby ins Wohnzimmer zu bringen, ignorierte er. Er wirkte am Boden zerstört, als ich ihm auf dem Weg zum Hafen erklärte, ich wäre die ganze Nacht auf gewesen und hätte nachgedacht, hätte es mir anders überlegt, könnte kein Mitglied der Band sein, nicht mal für ein paar Monate. Ich entschuldigte mich und drosch hohle Phrasen darüber, dass Mal sie wahrscheinlich auch ohne mich haben wollen würde. Er reagierte so ungläubig darauf. Zornig. Frustriert. Schließlich setzte er sich auf eine Gartenmauer, vergrub den Kopf in den Händen und versuchte, seine Tränen vor mir zu verbergen.

Irgendwann liefen wir weiter, bevor die letzte Straßenecke kam, an der ich den Kinderwagen schwenkte, um den Weg nach Hause anzutreten. Rob zupfte an seinem Pullover. »Was ist gestern Nacht passiert, Suze? Nachdem ihr mich abgesetzt habt. Hat Mal etwas bei dir versucht? Du hast angefangen, daran zu glauben und zu überlegen, wie es machbar wäre. Das weiß ich. So ergibt es einfach keinen Sinn. Danny würde sich anfangs vielleicht schwer damit tun, aber er würde seine Meinung bald ändern, wenn du genug verdienst, um ein euch allen ein besseres Leben zu ermöglichen. Ihr könntet in ein größeres Haus ziehen, Louise einen guten Start bieten.«

Ich stieß einen heftigen, aus Angst geborenen und von Scham genährten Schrei aus. »Nichts ist passiert, Rob. Er hat mich direkt von dir nach Hause gebracht! Wofür hältst du mich eigentlich?«

Kurz verstummte er. »Entschuldige, ich wollte nicht ... Ich hab mich nur gefragt, ob er dich irgendwie verärgert hat.«

Finster starrte ich ihn an. »Es hat nicht das Geringste mit Mal zu tun. Ich bin bloß nüchtern geworden und hab die nackten Tatsachen erkannt. Es ist ein verdammtes Hirngespinst, mit dem wir unser Leben vergeuden könnten! Du kannst deines ja wegwerfen und dich bei Typen wie Mal einschleimen in der Hoffnung, dass sie dir ein paar Krumen von ihrem Tisch abgeben. Aber ich hab Besseres zu tun.«

Als er mich am Arm packen wollte, schüttelte ich ihn ab und holperte mit dem Kinderwagen über die Bordsteinkante. Louise schrie erschrocken auf, als ich davoneilte.

Ich schluchzte den gesamten Weg die Küstenstraße entlang. Tränen prallten von der Abdeckung des Kinderwagens ab. Ich war davon überzeugt, Kies zwischen den Pobacken und eine leichte Nässe zwischen den Beinen zu spüren, obwohl ich gebadet und die Haut mit einem Küchenschwamm geschrubbt hatte, bevor ich zu Rob gegangen war.

Die Erinnerung an die Demütigung und meinen Selbsthass lastete bei jedem Schritt nach Hause schwer auf mir. Und das Wissen, dass ich mein Gelübde gebrochen hatte und nie wieder der Mensch sein konnte, für den mich alle hielten, hinderte mich im Hier und Jetzt daran, hinter Louise herzulaufen und ihr zu sagen, dass sie mich zermürbt und meinen Segen dafür hatte, nach London zu gehen.

Ich konnte nicht zulassen, dass ihre Träume zu einem Albtraum wurden.

SECHZEHN

DEZEMBER 1986

Das Weihnachten vor Louises Abschluss am Poly sollte ein denkwürdiges Ereignis werden. Nur für den Fall, dass sie im nächsten Jahr irgendwo anders eine Stelle als Lehrerin bekäme und nicht mehr zu Hause wohnen würde.

Jedes Mal, wenn ich an sie als Kleinkind dachte, wurde mir zum Schluchzen zumute. Damals hatte stets ein Lächeln ihr Gesicht erhellt, sobald sie mich gesehen hatte, und sie hatte stundenlang dem Schweinchen in ihrem Buch in die Nase gekniffen, solange ich nur in der Nähe gewesen war. Nun schottete sie sich gegen mich ab, weil ich sie daran gehindert hatte, ihrer Leidenschaft zu folgen. Danny umarmte sie jeden Morgen, wenn sie zum Poly aufbrach, mir hingegen rief sie nicht mal einen Abschiedsgruß zu.

Im Gegensatz zu Grace, die stundenlange Sitzstreiks in ihrem Zimmer durchhielt, weil sie wusste, dass sie sich entschuldigen müsste, wenn sie herunterkäme, und nicht kapitulieren wollte, war Louise ein fügsames Kind gewesen. Ich hatte geglaubt, sie würde mit der Zeit auftauen. Aber erst am vergangenen Abend hatte ich sie gefragt: »Kommst du mit uns zum Silvesterfeuerwerk?«

Sie hatte mich mit einem vagen Blick bedacht. »Wahrscheinlich gehe ich mit Freunden aus.«

»Mit den Mädchen aus deiner Klasse? Emma und Judy?«

Sie hatte kaum von ihrem Buch aufgeschaut. »Spielt es eine Rolle, mit wem?«

Und wieder hatte ich mich danach gesehnt, mehr vom großen Bild zu erkennen, weil ich das Gefühl hatte, nur wie durch ein Schlüsselloch in ihre Welt zu spähen.

Vereinzelt erwähnte sie, dass es Gelegenheiten für Praktika in Manchester, Edinburgh und, was ich außergewöhnlich fand, auf der Insel Skye gab. Ich hatte keine Ahnung, ob sie damit meine Reaktion ausloten wollte. Hoffte sie, ich würde ihr alles Gute wünschen und sie gehen lassen? Oder wollte sie einen Beweis, dass sie mir fehlen würde? Ich versuchte, ihr Fragen zu stellen, die nicht wertend klangen. »Wo möchtest du gern arbeiten?«

Sie schürzte dann die Lippen und erwiderte etwas wie: »Mal sehen, was sich ergibt, wenn ich mit dem College fertig bin.«

An diesem Abend hatte ich sie angeschnauzt. »Du hast bessere Chancen, das Beste aus deinem Leben zu machen, wenn du weißt, was du willst, und es anstrebst. In deinem Alter hatte ich schon ein Kind. Ich hatte nicht den Luxus, mich treiben zu lassen und abzuwarten, was sich ergeben würde. Dad und ich haben uns ins Zeug gelegt und getan, was wir konnten, um dir den bestmöglichen Start zu ermöglichen.« Bevor Louise ins Wohnzimmer davonstapfte, bedachte sie mich mit einem geradezu mitleidigen Blick, als wäre es schier unglaublich, dass ich mich erdreistete, ihr einen Rat zu erteilen, obwohl ich selbst so begrenzte Lebenserfahrung besaß. Genauso hatte mich Mal an dem Abend angesehen, als ich zu ihm gemeint hatte, ich wäre mit zwanzig Jahren eine vollwertige Erwachsene mit einem Baby. Zum Glück hatte er nie die Genugtuung erfahren, mitzuerleben, was für ein verängstigtes

Kind ich mit zweiundzwanzig und einem weiteren Baby geworden war.

Grace tauchte in der Küche auf. Meine jüngere Tochter konnte es nicht leiden, wenn sich jemand stritt, es sei denn, sie selbst zettelte es an. Sie schloss ihren Kassettenrekorder an die Steckdose an. »Mum, tanz mit mir.«

Zuerst lehnte ich halbherzig ab. »Ich muss noch den Abwasch erledigen.« Allerdings ließ sie nicht locker, nahm mich an der Hand und wirbelte mich zu »Papa Don't Preach« herum. Am Ende tollten wir lachend durch die Küche, bis es zweiundzwanzig Uhr wurde. Schließlich kam Danny herein.

»Du solltest längst im Bett sein, junge Dame. Morgen ist Schule.«

Grace umarmte ihn. »Nur noch ein Lied. Biii-tte.«

Danny sah mich mit skeptischer Miene an. »Morgen früh wird sie wie gerädert sein. Louise ist in dem Alter nie so lange aufgeblieben.«

»Zwei Minuten. Dann schicke ich sie nach oben«, versprach ich und winkte ihn weg, bevor wir aus voller Kehle »Get Down on It« von Kool and the Gang mitsangen. Es gelang mir beinah, die mürrische Laune zu ignorieren, die Louise von der anderen Seite der Wand ausstrahlte.

Dieses Weihnachten bemühte ich mich intensiv, glückliche Erinnerungen an uns als Familie in Louise zu verankern. Vielleicht würde sie von zu Hause ausfliegen, aber ich hoffte, sie würde letztlich zurückkehren, wenn ihr klar wurde, dass bei niemandem die perfekte Idylle herrschte.

Ich schickte Danny mit den Mädchen los, um den echten Baum zu besorgen, den sich Louise immer gewünscht hatte. Obwohl ich wusste, dass mir im Januar beim Putzen ein Albtraum bevorstehen würde, erlaubte ich Grace und Louise, mit Schablonen Schneemänner und Rentiere auf die Fenster zu sprühen. Louise brachte dabei saubere, klare Konturen zustande, während es bei Grace eher aussah, als hätte sie einen

Feuerlöscher benutzt. Wir bereiteten einen Weihnachtspudding zu und mischten einen Sixpence in die Masse. Eine Münze aus der Sammlung, mit der meine Mutter begonnen hatte, seit sie 1980 abgeschafft worden war, überzeugt davon, sie würde irgendwann wertvoll sein. Grace zeigte sich fasziniert darüber. »Wenn ich ihn finde, darf ich mir also was wünschen?«

Ich nickte.

»Dann wünsche ich mir, ein Star bei *Top of the Pops* zu werden.«

Ich wagte nicht, zu Louise zu spähen, als ich erwiderte: »Das kannst du jetzt nicht mehr, weil du es uns gerade verraten hast. Es muss ein geheimer Wunsch sein. Du wirst dir einen anderen einfallen lassen müssen.«

Aber Grace ließ sich nicht beirren. »Bis dahin habt ihr eh vergessen, dass ich's ausgeplaudert habe.«

Das zusätzliche Geld, das ich verdiente, indem ich ein paar Tage die Woche arbeitete, würde ich diesmal für Dinge verprassen, die sich Louise wirklich wünschte, nicht wie üblich für solche, die sie brauchte, beispielsweise Hausschuhe, Socken und Shampoo. Ich kaufte ihr ein Kreppeisen, obwohl ich ewig damit haderte, ihre Freude beim Auspacken gegen meine Traurigkeit darüber abzuwägen, dass ihr wunderschönes Haar aussehen würde, als hätte sie einen Stromschlag abbekommen. Die bedeutendste Waffe im Arsenal meiner Weihnachtsgeschenke jedoch war ein CD-Walkman – oder vielmehr ein *Discman*, wie mir der junge Verkäufer im Laden erklärt hatte, das Gesicht verzogen, als hätte ich Japanisch gesprochen. In der Überzeugung, jede von mir ausgesuchte CD würde nicht mal aus der Hülle genommen werden, hatte ich ihn um Vorschläge gebeten. Obwohl ich keine Ahnung hatte, ob ein Junge mit einer Mähne voller blonder Strähnchen und einer Feder im Ohr eher Louises Geschmack erraten würde. Aber zumindest hatte ich mir Mühe gegeben. Bereits Wochen vor Weihnachten verpackte ich die Geschenke. Ich gönnte mir das Vergnügen,

Louise mit »Du errätst nie, was ich für dich habe« zu ködern und zu beobachten, wie sie weich wurde. Mehr als einmal ertappte ich sie dabei, wie sie die Päckchen unter dem Baum schüttelte. Ähnlich umkreiste Grace den Haufen der Geschenke wie eine Katze ihren Napf zur Fütterungszeit.

Ich stimmte sogar einer Mittagsparty mit Getränken am Sonntag vor Weihnachten zu. Normalerweise weigerte ich mich strikt, um die Zeit Freunde oder Nachbarn einzuladen. Ich wollte mir nicht anhören müssen, wie ›unser Christopher/Stuart/Andrew Himmel und Hölle in Bewegung gesetzt hat, damit wir zu Weihnachten alle zusammen sein können‹, gefolgt von allgemeinem Nicken und dem gemurmelten Konsens, dass Weihnachten eine Zeit für die Familie war. Obwohl ich die meine um mich hatte, blieb stets das Gefühl, dass ein entscheidender Teil davon fehlte.

Danny zog die Augenbrauen hoch. »Du gehst dieses Jahr ja voll in der Weihnachtsstimmung auf. Wohin ist meine kleine Susie Scrooge verschwunden?« Als er mich dazu innig umarmte, wuchs meine Überzeugung, dass ich ihn davon abgehalten hatte, mich aufgeben zu wollen.

Grace stürzte sich mit Begeisterung in die Party, verteilte Käsebällchen und Knabbergebäck und verkündete: »*Natürlich* glaube ich nicht mehr an den Weihnachtsmann.« Dann brachte sie alle zum Lachen, indem sie hinzufügte: »Trotzdem stelle ich sicherheitshalber Sherry für ihn hin und lege eine Karotte für Rudolph dazu.«

Ich hatte Jeanie eingeladen, obwohl sie seit Dannys Geburtstagsfeier vor drei Jahren nur noch selten zu uns nach Hause kam. Seit damals beschränkte ich unsere Treffen überwiegend auf das Café im Stadtzentrum, den Park oder das Kino. Sie hatte sich mehrfach dafür entschuldigt, dass sie sich betrunken und in ein Plappermaul verwandelt hatte. Ein paar Wochen nach der Party war sie sogar mit einem riesigen Blumenstrauß aufgetaucht, den sie sich eigentlich gar nicht leisten konnte. Dennoch konnte ich ihren Fehltritt nicht vergessen. Wann immer sie sich in einem Raum mit Danny aufhielt, beobachtete ich sie mit Argusaugen, achtete darauf, was sie trank, und lauschte auf ihre Worte, ständig bereit, sofort einzugreifen. Ihr war seither nie wieder etwas Unüberlegtes herausgerutscht. Stattdessen baute sie regelmäßig in Gespräche ein, was für Glück wir gehabt hatten, uns beim Silbernen Thronjubiläum kennengelernt zu haben und uns danach zufälligerweise im Park über den Weg gelaufen zu sein. Obwohl ich ihr so gut wie verziehen hatte, weigerte ich mich, jemals wieder mit ihr über dich zu reden. Im Juni dieses Jahrs bist du achtzehn und damit ohne mich erwachsen geworden. Ich hatte gegen meine Regel verstoßen, nicht an dich zu denken, und dir an deinem Geburtstag einen Brief geschrieben. Immerhin war es ein besonderer Anlass. Doch abgesehen von solchen außergewöhnlichen Tagen war es mir beinah gelungen, dich zu vergessen. Nein, nicht vergessen. Dich freizugeben. Ebenso wie mich selbst. Für die Leben, die wir führen sollten.

An diesem Tag zeigte sich Jeanie von ihrer besten Seite. Sie ließ sich sogar darauf ein, mit Mr Arnold von gegenüber zu plaudern, der ein Hörgerät hatte, es aber nie einschaltete, um die Batterie zu schonen. Deshalb ähnelte jede Unterhaltung mit ihm einem Schreiduell und verlief in der Regel etwa so: ›Haben Sie noch Ihren Schrebergarten?‹ Darauf folgte eine völlig willkürliche Antwort wie: ›Ja, ich glaube, davon hab ich in der Zeitung gelesen. Keine Ahnung, was heutzutage mit der Jugend los ist.‹ Dann kam in der Regel eine Pause, während der Fragesteller zu erraten versuchte, worauf er sich bezog, um auf dieses Thema umzuschwenken. Gracie quietschte dann immer vor Lachen, und Louise tadelte sie dafür, unhöflich zu sein. Mr Arnold schien es nichts auszumachen. Am Ende bekam sie trotzdem seinen gesamten Vorrat an mitgebrachten Devon-Sahnebonbons ab.

Louise drückte sich am Rande der Party herum. Sie mischte

sich nicht unter die lauteren Gruppen, sondern gesellte sich zu den Leuten, die sich die Fotos auf dem Kaminsims ansahen oder schüchtern am Weihnachtsbaum herumstanden. Ich hatte gehofft, das College würde ihr mehr Esprit einhauchen, jenes Selbstvertrauen, das Grace von jeher besessen hatte. Ihre jüngere Schwester vermittelte den Eindruck, dass ihr gar nie in den Sinn kam, sie könnte *nicht* die faszinierendste Person im Raum sein. Ich bemühte mich, nicht zu bemerken, dass Louise nur dann völlig gelöst wirkte, wenn sie sang. Schon wenige Takte Musik schienen sie an einen Ort zu versetzen, an dem sie keine Selbstzweifel kannte, weil sie wusste, wie gut sie war.

Als ich beobachtete, wie Eddie von Nummer einundzwanzig sie aufhielt und nach einem weiteren Drink fragte, fiel mir prompt wieder ein, warum ich sie nicht nach London hatte gehen lassen. Er taxierte direkt ihre Brust und versuchte nicht mal zu tarnen, worauf er starrte.

Jeanie tauchte an meiner Seite auf. Sie deutete mit dem Kopf auf Grace, die gerade ihre neuesten »Zaubertricks« vorführte, was so ablief, dass sie das schwungvolle Mischen eines Kartenstapels vermasselte, alle über den Boden verstreute und lauthals lachend verkündete: »Moment, das war's noch nicht!«

»Deine Kleine ist alles andere als schüchtern. Gut für sie.«

Ich nickte, nach wie vor in Gedanken über Louise versunken.

Jeanie drehte den Kopf und sah mich an. »Geht's dir gut? Weihnachten ist eine merkwürdige Zeit, oder? Bringt einen irgendwie dazu, Lebensbilanz zu ziehen«, meinte sie. Ich merkte ihr an, wie sie die Worte filterte. Wir gestalteten unsere Unterhaltungen oft so, dass sie für einen unbeteiligten Zuhörer unscheinbar klangen, während wir eine Bedeutung in sie einflochten, die sich nur uns erschloss.

»Das hat nichts mit der Jahreszeit zu tun«, erwiderte ich

und wollte es glauben. »Ich hab bloß überlegt, ob es richtig war, Lou nicht auf die Musikschule zu lassen.«

Jeanie zuckte mit den Schultern. »Bringt nichts, im Nachhinein darüber zu grübeln. Was passiert ist, ist passiert. Mir hat sie erzählt, dass sie im September zu arbeiten anfängt. Eine Lehrerin in der Familie! Wie toll ist das denn? Sie hat sich wirklich gut gemacht. Und so ist es wenigstens unwahrscheinlicher, dass sie an einen Kerl gerät, der sich Zeug durch die Nase zieht. Hat sie schon einen festen Freund?«

Ich schüttelte den Kopf. »Sie scheint sich nicht sonderlich für Männer zu interessieren.«

»Braves Mädchen. Ist klüger so. Sie wird es weit bringen. Hast großartige Arbeit bei ihr geleistet.« Jeanies Bewunderung für Louise wärmte mir das Herz. Vor allem, als sie mir danach von ihren jüngsten Dramen mit Rick erzählte, von seinen Konflikten mit dem Gesetz, weil er Ladendiebstahl begangen und Fahrräder geklaut hatte. Ich wünschte, ich wäre ihr eine bessere Freundin gewesen.

Trotz des Gefühls, dass ich es irgendwie schaffte, alle mir wichtigen Menschen in meinem Leben zu vergraulen, überkam mich später an jenem Abend, als Danny und ich uns zu einer gelungenen Party beglückwünschten, ein ungewohntes Empfinden: Ich freute mich tatsächlich auf Weihnachten.

SIEBZEHN

DEZEMBER 1986

Am Dienstag vor Weihnachten ging Grace mit ihren Freundinnen in den Park. Ich zog den Reißverschluss ihrer Jacke für sie zu. Dann sauste sie davon und rief die Bestätigung meiner Anweisungen zu mir zurück. »Keine Sorge, Mum, ich gehe nicht mit Fremden mit, renne nicht vor eine Schaukel und springe nicht vom Karussell, bevor es anhält ...« Ich beneidete die anderen Mütter in der Straße, die ihre Kinder mit einer Flasche Saft und ein paar Sandwiches aus dem Haus schickten und selbst an einem so frostigen Tag wie diesem stöhnten, wenn sie vor dem Abendessen zurückkamen. Louise zog mit einer Gruppe ihrer Schulfreunde als Weihnachtschor durch die Stadt, um Spenden für Amnesty International zu sammeln, Danny war bei der Arbeit. Ich war damit beschäftigt, Karten an goldenen Bändern von der Decke zu hängen und erneut die Rundbriefe einiger Marine-Ehefrauen zu lesen. Man musste ihnen lassen, dass sie sich offenbar gut an dieses seltsame Leben erzwungener Trennungen gewöhnt hatten, unterbrochen von kostbaren gemeinsamen Zeiten dazwischen, die stets ein Ablaufdatum hatten. Ich wusste, dass Danny jene Tage fehlten. Aber wann immer ich ihn darauf ansprach, meinte er nur:

»Wenn ich im Dienst geblieben wäre, hätten wir Gracie vielleicht nie bekommen.«

Ich hörte, wie sich der Briefträger mit der zweiten Lieferung des Tages den Weg entlang näherte, und trat vor die Tür, um ihm ein Trinkgeld zuzustecken. Er reichte mir einen weiteren Stapel Karten und meinte: »Ihr seid eine ziemlich beliebte Familie, was?« Da wir eigentlich kaum gesellschaftlichen Umgang pflegten, zeugte es wohl eher von der Nachlässigkeit der Leute dabei, ihre Adressbücher zu aktualisieren. Ich blätterte die Post durch und hielt Ausschau nach Briefmarken, die Grace noch für ihre Sammlung fehlten. Als ich auf einem Kuvert eine entdeckte, lächelte ich – drei Männer in einem Boot. Ich starrte auf die Handschrift und überlegte, von wem sie stammen könnte – eine Angewohnheit, die Danny in den Wahnsinn trieb. ›Mach es einfach auf! Dann weißt du es, ohne dass du dir das Gehirn zermartern musst.‹

Ich schlitzte den Umschlag auf.

Und fand keine Weihnachtskarte vor.

22. Dezember 1986

Liebe Suzanne,

ich hoffe, es macht dir nichts aus, dass ich dir schreibe und dich duze. Mir ist bewusst, dass du vielleicht nichts von mir hören willst, aber ich hoffe, dass dem nicht so ist. Falls du es noch nicht erraten hast, ich bin Adam, der Sohn, den du 1968 zur Adoption freigegeben hast. Ich bin dieses Jahr am 13. Juni achtzehn Jahre alt geworden (falls du dich nicht an meinen Geburtstag erinnerst). Meine Eltern haben mir eine Erinnerungsbox mit meiner Adoptionsakte geschenkt und gesagt, ich könnte damit machen, was ich will. Nur wenn ich nach dir suchen wollte, müssten sie einen Beratungstermin mit einem Sozialarbeiter vereinbaren. Davon habe ich nichts gehalten, deshalb habe ich versucht, dich auf eigene Faust zu finden. Mein richtiger Name, Edward Duarte, steht in der gerichtlichen Adoptionsverfügung. Und du hast ein Impfformular unterschrieben, daher wusste ich, dass du Suzanne heißt.

Ich habe sehr schnell schwimmen gelernt, und meine Mutter hat gemeint, ich wäre ein besonderes »Meereskind«, weil du von irgendwo an der Südküste stammst. Mich hat überrascht, wie einfach es war, dich zu finden. Allerdings gibt es auch nicht viele Duartes in England – ich habe deine Nummer und Adresse aus den Telefonbüchern der Bibliothek. Vor ein paar Tagen habe ich angerufen, aber es war ein junges Mädchen am Apparat – deine Tochter? Meine Schwester?! Sie hat gesagt, du wärst bei der Arbeit. Da habe ich die Nerven verloren und behauptet, ich wäre jemand von der Bank. Seither habe ich mich nicht mehr getraut, es noch mal zu versuchen, deshalb dachte ich mir, ich schreibe dir stattdessen. Und hier bin ich. Adam Edward Bramley. Du kannst mich ruhig Edward nennen, wenn du willst. Derzeit lebe ich in Bristol, wo ich gerade mit dem Studium begonnen habe. Aber aufgewachsen bin ich in Bath bei meinen Eltern und mit meiner kleinen Schwester Kate. Sie ist auch adoptiert.

Meine Mum Shona konnte keine eigenen Kinder bekommen. Sie meint immer, sie wäre so glücklich, dass sie die Chance bekommen hat, uns großzuziehen. Mein Dad Clive scherzt oft über all die schönen Urlaube, die sie ohne uns hätten machen können, aber ich glaube nicht, dass er es ernst meint. Wer nicht weiß, dass ich adoptiert bin, findet, ich wäre wie Dad, weil wir beide Sport mögen. Wir schauen uns alles an – Darts, Rugby, Golf, Fußball. Wir sind auch beide sehr ehrgeizig, sogar beim

Kartenspielen. Dad ist zu jedem meiner Fußballspiele gekommen, als ich zur Schule gegangen bin. Ich war immer Torwart, weil ich groß bin. Wenn Mum ihn begleitet hat, war es stets ein bisschen peinlich, weil sie praktisch bei jedem Ballkontakt von mir wie wild gejubelt hat, und wenn der Schuss noch so leicht zu halten war. Sie sehen sich nach wie vor jedes Netball-Spiel meiner Schwester an, und sie hat seit Jahren keinen Punkt mehr erzielt.

Ich habe ihnen nicht gesagt, dass ich nach dir suche. Mum wäre traurig darüber. Ich weiß nicht, warum du mich weggegeben hast – Mum hat gemeint, du wolltest mir die Chance auf ein schöneres Leben als jenes ermöglichen, das du mir hättest bieten können. Aber ich bin mir nicht sicher, ob sie es nur gesagt hat, damit ich mich besser fühle. Da ich keine Ahnung habe, ob du mich überhaupt kennenlernen willst, möchte ich sie nicht umsonst aufregen.

Ich bin mir immer ein wenig anders vorgekommen, weil ich adoptiert bin – das weiß ich schon, seit ich klein war. Aber seit ich achtzehn geworden bin, denke ich viel mehr darüber nach und frage mich, warum du mich weggegeben hast. Weiß mein Vater überhaupt von mir? War es eine schwere Entscheidung? Hast du es je bereut? Es tut mir leid, falls du dich durch diese Fragen schlecht fühlst, aber ich finde, da ich jetzt erwachsen bin, sollte ich die Antworten darauf kennen. Mir geht immer wieder durch den Kopf, ob ich mehr wie du, oder wie mein leiblicher Vater aussehe – ich bin dünn, habe dunkles Haar und große braune Augen. Meine Freunde nennen mich »Zahnstocher«. Ich kann gut zeichnen und bin recht musikalisch. Mein Dad hat mir zum Achtzehnten ein elektrisches Keyboard geschenkt. Jetzt treibe ich alle in den Wahnsinn, wenn ich übe.

»Hotel California« von den Eagles kann ich schon richtig gut.
Falls du Kontakt mit mir aufnehmen möchtest, schreib mir gern an die Adresse oben, aber könntest du den Umschlag mit dem Vermerk »persönlich und vertraulich« versehen? Irgendwann erzähle ich es meinen Eltern.

Mit freundlichen Grüßen

Adam (Edward)

In meiner Brust tobten so viele widersprüchliche Emotionen, dass es sich anfühlte, als hätte ich nicht mehr genug Platz darin. An Ort und Stelle sank ich auf den Boden. Ich wusste nicht, welche Empfindung ich zuerst herauspicken sollte. Angst durchströmte mich. Du hattest angerufen und mit Grace gesprochen. Du hattest Kontakt mit einem Mitglied meiner Familie, das nichts von dir wusste. Ein für sie so belangloser Anruf, dass sie vergessen hatte, ihn zu erwähnen. Aber hinter der Angst schillerte Freude darüber, dass ich nicht von dir gehasst wurde. Und Erleichterung. Ja, Erleichterung kam bei all den Gefühlen nicht zu kurz – du hattest ein gutes Leben. Deine Eltern klangen nett. Ich wusste bereits, dass meine Gedanken später noch oft um den Satz kreisen würden: »Ich möchte sie nicht umsonst aufregen.« Es wäre so viel schlimmer gewesen, wenn deine Eltern dir egal gewesen wären und du verzweifelt auf der Suche nach mir gewesen wärst, weil du sie jeden Tag deines Lebens gehasst hättest. Und von mir war es kleingeistig, dass ich einen Anflug von Eifersucht empfand, wenn auch nur einen Hauch. Mein Blick blieb jedoch vor allem an der Formulierung »Mit freundlichen Grüßen« hängen. Dasselbe würde eine Bibliothekarin in einem Mahnschreiben wegen überfälliger Bücher schreiben.

Natürlich musste ich für dich eine kaltherzige Person sein, die ihr sechs Wochen altes Kind in fremde Hände übergeben hatte. Keine Frau, die dich in eine Decke gewickelt und wie benommen beobachtet hatte, wie du von einer Nonne aus dem Zimmer getragen worden warst. Mich verblüffte immer noch, dass ich jenen Moment überstanden hatte, ohne zu schreien, bis meine Stimmbänder brüchig geworden wären, ohne durch den sengenden Trennungsschmerz zusammenzubrechen, der mir die Luft zum Atmen geraubt hatte. Ob es eine schwierige Entscheidung gewesen war, fand ich eine berechtigte Frage. Dennoch tat der Gedanke weh, du könntest glauben, es wäre mir leichtgefallen.

Ich durchforstete den Brief nach Informationen und stürzte mich auf jene Bröckchen, die du mir wie einzelne Samenkörner auf einer Futterkugel geliefert hattest. Dünn, dunkel und musikalisch wie ich. Groß, sportlich und ehrgeizig wie Mal. Wir hatten den Genpool aufgeteilt. Und du warst an der Universität. Ich hatte ja gewusst, dass du klug sein würdest. Vor meinem geistigen Auge malte ich mir aus, was für Fotos deine Eltern von dir im Wohnzimmer haben würden. Du beim Spielen auf einer Gitarre. Du mit dem Abschlusszeugnis in der Hand. Du neben deinem Vater, hoch über deine Mutter und Schwester aufragend. Du warst fest in einer mir fremden Familie verankert und darin aufgeblüht. Gott sei Dank. Es klang, als wäre deine Mutter unheimlich stolz auf dich. Vor dem geistigen Auge sah ich eine blonde, adrette Frau mit Lederhandschuhen und eleganten Halstüchern, die andere Zuschauer mit wildem Jubel für ihren Sohn schockierte. Meinen Sohn.

Deine Worte machen den Eindruck, dass du ihr sehr nahestehst. Hattet ihr es beim Abendessen nie eilig, habt ihr dabei gemütlich geplaudert? Oder warst du wie Louise? »Kann ich aufstehen? Ich muss noch an meinem Aufsatz weiterarbeiten.«; »Ich sollte mich sputen, ich muss Hausaufgaben verbessern.«;

»Darf ich gehen? Ich bin nicht fertig mit den Vorbereitungen für den Unterricht morgen.«

Du hast offenherzig und so geklungen, als würdest du Rücksicht auf die Gefühle deiner Familie nehmen. Deine Eltern mussten gute Arbeit geleistet haben, damit du so geworden warst. Bestimmt würdest du sie nicht bloß mit gefilterten Informationen füttern wie Louise mich, damit ich mir keine vernünftige Meinung über ihre Welt bilden konnte.

Ich musste eine Stunde oder länger auf dem Boden gesessen und deine Handschrift studiert haben. Die Buchstaben wirkten unregelmäßig, als hättest du bei jedem Wort innegehalten und wärst aus dem Fluss gekommen. Ich stellte mir vor, wie du konzentriert deine dunklen Stirnfransen weggewischt hattest.

Was könnte ich auf deinen Brief erwidern? Dass mein Herz, seit ich dein Köpfchen geküsst und ein letztes Mal das Kitzeln deines flaumigen Haars am Kinn gespürt hatte, wie ein defekter Heizkessel arbeitete, zwar gelegentlich ansprang, im Allgemeinen jedoch höchstens lauwarm blieb und leicht ungesunde Dämpfe verbreitete? Dass ich dazu neigte, Menschen wegzustoßen, bis sie sich von mir abwandten? Dass ich andere mit Liebe, erstickte, bis sie sich mir entzogen, weil sie meinen Schutz mit Kontrollsucht verwechselten?

Aber vor all diese knisternden, aufregenden Gefühle drängte sich der Gedanke, dass ich die Chance hatte, dir – vielleicht sogar von Angesicht zu Angesicht – zu erklären, dass ich dich vom ersten Moment an geliebt hatte, als du mit deinem Schopf dunkler Haare auf der Welt eingetroffen warst und ihr deine Energie entgegengebrüllt hattest. Und dass sich seit deinem Verlust durch jeden Tag eine unterschwellige Traurigkeit zog, der die Freude daran dämpfte, Geburtstagskerzen auszupusten und Weihnachtsgeschenke auszupacken, weil dabei jemand fehlte.

Während ich darüber nachdachte, das Treffen, von dem ich

so oft geträumt hatte, Wirklichkeit werden zu lassen, sah ich mich im Wohnzimmer um. Louises Unterrichtsnotizen lagen fein säuberlich gestapelt auf dem Klavier. Grace' Versuch, eine Krawatte für Danny zu stricken, war sich aufdröselnd auf dem Sessel zurückgeblieben. Dannys Pantoffeln standen kreuz und quer vor dem Kamin. Angespannt stützte ich die Stirn auf die Handfläche, während meine Gedanken durch ein Labyrinth aus Möglichkeiten und Unmöglichkeiten wirbelten.

Obwohl ich wusste, dass sich außer mir niemand im Haus aufhielt, kontrollierte ich alle Zimmer, bevor ich Jeanie anrief, um mich mit ihr im Park zu treffen.

ACHTZEHN

DEZEMBER 1986

Die Aussicht darauf, Jeanie zu erzählen, dass du dich gemeldet hattest, beendete schlagartig das bange Gefühl, ich könnte die Wahrheit nicht länger vor Danny verbergen. Sie schien ungefiltert, unkontrolliert aus mir herausplatzen zu wollen, als ich durch die Tür hinausstürmte, bereit, in einen Zug nach Bath zu springen. Als ich sah, wie Jeanie mir entgegeneilte, senkte sich Ruhe über mich. Durch ihre nervöse Energie wirkte ihr Gang wie der einer Lehrerin, die sich zum Unterricht bei einer aufmüpfigen Klasse verspätete.

Wir ließen uns auf einer Bank abseits des Hauptwegs nieder. Sie drehte sich mir zu. »Also, meine Hübsche. Wo brennt's? Hat dein Danny was angestellt?«

Ich schüttelte den Kopf. Sie dachte sich nichts dabei, das wusste ich – aber durch ihre verzerrte Sicht auf Männer stellte sich für sie nicht die Frage, ob sie einen im Stich lassen würden, sondern wann.

»Nein. Es hat nichts mit Danny zu tun. Jedenfalls nicht wirklich.«

Ihre hellen Augenbrauen schossen hoch. »Komm schon, hör auf, dich wie 'ne Geheimagentin aufzuführen. Spuck's aus. Um in aller Eile herzukommen, musste ich den Shepherd's Pie zurücklassen, den ich gerade zubereiten wollte. Wenn ich nicht bald zurück bin, gibt's heute Fertignudeln zum Abendessen.«

Ich zögerte, weil ich ahnte, dass meine Neuigkeit sie schmerzen würde.

Stirnrunzelnd musterte sie mich. Plötzlich schnappte sie nach Luft. »O mein Gott. Geht's um ihn? Hast du was von Edward gehört?«

Ich nickte. Jeanie zuckte zusammen, als müsste sie erst das eigene Leid lindern, bevor sie sich meiner Geschichte öffnen konnte. Mir war klar, dass ich ihr deine Worte nicht würde mitteilen können, ohne zu weinen. Also reichte ich ihr deinen Brief. Dabei stellte ich mir vor, wie deine Finger ihn gefaltet und in den Umschlag gesteckt hatten. Ihre Züge wurden abwechselnd verkniffen und erschlafften, während sie las. Ihre Emotionen zeichneten sich so deutlich in dem sommersprossigen Gesicht ab, sie hätte sie ebenso gut laut aussprechen können. Als sich ihre Miene letztlich entspannte, schaute sie nicht auf. Und als sie das Wort ergriff, klang sie kleinlaut statt großspurig, wie ich es von ihr kannte. »Du hast solches Glück. Jetzt weißt du es. Er hat ein gutes Leben gehabt.«

Sie hatte recht. Das sagten wir immer zueinander: »Ich muss nur wissen, dass er glücklich ist.«

Ihr Blick wanderte erneut über den Brief.

»Und er hat eine Schwester. Gut, dass er nicht allein geblieben ist. Noch dazu ist auch sie adoptiert und weiß, was das bedeutet.« Sie räusperte sich. »Klingt so, als würde er dir ähnlich sehen, oder?« Ihre Stimme klang brüchig von der eigenen Sehnsucht nach einer solchen Botschaft, auf die sie seit mittlerweile achtzehn Jahren wartete. Dann riss sie sich zusammen. Ich merkte ihr an, wie sie tief in sich ging, um sich für mich zu freuen. Ihr großzügiges Herz ließ sie nicht im Stich. »Was wirst du zurückschreiben?« Sie wetzte auf der Bank und legte aufgeregt die Hand auf mein Knie. »Du könntest deinen

Sohn noch Ende Januar treffen! Wenn du willst, komme ich mit. Natürlich nicht zu der Begegnung mit ihm. Aber ich kann dir im Bus die Hand halten. Die Fahrt könnte sich ein bisschen beängstigend anfühlen. Was glaubst du, wirst du als Erstes sagen?«

Mein Blick heftete sich auf den Boden. »Ich bin mir nicht sicher, ob ich mich mit ihm treffen werde.«

»Was? Warum nicht? Dan muss es ja nicht erfahren. Sei nicht albern. Du musst ihn doch sehen wollen.« Sie schaute so fassungslos drein, als wäre mir der Verstand aus dem Kopf gesprungen und liefe auf dem Bürgersteig im Kreis.

»Natürlich *will* ich ihn sehen. Aber ich will Danny nicht belügen. Na ja, zumindest nicht noch mehr.«

»Genau darum geht's doch. Du tischst ihm seit Jahren diese große Lüge auf. Wie kann ein harmloses kleines Flunkern darüber, wohin du an dem Tag willst, schlimmer sein als das?«

»Und was, wenn es nicht dabei bleibt? Was, wenn ich mich nicht damit zufrieden geben kann, ihm nur einmal begegnet zu sein? Was, wenn er mich wiedersehen will? Wie könnte ich behaupten, ich hätte ihn all die Jahre geliebt und vermisst, und dann sagen, er wäre nicht gut genug, um ihn meiner ›richtigen‹ Familie vorzustellen?«

Jeanie sprang auf und begann, vor mir auf und ab zu laufen. »Das kapiere ich nicht. Wir reden seit Jahren darüber, unsere Jungs zu finden. Und jetzt, wo du die Chance hast, ihn kennenzulernen, lässt du dir tausend Ausreden einfallen, warum es nicht geht.«

Ich schauderte im Dezemberwind. »Nehmen wir an, ich fahre hin und treffe mich mit ihm. Wir verstehen uns gut. Er fühlt sich immer noch als mein Sohn und möchte mich in seinem Leben haben, als eine zweite Mutter oder eine Tante oder so ähnlich. Irgendwann würde ich Danny und den Kindern davon erzählen müssen. Und was soll dann werden? Danny würde nicht einfach dazu nicken, in die Hände klatschen und sagen: ›Laden wir ihn doch zu Fisch mit Pommes ein.‹ Und bestimmt kannst du dir vorstellen, wie Louise reagieren würde. Gracie könnte damit klarkommen, aber sie ist auch noch jünger.«

Jeanie steckte die Hände in die Taschen. »Du redest über Dinge, die du nicht wissen kannst. Vielleicht kann er dich ja nicht leiden. Oder du ihn. Vielleicht redet ihr einfach darüber, was besprochen werden muss, und beschließt danach, dass euch das genügt, eure Neugier befriedigt ist und ihr beide in eure Leben zurückkehrt. Mir geht nicht ein, warum du dich nicht einmal mit ihm triffst und dir über den Rest danach den Kopf zerbrichst.«

»Aber was ist mit seiner Mutter? Es kommt mir schrecklich vor, ihr zu vergelten, was sie getan hat, indem ich ihn dazu ermutige, sie zu hintergehen.«

»Du bist seine Mutter! Sie hätte nicht mal einen Sohn, wenn du ihn nicht zur Welt gebracht hättest.«

Sie wedelte mit dem Brief vor mir und stach mit dem Finger auf das Papier. »Sogar er schreibt, dass sich seine Mutter glücklich schätzt.«

Ich streckte die Hand nach dem Brief, wollte ihn schützen, als würde sie den Finger in Wirklichkeit direkt in Edwards Brust rammen. »Das weiß ich. Aber unter dem Strich hat sie sich um ihn gekümmert, was ich nicht konnte. Ich muss ihr dankbar sein.«

»Dankbar! Dankbar? Für die Nonnen in dem Heim waren wir bloß Geldpressen. Ich wette, einige Frauen dort, darunter ich, hätten ihre Babys behalten können, wenn man uns alle Möglichkeiten erklärt hätte. Aber das stand nie zur Debatte. Dafür haben zu viele perfekte Ehepaare Schlange gestanden, um im Gegenzug für unsere Kinder eine feine Spende zu leisten. Zu uns hat es nur geheißen: ›Unterschreibt hier, so ist es am besten.‹«

Jeanie rieb sich die mittlerweile vor Kälte geröteten Hände.

Ihre Stimme klang eindringlich, beinah schrill. »Du hast die Gelegenheit, reinen Tisch mit ihm zu machen, ihn wissen zu lassen, wie sehr du in all den Jahren an ihn gedacht hast. Wie sehr du ihn liebst. Ich würde für eine solche Chance glatt *morden*.«

Mein Magen krampfte sich zusammen, als mir klar wurde, dass unser Gespräch eine völlig andere Wendung genommen hatte als die sanfte Landung auf Mitgefühl, die ich erwartet hatte. Jeanie hatte nie ein Hehl aus ihrer Bewunderung dafür gemacht, dass es mir gelungen war, Edward so lange vor Danny geheim zu halten – »Keine Ahnung, wie du das schaffst, Suze. Mir wäre längst der Kopf geplatzt. Obwohl ich manchmal wünschte, ich hätte Simon nie davon erzählt. Er redet so gemein über ihn, nennt ihn immer meinen ›Yankee-Bastard‹. Voll der Witz, denn ich bin mir ziemlich sicher, dass sein Vater entweder aus Schottland oder aus Yorkshire stammt.«

Aber an diesem Tag scherzte sie nicht. »Versprich mir, dass deine Entscheidung nicht endgültig ist. Denk noch mal gut darüber nach. Das darfst du nicht überstürzen. Ich helfe dir, eine Antwort zu schreiben. Mit Wörtern kann ich umgehen, nur die Rechtschreibung übernimmst lieber du. Bring erst mal Weihnachten hinter dich, und im neuen Jahr schmieden wir einen Plan.«

Im Bus auf dem Rückweg nach Hause las ich deinen Brief erneut und fuhr deine Handschrift mit dem Finger nach. Mir gingen all die Gründe durch den Kopf, die ich Jeanie dafür genannt hatte, mich von dir fernzuhalten.

Allerdings wuchsen und vermehrten sich in meinem Herzen gleichzeitig die Gründe dafür, dich zu sehen.

NEUNZEHN

DEZEMBER 1986

Ich hatte mir ein fröhliches Weihnachtsfest vorgestellt, das erste, an dem ich voll in die Familie eintauchen wollte, die ich hatte, statt mich mit der Vorstellung zu quälen, dass du ein weiteres Jahr ohne mich in deinen Strumpf linsen würdest. Stattdessen wurde es diesmal das schlimmste von allen. Jedes Mal, wenn ich mich hinsetzte, um mit der Familie fernzusehen, wurde ich schwermütig. Ständig schwankte ich dazwischen, was ich tun wollte und was ich musste. Ich ließ die Bratensoße anbrennen und verkochte die Karotten. Ich schnauzte Grace an. »Weißt du, ich bin nicht die Einzige auf der Welt, die die Anleitung für ein Brettspiel lesen kann. Frag Dad.« Louise verdarb ich die Freude, als sie ihren neuen Discman auspackte, indem ich mürrisch raunte: »Wehe, du verlierst ihn im Bus.«

Als ich mich zwang, bei Monopoly mitzuspielen, war ich durch meine schlechten Entscheidungen innerhalb kürzester Zeit bankrott. Grace versuchte, mich zu retten, damit ich im Spiel bleiben konnte. Dann wurde sie sauer, als ich als Ausrede vorbrachte, ich müsste mich ums Abendessen kümmern. »Das Essen ist uns egal, wir wollen, dass du mitmachst.«

Schlaf wurde zu meiner Rettung. Drei Minuten nach

Beginn der Rede der Queen fielen mir die Augen zu, und meine Gedanken flüchteten sich in süße Besinnungslosigkeit. Danny fragte immerzu, ob ich krank wäre, als ich im Sessel erneut eindöste, weil ich der Verlockung, nichts wahrnehmen zu müssen, nicht widerstehen konnte. Wenn ich wach war, konnte ich nicht aufhören, ständig aus dem Fenster zu spähen, falls du draußen warten würdest. Grace bemerkte es, und ich gab vor, den Himmel in der Hoffnung auf weiße Weihnachten zu beobachten. Sie ergriff meine Hand und sagte: »Ich hoffe, wir kriegen Schnee. Vielleicht bist du dann glücklich.«

Ich rang mir ein Lachen ab und erwiderte: »Wer könnte in deiner Nähe schon unglücklich sein?«

Aber aufrechterhalten konnte ich den gespielten Frohsinn nicht. Einfach alles schien an meinen unzureichenden Ressourcen zu zehren – jede Forderung von Grace, mit ihren neuen Stricknadeln loszulegen. Louise dabei zu helfen, eine Kassette zu retten, die sich in ihrem alten Gerät verfangen hatte und nun das Wohnzimmer wie braune Spaghetti bedeckte. Und sogar Mums Aufzählung der Gebrechen der anderen Kirchgänger ihrer Gemeinde – »Die arme Marge, du solltest mal ihre Füße sehen, sie kann mit ihren Ballenzehen kaum noch laufen.« Der dünne Anstrich über den Rissen in meinem Leben wurde wie ein in Wasser gefallenes Buch, dessen Seiten sich nach und nach wellten und klumpig vom Rücken lösten.

Ich musterte die Gesichter meiner Töchter und wünschte, ich hätte ein Foto von dir, um dich mit ihnen zu vergleichen, mich über Ähnlichkeiten zu freuen und Unterschiede abzustreiten. Würdest du die Stirn so runzeln wie Louise, bei Freude mit den Händen fuchteln wie Grace oder eigene, einzigartige Angewohnheiten haben?

Es gelang mir beinah, mir einzureden, ich hätte mein Bestes getan, um den beiden Mädchen eine gute Mutter zu sein, und es mir verdient, sie einen Tag oder auch nur sechs, sieben Stunden meines Lebens zu vernachlässigen, in denen es nur recht und billig war, dass meine Aufmerksamkeit allein dir galt. Am liebsten wäre ich zu der Adresse in dem Brief geeilt, hätte an deine Tür gehämmert, dich in die Arme genommen und jedes Detail über die achtzehn Jahre erfahren, die ich verpasst hatte. Ich wollte mir die Antworten auf alles holen, was ich mich gefragt hatte – wann du gehen und sprechen gelernt hattest, wie deine Freunde hießen, was deine Leibgerichte waren. Ich sehnte mich danach, deine Hände, deine Fingernägel, deine Ohren zu studieren und herauszufinden, wo sich Teile von mir bei dir manifestiert hatten.

Dann jedoch überkam mich stets mit einem Anflug von Übelkeit die Angst vor noch mehr Lug und Trug, und die flackernde Hoffnung erlosch. Ich beobachtete Danny, wie er Grace geduldig beim Einrichten ihres Dymo-Prägegeräts half und mit Louise über Jobmöglichkeiten diskutierte. Dabei erkannte ich, wie dumm es wäre, die Familie um mich herum für ein Kind aufs Spiel zu setzen, das bereits eine andere Mutter hatte. Sosehr ich mir wünschte, dass du mir verzeihen würdest, jemand anders war für dich nachts aufgestanden, hatte am Rand eines Fußballplatzes mitgefiebert und dir erklärt, warum deine erste Mutter dich nicht hatte behalten können. Es war zu spät für mich, dir eine Mutter zu sein. Aber ich hatte noch zwei Töchter, die ich nicht im Stich lassen durfte.

Ich klatschte in die Hände. »Kommt, spielen wir Konsequenzen – je ausgefallener, desto besser.«

Für einen kurzen Moment erlebte ich eine Kostprobe des Familienlebens, auf das ich hoffte.

Mum verkündete lachend: »Ich weiß nie, was ich schreiben soll. Mir fehlt die Fantasie.«

Grace beugte den Kopf über das Papier und kritzelte. »Was sie zu ihm sagte: ›Mistkerl!‹« Dann jedoch übermalte sie rasch den hinteren Teil und änderte das Wort in »Mist!«, bevor jemand mit ihr schimpfen konnte.

Als der Charmeur, der Danny war, steuerte er bei: »Was er

zu ihr sagte: ›Er wünschte, er hätte eine so wunderbare Frau wie Susie gefunden.‹«

Obwohl es scherzhaft gemeint war, setzte Louise eine angewiderte Miene auf. Ich gab mir alle Mühe, mich nicht von ihrem Beitrag kränken zu lassen. »Und die Folge war … Sie ließen sich scheiden.«

Grace schob die Hand in meine. »Dad und du werdet euch nie scheiden lassen, oder?«

Das Vertrauen in ihrem Gesicht gab für mich den Ausschlag. Ein Mittelweg stand mir nicht offen. Du solltest nicht von meiner Schande beeinträchtigt werden. Ich hatte kein Recht, dein – oder unser – geregeltes Leben zu zerstören, nur weil du mich in deinem jugendlichen Optimismus dazu eingeladen hattest, verlorene Zeit nachzuholen.

In Gedanken stellte ich mir vor, wie wir alle beim Abendessen saßen. Grace würde wie üblich sagen: »Ihr wisst doch, dass ich Blumenkohl nicht ausstehen kann!« Louise würde mit Danny über einen schwierigen Schüler reden. »Er ist intelligent, sieht aber einfach keinen Sinn in dem, was wir in der Schule machen.« Es würde an der Tür klingeln, ich würde hingehen, du würdest davorstehen. Ein winziger Teil von mir hoffte, es würde so kommen, und die Entscheidung würde mir abgenommen. Allerdings könnte ich nie erklären, warum plötzlich ein erwachsener Sohn auftauchte, jünger als Louise, aber älter als Grace. Und Ausreden gab es keine. Ich war keine naive Zweiundzwanzigjährige mehr, sondern einundvierzig. Wenn es je einen Moment dafür gegeben hatte, eine harte, aber richtige Entscheidung zu treffen und daran festzuhalten, dann diesen.

Als der dreißigste Dezember anbrach, gestattete ich mir nicht mehr, zu glauben, es gäbe eine Alternative. Ich verkündete, ich hätte Kopfschmerzen und würde mich hinlegen. In Wirklichkeit holte ich meine Notizkärtchen und meinen Füller heraus. Sonst benutzte ich keine echte Tinte mehr. Aber ich wollte verdeutlichen, dass ich den Brief nicht einfach hastig hingekritzelt hatte wie eine lästige, zu erledigende Pflicht, bevor ich mich hinsetzen könnte, um in der Zeitschrift *Family Circle* zu schmökern. Optimistisch glaubte ich, die blaue Tinte würde die Worte schönfärben.

Als ich die Patrone überprüfte, überlegte ich, ob ich noch mal mit Jeanie darüber reden sollte. Aber ich konnte ihre Worte schon hören. ›Nein, Suze, nicht! Das lasse ich nicht zu. Du würdest es ewig bereuen.‹

Damit musste ich selbst fertig werden, bevor ich einen weiteren Fehler beginge, der mein Leben in die falsche Richtung schleudern würde wie ein zu schnell in eine Kurve gerastes Auto.

Ich überlegte, einen Brief aus dem Herzen zu schreiben und dir mitzuteilen, wie niederschmetternd ich es fand, dass du tatsächlich dachtest, ich könnte nicht wissen, wann dein Geburtstag ist. Immerhin hatte ich eine Schatulle voller Geschenke, die bewiesen, dass sich jener Donnerstag, der 13. Juni, für immer in meine Seele eingebrannt hatte. Aber ich konnte die Verantwortung dafür, wie sich mein Leben entwickelt hatte, nicht auf dich abwälzen. Ich hatte dir schon genug angetan. Mein Recht, dir etwas davon anzuvertrauen, hatte ich vor achtzehn Jahren verwirkt, als ich am 25. Juli deine winzige Hand von meinem kleinen Finger gelöst hatte. Meine Kehle war dabei so zugeschnürt gewesen, dass ich danach fürchtete, du könntest nicht gehört haben, wie ich zum Abschied erstickt hervorgepresst hatte: »Ich liebe dich. Werde glücklich, mein Kleiner.«

Ich riss mich zusammen. Meine Worte mussten deutlich und nüchtern ausfallen. Ich durfte nichts schreiben, das als ein Vielleicht interpretiert werden könnte, als ›nicht jetzt, aber später‹, als ›irgendwann in der Zukunft‹. Und vor allem nicht als: ›Du bist herzlich eingeladen, jederzeit unerwartet aufzutauchen.‹

Lieber Adam,

es war eine sehr schwere Entscheidung, dich wegzugeben, und ich freue mich zu hören, dass du ein gutes Leben hast. Du sollst wissen, dass ich oft an dich gedacht und mich gefragt habe, wie es dir geht. Leider jedoch finde ich, es wäre deiner Mutter gegenüber nicht fair, wenn wir jetzt in Verbindung bleiben, und es würde mir zutiefst widerstreben, sie zu verletzen, nachdem sie sich offensichtlich so gut um dich gekümmert hat. Mir ist bewusst, dass es vermutlich enttäuschend für dich sein wird, aber ich denke, wir sollten die Vergangenheit ruhen lassen. Bitte melde dich nicht mehr. So ist es am besten.

Suzanne

Dann erklärte ich, dass ich kurz an die frische Luft wollte, um einen klaren Kopf zu bekommen. Ich ging zum Briefkasten, küsste die Rückseite des Umschlags und schob ihn in den Schlitz, bevor ich es mir anders überlegen konnte.

Wie ich Silvester überstehen sollte, wusste ich noch nicht.

ZWANZIG

SILVESTER 1986

Am Silvesterabend gingen wir alle die Strandpromenade hinunter, um uns das Feuerwerk anzusehen. Ich stand mit einem Schal vor dem Gesicht da. Stille Tränen sickerten in die Wolle, während Grace uns mit ihren dramatischen Reaktionen auf die lauten Raketen unterhielt.

Um Schlag Mitternacht zog Danny mich in seine Arme. »Auf ein sehr glückliches neues Jahr für uns alle.« Ich küsste ihn leidenschaftlich auf den Mund und hoffte, mich so wenigstens für eine Minute an einen Ort zu flüchten, an dem ich nicht denken musste. Er lachte und flüsterte: »Wann können wir nach Hause?« Ihm fiel nicht auf, dass ich zu »Auld Lang Syne« nur die Lippen bewegte, weil mir die Anstrengung, das Geheimnis über dich in dem brüchig gewordenen Tresor in mir zu behalten, die Kehle zuschnürte.

Am Neujahrstag stand ich vor allen anderen auf. Wenn die Post nicht getrödelt hatte, würdest du meinen Brief am Vortag erhalten haben. Vor meinem geistigen Auge sah ich dich den Umschlag von der Fußmatte aufheben, den Poststempel und meine Handschrift betrachten. Mit einem Lächeln auf den Lippen würdest du dir ausmalen, was 1987 für dich bereithalten könnte. Das Lächeln würde beim Lesen meiner Mitteilung verblassen. Die gedanklichen Bilder lösten solche Schmerzen in mir aus, dass ich mir am liebsten das Herz aus der Brust gerissen hätte, um sie zu beenden. Nachdem ich mir meine Handtasche geschnappt hatte, schlich ich aus dem Haus und eilte zur Telefonzelle an der Ecke.

Ich musste mit der einzigen Person reden, die mich vielleicht verstehen würde. Jeanie keuchte in den Hörer, als hätte sie gerade erst ihre letzte Zigarette ausgedrückt. »Himmel. Du bist ja mit den Hühnern aufgestanden. Ich bin erst um zwei ins Bett gekommen.« Aber die Gute riss sich schnell zusammen, als ich sie bat, sich mit mir zu treffen. »Gib mir eine Dreiviertelstunde. Dann bin ich unten an der Esplanade beim Kiosk.«

Bevor sie auflegte, hörte ich Simon brüllen: »Komm her, du kleines Miststück!« Darauf folgte ein Schrei. So klang ein Mann, der dachte, der Lauteste hätte immer recht. Er verdiente Jeanie nicht. Ebenso wie ich Danny nicht verdiente.

Ich stolperte durch das Gedränge der frühmorgendlichen Spaziergänger an der Strandpromenade und wünschte, ich hätte nichts Schwierigeres zu tun, als einen Neujahrsvorsatz zu fassen, den ich bis zum fünften Januar bereits wieder vergessen haben würde.

Jeanie befand sich schon am Kiosk und nippte an einem schwarzen Kaffee. Nach einem Blick auf mich fragte sie: »Du lieber Himmel. Wann bist du schlafen gegangen? Du siehst aus, als hättest du die ganze Nacht kein Auge zugetan. Hier, nimm den Kaffee. Ich hole noch einen.«

Ich schüttelte den Kopf. »Mir geht's gut. Trink du ihn.«

Ihre Augen leuchteten auf. »Sag bloß, du hast schlaflose Nächte, weil du ›den Besuch‹ planst.«

»Ich werde mich nicht mit ihm treffen.«

»Was? Sei nicht albern.« Sie wirkte beinah belustigt, als wäre meine Äußerung geradezu lachhaft.

»Ich kann einfach nicht, Jeanie. Es ist zu kompliziert. Ich habe ihn weggegeben, um die Tochter und den Ehemann zu behalten, die ich schon hatte.«

Sie pustete auf ihren Kaffee, während ihr Blick über den Horizont wanderte. »Sie müssen ja nichts von ihm erfahren. Ich gebe dir dabei Rückendeckung. Zusammen können wir uns eine glaubwürdige Geschichte ausdenken, damit du hinkannst. Du könntest mich beispielsweise bei einem Besuch meiner Tante im Krankenhaus begleiten. Oder so ähnlich. Es ist nur ein Tag, Susie. Ein Tag in achtzehn Jahren.«

Jeanie wirkte begeistert von der Aussicht darauf.

Ich konnte meine einzige echte Freundin nicht belügen.

»Es ist zu spät.«

»Natürlich ist es das nicht. Manche finden ihre leiblichen Eltern erst, wenn sie selbst schon über fünfzig sind. Edward ist gerade mal achtzehn.«

»Nein, ich meine, ich habe bereits zurückgeschrieben.«

»Und ihm was gesagt?«

»Dass ich keinen Kontakt zu ihm haben kann.«

Die Stille, während der Jeanie mit dem Kaffee auf halbem Weg zu den Lippen innehielt, fühlte sich wie das Warten auf einen Blitz nach einem Donnerschlag an.

»Bitte sag, dass du den Brief nicht aufgegeben hast.« Vor Ungläubigkeit stand ihr der Mund offen. »Du Vollidiotin. Herrgott. Überleg mal, wie viele Mütter, die mit uns dort waren, alles dafür geben würden, einen solchen Brief zu bekommen. Erinnerst du dich an Sandra? Nachdem sie ihr Baby weggegeben hatte, ist sie so kopflos aus dem Heim geflüchtet, dass sie um ein Haar vom Bus überrollt worden wäre. Und Ginny hat dermaßen geschrien, dass sie von drei Nonnen festgehalten werden musste. Diese kleine Irin hat versucht, sich mit ihrem

Kind in der Wäscherei zu verstecken. Und du tust so, als wäre der Brief nichts. Obwohl er in Wirklichkeit *alles* ist. Wie konntest du ihn so zurückweisen? Er ist nicht irgendein Brieffreund aus der Vergangenheit, der sich unverhofft gemeldet hat. Er ist dein *Sohn*.«

Ich hatte nicht für möglich gehalten, dass ich mich noch schlechter fühlen könnte. Aber ihre Empörung durchbrach die dumpfe Lethargie, in die mich an Weihnachten gehüllt hatte, und entfachte in mir eine so lodernde Wut, dass sie einen Waldbrand auszulösen vermocht hätte. Ich konnte nicht glauben, dass sie mich wie ein Erschießungskommando an die Wand stellte und gnadenlos hinrichtete.

»Glaubst du, daran habe ich nicht gedacht? Natürlich quält mich, wie aufgelöst er sein wird, wenn er den Brief bekommt! Er wird sich fragen, was für ein herzloses Monster ihn nach all der Zeit mit ›danke, aber nein‹ abspeist. Tja, ich wünschte, dein Sohn hätte dir geschrieben und eine solche Bombe in deiner Familie platziert, damit du nachvollziehen könntest, wie es sich anfühlt. Wie hätte ich Danny das verkaufen sollen? ›Ach übrigens, ich hab vergessen zu erwähnen, dass ich einen Sohn bekommen und weggegeben hatte, als du im Oktober 1968 aus Singapur zurückgekommen bist.‹ Was hast du denn von mir erwartet?«

Jeanie hatte eine harte Miene aufgesetzt. Vermutlich sah sie im Supermarkt so Kunden an, die es wagten, sich darüber zu beschweren, dass sie die gebackenen Bohnen auf die Trauben gepackt und sie dadurch zerquetscht hatte.

»Ich habe erwartet, dass du dich anständig verhältst und deinen armen Jungen erfahren lässt, woher er stammt.«

Ich fühlte mich, als hätte ich eine giftige Mischung tödlicher Chemikalien geschluckt.

»Wie hätte das aussehen sollen? Wäre es anständig gewesen, mich einmal mit ihm zu treffen, Danny zu belügen, Edward seine Eltern mit der Angst beunruhigen zu lassen, ich könnte versuchen, ihre Rolle zu übernehmen, und dann zu sagen: ›Tut mir leid, öfter können wir uns nicht sehen, weil ich zwei Töchter habe, die ich mehr liebe und die nichts von dir wissen.‹?«

Jeanie schüttelte den Kopf, als erfände ich Probleme, die es gar nicht gab.

Ich sprang auf. »Pass auf, ich werde so tun, als hätte ich nie etwas von ihm gehört. Vielleicht fühlst du dich dann ein bisschen besser dabei, dass sich dein Sohn nie die Mühe gemacht hat, dich aufzuspüren.«

Damit zog ich deinen Brief aus der Tasche, zerriss ihn in kleine Fetzen und verstreute sie in den Januarwind, bevor ich davonstürmte.

EINUNDZWANZIG

1987

Ursprünglich dachte ich, Jeanie würde vielleicht vorbeikommen, wenn Danny bei der Arbeit war. Jedes Mal, wenn es an der Tür klingelte, schaute ich in der Hoffnung in den Flur, die Umrisse ihrer wirren Locken hinter dem Glas zu sehen. Mein Herz vollführte dann einen Satz, und ich hatte schon eine Entschuldigung auf den Lippen. Ich wusste nur zu gut, dass unsere Nerven durch das Weggeben unserer Söhne dauerhaft blank lagen und rationales Verhalten beinah unmöglich machten. Nachts lag ich wach und überlegte, wie ich bewirken könnte, dass sich die Worte »dein Sohn hat sich nie die Mühe gemacht, dich aufzuspüren« weniger grausam anhörten und für mich weniger bedeutsam anfühlten. Damit hatte ich eine Grenze überschritten. Wir hatten uns immer gegenseitig gesagt, dass unsere Söhne uns ein bisschen lieben müssten, allein deshalb, weil wir sie geboren hatten. Beim Umgang mit unserem Verlust waren wir im Jahr 1968 stecken geblieben. Jeanies Reaktion entsprach der einer Achtzehnjährigen, meine einer Vergeltung, wie man sie auf dem Spielplatz erwarten würde.

Aber sie kam nicht.

Manchmal brach ich zu einem Spaziergang in ihr Stadtviertel auf und hoffte, sie im Park anzutreffen. Allerdings verließ mich stets der Mut, bevor ich dort ankam. Das Ausmaß meines Bedauerns lähmte mich regelrecht. Endlos überlegte ich, wie ich die perfekte Entschuldigung formulieren könnte, um meine gehässigen Worte aufzuwiegen. Nichts erschien mir dafür angemessen. Ich hatte von ihr nicht die gewünschte Reaktion erhalten – ›Gut so, Susie, ich weiß nicht, was du sonst hättest tun können.‹ Also hatte ich an den empfindlichen Gefühlen, die sie mir anvertraut hatte, verheerenden Schaden angerichtet. Im Verlauf der Zeit wurde ich überzeugt davon, dass sie mich nicht sehen wollte. Sie würde mir nie verzeihen, wie gemein ich gewesen war und dass ich mich weigerte, Edward zu treffen, während sie davon träumte, ihren Sohn zu finden.

Somit klaffte in meinem Leben nun auch noch ein Loch, das Jeanies Form aufwies.

Täglich dachte ich bei mehreren Gelegenheiten: ›Das würde Jeanie zum Lachen bringen.‹ Ohne ihre Gesellschaft wurde ich wieder ein blasserer Abklatsch meiner selbst, stiller und distanzierter. Mir fehlte, wie sie beim Lachen den Kopf zurückwarf, sich nie darum scherte, wenn sich die Leute im Café danach umschauten, was so komisch war, im Kino nie ihre Bewunderung für Tom Cruise zügelte und die anderen Zuschauer ungeniert hören ließ »Mensch, den würde ich nicht von der Bettkante schubsen.«

Mir gefiel, wie unbekümmert sie mit allem umging und wie wirkungslos das Urteil anderer über sie von ihr abperlte. Sie scheute sich nie, sich mit Leuten anzulegen, die sie von oben herab behandelten. Es überstieg meinen Verstand, wie es ihr gelungen war, ihren Job bei Co-op zu behalten, nachdem sie einen Kunden aufgefordert hatte, sich seine Pflaumen in den versnobten Hintern zu stecken. Ohne sie fühlte ich mich, als wäre der Jahrmarkt weitergezogen und hätte nur bruchstückhafte Erinnerungen an buntes Treiben und grelle Lichter zurückgelassen.

Aber ihre klaren Ansichten darüber, wie es auf der Welt laufen sollte, hatten ihren Preis. Nach Neujahr fand ich langsam zurück ins Familienleben, indem ich dich aus meinen Gedanken strich. Allerdings blieb das so geschaffene Gleichgewicht dermaßen zerbrechlich, dass Jeanie mich nie wieder deinetwegen zur Rede stellen dürfte. Die bloße Erwähnung der Namen Adam oder Edward im Radio versetzte mir einen Stich ins Herz. Wenn in irgendeinem Zusammenhang die Stadt Bath ins Spiel kam, hätte ich mich am liebsten eingerollt und die Welt ausgeblendet. Und als Danny mich im Februar fragte, warum ich mich neuerdings nicht mehr mit Jeanie traf, sagte ich ihm fast schon die Wahrheit. »Sie ist ständig so wütend. Bei unserer letzten Begegnung hat sie sich darüber ausgelassen, wie ich mit den Kindern umgehe.«

»Weil du Louise nicht Musik studieren lassen wolltest?«

Ich brummte unverbindlich, was Danny als ein Ja auffasste.

Er runzelte die Stirn, als könnte er sich nicht vorstellen, dass Jeanie sich so verhalten würde. »Vielleicht ist sie neidisch, weil unsere Kinder besser erzogen sind als ihre. Aber daran ist Simon schuld. Rick braucht nur eine strenge Hand. Mit der richtigen Erziehung wäre er ein prima Junge.«

Mir wurde zum Weinen zumute, als mir durch den Kopf ging, was für ein großartiger Vater Danny für einen Jungen gewesen wäre.

»In letzter Zeit hat sie über alles Mögliche geschimpft. Wir haben uns nicht richtig zerstritten, aber ich denke, eine kleine Pause voneinander wird uns beiden guttun.«

Danny verteidigte sie. »Wirklich? Ich hatte immer den Eindruck, sie hätte ein Herz aus Gold. Gut, sie lässt sich von Trotteln nichts gefallen, aber ich hab sie nie als jemanden gesehen, der sich nicht für andere freuen kann. Sie wird sich schon einkriegen. Vielleicht macht sie bloß wieder eine schwere Zeit mit Simon durch und will nicht darüber reden.«

Unter normalen Umständen hätte er den Nagel damit auf den Kopf getroffen. Aber als die Tage zu Wochen wurden, kristallisierte sich der Streit nicht als Riss, sondern als klarer Bruch heraus, und wir schienen beide nicht in der Lage zu sein, ihn zu kitten. Ich konnte es Jeanie nicht verübeln, falls sie mich nie wiedersehen wollte. Welche Freundin würde selbst im Zorn je etwas derart Bösartiges von sich geben? Ich hatte die Schwachstelle in ihrer Rüstung anvisiert und ausgenutzt. Doch obwohl es mir bewusst war, konnte ich es nicht in Ordnung bringen. Was, wenn ich es vergeblich versuchte und ihren Zorn dabei weiter anfachte, bis sie beschlösse, Danny hätte unabhängig von den Konsequenzen ein Recht darauf, alles zu erfahren? Das konnte ich nicht riskieren.

Was war ich doch feige.

ZWEIUNDZWANZIG

MÄRZ 1990

Im Verlauf der Jahre hatte ich eine ausgeprägte Abneigung gegen »wichtige« Tage entwickelt – Geburtstage, Weihnachten, Ostern, beliebige Jahrestage. Ungeachtet dessen ließen alle anderen in der Familie keine Gelegenheit zum Feiern aus. Kein Anlass war zu gering für eine »Über-raaaschuuung«, kein auf einen gewöhnlichen Wochentag fallender Geburtstag zu unbedeutend für eine Torte mit der richtigen Anzahl von Kerzen und dem damit verbundenen Drumherum: »Wünsch dir was! Wünsch dir was!«

Am Samstag, dem 10. März, begingen wir unsere Silberhochzeit. Ganze fünfundzwanzig Jahre waren vergangen, seit mein Dad mich vor den Altar geführt hatte. Er hatte meine Hand gedrückt, als er mich an Danny übergeben hatte, eine unscheinbare Geste, und doch so voller komplexer Gefühle. Im Interesse meiner Wimperntusche hatte ich nur genickt, als er geflüstert hatte: »Ich liebe dich, mein Schatz. Werde glücklich.« Mit dem Wissen, dass er zwei Jahre danach tot sein würde, wünschte ich mir, ich hätte ihn damals innig umarmt und ihm gesagt, wie sehr ich seine stille, sanftmütige Art liebte und dass Danny ihn nicht als den Mann ersetzen würde, zu dem ich aufschaute, er würde ihn lediglich ergänzen. Allerdings war ich damals neunzehn Jahre alt gewesen und hatte noch nicht realisiert, dass Eltern sterblich waren. Ich hatte keine Ahnung, dass die fest in unserem Leben verankerten Mütter und Väter, eine seltsame Kombination aus unverzichtbar und unbedeutend, weil sie immer da waren, irgendwann ein kratergroßes Loch hinterlassen würden.

Am Tag meiner Hochzeit jedoch hatte ich nicht an meinen Vater gedacht. Damals hatte ich mich vielmehr darüber gesorgt, der Saum meines Kleides könnte beim Aussteigen aus dem Auto durch eine Pfütze schleifen. Ich hatte darüber gelächelt, wie schneidig Danny aussah, und war glücklich gewesen, dass er mich auserwählt hatte. Wie komisch es werden würde, mein kleines Zimmer bei meinen Eltern zu räumen und in ein eigenes Haus zu ziehen, wo ich Mum nicht um Erlaubnis fragen müsste, wenn ich Leute einladen wollte.

Nichts davon war auch nur annähernd so wichtig gewesen, wie Dad zu versichern, dass ich ihn liebte.

Und alles an unserer Silberhochzeit ließ mich deutlich spüren, wie sehr er mir immer noch fehlte. Aber Danny war fest entschlossen, das Ereignis gebührend zu würdigen. »Es geht nicht, dass wir gar nichts machen, Suze. Ich will feiern. Du sollst dich besonders fühlen«, sagte er. Dazu schlug er noble Restaurants in London, Hotels in Brighton und Theaterbesuche vor.

Ich wischte seine Ideen weg. »Ehrlich, ich bin rundum zufrieden mit Fisch und Pommes zu Hause. Ich brauche keine Luxusrestaurants.«

Mum stupste mich fortwährend. »Lass deinen Mann doch seine Frau verwöhnen, wenn er es unbedingt will.«

Grace und Louise schlossen sich ihrer Meinung an, weil sie die Gelegenheit witterten, dass Danny, weichherzig, wie er war, auch für sie etwas springen lassen könnte – ein neues Kleid zu dem Anlass.

Am Ende entschieden wir uns für einen Tag am Meer, was nicht zu Louises Vorstellung von einer Feier passte. »Aber wir haben März. Es wird eiskalt sein.«

Ich versuchte, sie damit aufzumuntern, wie schön es sein würde, den Strand für uns allein zu haben. Eiscreme. Heiße Schokolade. Erfrischende Spaziergänge in der Meeresluft.

»Ich bin fast vierundzwanzig, Mum, nicht zehn.« Aber statt sich wie sonst zurückzuziehen, lachte sie. »Wenn Dad und du so euer Jubiläum feiern wollt, soll's mir recht sein.«

Ich fand die Vorstellung, wir würden in einem Restaurant sitzen, wo eine Torte herausgebracht würde, unerträglich. Die Kellner würden applaudieren, und alle würden herüberglotzen, um zu sehen, wer fünfundzwanzig Jahre lang den subtilen, komplizierten Tanz einer Ehe durchgehalten hatte. Niemand, der mich ansah, würde vermuten, ich hätte etwas Schlimmeres getan, als gelegentlich über den Preis für ein Paar neue Schuhe zu flunkern.

Bei Grace sparte ich mir den Versuch, sie auf meine Seite zu ziehen. Seit sie zwölf geworden war, hatte sich eine hartnäckige Wolke aus streitlustigen Hormonen vor den Sonnenschein geschoben, den sie in unser Leben gebracht hatte. Seither hüllte sie ihre zierliche Gestalt mit Vorliebe in Dannys viel zu große Baumwollhemden und trug sie zu Jeans, die sie mit einer Schere regelrecht zerfleddert hatte. Trotzdem fand ich das noch besser als die tief ausgeschnittenen Oberteile und knappen Röcke, die sie auf dem Markt kaufte, um Julia Roberts' aufreizenden Look in *Pretty Woman* nachzuahmen. Ich gab mir alle Mühe, nicht auf das mit Henna gefärbte Haar und den zusätzlichen Ohrring zu achten, den sie seit einer Übernachtung bei ihrer Freundin Stacey trug. Meine Mutter hingegen konnte sich Kommentare darüber nicht verkneifen. »Wenn sie so herumläuft, wird ihr bald ein Ruf nachhängen. Du solltest mit ihr reden.«

Der große Tag brach beinah frühlingshaft an, gerade warm

und hell genug, um das Gefühl zu vermitteln, dass der Sommer nicht mehr am Ende eines langen dunklen Tunnels lag. Mit nur wenigen hastigen Läufen zurück ins Haus, um Jacken, Handschuhe und Klappstühle einzupacken, gelang es uns, Grace, Louise und Mum in Dannys Auto zu bekommen. Schon bevor er es vorgeschlagen hatte, war ich auf den Dachboden geeilt, um den Windschutz zu holen. Dabei hatte ich sorgfältig wieder die Koffer vor die Schatulle geschoben, in der ich alles aufbewahrte, was mit Edward zu tun hatte. Danny hatte immer akzeptiert, dass sie persönliche Briefe und Erinnerungsstücke meines Vaters enthielt. Trotzdem vermied ich es nach Möglichkeit, ihn an sie zu erinnern, damit er nicht womöglich neugierig würde.

Bevor wir losfuhren, überreichte Danny mir ein kleines rechteckiges Geschenk. Dabei wirkte er zappelig wie Grace, wenn sie glaubte, etwas gefunden zu haben, das mir gefallen würde, und was mich wiederum sofort nervös werden ließ. Das Päckchen enthielt eine Kassette mit Songs, die im Verlauf der Jahre eine Bedeutung für uns erlangt hatten. Mum zog die Augenbrauen hoch und bedachte mich mit einem Blick, der besagte: ›Was für ein wundervoller Ehemann!‹ Grace hingegen verzog das Gesicht, als hätte sie eine der Lebertran-Tabletten geschluckt, die ich sie im Winter einnehmen ließ.

Danny bemerkte es und meinte: »Brauchst gar nicht so zu schauen, Gracie, es ist auch ein besonderes Lied für dich dabei.«

Damit legte er die Kassette ein, und schon tönte es durch das Auto. Wie immer beschwor »Amazing Grace« eine Abfolge von Bildern in meinem Kopf herauf. Die Gesichter der Nonnen, unter deren Hauben keine einzige Strähne hervorlugte. Dein so üppiges, dunkles, am Köpfchen klebendes Haar. Schwester Domenicas Zögern, bevor sie dich an mich übergab. Und jener Anflug von Liebe, die ich nicht empfinden sollte. Der Bruchteil einer Sekunde, in dem ich von mir verlangte, mein Herz nicht für dich zu öffnen, ehe ich erkannte, dass es bereits zu spät war. Und die Momente danach, noch weit genug vom Ende der sechswöchigen Frist entfernt, um mich über deine sichere Ankunft auf der Welt zu freuen, indem ich genoss, wie du gerochen und dich angefühlt hast.

Ich konzentrierte mich auf Mum und Louise, die mitsangen, achtete darauf, gleichmäßig zu atmen, beobachtete die beiden im Innenspiegel und hielt mir vor Augen, wie froh ich über die Familie sein sollte, die ich hatte. Es würde ein guter Tag werden.

Während der halbstündigen Fahrt nach East Wittering durchlebte ich eine Achterbahn der Gefühle. »Some Kind of Wonderful« – dazu hatten Danny und ich bei unserer Hochzeit getanzt. »Isn't She Lovely?« hatte Danny monatelang jeden Tag gespielt, nachdem ich mit Gracie aus dem Krankenhaus nach Hause gekommen war. Zu »Delilah« hatte er früher oft Louise durchs Zimmer gewirbelt. Das Lied, das mich zum Schluchzen brachte und auch Mum unter die Haut ging, war »They Long to Be (Close to You)«. Mein Vater hatte es mir früher vorgesungen und mit imaginären Flügeln geschlagen, wenn er zu der Stelle gelangt war, an der die Engel zusammenkamen. Das hatte ich immer so peinlich gefunden. Und doch hätte ich nur zu gern die Gelegenheit gehabt, mich erneut dafür fremdzuschämen.

Als wir an der Küstenstraße ausstiegen, umarmte ich Danny. »Danke. Die Kassette war wirklich aufmerksam, auch wenn sie bisher zwei von fünf zum Weinen gebracht hat.«

Einen Moment lang wirkte er etwas zerknirscht. »Entschuldige. Eigentlich sollte es ein freudiger Anlass sein.«

Ich küsste ihn zärtlich auf die Lippen. »Wir werden einen tollen Tag haben.«

Louise zwinkerte Danny zu. »Komm, Grace, gehen wir schauen, ob jemand am Strand ist.« Grace trabte los, stapfte in ihren Doc Martens vor sich hin. Dazu trug sie ein zum Kleid umfunktioniertes Nachthemd und ein altes Nadelstreifenjackett meines Vaters. So fürchterlich ich die Kombination fand, so gern sah ich sie in Kleidung von ihm.

Ich wusste, dass irgendetwas im Busch sein musste, denn Grace rannte normalerweise nicht mehr. Für gewöhnlich schlurfte sie widerwillig dahin, ganz gleich, was man ihr vorschlug. Danny wiederum ging so langsam, dass Mum mit ihren siebenundsechzig Jahren rüstiger als er wirkte.

Als wir den Strand erreichten, konnte ich die Mädchen nicht sehen. Obwohl ich wusste, dass sie im März nicht im Wasser sein würden, suchte ich sofort das Meer ab und malte mir aus, eine Monsterwelle hätte sie hinausgespült – mein Verstand ging immer automatisch von einer Katastrophe aus.

»Wo sind sie hin?«, fragte ich und bemühte mich, mir die innere Angst nicht anmerken zu lassen, um den Augenblick nicht zu verderben.

Danny drehte sich mir zu. »Warte hier, bis ich dich rufe«, sagte er hibbelig und aufgeregt.

Da verstand ich. Es würde irgendeine »Über-raaaschuuung« geben.

Während er in einer der entfernten Strandhütten verschwand, schlenderten Mum und ich mit knirschenden Schritten über den Kies. Dabei ergriff sie meine Hand. Das kam so selten vor, dass ich verblüfft feststellte, wie knochig sie geworden war, die Haut so dünn, als wären ihre Fingerabdrücke im Verlauf der Jahre verschlissen. »Er ist dir ein guter Ehemann gewesen, nicht wahr?«

In mir regte sich der Drang, das Thema abzuwürgen. An diesem Tag war ich nicht in der Stimmung für die Diskussion darüber, ob es richtig gewesen war, was wir getan hatten.

Ich drückte ihre Hand, bevor ich meine zurückzog. »Er ist bezaubernd gewesen. Und ist es noch. Ich frage mich, was sie ausgeheckt haben. Weißt du es?«

Kaum hatte ich die Worte ausgesprochen, kam Grace mit

Danny herausgerannt und warf einen Drachen hoch in die Luft. Der Wind erfasste ihn, und er stieg auf. Die Buchstaben, aus denen der Schwanz bestand, wirbelten und drehten sich, bis sie sich ausreichend beruhigten, um sie entziffern zu können. »Alles Gute zum Hochzeitstag. Ich liebe dich.«

Das abwechselnd abtauchende und emporschnellende Karo des Drachens zeichnete sich vor einem strahlenden Himmel ab. Grace stürmte damit über den Strand, Louise stand grinsend da, die Hände in die Hüften gestemmt, und Danny feuerte Grace an. In jenem perfekten Moment drückte mein Verstand den Auslöser. Dann legte Danny die Hände über meine Augen und führte mich schlurfend und stolpernd über den Kies in die Strandhütte. Darin erwarteten mich Champagner, Kuchen und belegte Brötchen mit Jubiläumsschmuck.

»Woher kommt das alles?«

Danny lachte. »Die Leute in der Bäckerei um die Ecke kennen jemanden, dem eine Strandhütte gehört, und den Rest haben sie erledigt.«

Wir stießen aufeinander, auf die Kinder, auf Mum und auf unser Glück an, eine so wunderbare Familie zu haben. Ich beschloss, ausnahmsweise alles so zu nehmen, wie es war, und im Augenblick zu leben. Wir paddelten und quietschten über die Kälte des Wassers. Wir spielten French Cricket. Wir suchten Unterschlupf in der Hütte und vertrieben uns die Zeit mit Rommé, als ein plötzlicher Regenguss einsetzte. Danny strahlte vor Freude darüber, eine gelungene Überraschung geplant zu haben. Und just, als ich zu Mum meinte, dass ich all das hier gern am nächsten Wochenende wiederholen würde, rutschte Grace auf dem Wellenschutz aus Holz aus, den sie als provisorische Bühne benutzt hatte, und plumpste unkoordiniert ins seichte Wasser. Als ich ihren Aufschrei hörte, stürmte ich hinaus, rief ihren Namen und preschte ins Meer. Sie stemmte sich gerade auf die Beine, doch ich erblickte Blut, so viel Blut, das sich wie ein Tintenfleck über die untere Hälfte ihres Nachthemds ausbreitete.

Ich vermochte nicht zu sagen, ob es sich bloß um einen Kratzer handelte oder ob sie eine Transfusion brauchte, aber zum Glück traf Danny kurz nach mir ein.

»Alles gut, ganz ruhig, sehen wir uns erst mal an, was passiert ist.«

Grace war blass geworden und spähte mit einem halb zugekniffenen Auge hin, wie man es tat, wenn man sich davor scheute, den Schaden zu begutachten, weil ein lebenswichtiges Körperteil vielleicht nur noch am seidenen Faden hing. Ich überließ Danny das Kommando und behielt die Arme starr an den Seiten – aufgeregtes Fuchteln wäre unter den gegebenen Umständen wohl kaum hilfreich.

Grace wimmerte zwar, schaffte es aber, Tränen zurückzuhalten. Ich hielt ihre Hand, während Danny das Nachthemd zurückschälte, das sich um ihre Beine gewickelt hatte. »Sei still!«, herrschte Grace mich an, als mir unwillkürlich herausrutschte: »O mein Gott!« Ihr Bein hatte sich an einem Stück Metall verfangen, das ihr eine lange Schnittwunde über das Knie und das Schienbein hinunter verpasst hatte.

Danny half ihr den Strand hinauf. »Ich wasche die Verletzung jetzt mit Meerwasser aus. Das wird zwar brennen, aber dann sehen wir, wie tief sie ist.«

Meine Knie wurden weich, als Danny die Wunde säuberte. Ich hielt den Atem an, obwohl ich eigentlich alle möglichen entsetzten Laute von mir geben wollte.

»Ist zwar nicht allzu schlimm, trotzdem denke ich, wir sollten es untersuchen lassen«, entschied er.

Nun wagte ich selbst einen Blick darauf. Für meine Augen sah die Wunde schrecklich aus. »Wir müssen den Schnitt mit irgendwas verbinden, damit er zu bluten aufhört.«

Grace lehnte sich an mich und hüpfte den Strand hinauf.

Mum rang die Hände, und ich hoffte inständig, sie würde meine Panik nicht noch schüren.

Danny kam mit einem sauberen Geschirrtuch zurückgerannt. »Hier, binde das um ihr Bein. Ich schließe nur schnell die Strandhütte ab und hole das Auto. Für die Sachen komme ich morgen noch mal her.«

Louise übernahm eine Seite von Grace, ich die andere. So mühten wir uns im Seitwärtsgang zum Wagen.

Ich setzte mich mit ihr auf die Rückbank und wickelte sie in die Picknickdecke. Sie schloss ihre Augen und lehnte den Kopf an meine Schulter. Ich drückte sie an mich und versuchte, sie zu wärmen. Es war so lange her, dass ich zuletzt jemanden hatte bemuttern können. Mein Leben bestand mittlerweile darin, mich aus Zimmern zurückzuziehen, in denen ich nicht willkommen war, dem Versuch, meine Argumente durch eine vor mir verschlossene Tür anzubringen und darüber zu rätseln, warum die simple Frage, wie der Tag in der Schule gewesen war, eine solche Flut von Beschimpfungen hatte auslösen können.

»Wie sieht's aus? Meinst du, wir sollten direkt zum Krankenhaus?«, fragte Danny.

»Sie blutet nicht mehr so stark. Keine Ahnung.« Ich wollte die Wunde nicht aufrühren, indem ich das Geschirrtuch löste, um nachzusehen. Und der Teil von mir, der direkt von meiner Mutter abstammte, sorgte sich darüber, was für einen Anblick wir mit Grace in ihrem blutverschmierten Nachthemd und Danny und mir mit nassen Schuhen und Hosen abgaben.

Mum hielt es für den richtigen Moment, sich auf dem Beifahrersitz umzudrehen und von ihrer Freundin zu erzählen, die sich durch eine rostige Harke einen Wundstarrkrampf eingehandelt hatte. Was für mich den Ausschlag gab, direkt ins Krankenhaus von Portsmouth zu fahren und darauf zu pfeifen, wie wir aussahen.

Zum Glück schien vierzehn Uhr an einem Samstag im

März eine eher ungewöhnliche Zeit für Tragödien zu sein, deshalb wurde Grace schnell versorgt. Sie kam mit einem spektakulären Verband und einem dramatischen Hinken heraus, das bereits nachließ, als wir zum Auto zurückkehrten.

Grace verkündete, sie wäre am Verhungern. Mum zeterte über die vergeudeten Brötchen, die wir in unserer Eile in der Strandhütte zurückgelassen hatten. Ich hingegen war zu froh, dass Grace nichts weiter fehlte, um mich um ein paar Sandwiches mit Ei und Mayonnaise zu scheren. Meinetwegen konnten die Möwen sie genießen.

»Worauf hast du Lust?«, fragte Danny.

»Pommes«, antwortete Grace.

Ich riss mich zusammen und verkniff mir: ›Nimm doch auch Fisch dazu.‹ Stattdessen sagte ich: »Ich bin mir nicht sicher, ob um halb vier Uhr am Nachmittag irgendetwas geöffnet hat.« Aber nur Minuten später bogen wir in eine Straße mit einer beleuchteten Pommesbude.

Danny parkte direkt davor. »Funky Fish Café. Keine Ahnung, ob es hier gut sein kann, aber den Hunger wird es schon stillen.«

Alle außer meiner Mutter stiegen aus, sogar Grace, obwohl ich sie aufforderte, im Auto zu bleiben. Sie wollte sehen, was es neben Pommes noch gab. Mitten auf der Straße wollte ich deswegen keinen Streit anzetteln. Ich achtete so aufmerksam darauf, wie sie ging, dass ich dem Mann hinter der Theke anfangs kaum Beachtung schenkte. Als ich ihn schließlich mit einer Entschuldigung für unser Erscheinungsbild ansah, schnappte ich nach Luft, bevor ich das Gesicht wegdrehte und so tat, als wäre ich in die Preisliste vertieft. Zu spät.

»Susie?« Mittlerweile hatte er eine Glatze und sah aus, als hätte er sich mehrere Jahre lang täglich von Sardellen und panierten Zwiebelringen ernährt.

»Hi, wie geht's dir?«, brachte ich hervor. Ehe er etwas erwidern konnte, fügte ich hastig hinzu: »Rob, erinnerst du dich an meinen Mann Danny? Und das sind meine Töchter Louise und Grace.« Hoffentlich hatte er meinen warnenden Unterton aufgeschnappt.

Rob lehnte sich ausladend über die Theke, strahlte immer noch jenen ungezwungenen Charme aus, durch den er der Frauenschwarm der Truppe gewesen war. »Ich habe früher mit eurer Mutter in einer Band gespielt«, teilte er den Mädchen mit.

Rasch korrigierte ich ihn. »Na ja, streng genommen hattest du die Band, und ich bin nur manchmal zu euch auf die Bühne gekommen.« In meiner Stimme hörte ich einen Hauch von Panik und den Drang, zu flüchten.

Grace wirkte zugleich ungläubig und beeindruckt. »Mum hat mal in einer Band gesungen?«

Rob deutete hinter sich auf fettbespritzte Schwarz-Weiß-Fotos in Poster-Größe an den Wänden. »Seht euch mal das Bild ganz rechts genau an. Erkennt ihr darauf jemanden?«

Plötzlich drehte mir der Geruch von Frittierfett den Magen um. Das Foto zeigte mich an *jenem* Abend in meinen silbrigen Hotpants und dem lila Rollkragenpullover. Die Sachen hatte ich am Tag danach in einer Metalltonne im Garten hinter dem Haus verbrannt.

Grace war verblüfft. »O mein Gott, bist du das, Mum? Du siehst so anders aus.«

Ich nickte. »Das war vor langer Zeit. Wir sind schon wieder auf dem Sprung, Rob, wir kommen gerade aus dem Krankenhaus. Leute, sagt ihm, was ihr wollt.«

Aber Rob fragte die Mädchen, ob sie singen konnten, und Danny meinte zu ihm, ich hätte damit aufgehört und er wünschte, ich hätte es als Hobby beibehalten. Ich warf Mums Bestellung ein, die Schellfisch wollte, doch Rob war in Fahrt gekommen, verlor sich in Nostalgie und gab Geschichten über das Portsmouth Palais zum Besten. Während ich inständig hoffte, er würde nicht die Nacht mit dem Talentsucher erwähnen, starrte ich ihn so eindringlich an, dass ich spürte, wie meine Augäpfel in der Hitze der Bude austrockneten. Als er endlich langsam die letzte panierte Wurst einpackte, fragte Louise: »Hast du je eine Platte aufgenommen?«

Rob schaute zu mir. Ich öffnete den Mund, um das Gespräch zu beenden, brachte jedoch kein Wort heraus. Fragend verengte er die Augen zu Schlitzen. Dann biss er sich auf die Unterlippe und fuhr sich mit der Hand über den kahlen Schädel. »Nein. Hätten wir gern, aber dazu hat's nie ganz gereicht. Die Musikindustrie ist 'ne ziemlich harte Branche.«

»Richtig. Wie ich's immer gesagt habe, nicht wahr, Louise? So, jetzt kommt, fahren wir nach Hause. War schön, dich wiederzusehen, Rob.«

Ich saß mit dem Essen auf dem Schoß da, ohne mich darum zu scheren, dass Fett auf meine Hose tropfte. Einsilbig beantwortete ich Grace' Fragen, die seit Monaten nicht mehr so viel Interesse an irgendetwas gezeigt hatte, was ich zu sagen hatte.

Fünfundzwanzig Jahre, und immer noch beherrschte eine einzige Nacht meine Ehe.

DREIUNDZWANZIG

1992

Zum vierten Mal in jenem Semester erhielt ich einen Anruf von der Schule. »Mrs Duarte, ich rufe nur an, um Ihnen zu sagen, dass Grace heute Morgen nicht im Unterricht war. Ist sie wieder krank?« Die Sekretärin legte solche Betonung auf »wieder«, dass sie damit zielsicher meine Angst davor ansprach, als schlechte Mutter zu gelten. Ich konnte mich nicht überwinden, ihr zu gestehen, dass ich keine Ahnung hatte, wo sie steckte. Oder eigentlich hatte ich sehr wohl eine Ahnung. Bestimmt trieb sie sich im Park mit den Jungs von der technischen Schule herum, statt Shakespeares »Die ganze Welt ist eine Bühne« zu rezitieren, wofür ich sie die vergangene Woche lang hatte lernen lassen.

»Ja, Entschuldigung, ich wollte vorhin anrufen. Sie hat heute wirklich schlimme Regelschmerzen, aber morgen kommt sie wieder.« Ich fügte nicht hinzu: ›Und wenn ich sie an den Ohren hin schleifen muss!‹

Nachdem ich den Hörer auf die Gabel geknallt hatte, schlüpfte ich in meine Stiefel. Die vergangenen sechs Monate hatten dem Zusammenleben mit einer streunenden Katze geglichen, Welten von dem kleinen Mädchen entfernt, das sich an unser Bett geschlichen und sich zum Schlafen quer über das Fußende gelegt hatte. Bemerkt hatte ich sie erst, wenn meine Zehen auf etwas Weiches gestoßen waren. »Ich hatte einen Albtraum, aber ich wollte euch nicht wecken.«

Dann hatte ich immer Platz für sie zwischen Danny und mir gemacht. »Komm her. Gibt keinen Grund, sich zu fürchten.«

Aber in den letzten Jahren interessierte Grace nicht mehr, wie viel Liebe ich geben konnte. Unsere Beziehung schien sich mehr darum zu drehen, wie viel Hass ich ertragen konnte. Als ich um die Ecke zum Park bog, wappnete ich meine ausgelaugte Seele für ein weiteres Kräftemessen. Auf dem Weg zum Spielplatz hielt ich Ausschau nach einer Gruppe Jugendlicher, die sich gegenseitig schubsten. Ich empfand einen Anflug von Neid auf die Mütter, die ihre Kinder auf den Schaukeln anschoben. Am liebsten wäre ich hingerannt und hätte ihnen geraten: ›Macht das Beste daraus. Genießt es, solange sie euch anhimmeln und keinen Moment von euch getrennt sein wollen.‹

Von Grace fehlte jede Spur. Ich ging hinüber zum Pitch & Putt. Und dort entdeckte ich das Fräulein eng umschlungen mit einem Jungen, der einen schwarz-gelb gestreiften Pullover trug. Einen Moment lang hielt ich mich zurück und kämpfte gegen den Drang an, hinzustürmen und sie von ihm wegzuzerren. Sie erzählte mir praktisch überhaupt nichts. Deshalb musste ich meine Informationen sorgfältig zusammentragen und die aus ihr sprudelnden Lügen akribisch nach spärlichen Wahrheiten durchsieben. Der Junge war deutlich älter, vielleicht achtzehn. Er hatte ein bartstoppeliges Gesicht. Und er ließ die Hände über Grace wandern, drückte ihre Pobacken so besitzergreifend, dass ich mir am liebsten einen der Golfschläger geschnappt und auf ihn eingeprügelt hätte.

Sie pafften abwechselnd an einer Zigarette und bliesen sich gegenseitig Rauch in den Mund, bevor sie sich küssten. Aus der

Ferne erinnerte mich der Anblick an meine alte Waschmaschine in Bewegung.

Als sich seine Hände einen Weg unter Grace' Shirt bahnen wollten, stürmte ich hinüber. Sie sprang von ihm weg. Ein kurzes Aufblitzen von Angst wurde prompt von Trotz verdrängt.

Der Junge blieb nicht. Er schnippte ihre gemeinsame Zigarette geübt wie jemand, der nicht eine, sondern schon Tausende geraucht hatte, in die Büsche. Dann hob er sein Fahrrad auf, strampelte los und rief: »Wir sehen uns, Grace.«

Ich traute mich nicht, sie anzufassen, weil ich fürchtete, ich könnte sie schütteln und nicht mehr damit aufhören.

Sie hob die Hände. »Lass stecken. Mich interessiert kein Vortrag von dir.«

»Wag es ja nicht, so mit mir zu reden. Du kommst jetzt sofort mit nach Hause. Und lass dir gesagt sein, wenn du noch *ein einziges Mal* schwänzt, begleite ich dich künftig jeden Tag zur Schule und übergebe dich eigenhändig der Lehrerin wie früher, als du fünf warst.«

Sie stapfte neben mir her und verströmte Feindseligkeit aus jeder Pore.

Ich konnte mir nicht erklären, warum ich ausgerechnet in jenem Moment an dich dachte. Wahrscheinlich, weil ich bei meinen beiden Kindern so spektakulär versagt hatte, dass es einfacher war, an jenes zu denken, das sich vielleicht um die Gefühle seiner Mutter sorgte. Im Gegensatz zu der Tochter neben mir, die sich zu wünschen schien, ein Auto würde auf den Bürgersteig rasen und mich platt walzen.

Ich war mir nicht sicher, was ich schlimmer fand. Nach Hause zu gehen und meine Drohung wahr zu machen, Grace den CD-Player wegzunehmen, wenn sie noch mal die Schule schwänzte, rauchte oder mich bestahl. Oder mir von Louise einen weiteren Vortrag darüber anzuhören, dass ich viel zu lasch mit Grace umgegangen war. Darauf würden Ratschläge von den mit ihr befreundeten Lehrerinnen folgen, die wie Louise Mitte zwanzig waren, keine Kinder hatten und dachten, Erziehung wäre ein Kinderspiel. Ein Spaziergang, wenn man nur »Grenzen und Konsequenzen« festlegte.

Ironischerweise war ich begeistert gewesen, als Louise von einer bezaubernden kleinen Grundschule in Portsmouth eingestellt worden war, wodurch sie weiterhin zu Hause wohnen konnte. Aber da mich Danny regelmäßig dazu drängte, strenger zu Grace zu sein – »Mit mir redet sie nicht so.« –, und Louise jedes Mal den Kopf schüttelte, wenn sich Grace unmöglich benahm, wünschte ich allmählich, meine ältere Tochter würde sich in eine wilde Romanze stürzen. Vorzugsweise mit einem Mann, der eine eigene Wohnung besaß. Dann hätte das kleine Geschworenengericht ein Ende, das mich wieder und wieder wegen mangelnder Kompetenz als Mutter verurteilte.

Als wir zu Hause ankamen, ging ich schnurstracks in Grace' Zimmer und zog den Stecker ihres CD-Players heraus.

Sie stürmte die Treppe herauf und versuchte, ihn mir aus den Händen zu reißen. »Den brauche ich.«

Aber ich ließ ihn nicht los. »Ich hab dich davor gewarnt, was passiert, wenn du nicht zur Schule gehst.«

»Ich brauche ihn zum Üben für eine Schulveranstaltung. Dabei soll ich ›Hey Jude‹ singen. Wenn ich nicht auftrete, kriege ich noch mehr Ärger. Mum, bitte!«

»Daran hättest du denken sollen, bevor du beschlossen hast, mit dem Idioten aus dem Park blauzumachen.«

Ich drückte den Player an mich, sie zerrte daran, und der Plastikgriff brach ab.

»Jetzt sieh nur, was du angerichtet hast.« Sie fing zu weinen an.

Das hatte ich noch nie ertragen können. Wäre Louise dabei gewesen, hätte sie die Augen verdreht. ›Darauf fällst du doch nicht etwa rein, oder? Sie setzt immer die Gießkanne ein, um zu kriegen, was sie will.‹

Grace schniefte. »Ich brauche ihn wirklich. Wenn ich den Song nicht bis Dienstag perfekt beherrsche, lasse ich alle im Stich.«

Herrgott, war das Mädchen gerissen. Grace benutzte meine eigenen Worte darüber, dass man Menschen nicht im Stich ließ, gegen mich. Allerdings tat sie sich in der Schule nicht leicht. Im Gegensatz zu Louise, die am Boden zerstört gewesen war, wenn sie bei irgendetwas weniger als achtzig Prozent erreicht hatte. Und vielleicht würden die Lehrer nachsichtig mit ihr sein, wenn sie nächste Woche einen tollen Auftritt ablieferte. Im Kopf hörte ich Dannys Worte. ›Tut mir leid, Suze, aber du musst auch mal die Böse sein. Wenn ich von der Arbeit nach Hause komme, übernehme ich die Rolle, nur tagsüber kann ich dir nicht helfen. Sie wird nicht gleich aufhören, dich zu lieben, wenn du mal mit ihr schimpfst.‹

Ich bemühte mich, nicht in ihr tränenverschmiertes Gesicht zu blicken. Am liebsten hätte ich sie an mich gedrückt wie früher, wenn ich sie als Baby getröstet hatte.

»Ich gebe ihn dir nach dem Wochenende zurück. Du kannst dich nicht ständig schlecht benehmen und erwarten, nie dafür bestraft zu werden. Das ist Dad und mir gegenüber nicht fair. Die meiste Zeit sind wir krank vor Sorge, weil wir nicht wissen, wo du dich herumtreibst.«

»Aber wenn ich dich um Erlaubnis frage, heißt es immer nein. Alle anderen gehen auf Partys. Die Hälfte meiner Klasse zieht am Wochenende durch die Discos. Nur du hast jedes Mal ein Problem mit dem, was ich tun will.« Sie ahmte mich mit hoher, nörglerischer Stimme nach. »Kommt nicht infrage, Grace. Nach Mitternacht passiert nie was Gutes. Du müsstest dich um halb elf von Dad abholen lassen. Nein, du streifst nicht mit deinen Freunden einfach durch die Straßen. Nein, mir gefällt überhaupt nicht, dass ihr zu zweit nach London wollt.

Und jetzt nimmst du mir die Musik weg, weil ich *einen Tag* in der Schule gefehlt habe. Ich hab ja gewusst, dass du eine

Möglichkeit findest, mir auch noch das zu verderben.« Sie ließ sich auf den Boden plumpsen. »Warum konnte ich nicht in eine Familie geboren werden, die hin und wieder ein bisschen Spaß hat? In diesem Haus ist alles ein verdammtes Problem. Ihr seid alle so ernst. Louise wohnt mit sechsundzwanzig noch daheim und geht jeden Abend mit einer Wärmflasche ins Bett. Herrgott, sobald ich alt genug bin, bin ich weg von hier. Dad hält sich für voll den Rebellen, wenn er ein halbes Bier mit Zitrone zum Essen trinkt. Und du – Gott, du würdest mich immer noch an der Hand über die Straße führen, wenn ich dich ließe. Du bist so eine Glucke. Ich kann keinen Atemzug machen, ohne dass du um mich rumschwirrst.« Sie schob sich die Haare aus dem Gesicht, die Wangen zornig gerötet. »Hättest du mich damals nur zur Adoption freigegeben.«

Ich versuchte, mir nicht anmerken zu lassen, wie sehr sie mich damit verletzte. Verzweifelt bemühte ich mich, Dannys Rat zu beherzigen und es von mir abperlen zu lassen. ›Grace ist ein Teenager mit einem wunderbaren Familienleben. Sie bekommt alles, was sie braucht, aber nicht alles, was sie will. Das sind zwei verschiedene Paar Schuhe. Sie sucht geradezu nach Dingen, über die sie wütend sein, gegen die sie rebellieren kann. Lass dir das nicht unter die Haut gehen.‹

Aber ihre letzte Bemerkung zertrümmerte meine Entschlossenheit. »Meinst du das wirklich ernst?«

Die Worte hatten einen empfindlichen Punkt in meiner Brust getroffen, als hätte sie unverhofft etwas ausgesprochen, das ich lange verleugnet hatte. Vielleicht würdest du auch irgendwann so empfunden haben.

Grace schlug die Augen nieder und zuckte mit den Schultern. »Ich will nicht mit dir reden. Und meinen CD-Player nimmst du mir nicht weg.«

Ich spürte, wie mich der Kampfgeist verließ. Alles in mir sackte erschöpft in sich zusammen. »Na schön. Du kannst ihn behalten, aber das ist das letzte Mal. Ich mein's ernst. Noch mal decke ich dir nicht den Rücken. Wenn du so weitermachst, fliegst du von der Schule. Dann stehst du ohne Abschluss da und wirst nie einen guten Job bekommen.«

Doch Grace hatte den CD-Player bereits wieder an die Steckdose angeschlossen und sang Whitney Houstons »I'll Always Love You« in ein imaginäres Mikrofon. »Ich brauch keinen Abschluss. Weil ich Popstar werde.«

Niedergeschlagen schleppte ich mich aus ihrem Zimmer. Für diesen Kampf hatte ich an dem Tag keine Energie mehr übrig.

VIERUNDZWANZIG

DEZEMBER 1995

Ein paar Tage nach meinem Besuch im Hotel wartete Grace vor der Druckerei auf Danny, um ihm mitzuteilen, dass sie zu Weihnachten nicht nach Hause kommen würde.

»Sie sagt, sie bekommt über die Feiertage das Anderthalbfache bezahlt. Eine gute Gelegenheit, das Einkommen aufzubessern. Sie lässt dich grüßen.«

Obwohl ich ihm nicht glaubte, wollte ich ihn nicht zwingen, eine Lüge zu gestehen. Er bemühte sich, optimistisch zu sein.

»Sie hat geklungen, als wäre das Management zufrieden mit ihr. Tatsächlich war sie regelrecht gesprächig. Jedenfalls nicht annähernd so mürrisch wie zuletzt.«

Der frische, scharfe Schmerz von Grace' Verschwinden aus meinem Leben überlagerte das dumpfe Pochen deiner Abwesenheit. Zu Weihnachten vor neun Jahren hattest du versucht, Verbindung mit mir aufzunehmen. Mein widersprüchliches Herz hoffte nach wie vor, du würdest noch einen Anlauf wagen. Mein rationaler Verstand hingegen betete, du würdest mich vergessen haben.

Wir hatten es aufgeschoben, Louise vom Auszug ihrer Schwester zu erzählen, bis wir wüssten, ob er von Dauer wäre.

Aber als sie vorbeikam, um uns unsere Geschenke zu bringen, damit wir sie am Weihnachtsmorgen schon hätten, konnten wir es nicht länger verheimlichen.

Entsetzt schüttelte sie den Kopf.

»Mum! Sie hat nicht mal die Schule abgeschlossen. Wie soll sie sich allein durchs Leben schlagen? Sie ist noch ein Kind.«

Danny schaltete sich ein. »Streng genommen nicht. Außerdem weiß sie, was sie will.«

Louise schaute verdattert drein. »Wo wohnt sie? Wie viel verdient sie? Isst sie dort im Restaurant? Sie kann ja nicht kochen.«

Ich vermochte nicht zu sagen, ob Louises Fragen auf Sorge um ihre Schwester oder Verwunderung über meinen Mangel an Kontrolle zurückgingen.

Jedenfalls konnte ich ihr nicht in die Augen sehen, als ich ihr mitteilte, dass sich Grace den Lebensunterhalt als Kellnerin verdiente. Als Danny einwarf »Und als Sängerin«, hätte ich ihn am liebsten mit einer Kettensäge bearbeitet und über jeden zu Boden fallenden Brocken gejubelt.

Louises Unmut darüber, dass ich sie nicht die Musikschule hatte besuchen lassen, war in den elf Jahren seither zwar zurückgegangen, aber nie ganz verschwunden. »Sie darf sich das Geld also mit Singen verdienen? Und wohnen, wo sie will?«

Danny erkannte seinen Fehltritt. »Nur, bis sie wieder zur Vernunft kommt. Ich gehe davon aus, dass sie nächstes Jahr zur Fachschule zurückkehrt, den Abschluss nachholt und vielleicht, äh, Krankenpflegerin wird.«

Ich bemühte mich, nicht die Augenbrauen darüber hochzuziehen, wie sich Danny an Strohhalme klammerte. Grace wäre die schlimmste Krankenpflegerin aller Zeiten. Sie würde Menschen ausschimpfen, die in ihrer Nähe husteten, oder sie brüllend auffordern, gefälligst woanders zu niesen.

Bald danach ging Louise mit der Erklärung, sie müsste noch Geschenke für Craigs Eltern einpacken.

Der Weihnachtstag verging ohne eine Karte oder ein Wort von Grace. Louise hingegen setzte um, was sie angekündigt hatte. Den Vormittag verbrachte sie zur Bescherung bei Craigs Familie, danach kam sie mit ihm zum Mittagessen zu uns. Ich war beschämend dankbar, dass sie dem Druck von Craigs Eltern nicht nachgegeben hatte, länger bei ihnen zu bleiben und erst zur Rede der Queen zu uns zu fahren. Den ersten Weihnachtstag suchten schon genug Geister mit ihren komplizierten Geschichten heim, ohne dass Danny und ich überlegten, worüber wir reden könnten, ohne dabei die Tatsache zu streifen, dass keines unserer Kinder den Tag mit uns verbringen wollte.

Die Atmosphäre war seltsam entspannt, da weder Louise ihre Schwester mit ihren Weisheiten belehrte – »Du ruinierst dir die Füße, wenn du ständig so hohe Schuhe trägst.« – noch Grace gegen Louises Engstirnigkeit stichelte – »Das ganze Leben in Portsmouth zu verbringen, ist jetzt nicht gerade in achtzig Tagen um die Welt, oder?«

Noch überraschender war, dass Louise in die Rolle der Unterhalterin schlüpfte, die wir eher mit ihrer jüngeren Schwester assoziierten. Kaum hatten wir uns hingesetzt, animierte sie uns dazu, an unseren Knallbonbons zu ziehen, unsere Hüte aufzusetzen und die Witze vorzulesen. Ich machte mit und hoffte, mein Lachen würde nicht in ein Schluchzen übergehen. Weiß Gott, am liebsten hätte ich mir die lila Krone vom Kopf gerissen und zu Konfetti zerfetzt. Anscheinend hatte sie Craig eingetrichtert, ›das Thema Grace zu meiden, um Mum nicht aufzuregen‹, denn jedes Mal, wenn er seinen eigenen Bruder erwähnte, errötete er über seine Taktlosigkeit. Ich hatte oft scherzhaft gemeint, Louises Sinn für Humor würde in eine Tabakdose passen. »Die Lustige« war für mich immer Grace gewesen. Aber während ich dasaß und lauschte, wie sie Anekdoten über Lehrer bei der Arbeit zum Besten gab, wurde mir mit einem gewaltigen Anflug von Liebe klar, dass auch sie unheimlich witzig sein konnte. Vielleicht hatte sie durch die Beziehung mit Craig zu genug Selbstvertrauen gefunden, um sie selbst zu sein statt nur die »Verlässliche«, die wir in eine Form gegossen hatten, aus der wir sie fast drei Jahrzehnte lang nicht hatten ausbrechen lassen.

Obwohl Craig mit seiner gezierten Art, sich die Mundwinkel mit der Serviette abzutupfen, und seinem eifrigen Vorbeugen bei jeder Diskussion – »Gutes Argument, aber ...« – nicht meine Kragenweite war, ließ sich nicht übersehen, dass er Louise und ihre Ansichten respektierte. Oft wandte er sich mit ernst gerunzelter Stirn an mich und meinte etwas wie: ›Louise ist genial in Sachen Organisation/Personalfragen/Motivation der Schüler. Sie ist so intelligent.‹

Louise schnippte ihm dann immer gegen den Arm und widersprach in der Art: ›So schlau bin ich nicht. Ich gebe mir bloß wirklich Mühe.‹ Sie wechselte ihrerseits wiederholt das Thema, um seine guten Eigenschaften hervorzuheben. Ein wahres Paar gegenseitiger Bewunderung. Nach dem Weihnachtspudding schaltete Louise das Radio für Weihnachtslieder ein und sang so lieblich mit, dass ich beim Abwasch vor lauter Lauschen mehrmals vergaß, die Teller zu schrubben.

Und wenn ich sie mit Craig zusammen ansah, wäre ich am liebsten mit ihr zum Mutter-Kind-Heim marschiert und hätte sie der verschlagenen Schwester Patricia vorgeführt, um ihr zu beweisen, dass ich vielleicht Hunderte, wahrscheinlich sogar Tausende Fehler begangen, aber auch viel richtig gemacht hatte.

Zumindest bei dieser Tochter.

Bei meinem armen ältesten Kind, das die schwerste Last meines Fehltritts hatte ertragen müssen, die Jahre der Verwirrung, das Auf und Ab zwischen hektischer Aktivität und betäubender Melancholie, während ich versucht hatte, deinen Verlust zu bewältigen. Als ich ihr dabei zusah, wie sie beim Abtrocknen die Gläser gegen das Licht hielt, um sie auf

Schlieren zu überprüfen, und wie sie darauf achtete, dass die Messer in der Schublade alle in dieselbe Richtung wiesen, fragte ich mich, ob ich ihr genug Liebe geschenkt hatte. War etwas von meiner Energie für sie in die Trauer um dich umgeleitet worden? Hatte ich ihr oft genug gesagt, wie besonders sie war? Wie wichtig? Hoffentlich hatte sie unsere Jubelstimmung über Grace' Geburt nicht mitbekommen und als Botschaft aufgefasst, sie wäre nicht genug. Das Problem am Wunsch, die Vergangenheit zu einer sauberen Version zu filtern, die Triumphe hervorzuheben und die Fehlschläge unter den Teppich zu kehren, bestand darin, dass Erinnerungen so willkürlich waren.

Als Jeanie und ich über das verdammte Heim in London gesprochen hatten, waren wir uns bei so vielen Einzelheiten uneinig gewesen, beide fest davon überzeugt, wir hätten das Monopol auf unsere Geschichte.

»Die Wäscherei dort war als Arbeitsplatz prima. Wenn man dort 'ne Stelle hatte, war man fein raus«, hatte sie beispielsweise gemeint.

»Soll das ein Scherz sein? Die war wie ein Treibhaus. Wenn ich durch die Tür reingegangen bin, ist mir jedes Mal sofort der Schweiß den Buckel runtergelaufen. Und die Nonne, die sie geleitet hatte, wollte mich nicht mal die Handgelenke unter kaltes Wasser halten lassen.«

Und so war es weitergegangen. Ich war überzeugt davon gewesen, wir hätten täglich die Kirche besucht, auf einer Seite aufgereiht wie Sünderinnen, während es sich in Jeanies Erinnerung auf die Sonntage beschränkt hatte.

Für mich bestand kein Zweifel daran, dass Louises Sicht auf unser Leben völlig anders wäre als meine. Ich konnte nur hoffen, dass ihr als übergeordnetes Gefühl von ihrem Zuhause jenes von Liebe geblieben war – unabhängig davon, ob ich genug Gutenachtgeschichten vorgelesen, genug Schmetterlingskuchen gebacken, genug aufgeschürfte Knie heilgeküsst hatte. Aber wer konnte schon wissen oder garantieren, was sie aus dem unberechenbaren Flickenwerk eines Familienlebens aufgeschnappt und verinnerlicht hatte?

Ich beobachtete, wie sie die Gläser, die jeder sonst wahllos in den Schrank pferchte, fein säuberlich aufreihte. Dann ging ich zu ihr und umarmte sie. Im Gegensatz zu Grace, die sich in den seltenen Fällen, wenn die Sterne günstig standen, einfach an mich schmiegte, jeden Muskel entspannte und wie ein Koala-Baby an mir hing, ließ es Louise lediglich zu, mehr eine passive Empfängerin körperlicher Zuneigung als aktive Beteiligte. »Danke, dass du heute nach Hause gekommen bist. Ich weiß, dass es nicht so einfach ist, weil du auch Craigs Familie berücksichtigen musst. Wir haben dich so gern hier.«

»Mach dir keine Sorgen um Grace, Mum. Sie ist schon immer eigen gewesen. Wahrscheinlich hockt sie gerade in ihrem Zimmer und wünschte, sie würde Knabbergebäck essen und sich mit Dad *Der Zauberer von Oz* ansehen.« Ich bemühte mich, den urteilenden Ton in ihrer Stimme zu überhören.

FÜNFUNDZWANZIG

FEBRUAR 1996

Ich traute mich nicht, zum Hotel zurückzukehren und Grace nachzuspionieren, obwohl es mich fast umbrachte, mich fernzuhalten. Doch als der Januar in den Februar überging, traten Anzeichen dafür auf, dass sie uns zu vermissen begann. Oder zumindest Danny. Ein paar Mal hatte sie vor der Druckerei auf ihn gewartet, und sie waren etwas trinken gegangen. Ich verdrängte, wie sehr es schmerzte, dass sie ihn sehen wollte, mich hingegen nicht. Stattdessen holte ich zwischen den Fragen kaum Luft, gierte nach Antworten. »Was hat sie über die Arbeit erzählt? Singt oder kellnert sie mehr? Wird sie ordentlich bezahlt? Hat sie auch was über mich gesagt?« Doch sosehr sich Danny bemühte, sich an ihre Gespräche zu erinnern, ich hatte immer das Gefühl, dass er sich nicht so gründlich informierte, wie ich es getan hätte. Was wahrscheinlich der Grund dafür war, warum sie sich lieber mit ihm traf. Er fuhr sich mit der Hand durchs Haar, während er versuchte, eine zufriedenstellende Antwort auf die Frage zu finden: »Wie hat sie ausgesehen?« Offensichtlich verriet mir das typisch männliche »Wie immer« nicht, was ich wissen wollte. »Ist sie dicker, dünner? Hat sie müde gewirkt? Isst sie deiner Meinung nach anständig?«

Nach einer Weile wurde er genervt. »Ich weiß es echt nicht, Schatz. Es scheint ihr recht gut zu gehen.«

Welche Mutter auf der Welt würde je damit zufrieden sein, dass man den Zustand ihres Kindes als »recht gut« beschrieb? Am liebsten wäre ich mit einem Bottich hausgemachter Suppe, einer neuen Packung Unterhosen von M&S und einer frischen Zahnbürste in den Bus gesprungen. Ich fragte mich, ob sie je die Bettwäsche wechselte oder ihr Zimmer saugte. »Hat sie einen festen Freund erwähnt?«

Danny runzelte die Stirn. »Sie hat von mehreren Männern geredet, die im Hotel arbeiten. Aber ich hatte nicht den Eindruck, dass sie mit jemandem zusammen ist. Um ehrlich zu sein, scheint sie sich viel mehr für ihre Musik zu interessieren. Sie hat gesagt, dass sie Songs schreibt und sich mit einem Kerl zusammengetan hat, der sie vertont.«

»Mit welchem Kerl? Jemand in ihrem Alter?«

»Bin mir nicht sicher. Ich glaube, es ist jemand, der an den Wochenenden auch im Hotel auftritt.«

»Hast du nicht gefragt?«

Schließlich wurde Danny zornig. »Herrgott noch mal, Suze! Ich frage gar nichts. Ich sitze da, lasse sie reden und hoffe inständig, dass wir irgendwann eine normale Beziehung zu ihr haben werden und sie wie jede andere Tochter zum Sonntagsessen kommt, statt im Regen an einer Mauer vor der Fabrik auf mich zu warten.«

Ich wusste, dass er recht hatte. Was wünschte ich mir, ich könnte die Zeit zurückdrehen und alles noch mal machen. Nur diesmal richtig.

Ursprünglich hatte ich es wie Danny gesehen und gedacht, Grace würde innerhalb weniger Wochen, wenn nicht sogar Tage, nach Hause zurückkehren. Doch als zunehmend klarer wurde, dass sie für immer gegangen war, dämmerte mir, dass ich keine Ahnung hatte, wann ich sie wiedersehen würde.

An manchen Abenden saß ich mit Danny vor dem Fernseher. Auf dem Bildschirm bewegten sich die Gestalten, die Dialoge fluteten über mich hinweg. Irgendwann platzte ich heraus: »Bin ich wirklich eine so schreckliche Mutter gewesen?«

Die ersten paar Male meinte er, nicht nur mein Einfluss hätte Grace geprägt. »Sie ist auch meine Tochter, mir ist es genauso wenig gelungen, sie im Griff zu behalten.« Doch tief in mir wusste ich, dass Danny das gar nicht versucht hatte. Vielmehr hatte er sich bemüht, konstant zu sein. Ich hatte sie wie eine Prinzessin behandelt, die es zu bedienen, herauszuputzen, zu besänftigen und zu feiern galt. Und als sie die Pubertät erreicht hatte, war sie so sehr daran gewöhnt, ihren Willen zu bekommen, dass meine Vorhaltungen ungefähr so wirkungsvoll gewesen waren wie ein Staubwedel.

Nachdem ich über Wochen immer wieder dieselben Fragen gestellt hatte – »Könntest du zum Hotel fahren und versuchen, sie zu einem Besuch zu Hause zu überreden?« Oder: »Könntest du sie zumindest anrufen und fragen, ob sie irgendwas braucht?« –, riss ihm der Geduldsfaden.

»Nein! Nein. Sie ist erwachsen und wird ihre eigenen Fehler machen müssen. Ich werd sie nicht anbetteln. Offen gestanden finde ich, sie sollte ein wenig dankbarer dafür sein, was sie hatte. Wir sind nicht perfekt, aber das waren weder deine Eltern noch meine, trotzdem sind wir gut geraten.«

Schweigend saß ich da. Danny übte so gut wie nie Kritik an einer unserer Töchter. Seine Checkliste war so viel kürzer als meine. Wenn man sich den Lebensunterhalt selbst verdiente und sich aus Schwierigkeiten heraushielt, hatte man Dannys Gütesiegel schon halb in der Tasche. Folglich hatte er sich deutlich weniger vorzuwerfen als ich, wenn die Kinder meinen zahlreichen und mannigfaltigen Erwartungen nicht gerecht wurden.

Sanfter fügte er hinzu: »Wir können nicht mehr beeinflussen, was Grace macht. Deshalb möchte ich, dass wir unser Leben weiterführen, Susie. Es zusammen genießen. Wir haben die Kinder bestmöglich erzogen. Jetzt möchte ich mit dir eine schöne Zeit verbringen, ohne jeden Moment dem zu widmen, was Grace vielleicht braucht. Du bist so darin aufgegangen, dich um sie zu kümmern, dass ich nach ihrer Geburt zehn Jahre lang kein vernünftiges Gespräch mit dir hatte. Da sie jetzt nicht mal mehr bei uns wohnt, würde ich gern über was anderes reden.«

Nicht zum ersten Mal überlegte ich, ob es nicht Selbsttäuschung war, meine Unzulänglichkeiten dem Umstand zuzuschreiben, dass ich dich verloren hatte. Vielleicht war ich einfach nicht dazu geschaffen, Mutter zu sein.

Mehr denn je vermisste ich Jeanie. Neun Jahre waren vergangen, seit wir uns zerstritten hatten. Ich fragte mich, ob sie bei allen, die ihr zuhörten, jede sich bietende Gelegenheit nutzte, um über mich herzuziehen. Oder ob sie wie ich wünschte, wir hätten unseren Streit damals sofort geklärt und aus der Welt geschafft, statt ihn brodeln und überquellen zu lassen wie den Inhalt eines Topfs voller Bedauern und Beschuldigungen. Sie hätte mich nicht verurteilt, kein Gesicht aufgesetzt wie meine Nachbarn, wenn ich ihnen beim Einkaufen über den Weg lief. ›Wir haben Grace schon länger nicht gesehen‹, vermittelten ihre Züge mit der hämischen Überzeugung, dass von ihr nichts anderes zu erwarten gewesen war. Bei Jeanie hätte ich auf meine tapfere Miene verzichten und meine Verzweiflung darüber gestehen können, dass ich den Kontakt nicht nur zu einem, sondern gleich zu zwei Kindern verloren hatte. Und sie hätte einen Weg gefunden, es ein bisschen weniger schlimm wirken zu lassen.

Danny redete sich ein, es würde mich aufmuntern, sich auf

meinen bevorstehenden fünfzigsten Geburtstag zu konzentrieren. Er wurde zunehmend frustrierter über meine Weigerung, dazu irgendetwas Besonderes zu unternehmen. Damit er davon aufhörte, schlug ich vor: »Lass uns Louise und Craig einladen. Ich koche.«

Danny verzog das Gesicht. »Wirklich? So soll dein ›besonderer‹ Geburtstag aussehen? Kein Restaurant?«

Ich konnte den Gedanken nicht verkraften, dass es ein Tisch für vier sein würde, obwohl es ein Tisch für sechs hätte sein sollen.

Es kam schon einem Wunder gleich, dass ich nicht beschlossen hatte, den Tag völlig zu übergehen.

SECHSUNDZWANZIG

FEBRUAR 1996

Louise teilte ihre Zeit rigoros zwischen Craigs Eltern und uns auf. An diesem Abend, Donnerstag, 8. Februar, wären eigentlich nicht wir an der Reihe gewesen. Aber da es sich um meinen fünfzigsten Geburtstag handelte, wich sie von ihrem sonst so starren Zeitplan ab. So unsicher, wie ich neuerdings über meinen Platz in der Familie war, überraschte mich ein wenig, dass sie mir nicht mitteilte, die Feier müsste bis nächste Woche warten. Vor schierer Dankbarkeit, dass ich wenigstens eines meiner drei Kinder an meinem Geburtstag bei mir haben würde, schlug ich vor: »Du kannst auch Craigs Eltern einladen, wenn du willst.« Ich bereute die Worte, sobald sie meinen Mund verlassen hatten. Doch da ich dasselbe schon mehrfach erfolglos angeregt hatte, seit Craig und Louise vor fast drei Jahren zusammengezogen waren, glaubte ich nicht, mir Sorgen darüber machen zu müssen.

Diesmal jedoch zögerte sie und verengte kurz die Augen zu Schlitzen, als dächte sie über etwas nach. »Zu deinem Geburtstag lade ich sie nicht ein, aber ich denke, wir sollten in nicht allzu ferner Zukunft mit ihnen essen.«

Ich bemühte mich, mir keine Aufregung anmerken zu lassen. Louise ging auf die dreißig zu. Obwohl Danny mich jedes Mal tadelte, wenn ich auch nur erwähnte, dass Frauen immer später Kinder bekamen, hoffte ich, Louises dezenter Vorschlag würde bedeuten, dass sich ein Heiratsantrag anbahnte. Statt darüber nachzudenken, wo man für ein schlichtes Abendessen mit Audrey und Ron reservieren könnte, überlegte ich, welchen Hut ich zu dem großen Anlass tragen sollte.

Mir kam der Gedanke, bei meinem Geburtstagsessen noch ein wenig nachzuhaken. Doch das musste ich nicht. Kaum hatten wir uns hingesetzt, erkundigte sich Craig, ob wir in der folgenden Woche Zeit hätten, uns mit seinen Eltern zu treffen – »um mit ihnen einen Happen zu essen und einander endlich kennenzulernen, da sie eine Weile wieder im Land sind.« Louise sah ihn an und schenkte ihm ein verhaltenes, für ihre Begriffe recht kokettes Lächeln, das ihre Züge aufhellte. Ich musste an mich halten, um nicht mein gesamtes Repertoire an Hochzeitsliedern vor mich hin zu summen.

Aber bevor ich in Erfahrung bringen konnte, ob es bei dem Essen nächste Woche um Small Talk bei paniertem Kabeljau oder um die Nelken für die Knopflöcher ging, klingelte es an der Tür. Danny dachte offensichtlich wie ich, denn er fragte: »Ignorieren wir es? Wir erwarten niemanden.«

»Wahrscheinlich die Zeugen Jehovas«, meinte ich. Dabei gelang es mir nicht, die Aufregung über die großen, von Louise erwarteten Neuigkeiten aus der Stimme zu verbannen.

Wir saßen da, und ich schwieg mit einer Willensanstrengung, damit Louise uns nach ihrem Ermessen mitteilen konnte, was wir so sehnsüchtig wissen wollten. Aber wer es auch sein mochte, hämmerte so eindringlich gegen die Tür, als würde draußen auf der Straße jemand verbluten.

Danny stand auf und tätschelte Louise die Schulter. »Tut

mir leid, entschuldigt mich kurz. Ich sehe besser doch nach, wer das ist.«

Als er die Tür öffnete, hörte ich nur einen flüchtigen Ausruf, auf den kein Gespräch folgte.

Louise lehnte sich zurück und zuckte mit einer Schulter, eine Geste, die mich in den Wahnsinn getrieben hatte, als sie im Teenageralter gewesen war. Und wieder dieser merkwürdige Blick zu Craig. Während ich am Tisch saß, irritiert von der Unterbrechung, erschien plötzlich ein großer Blumenstrauß an der Tür. Seitlich davon tauchte Grace' Gesicht auf. Sie wirkte ein wenig zögerlich.

»Hab gehört, heute ist ein wichtiger Geburtstag.«

Ich wollte beherrscht bleiben und sie so willkommen heißen, als hätten wir in aller Ruhe unser Leben weitergeführt, statt haltlos durch die Leere ihrer Abwesenheit zu taumeln. Für den Fall, dass sie je zurückkäme, hatte ich mir vorgenommen, gefasst zu reagieren. Aber das konnte ich nicht. Ich sprang vom Stuhl auf und stieß dabei mein Messer zu Boden. »Gracie!«

Nachdem ich die Rosen dankend entgegengenommen hatte, vergrub ich das Gesicht in ihnen, um mir einen Moment zum Verarbeiten zu verschaffen. Dann übergab ich sie an Danny und setzte zaghaft dazu an, Grace zu umarmen. Jede Zelle meiner Haut kribbelte mit dem überwältigenden Urinstinkt, eine Verbindung zu meinem Kind herzustellen.

Für einen kurzen Moment erwiderte Grace meine Umarmung und sagte: »Alles Gute zum Geburtstag.« Ich nahm die komplexen Emotionen in jenen vier Worten wahr. Das Zugeständnis – ›Ich bin hier, weil ich mich nicht so weit von meiner Familie entfremden will, dass ich einen bedeutenden Geburtstag ignoriere.‹ Die Warnung – ›Ich bin nur gekommen, weil du Geburtstag hast.‹ Die Gesichtswahrung – ›Ich bin froh, dass mir dein Geburtstag den Vorwand dafür geliefert hat, hier zu sein.‹ Was immer mit ihr los sein mochte, was immer so unerträglich geworden war, dass sie es nicht länger unter meinem

Dach ausgehalten hatte, es war nicht verschwunden, so viel stand fest. Aber ich spürte, dass es nachließ, dass sich die Perspektive so verschob, wie es nur möglich war, wenn die Wut über das Gefühl von Ungerechtigkeit abklang und sich die vor hundert Missständen zugeschlagene Tür knarrend wieder einen Spalt öffnete.

Ich drückte mir die Finger gegen die Augen. Die Tränen flossen trotzdem. »Entschuldige. Du hast mir so sehr gefehlt.« Ich versuchte, mich natürlich zu verhalten, Grace nicht anzustarren, allerdings sah sie nicht wie sie selbst aus. Kurzes, weißblondes Haar mit nur wenigen dunklen Strähnen vorn. Jeanslatzhose in Übergröße. Doc Martens. Und genug schwarzen Kajal um die Augen, um bei Bedarf im Panda-Gehege auszuhelfen. So gern hätte ich mit der Hand über ihr Gesicht gestrichen, über die hübsche kleine Nase wie die von Danny, die hohen Wangenknochen wie meine, das Profil, das ich in den Monaten nach ihrer Geburt stundenlang bewundert hatte.

Danny vermittelte mir mit einem Blick: ›Sachte.‹ Ich wischte mir das Gesicht ab. »Bist du hungrig? Du hast Glück, wir feiern gerade ein bisschen mit Louise und Craig, deshalb haben wir genug da.«

Craig stand auf, zog einen Stuhl für sie heraus und füllte die veränderte Atmosphäre mit Fragen. »Wie kommst du zurecht? Ist deine Bleibe in Ordnung? Macht dir irgendjemand dort das Leben schwer?« Ich bemühte mich, nicht zu wirken, als würde ich ihren Antworten allzu begierig lauschen.

Als ich Lasagne für Grace auf einen Teller lud, wurde ich nervös, denn ich wollte ihr weder zu wenig noch zu viel servieren, damit sie es nicht als Urteil darüber ansähe, sie wäre zu dünn oder zu dick. Ich hatte panische Angst davor, einen Fehler zu begehen und den hauchdünnen Faden, der Grace noch mit mir verband, durch ein achtloses Wort, eine unbedachte Frage zu zerreißen. Es schien Jahre her zu sein, dass wir uns alle zusammen in einem Raum natürlich hätten verhalten können. Stattdessen führten wir alle einen Eiertanz auf und taten so, als wäre es normal, dass jemand im Sturm das Haus verließ und zurückkam, wenn der Wind drehte.

Louise holte zusätzliches Besteck, bevor sie die Blumen in eine Vase stellte. Dafür schnitt sie die Stängel unten auf die richtige Länge zurecht. Als sie sich wieder am Tisch niederließ, kehrte die Familiendynamik in ihr altes Muster zurück. Ermutigt von Craigs scheinbar aufrichtigem Interesse an der Hotelbranche unterhielt uns Grace bald mit Geschichten über albtraumhafte Gäste. Mit ihrem Talent, die Eigenheiten anderer lustig auf den Punkt zu bringen, beschrieb sie einen Mitarbeiter, der im Zimmer neben ihr wohnte. »Ehrlich, ich glaub, der hat seine Klamotten kein einziges Mal gewaschen, seit er dort ist, noch nicht mal die Unterwäsche. Er hängt sie nur zum Auslüften auf die Feuerleiter.«

Als sie das Gemeinschaftsbad samt Anblicken und Gerüchen beschrieb, bemühte ich mich, nicht missbilligend das Gesicht zu verziehen. Ich wusste, dass nicht viel nötig wäre, um sie wieder Reißaus nehmen zu lassen, weil sie an unsere Fehler erinnert wurde statt an unsere Vorzüge, die zu vermissen sie mittlerweile Zeit gehabt hatte. Also ermutigte ich sie, weiterzuerzählen, und schaffte es sogar, angesichts ihrer Ausdrucksweise, ihrer neuen harten Schale nicht zusammenzuzucken. Ich wollte sie unbedingt so lange wie möglich bei uns halten. »Noch Tee? Oder Lasagne? Bleibst du für einen Nachtisch?«

Ich bemühte mich, mehr wie Jeanie und weniger wie ich selbst zu sein. Nach all den Jahren konnte ich mir immer noch lebhaft vorstellen, was sie zu mir sagen würde. ›Fang bloß nicht damit an, ob sie über Nacht bleiben will, wann sie zurückkommt, ob sie genug Karotten isst oder wann sie sich zuletzt die Zähne geputzt hat.‹

Sobald wir alle die Mahlzeit beendet hatten, schaute Louise

auf die Uhr, legte die Hand an Craigs Arm und sagte: »Komm, wir gehen besser. Ich muss morgen echt früh zur Arbeit raus.«

Danny versuchte es mit einem Protest. »Ach was, es ist doch nicht mal neun. Ihr hattet noch gar kein Stück von der Geburtstagstorte.«

Aber Louise war bereits aufgestanden. Als Craig keine Anstalten machte, es ihr gleichzutun, sah sie ihn mit großen Augen an. Er verstand die Botschaft und schob den Stuhl zurück.

Louise wandte sich an Grace. »Pass auf dich auf. Und bleib mit Mum und Dad in Verbindung. Sie machen sich echt Sorgen um dich.«

Ich schwenkte abwiegelnd die Hand, als hätte ich kaum einen Gedanken an Grace verschwendet. »In meinen Augen scheint es ihr bestens zu gehen. Aber es ist halt die Aufgabe einer Mutter, sich Sorgen zu machen, wenn die Kinder das Nest verlassen. Du hattest Craig, der auf dich aufpasst, Lou, deshalb war's bei dir nicht so schlimm.« Dann geriet ich in Panik, weil Grace denken könnte, ich wollte mich darüber lustig machen, dass sie keinen festen Freund hatte.

Aber sie hörte mir nicht zu, sondern tätschelte Dannys Bauch und zog ihn auf: »Isst du meine Portionen, seit ich weg bin?«

Ich begleitete Louise und Craig zur Tür. »Hoffentlich flüchtet ihr nicht, weil Grace aufgetaucht ist. Es war so schön, euch beide zu sehen.« Plötzlich fiel mir ein, dass wir wie auf Kohlen die große Ankündigung erwartet hatten. Ich traute mich nicht, rundheraus zu fragen, weil ich fürchtete, sie könnten mich beide mit ausdruckslosen Mienen ansehen und sagen ›Heiraten?‹, als hätten sie nie auch nur daran gedacht. Also ließ ich mir eine Notlösung einfallen. »Gibst du uns Bescheid, wann deine Eltern Zeit haben, Craig? Wir würden sie so gern kennenlernen. Und danke, dass du so bemüht auf

Grace eingegangen bist. Wie du weißt, ist die Lage mit ihr ein bisschen heikel.«

Als sie zum Auto gingen, beobachtete ich, wie er den Kopf schüttelte, Louise etwas zuflüsterte und die Hände hochwarf, eine Geste, die besagte: ›Was soll man machen?‹

Gott allein weiß, wie ich es geschafft hätte, drei Kindern die nötige Aufmerksamkeit zu schenken.

SIEBENUNDZWANZIG

JULI 1997

Anderthalb Jahre später wählte Louise genau die Woche, in der ich dich weggegeben hatte, für ihren Hochzeitstag. Dadurch quollen meine Emotionen ohnehin schon aus mir wie aus einem Schwamm, der keine Flüssigkeit mehr aufnehmen konnte.

Am Morgen der Hochzeit zog Danny den Reißverschluss meines Kleids hoch und küsste mich auf den Nacken. »Ich bin so glücklich, dass ich dich habe.« Darauf konnte ich nichts erwidern. Ein komplexes Gewirr von Gefühlen saß mir als Kloß im Hals, dicht wie eine Futterkugel für Wintervögel. Ich drehte mich um, legte den Kopf an seine Brust, schluckte und versuchte – vergeblich –, die richtigen Worte dafür zu finden, was er mir bedeutete. Und für alles, was ich hätte tun sollen und nie getan hatte.

Doch Louises Erscheinen an unserer Schlafzimmertür, das Gesicht sanfter als üblich, umrahmt von dunklen Locken statt von dem strengen Haarknoten, den sie sonst bevorzugte, unterbrach die Negativspirale meiner Gedanken. Sie sah so glücklich aus. Der Entschluss, zu heiraten, schien sie so befreit zu haben, dass sie uneingeschränkt lieben und sich engagiert in eine

Zukunft stürzen konnte, statt nur in der Gegenwart vor sich hin zu leben. Die Zurückhaltung und das Gefühl, dass Loslassen nur zu Enttäuschungen führen würde, konnte ich nachvollziehen. Mein Herz jubilierte – am Ende hatte sie es doch geschafft. Ich wünschte, Mum hätte es noch miterleben können.

Danny fand wie immer die richtigen Worte, um auszudrücken, was ich gerne gesagt hätte, aber nicht konnte, weil ich mich davor fürchtete, was sonst noch aus mir herausplatzen würde.

Seine schlichten Sätze klangen immer so besonders. »Nur, damit du's weißt«, sagte er und räusperte sich. »Deine Mutter und ich sind sehr stolz auf dich. Wir könnten dich gar nicht mehr lieben.«

Louises Augen wurden feucht. In jüngerer Vergangenheit hatte ich sie nur einmal weinen gesehen, bei der Beerdigung meiner Mutter vor sechs Monaten. Wenn Louise zu schluchzen anfinge, würde ich vermutlich darin einstimmen und nicht mehr aufhören können.

Wie immer bewerkstelligte ich nur die praktischen Aspekte. »Nicht weinen! Du ruinierst dir die Wimperntusche!« Und so zog eine weitere Gelegenheit an mir vorbei, meiner Tochter zu sagen, wie viel sie mir bedeutete. Gott sei Dank hatte ich Danny. Mit fünfundfünfzig war er unverändert attraktiv. Ein bisschen grau, oben ein bisschen licht, aber immer noch dieselbe Energie, dasselbe Funkeln, das stille Selbstvertrauen, das nie anmaßend oder arrogant wirkte.

Doch als ich ihn mit Louise zum Altar schreiten sah und mich an diesem so besonderen Tag ausschließlich auf meine Tochter hätte konzentrieren sollen ... konnte ich nicht aufhören, an dich zu denken. Wie würdest du in einem Anzug aussehen? Bestimmt schneidig. Würdest du mein glänzendes, glattes Haar oder den widerspenstigen Schopf deines Vaters haben? Ich hoffte, Jeanie würde vor all den Jahren recht damit gehabt haben, dass du meine Augen hättest. So würdest du Grace ähnlich sehen.

Sie stand im Augenblick neben mir, trug ein knallrosa Batikkleid, als würde sie das Glastonbury-Festival besuchen statt einer Hochzeit, und konnte sich nicht dazu aufraffen, den Gang ihrer Schwester zum Altar zu beobachten. Ich war froh, mich links neben ihr zu befinden, damit ich die seitlich in ihr Haar rasierten Symbole für Yin und Yang nicht sehen musste. Gern wäre ich eine Mutter gewesen, die mit ihr shoppen ging und kichernd empörende, gerüschte, gewagte Sachen anprobiert hätte. Eine Mutter, die den Blick über eine Kleiderstange wandern, gezielt das perfekte Stück heraussuchen und sagen könnte: ›Hier, schlüpf mal da rein. Das wird super zu deinem Teint passen.‹ Eine Mitwisserin, die durch den Vorhang einer Umkleidekabine linsen könnte, ohne dass ihr der nackte Zustand ihrer Tochter unangenehm wäre. Aber als ich vorzuschlagen gewagt hatte, in der Stadt ein Outfit für die Hochzeit zu suchen, hatte sie schulterzuckend gemeint: »Ich gebe doch kein Geld für was aus, das ich danach nie wieder anziehe.«

Mir hatte der Mut gefehlt, ihr zu sagen, dass ich sie verwöhnen, ihr etwas Neues kaufen wollte. Sie hätte es als Kritik aufgefasst, hätte angenommen, dass mir nicht gefiel, wie sie sich kleidete, und ich wollte, dass sie sich anpasste. Damit hätte ich mir nur ein ›Ich will nicht wie *du* sein!‹ eingehandelt. Und ich fand nicht die richtigen Worte, um ihr begreiflich zu machen, dass ich lediglich eine Erfahrung mit ihr teilen, die Missverständnisse mit einer Brücke in eine Welt überspannen wollte, in der wir zusammen Freude hätten, ohne auf das zu achten, was uns voneinander trennte.

Wann war ich zu einer Frau geworden, die nicht neben der eigenen Tochter stehen konnte, ohne den Druck zu verspüren, die Stille mit Worten zu füllen? Während Gracie über die Stränge schlug, trank und Hasch rauchte, war Danny zwar besorgt, fragte sich aber nicht ständig, was *er* falsch gemacht hatte. »Wir haben unser Bestes getan, Schatz. Manchmal ist es einfach so. Da wächst sie raus.«

Darauf wartete ich immer noch.

Ich bemühte mich, zu ignorieren, wie Grace neben mir gähnte und zappelte. Stattdessen zwang ich mich, dankbar dafür zu sein, dass sie pünktlich aufgekreuzt und die Versammelten bislang nicht mit einem ihrer schockierenden Schimpfwörter empört hatte. Ich konzentrierte mich auf Louise, die berührend verletzlich aussah, völlig anders als die nüchterne Englischlehrerin, die mir das Versäumnis vorgeworfen hatte, Grace im Zaum zu halten. »Als ich in der Pubertät war, wärst du ausgerastet, wenn ich mich getraut hätte zu fluchen, geschweige denn zu rauchen. Aber sie hat wie ’ne Kettenraucherin am Fenster gelümmelt und dir gesagt, du sollst dich verpissen, wenn ihr danach war, und du hast nichts dagegen unternommen. Kein Wunder, dass sie keinen Job länger als fünf Minuten behalten kann. Hat sie dir gesagt, dass sie das Hotel verlassen hat, weil man ihr nicht dafür freigeben wollte, auf einem Festival zu singen? Jetzt lebt sie in einer versifften Wohnung mit einem Haufen Schulabbrechern zusammen.«

An manchen Tagen trafen ihre bissigen Bemerkungen ins Schwarze, und ich schwieg dazu. An anderen war mir nicht danach zumute, mir ihren selbstgerechten Mist gefallen zu lassen. Dann begann ich ruhig – »Erziehung ist nicht ganz so einfach, wie sie zu sein scheint.« Und endete brüllend – »Hoffentlich werde ich alt genug, um mitzuerleben, wie du es als Mutter verkackst!«

Aber an diesem Tag wollte ich nur feiern, dass es Danny und mir gelungen war, wenigstens eine Tochter großzuziehen, die einen sicheren Job hatte und einen anständigen Mann heiratete. Obwohl ein treuloser Teil von mir dazu neigte, Grace’ Meinung über Craig zu teilen – »Wenn man ihn als Mittel gegen Schlaflosigkeit in Flaschen abfüllen könnte, wären sie Millionäre!« Aber weiß Gott, wahrscheinlich fragte sich jeder, warum sich ein so charmanter Mann wie Danny für eine so ungesellige Frau wie mich entschieden hatte.

Danny verzog vor Rührung den Mund, als er Louise neben Craig zurückließ. Grace – und wahrscheinlich auch Louise – würden sich wohl schnippisch über die Vorstellung äußern, dass eine Tochter »weggegeben« wurde. Aber es bestand kein Zweifel daran, dass sich dieses Ritual, sie zum Altar zu führen und dabei zuzusehen, wie sie sich an einen anderen Mann band, selbst wenn sie schon seit Jahren mit ihm zusammenlebte, wie ein Meilenstein für die Familie anfühlte.

Danny trat zu mir zur Kirchbank und drückte meine Hand so fest, dass ich beinah zu spüren vermeinte, wie sich sein Herz zusammenzog. Ich tätschelte ihm den Arm und flüsterte: »Gut gemacht.« Er stand mit geradem Rücken da und blinzelte nicht, als wollte er nicht zulassen, dass sich Tränen in seinen Augen bildeten. Ich fragte mich, ob er eine Abfolge von Bildern vor sich sehen würde, wenn Louise ihr Gelübde ablegte. Louise, wie sie gewissenhaft Briefmarken, die sie mit Dampf von Postkarten gelöst hatte, in ihr Album einklebte. Mit konzentriert herauslugender Zunge beim Ausmalen ihrer geografischen Karten. Und singend, immer singend. Vor dem Spiegel. Zu *Top of the Pops*. Unter der Dusche. Mit mir auf der Bühne beim Silbernen Thronjubiläum. Insgeheim war ich froh, dass sie nicht Sängerin geworden war und all die Höhen und Tiefen von Grace durchmachen musste. Zudem besaß Louise nicht den unbekümmerten Charme ihrer Schwester. Ihr lagen Sicherheit, Verlässlichkeit, Regeln, an die man sich halten konnte. Davon hatte die Musikbranche nicht viel zu bieten.

Wirklich nicht.

Und dann war es vorbei. Louise und Craig küssten sich keusch. Für meinen Kuss mit Danny bei unserer Hochzeit hatte ich mir danach eine Rüge meiner Mutter dafür eingehandelt, dass ich für Aufsehen gesorgt hatte. Hätte ich gewusst, wie zugeknöpft ich einst werden würde, hätte ich daraus ein Spektakel wie eine Bühnenshow im West End mit einem sechzigköpfigen Orchester gemacht.

Grace wandte sich an mich. »Sie sieht echt glücklich aus, oder?«

Es gelang mir nicht recht, das in ihrer Stimme mitschwingende Gefühl einzuordnen. Überraschung? Neid? Ich verspürte einen Anflug von Kummer. Trotz meiner Hunderten Fehler hatte ich immer Danny gehabt, der die Lücken der Ängste und Sorgen mit Liebe und Wärme gefüllt hatte. Hoffentlich würde irgendjemand dasselbe für Grace tun. Obwohl es eine beträchtliche Herausforderung sein würde, über ihre stachelige Schale hinwegzusehen – »Ich brauche keinen Mann. Zu mühsam, zu viel Arbeit.« Ich hatte keine Ahnung, ob sie je verliebt gewesen war, je eine richtige Beziehung gehabt hatte. Abgesehen davon, dass wir in ihren späten Teenagerjahren einige Male in den frühen Morgenstunden nach ihr gesucht und Hände und Kleidung an Stellen gefunden hatten, wo sie nicht sein sollten, wusste ich nichts über ihre festen Freunde. Oder ob sie überhaupt welche gehabt hatte.

Als wir Craig und Louise nach draußen folgten, bemühten wir uns, das verdatterte Geflüster von Louises Lehrerfreunden zu ignorieren – »Ist das ihre *Schwester?*« Mir widerstrebte zutiefst, dass sie Grace nach ihrem Aussehen beurteilten und sie nicht als die temperamentvolle, witzige junge Frau sahen, die sie war. Eine Falle, in die ich schon unzählige Male getappt war. Danny ging mit uns beiden an den Armen und strahlte vor sich hin, als hätte er das Glück, sich in Gesellschaft der umwerfendsten Frauen der Welt zu befinden.

Wir gingen die Straße hinauf zum Empfang. Im Vorfeld der Hochzeit hatte sich Grace erst so schwierig gebärdet – »Sie braucht sich nicht einzubilden, ich würde die Brautjungfer im lila Satinkleid geben.« – und war dann irrational empört gewesen, als Louise beschlossen hatte, auf Brautjungfern gänzlich zu verzichten – »Wozu überhaupt eine kirchliche Trauung, wenn man nicht das volle Programm durchzieht?« An diesem Tag jedoch wirkte sie weniger eigensinnig, geradezu schaumgebremst.

Als sie erfahren hatte, dass Louise das Hochzeitsfrühstück in einem Gastropub wollte, hatte sie gemeint: »Gott, dort werden sie uns sicher mikroskopische Portionen aus Kichererbsen in irgendeiner widerlichen Soße vorsetzen.« Als wir nun den Raum betraten und die mit Marmeladengläsern voller weißer Miniaturrosen dekorierten Tische erblickten, schwärmte sie darüber, wie hübsch alles aussah. Sie verlor kein Wort darüber, dass sie am Ehrentisch neben Craigs Bruder Michael platziert wurde, obwohl er weiße Krusten aus getrocknetem Speichel an den Mundwinkeln hatte und aussah, als hätte er sich für seinen »Hochzeitshaarschnitt« eine Schüssel auf den Kopf gestülpt. Sie unterhielt sich sogar höflich mit Craigs Eltern, die anmerkten, wie schwierig es gewesen war, den Termin vor ihrer anstehenden Kreuzfahrt auf die Bahamas unterzubringen. Angesichts der selbstsüchtigen Note ihrer Äußerungen hätte sogar ich sie am liebsten mit der Gabel gepikt. Deshalb bewunderte ich geradezu, wie aufrichtig Grace klang, als sie erwiderte: »Beeindruckend, dass Sie es trotzdem geschafft haben.«

Erleichtert stellte ich fest, dass sie sich neben Prosecco auch ein Glas Sprudelwasser nahm, als die Kellner mit den Getränken kamen. Ich hatte sie schon öfter betrunken gesehen, als ich mir ins Gedächtnis rufen wollte. Deshalb hatte ich Danny gebeten, ihr ins Gewissen zu reden und sie daran zu erinnern, Louise nicht zu enttäuschen. Er hatte sich mit der Begründung geweigert: »Wenn wir sie zu sehr bedrängen, kommt sie erst gar nicht. Ich behalte sie im Auge. Falls sie es übertreibt, rufe ich ihr ein Taxi.«

Ich versuchte, den Tag entspannt zu genießen, mir nicht länger den Kopf darüber zu zerbrechen, was alles schiefgehen könnte, und mir nicht mehr einzureden, allein ich wäre dafür verantwortlich, dass alles reibungslos funktionierte. Mein Blick fiel auf Craigs Mutter Audrey mit ihrem makellosen Anzug und den manikürten Nägeln. Ich konnte mir nur zu gut vorstellen, wie sie höflich, aber bestimmt einen Kellner zu sich winken würde, um sich über ein nicht richtig durchgebratenes Steak zu beschweren. Eindeutig keine Frau, die Michael ansah und sich alle möglichen demütigenden Szenarien ausmalte, die sie als gescheiterte Mutter brandmarken würden.

Während die Gäste ihre Plätze suchten, gestattete ich mir, einen flüchtigen Moment lang an dich zu denken. Würdest du verheiratet sein? Mittlerweile warst du neunundzwanzig. Hoffentlich hatten deine Eltern dir so viel Liebe geschenkt, dass du ausgeglichen und selbstsicher geworden warst, trotz des Wissens, dass ich dich weggegeben hatte. Vielleicht würdest du unbedingt eine eigene Familie gewollt haben, keine geliehene oder für dich ausgewählte. Ich stellte dich mir mit einer zierlichen Blondine vor, die deinen Beschützerinstinkt ansprach. Du würdest nie eine Frau tyrannisieren oder zu irgendetwas zwingen, sagte ich mir. Dein Vater war das Produkt einer Generation von Männern gewesen, die glaubten, es wäre ihr Recht, sich von Frauen zu nehmen, was immer sie wollten. Ich musste daran glauben, dass du anders sein würdest. Mehr wie Danny.

Craigs Trauzeuge klimperte mit einem Löffel an einem Glas und holte mich damit zurück aus dem vertrauten Schmerz, mir auszumalen, was ohne mich aus dir geworden war.

Trotz mir.

Alle nahmen Platz. Danny ebnete mir wie immer den Weg und bezauberte Craigs Eltern mit seiner umgänglichen Art. Ich wusste, wie er dachte. Was uns an Geld fehlte, wogen wir – oder vielmehr er – durch gute Manieren auf. Wir hatten sie erst wenige Male getroffen, weil sie – laut Louise – um die Welt jetteten, seit Ron im Ruhestand war, was zu zähen Verhandlungen über das Datum für die Hochzeit geführt hatte.

Danny hielt das Gespräch am Laufen und warf mir

Krumen hin, um mich einzubeziehen und dafür zu sorgen, dass auch ich sie bezauberte, ob ich wollte oder nicht. Dazu vermittelte er mir nach Art langjährig Verheirateter allein mit den Augen: ›Komm schon, hilf mir hier.‹ Mir war nicht entgangen, wie Craigs Mutter die korallenroten Lippen geschürzt hatte, als Grace ihr vorgestellt worden war. Deshalb war ich alles andere als sicher, ob Craigs Familie es je als Glücksfall betrachten würde, dass ihr Sohn sich in unsere Tochter verliebt hatte. Aber ich bewunderte Danny dafür, welche Mühe er sich gab. Insgeheim wünschte ich, Jeanie wäre da. Sie hätte mich rotzfrech dazu angespornt, Audrey auf die Schulter zu tippen und zu sagen: ›Nur, damit du's weißt, mir ist deine Meinung über uns schnurzegal. Meinetwegen kannst du sie dir in den knochigen Hintern schieben.‹

Danny verhielt sich wesentlich zivilisierter. Er fand Themen, die zu mir passten, öffnete in der Unterhaltung Türen für mich und schob mich sanft hindurch – »Wie du hat Susie ihr gesamtes Leben in Portsmouth verbracht – in dritter Generation.« Oder: »Susie kocht für ihr Leben gern. Ihr Hühnercurry ist göttlich.« Dannys Erwähnung, dass ich früher im Portsmouth Palais auf der Bühne gesungen hatte, bremste Craigs Vater Ron beim Schwadronieren darüber, wie heiß es um diese Jahreszeit auf den Bahamas wäre.

»Ich habe Audrey im Portsmouth Palais kennengelernt! Die Tanzkapellen dort haben uns begeistert. The Rocksters, The Banjos und The Shakers. Wir sind früher jeden Samstag hingegangen.«

Ich lächelte vage und tat so, als sähe ich mich nach einem Kellner um.

Danny runzelte die Stirn. »Susie hat manchmal mit den Shakers gesungen.«

Ich trank einen Schluck Wasser, um mir Zeit zum Überlegen einer Erwiderung zu verschaffen. »Nicht besonders oft.« Ich versuchte ein Lachen. »Hat sich nicht wirklich geschickt, jede Woche auf der Bühne zu singen, während sich der Ehemann am anderen Ende der Welt aufgehalten hat. Andere Zeiten.«

Danny lächelte. »Susie stellt ihr Licht gern unter den Scheffel. Sie glaubt, die Leute finden es langweilig, wenn sie von ihrer Zeit als Sängerin erzählt. Es gelingt mir selbst kaum, etwas darüber aus ihr herauszubekommen. Gut, dass ich damals nicht viel darüber gewusst habe, sonst hätte ich vor Eifersucht wohl den Verstand verloren. Aber sie hat eine großartige Stimme.«

Ron schien gern in Erinnerungen zu schwelgen. Überraschenderweise entpuppten sich die Schwiegereltern seines Sohns, die er wahrscheinlich als ›nicht wirklich unser Menschenschlag, kaum Gemeinsamkeiten, obwohl recht nett‹ abgetan hatte, als eine Spur interessanter als erwartet. »Die Band habe ich immer toll gefunden. Audrey war eine hervorragende Tänzerin. Nicht wahr, Aud? Mir war klar, dass ich dabei mitziehen musste, wenn ich sie behalten wollte. Oft haben wir die Nacht durchgetanzt, bis ich völlig erledigt war. Danach hatte ich kaum noch die Kraft, sie nach Hause zu begleiten.«

Er sah mich über den Tisch hinweg an. »Hast du die Duette mit diesem Rob gesungen, dem Kerl mit den knalligen Anzügen?«

Ich spürte, wie sich mächtige Röte meinen Hals hinauf ausbreitete. »Sehr selten. Ich bin nur eingesprungen, wenn jemand Halsschmerzen hatte. Oder zu viel getrunken. Jetzt ist Grace die Sängerin der Familie – sie hatte schon ein paar tolle Auftritte.«

Ron schien Grace allerdings als Louises schräge Schwester abgeschrieben zu haben, talentlos und keiner Aufmerksamkeit wert. Er glich einem Hund, der einen lange vergrabenen Knochen entdeckt hatte und um keinen Preis loslassen wollte. »Hattest du früher eine Frisur wie Cilla Black?« Er deutete mit der Hand an, wie kurz mein Haar gewesen war. »Wir haben alle gefunden, du wärst besser als sie.« Er fing an, »The Last Waltz« zu summen, damals unsere übliche Schlussnummer.

Und obwohl ich mich nicht daran erinnern wollte, ertappte ich mich dabei, für ein, zwei Takte einzustimmen. Die Noten fühlten sich so vertraut in meiner Kehle an, und der einfache Text über Liebe versetzte mich um dreißig Jahre zurück. Bei den Auftritten hatte ich mich so lebendig gefühlt, so frei, wenn ich mich zum Surfen in Kalifornien, zu einem Samstagabend im Kino, zum Sitzen am Dock in der Bucht gesungen hatte. Dazu, jemand anders als ich zu sein. Abrupt verstummte ich, als mir bewusst wurde, dass sich einige Köpfe gedreht hatten und danach Ausschau hielten, woher die Geräusche kamen. Es war Louises und Craigs Tag.

Und es war noch nie etwas Gutes dabei herausgekommen, über die Vergangenheit zu reden.

»Was ist aus den Shakers geworden? Haben die nicht kurz vor einem Plattenvertrag gestanden?«

Ich starrte auf meinen Teller mit von Hand getauchten Jakobsmuscheln, als wäre im Erbsenpüree eine Antwort zu finden.

Danny stupste mich an. »Susie. The Shakers. Weißt du, was aus ihrem Plattenvertrag geworden ist?«

Ich schluckte schwer. Meine Kehle fühlte sich an, als hätte sich eine Walnuss in der Luftröhre verkeilt. »Keinen Schimmer.« Ich wusste, dass ich unhöflich klang und Danny enttäuscht sein würde, weil ich – wieder mal – einer Situation nicht gewachsen war.

Zum Glück entschied Grace in dem Moment, dass sie Hilfe bei Michael brauchte. »Mum, Michael hat mir gerade erzählt, dass er nächstes Jahr für ein West-End-Musical vorsingen will. Mit welchem Song hätte er dabei wohl die besten Chancen.«

Dass sie mich »Mum« statt »Susie« nannte, zeugte vom Ausmaß ihrer Verzweiflung.

Er wandte sich an mich, erklärte mir seine Erfolgsstrategie.

»Drei Faktoren müssen stimmen: Talent, Bühnenpräsenz und Charisma.«

Hinter ihm deutete Grace kaum merklich an, wie er auf der Bühne aussehen könnte, die Vorderzähne auf die Unterlippe geklemmt, die Augen vor feierlicher Aufrichtigkeit halb geschlossen. Ich musste ein Lächeln unterdrücken und spürte, wie sich meine Beklommenheit darüber legte, dass Ron in meinen vergangenen Tagen als Sängerin herumgestochert hatte. Unwillkürlich fragte ich mich, wie Michaels Eltern ihm so viel Selbstvertrauen eingeflößt hatten. Das Einzige, was ich mir bei einem Vorsingen von ihm vorstellen konnte, war ein einstimmiges ›Der Nächste!‹ von der Jury, bevor er auch nur einen Ton gesungen hatte. Zum Glück blieb uns eine Debatte darüber erspart, ob ein Lied aus *Les Misérables* oder *Evita* erfolgversprechender wäre, weil der Trauzeuge um Ruhe bat.

Craig hielt eine mit intellektuellen Halbscherzen gespickte Rede darüber, dass er gewusst hatte, Louise wäre die Richtige für ihn, als er sie bei einem missbilligenden Selbstgespräch wegen eines Artikels über Bildung im *Guardian* beobachtet hatte. Dazwischen sah sich Craig um, als wollte er sich vergewissern, dass sein Publikum seinem Esprit gewachsen war. »Als ich ihre Leidenschaft für Bildung gesehen habe, dachte ich mir sofort, die würde sie auch für andere Bereiche unseres Lebens zeigen. Und ich habe mich nicht geirrt.« Er zwinkerte vielsagend für den Fall, dass wir zu begriffsstutzig wären, um zu verstehen, worauf er anspielte.

Man sah den Gesichtern der Anwesenden kollektive Verblüffung darüber an, dass ein Mann, der sonst mit »Aufhören, aufhören!«, reagierte, wenn jemand auch nur einen unverhofft entwichenen Furz erwähnte, ausgerechnet in seiner Hochzeitsrede auf ihr wunderbares Liebesleben anspielte.

Von hinten rief einer der Lehrerfreunde, der offensichtlich bereits zu viel von dem Biowein aus einer bestimmten Gebirgsregion im Elsass hatte: »Sollen wir lieber alle gehen, damit ihr ungestört seid?«

Louise schaute so entsetzt drein, als wären getrennte Schlafzimmer wahrscheinlicher als eine Nacht voller ehelicher Leidenschaft. Ich wagte nicht, zu Grace zu spähen, die sich erst seit der Verlobung abgewöhnt hatte, ihn »Korinthenkacker-Craig« zu nennen. Wie ich ihr gegenüber gern predigte, spielte es keine Rolle, was wir von ihm hielten, solange er Louise glücklich machte. Anscheinend tauchte er regelmäßig zu den vorgesehenen Terminen in Louises starren Zeitplänen auf, legte den Tesafilm zurück an seinen Platz, sobald er damit fertig war, und wusste nicht nur, wozu eine Waschmaschine diente, sondern konnte auch damit umgehen – was Danny darüber murren ließ, dass man so ›Frauen die Arbeit wegnahm‹.

Ich fragte mich, ob deine Mutter deine Ehefrau mochte, falls du verheiratet warst. Oder ob sich deine Hochzeit für sie angefühlt hatte, als hätte sie einen Sohn verloren, statt eine Tochter dazugewonnen. Allerdings blieb mir keine Zeit, um über imaginäre Familiendynamiken zu grübeln, denn als Nächster stand Danny auf, um ein paar Worte zu sagen, und faltete einen Zettel auseinander, den er mich nie hatte lesen lassen. Ich wusste, dass er sich neben Ron gehemmt wegen seines südwestenglischen Akzents fühlte, und wegen der auf die Innenseite seines Handgelenks tätowierten Rose mit »Susie« auf dem Stiel, ein Geschenk zum siebenundzwanzigsten Geburtstag von seinen Kameraden bei der Marine bei einem betrunkenen Landgang in Singapur. Seine Brust schwoll vor Stolz an, als er Louise, ihren Fleiß, ihre Entschlossenheit und ihren Sinn für Recht und Unrecht würdigte. »Ich hoffe, sie bringt all diese Eigenschaften in ihre Ehe ein.«

Nachdem wir auf Louise angestoßen hatten, hob er die Hand, um Ruhe einkehren zu lassen. »Noch eine Ergänzung, bevor ich euch von mir erlöse und mich wieder setze. Louise hat einen erfolgreichen Weg im Leben beschritten, entschlossen die

Universität absolviert, sich Bildung angeeignet und zeichnet sich in ihrem Beruf aus, aber ich muss erwähnen, welche Rolle meine bezaubernde Frau Susie dabei gespielt hat.« Dann wurden seine Worte vor Rührung belegt. »Möge Louise und Craig so viel Liebe und Glück, Respekt und Ehrlichkeit vergönnt sein wie uns seit über dreißig Jahren.«

Mit seinen Worten höhlte der Schaber meiner Verlogenheit eine weitere Schicht unserer Beziehung aus. Manchmal fühlte sich mein Verrat an ihm so unhaltbar, so sperrig an, dass ich beinah die Wahrheit in die Welt schreien und mich den Konsequenzen stellen wollte. Wenn jemand Verständnis für schlechtes Urteilsvermögen hätte, dann Danny mit seinem gütigen Herzen und seinem Motto: ›Es ist leicht, jemanden zu treten, der schon am Boden liegt – viel besser ist es, ihm die Hand zu reichen und aufzuhelfen.‹ Aber er liebte mich, uns alle, so sehr, dass ich es ihm nur damit vergelten konnte, das Geheimnis für mich zu behalten.

Und als ich mir die richtige Miene der vergötterten Ehefrau zurechtlegte, der Empfängerin von Komplimenten, der Mutter einer bezaubernden Braut, schob Grace den Stuhl zurück, klatschte sich die Hand auf den Mund – und übergab sich auf Michael.

ACHTUNDZWANZIG

JULI 1997

Grace stieß eine Entschuldigung hervor und rannte hinaus. Danny war als Erster auf den Beinen, packte Michael am Arm, hielt eine Serviette unter die hochgekommenen Jakobsmuscheln und scheuchte ihn aus dem Saal. Ich stand auf und wagte einen Blick um den Ehrentisch, um zu sehen, ob es auch nur winzige Anzeichen von Verständnis oder Vergebung gab. Louise, Craig und seine überheblichen Eltern schauten ungefähr so drein wie Trainer einer Olympiamannschaft, deren Schützling nach zehn Jahren harter Arbeit im Kampf um Gold eine Rolle vorwärts verpatzt hatte. Michaels Mutter fischte ein Spitzentaschentuch aus der Handtasche. Um ein Haar hätte ich darüber aufgelacht, wie absurd die Geste wirkte. Sogar Audrey selbst schien zu raffen, dass die Verwendung ihres kleinen Nichts mit Monogramm dem Versuch gleichkäme, einen Großbrand zu löschen, indem man darauf spuckte. Schließlich konnte ich die vorwurfsvoll geschürzten Lippen nicht länger ertragen und murmelte: »Ich gehe mal nach ihnen sehen.«

Als ich davonrannte, wurde das betretene Schweigen vom üblichen emsigen Geplapper abgelöst, das auf ein Spektakel folgte, wenn sich die Leute bemühten, besorgt zu wirken, während sie am liebsten lauthals über die Absurdität des Vorfalls gelacht hätten.

Verflixte Grace. Ausgerechnet bei Louises Hochzeit musste sie sich hemmungslos betrinken. Obwohl ich eigentlich den Eindruck hatte, sie hätte sich sehr zurückgehalten. Komisch würde Louise die Sache wohl frühestens bei ihrer Silberhochzeit finden.

Ich hörte, wie Danny auf der Herrentoilette Michael aus dem Anzug half. »Halt den Arm waagerecht, damit nicht alles auf den Boden spritzt. Ich hab draußen im Kofferraum ein T-Shirt. Zwar nicht unbedingt hochzeitstauglich, aber immer noch besser als Schokotrüffel überall an dir.« Mochte Gott diesen Mann segnen. Michaels Stimme klang nicht so, als würde er eine tapfere Miene aufsetzen, um den Tag nicht zu ruinieren. Mum hätte ihn als Weichei bezeichnet. Der Gestank von Erbrochenem würde sein papierdünnes Charisma nicht unbedingt verbessern.

Grace fand ich auf der Damentoilette mit dem Kopf über dem Waschbecken. »Tut mir leid, dass ich Louise den Tag verdorben habe.«

Wie immer konnte ich mich nicht dazu durchringen, die Katastrophe schönzureden, wie Danny es getan hätte – »Schon gut, davon geht die Welt nicht unter.« Stattdessen sagte ich: »Hast du nicht gemerkt, dass du zu viel getrunken hast?«

»Ich bin nicht betrunken! Sogar den Prosecco hab ich kaum angerührt.« Grace warf einen Blick in den Spiegel. »Wo ist Dad?«

»Nebenan. Er macht Michael sauber. Warum?«

Und wie immer fühlte ich mich außen vor, weil niemand mir genug vertraute, um in mir die erste Anlaufstelle zu sehen.

Grace bemühte sich, mir in die Augen zu blicken. Als es ihr nicht gelang, starrte sie stattdessen auf einen Punkt an der Klotür. Mit vorgerecktem Kinn versuchte sie, sich trotzig zu geben, doch in der Sprechblase eines Comics wären ihre Worte zittrig dargestellt worden. »Mir war ein bisschen flau, aber nicht allzu schlimm. Nur dann hat sich ein Stück Haut vom Kaffee auf meiner Lippe verfangen, und das war einfach zu viel.«

Ich konnte beinah sehen, wie Grace bis drei zählte. Sie richtete den Blick an die Decke, biss sich auf die Unterlippe und stieß dann hervor: »Ich bin schwanger.« Der Satz holperte klobig aus ihr, völlig falsch, nicht freudig und voller Möglichkeiten, wie die Worte klingen sollten.

Aus mir platzte das Erste heraus, was mir in den Sinn kam. »Ich wusste nicht mal, dass du einen festen Freund hast.«

Da sah sie mich an, als hätte ich gefragt, wer ihr »den Hof machte«.

»Hast du mich nie über Ollie reden gehört? Ich glaube, du hörst mir überhaupt nie zu. Wir sind schon fast ein Jahr zusammen.«

Ich zermarterte mir das Hirn. »Kann's sein, dass du es eher Dad erzählt hast? Und wie denkt dieser Ollie darüber?«

Ihre Züge fielen in sich zusammen. »Es ist so ein Klischee, oder? ›Kinder sind nicht mein Ding.‹« Sie wischte sich über die Augen. »Er will nichts davon wissen.«

Die Tür der Herrentoilette schwang geräuschvoll auf, und ich hörte, wie Danny zu Michael rief, dass er nur eben zum Auto lief. Instinktiv wollte ich hinausstürmen, ihn hereinzerren und sagen: ›Vergiss den Waschlappen da drüben, komm lieber hier rein und hör dir an, was Grace zu verkünden hat.‹

Doch bevor ich überhaupt einen Gedanken fassen konnte, fügte Grace hinzu: »Ich werde wohl abtreiben müssen.«

Wenigstens dann reagierte ich richtig. Ein verlorenes Baby in der Familie reichte. Ich umarmte sie. Und sie ließ es zu. Ihre heißen Tränen durchnässten meine Schulter. Ich konnte mich nicht erinnern, wann ich zuletzt mehr Körperkontakt als einen Schmatz auf die Wange mit ihr gehabt hatte. Die von ihr ausgehende Wärme erinnerte mich daran, wie sie als Kleinkind auf mich geklettert war – ›Kuscheln, Mummy!‹ –, mir das Strickzeug vom Knie gefegt, Zuneigung gefordert und mein Kinn mit dem kleinen Zeigefinger und dem Däumchen ergriffen, meinen Kopf zu ihr gedreht hatte. Sie hatte immer hundertprozentige Aufmerksamkeit verlangt. Und als sie gemerkt hatte, dass ich ihr davon nicht genug geben konnte, weil ein Brocken meines Herzens woanders weilte, hatte sie sich von mir zurückgezogen, sich gegen meine wankelmütige Erziehung abgeschottet. Obwohl ich *gewusst* hatte, dass meine Worte zwangsläufig Verwirrung stiften mussten, war ich machtlos dagegen gewesen. In der einen Minute hatte ich liebevoll ihr Haar gestreichelt und verkündet: ›Ich bin so stolz auf dich. Du wirst es im Leben weit bringen, kleiner Schlaukopf.‹ In der nächsten hatte ich sie angeherrscht: ›Was soll das heißen, du hast vergessen, dich bei Ellens Mutter zu bedanken? Jetzt wird sie allen ihren Freundinnen erzählen, wie unhöflich meine Tochter ist!‹

An diesem Tag sagte ich schlicht: »Du musst nichts tun, was du nicht willst, Gracie. Ein Baby loszuwerden, ist eine so große Entscheidung. Lass uns mit Dad darüber reden.«

In Grace' Zügen überschlugen sich die Emotionen – Misstrauen, Ungläubigkeit und schließlich Erleichterung. Ein Funken Hoffnung ließ sie vom Boden aufschauen und die Anspannung aus ihren Schultern abfließen.

Aber ob es daran lag, dass sie dachte, ich würde ihr helfen, eine Abtreibung zu arrangieren, oder sie ermutigen, das Kind zu bekommen, wusste ich nicht.

TEIL 2

GRACE

NEUNUNDZWANZIG

JANUAR 1998

Von den sechs Frauen im Zimmer hatte ich als Einzige ohne Partner entbunden. Mum hatte zwar gemeint, sie würde gern dabei sein, allerdings im Ton von jemandem, der behauptet, er hätte kein Problem damit, den Bus zu nehmen, obwohl er in Wirklichkeit viel lieber abgeholt werden wollte. Außerdem ließ sie immer wieder durchklingen, dass Ollie davon erfahren sollte, und das würde auf keinen Fall passieren. Überhaupt war meine Mutter so seltsam mit der gesamten Schwangerschaft umgegangen. Ich hatte ständig darauf gewartet, dass sie darüber toben würde, was für eine Idiotin ich gewesen war, und zu erfahren verlangte, wie genau man es heutzutage schaffte, ungewollt schwanger zu werden. Doch abgesehen von Tiraden über Männer, die ihre Verantwortung nicht wahrnahmen, zwar gern den »Verkehr« genossen, aber den »Folgen« nicht gewachsen waren, hatte sie sich verblüffend unkritisch gezeigt. Das war das Problem mit Mum – ihre verdammte Unberechenbarkeit. Sie hatte einen schlimmeren Anfall darüber bekommen, dass ich mir im Garten hinter dem Haus ein paar Zigaretten gedreht hatte, als über den Braten in meiner Röhre. Bestimmt blühte mir noch ein Vortrag von ihr über Verlässlichkeit, so nach dem

Motto: ›Ein Baby ist nicht nur für Weihnachten.‹ Aber der Fairness halber musste ich einräumen, dass sie mir nie geraten hatte, abzutreiben. Obwohl festgestanden hatte, dass ich nicht mit dem Erzeuger vor den Altar treten würde.

Als ich mich überfordert mit der Frage gefühlt hatte, wie sich die Arbeit als Sängerin mit dem Großziehen eines Kinds vereinbaren ließe, und ich zu ihr gemeint hatte, ich könnte die Schwangerschaft nicht durchziehen, war sie völlig aus dem Häuschen geraten. »Lass dein Baby nicht wegmachen. Es wird eine Lösung geben. Das Kind wird das Beste aus dir hervorholen, Gracie. Du wirst eine tolle Mum sein. Dad und ich helfen dir.« Dann hatte sie mich gestupst und hinzugefügt: »Außerdem kannst du mich nicht einfach darum bringen, Großmutter zu werden. Grandma Susie. Klingt gut, finde ich.«

So viel Vertrauen in mich hatte sie nie zuvor gezeigt. Wie sie darauf kam, dass ich eine »tolle Mum« werden würde, konnte ich mir nicht recht erklären. Noch vor nicht allzu langer Zeit hatte sie zu mir gemeint, ich müsste erwachsen werden, mir einen richtigen Job suchen und anfangen, für eine eigene Wohnung zu sparen – »Sonst stehst du mit fünfunddreißig immer noch mit leeren Händen da.« Aber irgendetwas an ihren Worten musste meinen Glauben an mich selbst angestoßen haben, denn ich hörte auf zu hadern. Stattdessen begann ich zu planen – ein Wort, das davor in meinem Vokabular nicht vorgekommen war.

Und nachdem sich Dad damit abgefunden hatte, dass meine Schwangerschaft nicht auf eine unbefleckte Empfängnis zurückging, begann er, sich ziemlich zu freuen. Nach meiner Ultraschalluntersuchung in der zwanzigsten Woche kaufte er eine Modellauto-Rennbahn von Scalextric und baute sie in meinem alten Zimmer auf. Und Mum, sonst Expertin darin, ihm die Freude an wirklich allem zu verderben – »So viel Zeit hast du in die dämlichen Tomatenpflanzen gebuttert, und am Ende stehen wir mit vier mickrigen Stücken da.« –, zuckte darüber mit keiner Wimper, sondern lachte nur. »Bis das Kind alt genug dafür ist, mit den Autos zu spielen, werden sie längst verschlissen sein.«

Allerdings hätte ich mir denken können, dass Mum eine starre Meinung darüber haben würde, wie ich entbinden sollte. Als ich verkündete, dass ich eine Wassergeburt wollte, sagte sie: »Gracie, ich bin mir nicht sicher, ob das eine gute Idee ist.« Danach bekam ich von ihr zu hören, wie sie meine Schwester und mich praktisch ohne jegliche Schmerzmittel auf die Welt gebracht hatte. Sie war nie krank – oder blieb zumindest nie im Bett, selbst wenn sie halb tot aussah. Obwohl sich Dad gern als hart gesottener alter Seebär gab, hatte er mehr Tamtam um einen eingewachsenen Zehennagel veranstaltet als Mum jemals, wenn sie sich eine waschechte Grippe eingefangen hatte.

Als ich mein Baby bekam, wollte ich nicht an meine Mutter denken. Ich wollte mich nicht fragen, ob ich tapfer genug war. Oder ob ich mich zu laut gebärdete. Ich sah förmlich vor mir, wie sie meinen Arm tätscheln und sagen würde: ›Das reicht jetzt aber, Gracie. Wir wollen doch nicht, dass du all die Babys weckst, die gerade erst eingeschlafen sind.‹ Dann würde sie die Hebamme ansehen und bei ihr nach Bestätigung dafür suchen, dass sie rücksichtsvoll war und ihre Tochter auch dazu erzogen hatte.

Nein. Ich wollte mich auf mein Baby konzentrieren. Nicht darauf, ob ich bei der Geburt alles richtig machte. Also entschied ich mich, dabei allein zu sein, begleitet nur von Musik aus meinem CD-Player. Jude ließ sich sieben Stunden Zeit, bis er endlich zu »Bridge Over Troubled Water« von Simon & Garfunkel schlüpfte. Als die Hebamme ihn mir an die Brust legte, dachte ich an Mums Worte. »Ein Baby ist so kostbar. Keine andere Liebe lässt sich damit vergleichen.« Es kam selten vor, dass ich auch nur eines ihrer Worte als mehr als heiße Luft betrachtete, aber Gott, was hatte sie damit recht. Ich war zwanzig Jahre alt, und ich wusste, dass ich nie wieder aufwachen würde, ohne dass mein erster Gedanke Judes Sicherheit galt, und wenn ich hundert werden sollte.

Die Besuchszeit konnte gar nicht früh genug anbrechen. Ich konnte es kaum erwarten zu sehen, wie stolz Mum und Dad sein würden. Die nichtsnutzige Tochter, nach der sich alle erst bang erkundigten, nachdem sie gehört hatten, dass sich Louise mit ihren Klemmbrettern und Arbeitsblättern auf dem besten Weg zur nächsten Schulleiterin befand, hatte endlich etwas Gutes zustande gebracht. Ich war die, nach der alle nur stockend fragten, unsicher, ob sie es überhaupt sollten – ›Und wie geht es Grace?‹

Aber abgesehen davon, dass mir ein Ring am Finger fehlte, hatte ich etwas vorzuweisen, das Louise nicht hatte – jedenfalls noch nicht. Ich hatte die nächste Generation der Familie Duarte hervorgebracht – und da der Vater von der Bildfläche verschwunden war, würde Jude unseren ungewöhnlichen Nachnamen am Leben erhalten.

Ich konnte den Blick nicht von ihm lösen. Seine kleine Brust hob und senkte sich in dem rot-grün gestreiften Schlafanzug. Die Ärmchen hatte er von sich gestreckt, als wüsste er, dass er sich nicht schützen musste, weil ich jeden seiner Atemzüge beobachtete. Wenn früher eine Kollegin von der Arbeit ein Baby für uns zum Bewundern mitgebracht hatte, war mir unbegreiflich gewesen, warum sie nicht erkannte, dass die Leute nur aus Höflichkeit sagten: ›Ist er nicht wunderschön?‹. In der Regel lag allen mehr am Herzen, wer den Kaffee holen würde, als ob ein fünf Wochen alter Säugling vier Stunden durchschlief oder innerhalb weniger Minuten ein Viertelliter-Fläschchen leerte. Und zu meiner Schande hatte ich Frauen, die bei jeder Gelegenheit die Brust zum Stillen auspackten, immer als schräg abgestempelt. ›Die meisten Frauen machen einen Kopfstand, damit in einer Gemeinschaftsumkleide nur ja keiner einen Blick auf ihre Nippel erhascht. Aber sobald sie ein Baby haben, legen sie die ganze Pracht bereitwillig für alle frei.‹ Doch endlich verstand ich es. Ich hatte nur noch einen Menschen auf dem Schirm, blendete das restliche Panorama völlig aus. Und wenn er gestillt werden musste, konnte ich mir ohne Weiteres vorstellen, mir das Oberteil überall runterzureißen.

Als sich die Türen zur Besuchszeit öffneten, strömten Ehemänner mit Blumen und Pralinen herein. Und Dad. Mein Vater, der sich sonst nie vordrängte, rempelte sie vor Ungeduld, zu mir zu gelangen, praktisch aus dem Weg. Mum trabte hinterdrein und ließ alle anderen an sich vorbeihasten. Dad warf die Arme um mich. »Was hab ich dich lieb, lieb, lieb! Herzlichen Glückwunsch! Werfen wir mal einen Blick auf den kleinen Racker.«

Während sich Dad über Jude in dessen Bettchen beugte und begeisterte Laute von sich gab, blieb Mum zurück und schaute nicht mal zu ihm. »Hallo, Schatz«, brachte sie hervor. »Wie fühlst du dich? Hast du Schmerzen?«

Ich spürte, wie all das Adrenalin, all die Euphorie aus mir abflossen. »Alles gut. Müde, aber gut.«

Meine Mutter vermittelte den Eindruck, sie wäre lieber beim Bingo, als ihr erstes Enkelkind kennenzulernen. Dad hingegen hopste aufgeregt herum, drehte sich ihr zu und sagte: »Sieh nur, Susie! Er ist unserer Gracie als Baby wie aus dem Gesicht geschnitten. Sie hatte auch so einen perfekt gewölbten kleinen Mund. Weißt du noch?«

Mum blieb unverändert am Fußende meines Betts.

Jude schlug die Augen auf und begann zu weinen. Ich hob ihn hoch und achtete demonstrativ darauf, sein Köpfchen zu stützen, um mir ein hörbares Luftschnappen von Mum zu ersparen. Einen Moment lang drückte ich ihn an mich, wollte ihn beinah nicht hergeben, weil ich nicht bestätigt haben wollte, dass es in seinem Leben Menschen geben könnte, die von ihm nicht so berauscht waren wie ich.

Dad streckte die Hände nach ihm aus. Dann zog er sie zurück. »Willst du ihn zuerst halten, Susie?«

Mum schüttelte so vehement den Kopf, dass ich mich stellvertretend für Jude beleidigt fühlte. Am liebsten hätte ich ihn außer Reichweite geschwenkt.

Aber Dad lächelte mich an. »Deine Mutter hat mir im Auto erzählt, dass sie kein Baby mehr gehalten hat, seit du klein warst. Sie fürchtet, sie könnte es verlernt haben. Ich hab ihr gesagt, dass es wie Fahrradfahren ist. Als du ein Baby warst, hat sie dich ständig herumgetragen und in einer Tour geknuddelt.« Er streckte die Hände wieder aus. »Komm her, mein Kleiner.« Dad küsste Jude so sanft auf den Kopf, dass ich spürte, wie meine Augen feucht wurden.

Er hielt ihn in der Armbeuge, streichelte seine dunklen Strähnen und flüsterte ihm zu, was sie alles zusammen machen würden. »Bestimmt wirst du gern zum Fußball mitkommen. Hoffentlich schlägt sich Portsmouth ein bisschen besser, bis du alt genug dafür bist. Und ich hab einen coolen Ferrari für dich. Von Scalextric.« Ich hoffte, mein Sohn würde zu einem Mann wie Dad heranwachsen. Ich wollte kein Genie, das schon als Kleinkind Algebra beherrschte oder virtuos auf der Geige spielen konnte, bevor es überhaupt zur Schule ginge. Mein Sohn sollte freundlich, aber kein Streber werden, verlässlich, aber nicht pingelig. Und er sollte eine Freude im Herzen tragen, die zu teilen er sich nicht scheute. Ich lächelte, als ich Dad sagen hörte: »Es gibt viel mehr gute als schlechte Menschen auf der Welt. Und vor den üblen brauchst du dich nicht zu fürchten, weil wir dich beschützen.«

Mum warf nur verstohlene Blicke auf ihn. Was hatte sie für ein Problem, verdammt? Dabei hatte sie mir doch so nachdrücklich von einer Abtreibung abgeraten. Und als Dad die Möglichkeit einer Adoption auch nur erwähnt hatte, war sie regelrecht über ihn hergefallen.

»Adoption? Wer gibt heutzutage noch sein Baby weg? Das

ist barbarisch. Eher adoptiere ich es selbst, als so was in unserer Familie zuzulassen.«

Und nun stand sie da, als könnte sie Pestbeulen bekommen, wenn sie sich auch nur neben Jude stellte. Dad drehte sich ihr zu. »Er ist umwerfend. Hier, Susie, knuddle deinen Enkel mal.«

Demonstrativ setzte sie sich erst. »Ich will ihn nicht fallen lassen.« Darauf erwiderte Dad lachend, so alt und klapprig wäre sie doch noch nicht. Sie streckte die Arme nach Jude aus. Dann hielt sie ihn einige Augenblicke lang vor sich, als untersuchte sie ihn auf Anzeichen einer Seuche.

Dad glich den Bands, in denen ich oft gesungen hatte, betraut mit der undankbaren Aufgabe, das Publikum für den Hauptact in Stimmung zu bringen. Er gab laufend Kommentare ab. »Wie unsere Gracie, nur sind seine Augenbrauen dunkler. Er hat deine Gesichtsform, Susie. Ich frage mich, ob seine Augen blau bleiben werden.«

Einige Sekunden lang hielt ihn meine Mutter unbeholfen, den Kopf über ihn gebeugt. Mich wunderte es kein bisschen, als er zu weinen anfing. Prompt gab Mum ihn mir zurück.

»Ich glaube, er hat Hunger. Wir gehen besser und lassen dich in Ruhe. Du musst dich sowieso erholen. Bestimmt bist du völlig erschöpft.«

Bis Mum eingetroffen war, hatte ich mich euphorisch gefühlt. Nun spähte ich neidisch zu den anderen Frauen. Alle hatten jemanden bei sich, der ihre Freude teilte und jede Sommersprosse, jeden winzigen Fingernagel als Quell der Faszination empfand. Dad hatte sich wirklich gut angestellt. Aber der Gedanke, dass ich gleich vor ihm die Brust auspacken und Jude stillen könnte, ließ ihn den Autoschlüssel zücken und murmeln, sie sollten los, bevor der Verkehr schlimmer würde. Um fünfzehn Uhr dreißig.

Hoffentlich würde Jude nie denken, was mir in dem Moment durch den Kopf ging: Ich wünschte, ich hätte eine andere Mutter.

DREISSIG

JUNI 1998

Zu Louises Missfallen bestand Dad darauf, mir etwas zur Miete für eine eigene Einzimmerwohnung beizusteuern. Er zwinkerte mir zu. »Du kannst auch gern wieder nach Hause kommen, Schatz, aber ich dachte mir, du wärst vielleicht in einer eigenen Bleibe glücklicher.« So ungern ich sein Geld annahm, meine Möglichkeiten waren beschränkt. Mum schien von der Realität des Daseins als Großmutter nicht so begeistert zu sein, wie ich gehofft hatte. Das Haus, in das ich gezogen war, nachdem ich meinen letzten Job im Hotel aufgegeben hatte, eignete sich nicht wirklich zum Sterilisieren von Fläschchen. Dort musste man schon froh sein, wenn keine fremden Haare den Abfluss der Dusche verstopften.

Ich hatte belauscht, wie Louise unserer Mutter erzählt hatte, Craig und sie hätten eine Tabelle mit ihren Einkünften erstellt und berechnet, wie viel sie auf der Bank ansparen muss-ten, damit sie ein Jahr Mutterschaftsurlaub nehmen könnte. »Aber Grace ist so unverantwortlich. Du und Dad müsst sie finanzieren, dabei könntet ihr euch inzwischen auf den Ruhe-stand freuen. Sie kriegt ein Baby und muss dafür gar nichts opfern, während wir vernünftig sind und deshalb warten müssen.«

Überraschenderweise trat Mum vehement für mich ein. »Nur, damit du's weißt, was Dad und ich mit unserem Geld anstellen, entscheiden allein wir. Und wenn eine meiner Töchter ein bisschen Hilfe braucht, dann ist es eben so. Ich lasse meinen Enkel sicher nicht auf einem Boden rumkrabbeln, auf dem er auf weiß Gott was stoßen könnte. Wenn ihm etwas zustieße, könnte ich mir das nie verzeihen.«

Allerdings hatte Louise schon recht. Sosehr es mir widerstrebte, dass sie darauf hingewiesen hatte, ich war tatsächlich vollkommen kopflos gewesen und musste von Mum und Dad gerettet werden. Wenn ich Judes kleinen Körper an mich drückte, fiel es mir schwer zu glauben, dass ich je die Frau gewesen war, die in Diskotheken gefeiert und Tequila hinuntergestürzt hatte. Danach hatte ich – viel zu oft – Sex mit jemandem gehabt, der genauso orientierungslos und verloren gewesen war wie ich. An das Debakel mit Judes Vater wollte ich gar nicht denken. Diese Zeiten waren vorbei. Zum einen konnte ich mir nicht mal vorstellen, dass ich die Augen nach neun Uhr abends noch offen halten könnte. Zum anderen kam definitiv nicht mehr infrage, um zwei Uhr morgens zu Hause einzutrudeln, einen fettigen Teller aus dem kalten Spülwasser zu fischen, Toast zu essen und ihn mit billigem Wodka runterzuspülen. Ich würde allen beweisen, dass Louise nicht die Einzige war, deren Toilette man aufsuchen konnte, ohne vorher den Sitz desinfizieren zu müssen.

Natürlich mutierte Mums beherztes Eintreten für mich innerhalb weniger Wochen zu den »hilfreichen Vorschlägen«, ich sollte das Singen aufgeben und mir einen kinderfreundlicheren Job suchen. Aber die Realität sah so aus, dass ich mir tagsüber keine Kinderbetreuung leisten konnte. Und da ich keinen vernünftigen Schulabschluss hatte, konnte ich mit

Singen in vier Stunden mehr verdienen als mit irgendeiner Hilfsarbeit in acht.

Dad stärkte mir den Rücken. »Susie, es ist viel einfacher für Grace, wenn sie Jude hier schlafen lässt und ihn später abholt.« Bei Dad war immer alles so geradlinig. Ich musste mich nie fragen, welche Hintergedanken er haben könnte, weil es keine gab. Ihm ging es allein um die Sicherheit und das Glück seiner Familie. Mum war von Anfang an gegen meine Gesangskarriere gewesen. Deshalb wusste ich bei ihr nicht so recht, ob sie wirklich glaubte, es wäre besser für Jude, wenn ich mich umorientierte, oder ob sie es als Hintertür dafür nutzte, ihren Willen durchzusetzen.

Wann immer ich auftauchte, war Dad im Nu mit Jude verschwunden. »Schau, ich habe einen kleinen Zug für dich geschnitzt«, sagte er dann zu ihm. Oder: »Hier, nimm den Löffel und hau damit ordentlich auf das Tablett. So ist's gut!«

Mum kümmerte sich um das Drumherum wie Windelwechseln und Bäuerchen, wirkte dabei jedoch zurückhaltend, als spulte sie lediglich eine Routine ab, statt sich über die Zeit dafür zu freuen, eine Bindung zu ihrem Enkel aufzubauen. Falls ich je fünf Minuten für einen Gedankengang hätte, der nicht von Judes Launen unterbrochen wurde, würde ich ernsthaft darüber grübeln müssen, warum ich mich, obwohl Mum mir dermaßen half, so trotzig fühlte, kurz davor, ihr zu sagen: ›Ich komme schon allein klar, wenn es dich solche Überwindung kostet.‹ Louise würde ihre Lieblingstheorie auspacken – dass deutlich jüngere Geschwister in der Familie immer wie Babys behandelt wurden und sich auch im späteren Leben nie ganz von den Eltern abnabeln konnten. Ich vertrat eher die Ansicht, dass Mums Großherzigkeit die ungefähre Größe einer Rosine hatte, während die von Dad ein Fußballfeld füllen konnte. Oder vielleicht hatte Louise recht, und ich war bloß ein anspruchsvolles Gör, das nicht begriffen hatte, was es hieß, erwachsen zu sein. Aber bis ich mal mehr als drei Stunden am

Stück durchschlafen und ein paar vernünftige Gedanken aneinanderreihen könnte, würde ich einfach weitermachen und versuchen müssen, nicht zu explodieren.

An diesem Freitagabend jedoch war Dad zu seinem monatlichen Treffen mit seinen alten Kameraden von der Marine in der Billardhalle gegangen. Eine überquellende Windel hatte mich aufgehalten. Deshalb hinkte ich dem Zeitplan hinterher und warf Jude praktisch in Mums Arme, bevor ich nach oben rannte, um mein Make-up für die Bühne fertig aufzutragen. Mein Stress hatte sich anscheinend auf Jude übertragen. Ich hörte ihn unten im Wohnzimmer heulen. Da ich es mir nicht leisten konnte, auch nur fünf Minuten zu spät zu kommen, werkelte ich weiter mit dem flüssigen Eyeliner. Dabei stählte ich mich, um die Geräusche auszublenden, obwohl sich alles in mir danach sehnte, mich mit ihm hinzusetzen und ihn zu beruhigen. Dann wurde es plötzlich still. Ich widerstand dem Drang, nach unten zu rasen und nachzusehen, ob es Jude gut ging. Stattdessen frisierte ich mir das Haar zu Ende und schlich zurück nach unten, falls Jude eingeschlafen war. Als ich durch den Spalt der Wohnzimmertür spähte, sah ich meine Mutter mit Jude in den Armen auf dem Sofa sitzen. Sie strich ihm die Augenbrauen glatt und lächelte auf ihn hinab. Er fuchtelte mit den kleinen Fäustchen und blickte ihr ins Gesicht. Ihre Züge hatten etwas Sanftes an sich, das ich nicht oft zu sehen bekam, nur gelegentlich, wenn Dad einen anerkennenden Pfiff ausstieß, während sie die Treppe herunterkam, bevor sie ausgingen. Dann schimpfte sie zwar wegen seines »alten Flanellhemds«, doch all die harten Kanten schmolzen dahin. Obwohl kostbare Minuten verstrichen, rührte ich mich nicht von der Stelle.

»Weißt du, du bist ihm wie aus dem Gesicht geschnitten.«

Sie musste Dad meinen. Obwohl ich keine so frappierende Ähnlichkeit bemerkt hatte. Aber andere Männer hatten wir nicht in der Familie. Außer sie meinte Grandmas Bruder Fred, der im Krieg gefallen war. Nur hatte Mum ihn nie kennengelernt. Es war schon erstaunlich, dass ein Baby nie eine einzigartige Ergänzung der Welt sein konnte, sondern immer eine kleine Collage anderer sein musste, zusammengesetzt aus Augenbrauen, Nase und Mund. Wenn er sich als klug herausstellte, würde ich mir ewig anhören können, er wäre ›genau wie seine Tante Louise‹.

Dann schlug die Standuhr Viertel vor sieben. Ich musste los.

Als ich den Kopf durch die Tür steckte, erschrak meine Mutter, als hätte ich sie bei etwas Verbotenem ertappt. Abrupt hob sie Jude auf. »Ich bringe ihn jetzt ins Bett.«

»Falls du Gesellschaft willst, kann er ruhig noch ein bisschen aufbleiben. Er ist so gern hier.«

»Ich kann nicht alles stehen und liegen lassen, nur weil du zur Arbeit musst, Grace. Ich hab immer noch reichlich eigene Pflichten. Außerdem muss irgendjemand dem Baby eine gewisse Routine beibringen. Sonst ist er als Kleinkind bis in alle Ewigkeit wach, und was dann?«

Man konnte wohl mit Fug und Recht behaupten, dass sie den Schwachsinn letztlich aufgegeben hatte, mit dem sie mir gekommen war, als sie befürchtet hatte, ich könnte abtreiben – »Es wird so toll, ein Enkelkind zum Verwöhnen zu haben. Dad und ich helfen dir gern.«

Ich rang mir »Bis später, danke« ab, statt zu fragen, was mir auf der Zunge lag: ›Könntest du mir vielleicht erklären, warum du all die Jahre versucht hast, mit mir schwanger zu werden?‹

Ich würde nie wie meine Mutter werden. Niemals.

EINUNDDREISSIG

FEBRUAR 2008

Für einen Zehnjährigen war Jude so unkompliziert, wie man es sich nur wünschen konnte. Und seine denkbar schräge Familie nahm er so, wie sie war. Er schien sich nie an Mums pessimistischer Lebenseinstellung zu stören. Oder an Louises Drang, unweigerlich alles zu korrigieren, beispielsweise dass die Mehrzahl von »Kaktus« nicht »Kaktusse« lautete, sondern »Kakteen«. Jedes Mal, wenn ich erwähnte, dass ein Familientreffen anstand, hellten sich seine Züge auf, und ich fühlte mich schuldig, weil er zu Hause nur mich hatte. Diesmal handelte es sich um den ersten Geburtstag von Baby Matilda, für den es strenge Anweisungen zu Beginn und Ende gab – »Um vierzehn Uhr dreißig bitte, damit sie vorher ein Nickerchen machen kann, und bis siebzehn Uhr dreißig, damit sie vor dem Schlafengehen noch Zeit hat, sich zu beruhigen.« Ich konnte mir nicht vorstellen, dass sich jemand, dessen ganze Leidenschaft Ballerspielen in jeder erdenklichen Form galt, auf das Ereignis freuen würde. Aber Jude zeigte sich begeistert. »Kommt Granddad auch?«

Ich nickte. Dad hatte mein altes Zimmer in eines für Jude umgewandelt. Mittlerweile befand sich alles Nötige zum Übernachten dort, wenn ich einen Auftritt hatte. Jude kam immer mit Geschichten darüber zurück, was mein Vater ihm alles beibrachte – Schach, wie man ein Fahrrad reparierte und – ein Quell besonderen Stolzes – wie man ein Feuer ohne Feuerzeug anzündete.

Als wir bei der Geburtstagsfeier eintrafen, begrüßte mich Louise mit einer Umarmung, die keine war. Sie legte vielmehr die Arme in einem Abstand von zwei Zentimetern um mich, als könnte sie eine tatsächliche Berührung nicht ertragen. Nicht so bei Jude. Ihn umarmte sie innig und sagte: »Geh in der Küche nachsehen. Ich hab ein paar leckere Brownies gebacken.« Hoffentlich nicht diese grauenhafte, ungesüßte Pampe aus Adzuki-Bohnen. Sie behauptete, solche und ähnlich merkwürdige Zutaten wären »besser für die Zähne« – meiner Meinung nach nur, weil man sie gar nicht erst essen wollte. Craig stand an der Tür. Matilda lag in seinen Armen, ein Bündel aus rosa Satin, um das Köpfchen ein schmales Band mit Rosenknospen. Mit ihrem einen Zahn lächelte sie und streckte sich mir zappelnd entgegen. So seltsam ich es fand, mich von der Anhänglichkeit einer Einjährigen geschmeichelt zu fühlen, sie wollte immer sofort zu mir.

»Komm her, meine Kleine. Komm zu Tante Gracie.« Ich wurde mit einem freudigen Quietschen belohnt, als ich sie hoch in die Luft hob.

Luftballons und Girlanden schmückten das Wohnzimmer, in dem sich Geschenke stapelten. Normalerweise hätte ich an der Stelle gegrummelt. ›Herrgott, was für eine Geldverschwendung für eine Einjährige, die nicht mal weiß, dass sie Geburtstag hat.‹

Aber ich wusste, wie lange Louise gebraucht hatte, um schwanger zu werden. Jedes Mal, wenn ich sie davor mit Jude gesehen hatte, war ihr anzusehen gewesen, dass sie zwischen aufrichtiger Freude darüber, ihm Dinge beizubringen, und der Angst schwankte, selbst vielleicht nie Mutter zu werden. Zu Judes Geburtstag erwies sie sich immer als großzügig, schenkte ihm fabelhafte Bausätze von Lego und Eintrittskarten für Chessington, den Thorpe Park und das London Eye. Durch ihre – durchaus zutreffende – Vermutung, dass ich es mir nie antun würde, mit ihm ein Museum zu besuchen, nahm sie es mir ab, durch Dinosaurierausstellungen zu schlendern oder Formel-1-Autos und Astronautenkram zu bewundern. Durch ihr Interesse an Jude stand ich ihr mittlerweile näher als in all den Jahren, die wir unter einem Dach gelebt hatten. Und zum ersten Mal überhaupt wusste ich mehr über eine Sache als sie.

Darüber, Mutter zu sein.

Schon sehr früh hatte ich mich damit abgefunden, dass Babys irrationale Wesen waren und sich die Gefahr, durchzudrehen, drastisch verringerte, wenn ich einfach hinnahm, dass Jude manchmal eben ausgerechnet dann spielen wollte, wenn ich mich nach Schlaf sehnte. Ich hatte den Vorteil, dass ich jahrelang zu unchristlichen Zeiten wach gewesen war, wenn der Rest der Welt schlummerte. Louise hingegen mit ihrer strengen Bettruhe um zweiundzwanzig Uhr dreißig und ihrem Motto »Morgenstund' hat Gold im Mund« schluchzte vor Verzweiflung. »Ich weiß einfach nicht, was ich falsch mache. Sie wacht morgens um vier auf und schläft wieder ein, wenn's Zeit zum Aufstehen wäre.« Nach zwei Monaten Schlafentzug und widersprüchlichen Ratschlägen von Audrey, Mum und sonstigen Expertinnen für Babys saß Louise niedergeschlagen auf dem Sofa. Tränen strömten aus ihren Augen, während sie darüber lamentierte, dass sie sich das Kind so gewünscht hatte, aber jeder Tag einer Tortur glich, weil sie ständig so müde war. Alles an ihr wirkte zerknautscht. »Und allmählich fange ich an, Craig zu hassen, weil er beruflich viel unterwegs ist. So kann er sich drücken, schläft in Hotels, hat Zeit, seinen Kaffee zu trinken, während er noch warm ist. Andere bereiten *Toast* für ihn zu. Manchmal kann er bis acht durchschlafen.« Die Trostlosigkeit und der Neid in ihrer Stimme hätten mich um ein Haar zum Kichern gebracht.

Zum ersten Mal konnte ich Louise so sehen, wie sie wirklich war. Ja, sie war ein wenig zickig und fiel aus allen Wolken, wenn ein Schuh im Flur zurückblieb, statt ordentlich mit einem Schuhspanner darin zu einem Paar aufgereiht zu werden. Aber letztendlich wollte sie nur das Richtige tun und alle glücklich machen. Allerdings geordnet, statt wie ich vor sich hin zu wurschteln und sich immer nur um das Dringendste oder Katastrophalste zu kümmern, das sich gerade in den Vordergrund schob. Sie wusste nicht, wie sie Tilly in die geordnete Struktur ihres Lebens einfügen sollte. Und natürlich nahm ihr seit Wochen unter Schlafmangel leidendes Gehirn diese Zeit nicht als vorübergehende Phase wahr, die bald enden würde, sondern als lebenslange Strafe ohne Hoffnung auf Bewährung. Ich hatte sie ins Bett gescheucht, war zwei Nächte lang geblieben und hatte Tilly mit Louises abgepumpter Milch gefüttert – »Ja, keine Sorge, ich achte auf die richtige Reihenfolge.« Louise schlief indes. Und schlief. Und kam letztlich mit einer Miene aus dem Schlafzimmer, die ausnahmsweise nicht von Verzweiflung und der Last der Verantwortung zeugte.

Dass Louise mir die alleinige Obhut für ihr Baby anvertraute, war die größte Anerkennung, die mir von ihr zuteilwerden konnte. Ein Beweis dafür, dass sie ihre Meinung von mir als nutzlose Schwachmatin, der sie nicht mal zutraute, das Bügeleisen richtig auszuschalten, geändert hatte. Ich war nicht so naiv, zu glauben, wir würden auf einmal gemeinsame Urlaube planen – ›Ich dachte mir, wir könnten nach Volterra, um uns dort die Fresken aus dem vierzehnten Jahrhundert anzusehen.‹ Mir stand der Sinn eher nach einer Woche im Wohnwagen in Bournemouth. Aber nachdem ich mir so viele Jahre wie der Störenfried im gemütlichen Dreieck zwischen ihr, Mum und Dad vorgekommen war, fühlte es sich endlich so an, als hätte ich meinen Platz in der Familie gefunden.

Ich liebte Tilly fast genug, um zu übersehen, dass meine Mutter es bei ihr von Anfang nie erwarten konnte, sie zu halten – »Wo ist mein süßes kleines Mädchen?« Immer kam sie angestürmt und hob sie aus ihrem Kinderbettchen. Beim Umgang mit ihr fühlte sie sich wohler als je mit Jude. Ich versuchte, mich nicht daran zu stören.

Aber es erwies sich als unmöglich.

ZWEIUNDDREISSIG

MÄRZ 2014

Als ich die drei Getränke zur Intensivstation trug, ging mir durch den Kopf, dass meine Mutter nur einen Blick auf den Tee werfen und ihn als entschieden ›zu schwach, zu lasch, zu kraftlos‹ einstufen würde. Mein Verstand schien sich in Belanglosigkeiten zu flüchten, um sich nicht damit auseinandersetzen zu müssen, dass meine Mutter an einer schweren Sepsis litt und die Ärzte, die wir bisher gesehen hatten, auffallend zurückhaltende Prognosen äußerten.

Louise saß mit Dad vor der Station. Sie sprang auf, als ich mich ihnen näherte, und eilte auf mich zu, als wäre sie die Einzige, die gefahrlos ein Tablett mit heißen Getränken befördern konnte. »Lass mich das nehmen.« Ich war sechsunddreißig, um Himmels willen, nicht zwölf. Das eine oder andere Mal im Leben hatte ich es schon geschafft, eine Tasse Tee zu tragen, ohne überall etwas zu verschütten. Aber ich hielt mir vor Augen, dass es für Louise viel schwieriger war, nicht die Kontrolle, die magische Lösung zu haben, da sie daran gewöhnt war, ›Dinge in Ordnung zu bringen‹. Und obwohl ich ihr Verhalten irritierend fand, war ich froh, dass nicht ich in die Station gehen musste. Weniger wegen Mum – wenngleich es mir schwerfiel, die Naturgewalt, die ich kannte, mit der an Schläuchen und Maschinen angeschlossenen Frau unter einen Hut zu bringen. Aber mich entmutigte vor allem Dads Anblick. Er wirkte geschrumpft, schlagartig gealtert. Verängstigt. Immer wieder schüttelte er den Kopf und murmelte: »Ich versteh nicht, wie sie durch einen Schnitt am Bein so krank werden konnte.«

Wie ich Mum kannte, hatte sie sich nicht mal darum geschert, die Wunde zu säubern, als sie gestolpert war und sich in Stacheldraht verheddert hatte. Laut Dad hatte sie darauf bestanden, den Spaziergang zu beenden. Sie hatte den Schnitt mit einem alten, in ihrem Anorak gefundenen Taschentuch abgetupft und abwiegelnd gemeint: »Ist bloß ein Kratzer.« Meine Mutter war so stur, dass sie uns die Verletzung nicht mal zeigen wollte, bis sie sich vor Schmerzen gekrümmt hatte.

Ein paar Tage zuvor hatte Louise bei unseren Eltern vorbeigeschaut, nachdem Dad beiläufig erwähnt hatte, dass mit Mum etwas nicht ganz zu stimmen schien. Sie hatte unsere Mutter gezwungen, ihr die Schwellung zu zeigen, die sich das Bein hinauf ausgebreitet hatte. Dabei hatte sie festgestellt, dass sie sich ohne gewaltige Anstrengung kaum aus dem Sessel erheben konnte. Louise hatte sofort die Schulleiterin raushängen lassen. Sie hatte Mums haushohes Fieber gemessen und einen Krankenwagen gerufen, obwohl Mum gemeint hatte, sie bräuchte bloß Paracetamol.

Und nun waren wir in der Intensivstation. Wo über eine Blutvergiftung und intravenöse Antibiotika gemunkelt wurde. Ich hatte sogar gehört, wie eine Krankenpflegerin zu einer anderen etwas von einem künstlichen Koma gemurmelt hatte, »obwohl wir noch nicht an diesem Punkt sind.« Dabei hatte sich mein Magen vor Angst zusammengekrampft. Ein Koma war eine ernste Angelegenheit. Etwas, woraus man vielleicht nicht mehr erwachte. Das durfte nicht passieren. Schon gar nicht wegen eines dummen, rostigen, quer über einen Weg hängenden Stacheldrahts und Mums unangebrachter Tapferkeit.

Wir durften immer nur zu zweit zu ihr. Nachdem wir ausgetrunken hatten, winkte ich Dad und Louise hinein, um den Moment hinauszuzögern, in dem meine eigene Stärke auf die Probe gestellt werden würde. Ich spähte hinter ihnen her durch das Gittergeflecht des Fensters. Dad streichelte Mums Hand. Zweifellos redete er mit sanfter, von Liebe und Zärtlichkeit durchwirkter Stimme auf sie ein. Am liebsten wäre ich hineingestürmt und hätte die Angst aus ihm herausumarmt. Er war derjenige, der immer alles in Ordnung brachte, der vermittelte, der schlichtete und jedem das Gefühl gab, seine Meinung würde verstanden, wenn nicht sogar geteilt.

Ich stand an der Tür und beobachtete, wie Louise versuchte, die richtigen Worte zu finden, um Dad zu helfen. Plötzlich knickte er ein, drückte sich ein Taschentuch ins Gesicht und wankte zur Tür.

Ich packte ihn. »Dad, sie wird wieder gesund.« Ich half ihm zu einem Sitz und bemühte mich, zuversichtlich und unbekümmert zu klingen, obwohl ich selbst gegen Tränen ankämpfte. »Soll ich kurz reingehen, während du dich sammelst?« Er nickte.

An der Schwelle zögerte ich, beseelt vom Wunsch, den Kopf in den Sand zu stecken, nach zu Hause gehen und die Sache den »Erwachsenen« zu überlassen. Schon ironisch, dass ich immer darüber klagte, die Jüngste zu sein, der niemand zutraute, Verantwortung für irgendetwas zu übernehmen. Wenn ich nicht aufpasste, würde ich allen beweisen, dass sie recht damit hatten. Das durfte nicht passieren. Also riss ich mich zusammen und trat ans Bett.

»Mum. Hörst du mich? Ich bin's, Grace.« Verunsichert verstummte ich, als würden meine erbärmlichen Versuche, Kontakt aufzunehmen, von Louise verurteilt. Ich fühlte mich hölzern, konnte nicht natürlich sprechen und zum Ausdruck bringen, was ich eigentlich sagen wollte, während die Krankenpflegerinnen herumwuselten, Mum die Stirn abtupften, Einstellungen anpassten und die Geräte überwachten.

Hilfesuchend schaute ich zu Louise. Sie nickte. »Sie kann dich bestimmt hören. Ich denke, wir sollten weiter mit ihr reden. Dann weiß sie wenigstens, dass wir alle hier sind.«

»Mum, Jude lässt dich lieb grüßen. Wenn du nicht bald nach Hause darfst, kommt er dich besuchen, aber er büffelt gerade fleißig für die mittlere Reife.« Ich versuchte es mit einem eingestreuten Scherz. »Ganz anders als ich. Keine Ahnung, woher er das hat. Er will unbedingt gut in der Schule abschneiden.« Allerdings drang meine Stimme heiser und erstickt aus mir. Mein Kopf wurde leer. Bisher hatte ich nie darüber nachgedacht, wie schwierig ein einseitiges Gespräch mit jemandem sein könnte, der einen vielleicht hörte, vielleicht auch nicht.

Ich wandte mich an Louise. »Meinst du, die Pflegerinnen hätte was dagegen, wenn wir für sie singen? Das könnte ihr gefallen. Sie hat früher immer gesungen, wenn sie gute Laune hatte.«

Louise lief los und erkundigte sich, ob es die anderen Patienten stören würde. Als Schulleiterin trat sie selbstbewusst und auf Augenhöhe mit dem medizinischen Personal auf, während ich eingeschüchtert und ehrfürchtig gewesen wäre.

Als sie zurückkam, nickte sie. »Solange wir nicht zu laut sind, ist es in Ordnung. Was sollen wir singen?«

Ich listete ein paar der Songs auf, die Jude und ich jeden Morgen im Radio hörten.

Louise runzelte die Stirn. »Ich kenne nichts aus den Charts. Matilda interessiert sich noch nicht wirklich für Popmusik.«

Ich verdrängte den lieblosen Gedanken, dass die gute Tilly für etwas so Banales wahrscheinlich zu beschäftigt damit war, von einem Sporttermin zum nächsten zu hetzen. Das Kind hatte nie auch nur fünf Sekunden ohne irgendeine Aktivität. Im Gegensatz zu Jude, der sich hinter den Kulissen schon als Kind allein die Zeit hatte vertreiben müssen, während ich für verschiedene Musicals geprobt hatte. Wahrscheinlich war er deshalb so ein Bücherwurm geworden. Anfangs hatte ihn das Lesen gelangweilt, schließlich jedoch hatte er es lieben gelernt. Mein kluger Junge. Obwohl Jude im Gegensatz zu Matilda nicht ins Ausland reiste, unfreiwillig Radio Four, den Sender für Intellektuelle, hörte und Tennis- und Klavierunterricht bekam, zeigte er ein Interesse an der Welt jenseits von Portsmouth, das mir das Herz aufgehen ließ. Außerdem war er witzig und charmant. Allein diese beiden Eigenschaften konnten einen im Leben ziemlich weit bringen.

Ich ging mein Repertoire von Liedern durch, die Louise vermutlich kennen würde. Dabei orientierte ich mich an Wünschen bei einer Feier zum fünfundsiebzigsten Geburtstag, bei der ich unlängst aufgetreten war. Doch bevor ich »It's a Long Way to Tipperary« vorschlagen konnte, sagte Louise: »Wie wär's mit ›Amazing Grace‹? Das liebt Mum.«

Jenes Lied war Fluch und Segen zugleich geworden. Ich empfand Erleichterung, dass Dad nicht da war und zum neunhundertneunundneunzigsten Mal anbringen konnte: ›Sie hat dich danach benannt, weil wir so lange auf dich gewartet haben.‹

»Kennst du den Text?«, fragte ich.

»Ja. Wir haben das Lied neulich in der Schule für eine Veranstaltung zum Thema Sklaverei einstudiert.«

So edelmütig, wie meine Schwester war, stellte ich mir vor, dass sie als Windpark wiedergeboren werden würde. Oder vielleicht als Komposthaufen. Oder Solarkollektor. Bei einigen der politisch sagenhaft inkorrekten Scherze hinter der Bühne bei meinen Auftritten würde sie glatt der Schlag treffen. Sie würden mit Sicherheit nicht ihren Richtlinien für »angemessenes« Verhalten entsprechen.

Wir traten näher zum Bett. Beim Einsatz orientierte ich

mich an Louise und murmelte die Worte, um auf der Station niemanden zu stören.

Amazing grace, how sweet the sound
That saved a wretch like me.

Ich musste schwer an mich halten, um nicht aus voller Kehle zu singen. Obwohl ich das Lied schon zigmal zum Besten gegeben hatte, berührte mich der Text dermaßen, dass ich ihn erhebend und volltönend darbieten wollte. Ich widerstand der Versuchung, Louise zu übertönen. Im direkten Vergleich besaß ich mehr Kraft, mehr Qualitäten eines Nebelhorns. Ihre außergewöhnliche Stimme wiederum zeichnete sich durch Finesse und einen wesentlich größeren Tonumfang als meine aus. Ich erinnerte mich an einen riesigen Streit, als ich klein gewesen war, weil sie nicht studieren, sondern die Musikschule hatte besuchen wollen. Mum hatte davon nichts hören wollen. »Du bist viel zu klug, um dein Leben mit Auftritten in Discos und Pubs zu vergeuden. Es ist ein wunderbares Hobby, aber du brauchst einen richtigen Beruf. Lehrerin zum Beispiel.« Und damit hatte es sich gehabt. Ich fragte mich, ob Louise es bereute, Mum nachgegeben zu haben – ob ein Teil von ihr mich darum beneidete, dass ich dem Weg gefolgt war, den sie sich gewünscht hatte. Falls dem so war, würde es ihr nach ein paar Monaten mit Sorgen um Rechnungen und darüber, ob das Auto die nächste Prüfbegutachtung bestehen würde, schnell vergehen.

Wir waren erst bei »*The hour I first believed*«, als Mum die Augen aufschlug. Aus ihrer Kehle drangen eigenartige, gutturale Laute, als bekäme sie nicht genug Luft in die Lungen. Die Krankenpflegerin schaute herüber, und wir verstummten. Louise zögerte nicht und ergriff die Hand unserer Mutter. Ich schämte mich, mir einzugestehen, dass es mir schwerfiel, sie zu berühren. Ihre kalte, trockene Haut, die vom Alter verdickten

Fingernägel. Als ich zu groß für Gutenachtgeschichten geworden war, hatte sie auch die Gutenachtküsse beendet. Ich wusste nicht, ob Absicht dahintergesteckt hatte, jedenfalls legten wir, als ich älter wurde, außerdem die Gewohnheit ab, uns zu umarmen, als wäre es ab dem zehnten Lebensjahr nicht mehr angemessen. Als Erwachsene neigten wir zu einem Tätscheln des Rückens oder Arms oder ein Winken aus sicherer Entfernung.

Mit Jude war das völlig anders. Obwohl er bereits sechzehn war, umarmten wir uns vor dem Schlafengehen nach wie vor innig, mit richtigen Gesten, die von Herz zu Herz vermittelten: ›Ich liebe dich sehr.‹ Allerdings natürlich nicht vor seinen Freunden.

Mum zog an Louises Hand. »Paula.«

Louise strich ihr das Haar aus dem Gesicht. »Alles gut. Ich bin's, Louise. Du musst dich ausruhen.«

Mum riss die Augen weit auf, die erschreckend glasig aussahen. Falls ich das Singen je aufgeben müsste, würde ich mit Sicherheit nie Krankenpflegerin werden. Diese wirren Blicke würden mich jedes Mal in den Schlaf verfolgen.

Ich beugte mich vor. »Was sagt sie?«

Mum wiederholte: »Paula.«

Louise runzelte die Stirn.

»Wer ist Paula?«

Mums Lippen zuckten, als wäre sie noch dabei, einen Gedanken zu fassen, als tauchte ein klarer Samen aus ihr auf, der erst gedeihen musste, bevor er in die Welt gesetzt werden konnte. Sie stöhnte, als wollte sie schreien, könnte jedoch die Kraft dafür nicht aufbringen.

Während ich wie angewurzelt dastand und mich nicht dazu überwinden konnte, vorzutreten und meine Mutter zu trösten, sprang Louise auf und packte sie an den Armen. »Mum! Susie! Alles in Ordnung, es geht dir gut. Ich bin da. Ich bin's, Louise. Du bist im Krankenhaus und in Sicherheit.«

Ich spürte die Anstrengung, die es Mum kostete, trotzdem hob sie leicht den Kopf und öffnete erneut die Augen. »Danny?«

Ich fand die Stimme wieder. »Er ist draußen. Soll ich ihn für dich holen?«

»Danny darf es nicht erfahren.«

»Was erfahren, Mum?«, fragte ich und hielt das Ohr dicht an ihren Mund, lauschte angestrengt, um sie zu verstehen.

Dann hörten wir sie beide klar und deutlich. »Ich bin Paula.«

Die Miene meiner Schwester verdüsterte sich. Einen Moment lang starrte sie unsere Mutter eindringlich an. Dann klärten sich Louises Züge auf, als wüsste sie etwas, von dem der Rest der Familie keine Ahnung hatte.

Doch bevor ich etwas fragen konnte, begann eine der mit Mum verkabelten Maschinen zu piepen, und eine Krankenpflegerin wirbelte herbei. »Sie braucht jetzt ihre Ruhe.«

Ich schämte mich dafür, wie erlösend ich ihren Vorschlag fand, wir sollten am nächsten Morgen wiederkommen.

DREIUNDDREISSIG

MÄRZ 2014

Mir widerstrebte zutiefst, dass unstrittig war, wer Dad mit zu sich nehmen würde. Während er auf die Toilette ging, wurden Louise und ich uns rasch einig, dass wir ihn nicht allein nach Hause lassen konnten. Allerdings hatte Louise ein eigenes Zimmer samt Daunenbett und angeschlossenem Bad zu bieten, ich nur ein neben Judes Schlagzeug gezwängtes Schlafsofa. Obwohl ich Louise und ihren Mann herablassend als »Lohnsklaven« betrachtete und mich ihnen als »Kreative« moralisch überlegen fühlte, musste ich neidisch anerkennen, wie sehr Geld alles vereinfachte. Nicht, weil ich losrennen und mir fünfzig Rolex kaufen würde, wenn ich mehr davon hätte, sondern weil ich mir eine größere Wohnung leisten und die Heizung durchgehend anlassen könnte. Dann müsste Dad, wenn er mich besuchte, nicht dasitzen und stoisch sagen: »Alles gut, Schatz. Ich kann ja noch einen Pullover anziehen, falls mir kalt wird.« Außerdem könnte ich mir eine Auszeit nehmen, statt mich darum zu sorgen, dass eine Heerschar junger Nachwuchstalente gern eine Hochzeit oder die Hauptrolle in einer Show für die halbe Gage übernehmen würde, wenn ich absagte.

Ich musterte Louise eindringlich. »Irgendeine Ahnung, was Mum mit dieser Paula gemeint hat?«

Wieder flackerte dieses eigenartige, verhaltende Verständnis in ihr auf.

Zuerst dachte ich, sie würde sich zur Hüterin ihres Wissens aufschwingen und beschließen, es erst mit mir zu teilen, wenn sie der Meinung wäre, ich könnte damit umgehen. Dann jedoch runzelte sie die Stirn und schüttelte den Kopf. »Ich bin mir nicht sicher. Mir spukt so eine merkwürdige Erinnerung daran durch den Kopf, wie ich den Schönheitswettbewerb bei der Feier zum Silbernen Thronjubiläum gewonnen habe. Damals ist Mums alte Freundin Jeanie zu ihr gekommen und hat gesagt: ›Paula, richtig?‹ Mum hat wütend darauf reagiert und mich weggeschleift. Ich hab Orangensaft aufs Kleid verschüttet und zu weinen angefangen. Keine Ahnung, warum, aber ich hatte den Eindruck, sie wollte nicht, dass Dad etwas davon mitbekommt.«

Dass Mum über etwas wütend wurde, war nichts Neues. Das brachte uns nicht weiter, bewies oder widerlegte nicht das Geringste. »Bist du sicher, dass sie Mum damals Paula genannt hat? Hat sie Jeanie zu dem Zeitpunkt überhaupt schon gekannt? Ich dachte immer, sie hätten sich im Park kennengelernt, als sie mich gerade erst bekommen hatte. Wieso könnte Jeanie gedacht haben, das wäre Mums Name? Sie hat doch keinen zweiten Vornamen, oder? Mir jedenfalls ist keiner bekannt.«

Louise zuckte mit den Schultern. »Ich glaub nicht, dass Mum und Jeanie damals bereits befreundet waren. Sie war nur die Mutter des anderen Mädchens, das einen Preis gewonnen hat. Du weißt schon, die älteste Tochter, Sarah. Und ich bin mir ziemlich sicher, dass Mum keinen zweiten Vornamen hat. Nur Suzanne. Susie. Zumindest kann ich mich nicht erinnern, dass jemals einer erwähnt worden wäre oder ich irgendwo einen gelesen hätte.«

Es kam mir ein wenig absurd vor, so spät in Mums Leben darüber zu rätseln, wie sie wirklich hieß.

Ich warf einen Blick zurück zur Station. Wie immer, wenn ich mich gestresst fühlte, versuchte ich, darüber hinwegzuscherzen. »Vielleicht hat sie ein Doppelleben geführt. Womöglich ist sie gleichzeitig mit jemand anderem verheiratet und hat vergessen, dass sie bei uns Susie sein sollte. Stell dir nur vor, wir laufen auf dem Weg nach draußen ihrer anderen Familie über den Weg.«

Louise legte ungeduldig die Stirn in Falten. »Wahrscheinlich ist sie bloß verwirrt von den ganzen Medikamenten. Und bei der Sache mit Paula bin ich mir nicht sicher.«

Das Gespräch endete, als Dad von der Toilette zurückkam. Langsam und etwas unsicher setzte er einen Fuß vor den anderen, als tastete er den Boden nach Hindernissen ab. Was hatte ich meine Eltern doch immer als selbstverständlich angesehen. Bei so vielem hatte ich gedacht, ich hätte noch reichlich Zeit, es mit Mum zu klären. Zum Beispiel, warum es bei ihr so gezwungen gewirkt hatte, mir bei Jude zu helfen, als er klein war und ich darum gekämpft hatte, als Sängerin Fuß zu fassen. Louise hingegen hatte nur sagen müssen, »bin spät zur Schule dran«, schon war Mum mit einem Blaubeer-Muffin und einer Packung Orangensaft losgeeilt, um Matilda abzuholen. Aber wenn ich sie über Jude reden hörte, hieß es seltsamerweise immer: »Du solltest Grace' Jungen sehen, so ein hübscher Bursche. Und lauter Einsen in der Schule, sowohl in Naturwissenschaften als auch in Englisch. So ein kluger Kopf.« Und immer noch, obwohl es ihr so schlecht ging, prallten die alten Kränkungen wuchtig wie außer Kontrolle geratene Autoscooter aufeinander.

Wir begaben uns hinaus zum Parkplatz. Während ich Dad am Arm stützte, wurde mir bewusst, dass er sich nicht mehr so unerschütterlich wie früher anfühlte. Ich fragte mich, wann sich diese langsame Erosion des Mannes vollzogen hatte, der immer der ruhende Pol der Familie gewesen war. Oft hatte er gemeint, wenn Mum über dies oder jenes genörgelt hatte: »Ach, Susie, in fünf Jahren spielt das keine Rolle mehr.« Und unsere Lippen hatten hinter ihrem Rücken gebildet: ›Oder in einer Woche.‹

Als ich ihn zum Abschied umarmte, atmete ich seinen Duft tief ein. Er erinnerte mich an unzählige Gutenachtgeschichten, nachts zubereiteten Tee, wenn ich spät von einem Auftritt zurückgekommen war, die Verlässlichkeit eines Mannes, der meinen Boiler in Gang brachte, wenn er zickte, meinen uralten Sicherungskasten reparierte, meine Scheibenwaschanlage mit Wasser füllte. Der Duft von Liebe.

Dad wartete, bis meine Rostlaube ansprang, bevor er bei Louise einstieg. »Bis morgen, Schatz. Fahr vorsichtig.«

Auf dem Weg nach Hause, schwirrten mir Mums unsinnige Worte im Kopf herum.

Im Verlauf der nächsten Tage bestritten wir den Spießrutenlauf einer schweren Erkrankung – nach Einnahme von Antibiotika ging es kurz bergauf, dann folgte eine Verschlechterung des Zustands der Wunde an ihrem Bein. Ihr Fieber ließ nach, dafür gab ihr Blutdruck Anlass zur Sorge. Jeden Tag gab es etwas Neues und Beängstigendes.

Eine Woche nach Mums Aufnahme im Krankenhaus traf ich vor Dad und Louise dort ein, die mir getextet hatte, dass sie noch zu einer kurzen Personalbesprechung in die Schule musste. Mir graute davor, allein reinzugehen, weil ich fürchtete, sie könnte sich wieder aufregen.

Als ich im Aufzug die Taste zur Station drückte, wurde mir klar, dass ich meine Eltern beneidete. Um ihre Liebesgeschichte. Um dieses Gefühl, untrennbar zueinander zu gehören. Auf bizarre, verrückte Weise beneidete ich Dad sogar um seine panische Angst davor, er könnte ohne sie weiterleben müssen. Darum, dass jemand auf der Welt für ihn so unersetzlich war. Grundsätzlich wollte ich keine dieser Frauen sein, die einen Mann dafür brauchten, den Müll rauszubringen oder den Heizkessel anzumachen. Nur so, wie es derzeit um mich stand, könnte ich froh sein, wenn man mich nach meinem Tod nicht irgendwann halb versteinert in meinem Wohnzimmer fände – und angenagt, weil sich die Katzen aus der Gegend an einem unverhofften Festmahl gelabt hatten. Umso mehr, falls Jude jemanden heiratete, der mich nicht leiden könnte. Was ich durchaus für möglich hielt, denn wenn ich nach der Beziehung ging, die ich zu meiner Mutter aufgebaut hatte, war meine familiäre Erfolgsbilanz nicht sehr gut.

Mir war unbegreiflich, wie Dad ihre Launen ertragen hatte. Aber wenn er von ihren jungen Jahren sprach, klang sie nach einer sorglosen, lebenslustigen Frau. »An Bord haben mich oft Briefe erreicht, in denen sie mir erzählt hat, dass sie zum Tanzen unterwegs und manchmal sogar zum Singen auf die Bühne gegangen war. Hätte ich versucht, ihr die Flügel zu stutzen, wären wir unglücklich geworden. Diese Freigeistigkeit hat sie ausgemacht. Deshalb haben wir auch so jung geheiratet. Ich wollte sie mir sichern, bevor jemand anders sie mir wegschnappen konnte. Sie war so wunderschön und ist es immer noch.« Bei den Worten hatte er sich mir zugedreht und zugezwinkert. »Zuerst hab ich es als eine Art Versicherung betrachtet, dann hab ich mich gefühlt, als hätte ich im Toto gewonnen.«

Ich wünschte, Dad wäre nun bei mir. Als sich die Aufzugtür öffnete, zögerte ich. Mums wirres Gerede empfand ich als unheimlich. Zwar glaubte ich nicht wirklich an Geister, aber es erinnerte mich ein wenig daran, um ein Hexenbrett zu sitzen und zu hören, wie eine gespenstische Stimme sagte: »Ich bin Pauuu-laaa.« Beinah konnte ich das Zaudern in meinen Schritten hören, während ich den Korridor durchquerte. Das Schrammen meiner Füße über das Linoleum verlangsamte sich, als ich den Empfangsbereich erreichte. Ich wartete, bis eine Krankenpflegerin von ihren Unterlagen aufschaute. »Meine Mutter liegt auf der Intensivstation. Susie Duarte.«

Sie nickte. »Einen Moment. Ich hole die Pflegerin, die sie gestern Nacht betreut hat, bevor ihre Schicht endet. Sie wollte mit Ihnen reden.«

»Gibt's ein Problem?«

»Ihre Mutter ist sehr unruhig. Warten Sie hier kurz, ich versuche, mehr für Sie in Erfahrung zu bringen.«

Ich konnte kaum glauben, wie feige ich war. Bang starrte ich den Korridor hinunter und hoffte, Louise in ihrer blickdichten Strumpfhose und den flachen Schuhen mit ihren Fragelisten eintreffen zu sehen. Allerdings tauchte nur eine zierliche chinesische Krankenpflegerin mit wunderschön glatter Haut auf. Ich wünschte, ich sähe so aus, nachdem ich die ganze Nacht wach gewesen war.

Sie lächelte und sprach mit so sanfter Stimme mit mir, dass mir unverhofft zum Weinen zumute wurde. »Guten Morgen. Ich bringe Sie gleich zu Ihrer Mutter. Vergangene Nacht hat sie immer wieder nach Edward gerufen. Sie hat dabei richtig verzweifelt geklungen. Wissen Sie, wen sie gemeint hat? Wir haben ihre Blutwerte untersucht und verabreichen ihr jetzt ein spezielleres Antibiotikum. Darauf sollte sie besser ansprechen. Der Arzt hat angedeutet, die Aufregung über diesen ›Edward‹ könnte ihre Genesung beeinträchtigen.«

In mir regte sich ein lächerlicher Beschützerinstinkt für Dad. Ich durfte ihn nicht herausfinden lassen, dass Mum ihr Leben lang jemand anders geliebt hatte. Unbeabsichtigt herrschte ich die Frau an. »Keine Ahnung, wer dieser Edward ist. Könnte irgendein Name sein. Wirklich nah steht sie nur einem Mann, meinem Vater – Danny. Und ein bisschen Zeit verbringt sie wohl auch mit dem Mann meiner Schwester, Craig.«

Als die gepflegten Augenbrauen der Krankenpflegerin

überrascht in die Höhe schossen, bereute ich meinen scharfen Ton sofort. Gott. Die arme Frau versuchte lediglich, zu helfen. Mum warf mir ständig vor, scharfzüngig zu sein. Aber ich hatte gedacht, das läge nur daran, dass sich meine Meinung von ihrer unterschied. Ich bemühte mich, meinen Ton zu mäßigen. »Wenn meine Schwester kommt, frage ich sie. Und danke. Vielen Dank.«

Sie nickte und trabte davon, wobei sie aussah, als hätte sie kaum die Kraft, eine Bettpfanne zu heben.

Mum schien zu schlafen. Ich blieb ein Stück auf Abstand und hoffte, die Pflegerin würde sich vergewissern, dass sie nicht gestorben war. Sie zog den Vorhang um das Bett herum auf. »Der Arzt hat ihr ein leichtes Beruhigungsmittel verschrieben. Die Wirkung sollte bald abklingen.«

Ich ließ mich auf dem Stuhl am Bett nieder und beobachtete, wie sich der Brustkorb meiner Mutter hob und senkte. Ihr Gesicht war blass. Steckte diese Frau wirklich voller Geheimnisse, die in dieser späten Phase ihres Lebens aus ihr herauszubrechen versuchten? Ich lehnte mich zurück und durchforstete mein Gedächtnis nach irgendetwas Auffälligem. Das Problem dabei mit der eigenen Familie war, dass sie einem am Ende normal vorkam, so verrückt sie auch sein mochte. Normal für ihre Verhältnisse. Es fühlte sich so unwahrscheinlich an, dass diese Frau, die ausgerastet war, wenn ich mit schmutzigen Schuhen das Haus verlassen, mich mittags von der Schule in die Stadt geschlichen oder sonst irgendetwas getan hatte, das sie wie eine Mutter dastehen ließ, die nicht wusste oder sich nicht darum scherte, was ihre Tochter trieb, selbst Dreck am Stecken haben könnte. Als größtes Lob in unserem Haus hatte von jeher »braves Mädchen« gegolten, nicht »mutiges Mädchen«, »wunderschönes Mädchen« oder »kluges Mädchen«. Wahrscheinlich schien sie sich deshalb mit Louise besser zu verstehen.

Mums Husten holte mich zurück in die Gegenwart. Sie öffnete die Augen. Dann lächelte sie. »Gracie.«

Ich hielt den Atem an, um nicht zu weinen. Denn ich war keine Tochter, die nah am Wasser gebaut war. Wenn Mum von ihrem jüngsten Kind schluchzend zu hören bekäme, sie sollte bitte wieder gesund werden, würde sie glauben, sie läge im Sterbebett. Und niemand schien zu wissen, ob es stimmte oder nicht.

Ihr Blick wanderte umher, als sähe sie sich danach um, wer sich noch im Raum aufhielt.

»Dad und Louise kommen später, Mum. Louise musste kurz zur Arbeit. In der Schule, weißt du?« Ich war mir nicht sicher, an wie viel von unserer Welt sich meine Mutter erinnerte und wie tief sie in jene mit Edward und Paula eingetaucht war.

Ihre Züge entspannten sich.

»Ich bleibe, bis sie kommen. Dann muss ich los und für den Auftritt am Wochenende proben. Ich spiele am örtlichen Theater in *West Side Story* mit.«

Ihre Finger zuckten. Ihre Augen fingen an, heftig zu blinzeln. In meinem Magen regte sich Panik, doch dann erkannte ich, dass sie mich dazu bewegen wollte, näher zu kommen.

Ich beugte mich zu ihr.

»Setz mich auf.«

»Das ist vielleicht keine so gute Idee, Mum.« Mein Blick fiel auf den Schlauch in ihrer Nase und den Tropf an ihrem Handrücken. »Soll ich die Krankenpflegerin holen?«

»Nein!«

»Okay. Kannst du liegen bleiben? Hast du es bequem?« Mich überkam die Vision, wie alle Schläuche von ihr abfielen, ein wildes Piepen der Maschinen einsetzte und ein Notfallteam hereinstürmte.

Mama schwenkte matt die Finger, als wollte sie sagen: ›Vergiss es.‹

Dann flüsterte sie: »Such Edward.«

»Wer ist Edward, Mum?«

Sie schloss die Augen. »Erzähl Dad nichts.«

Ich beschloss, mitzuspielen. »Wo soll ich nach Edward suchen?«

»Auf dem Dachboden.«

Allmählich fühlte sich die Situation so schräg wie etwas aus *Die unglaublichen Geschichten von Roald Dahl* an. »Dem Dachboden bei dir zu Hause?«

Mum brummte. Ihre Lippen bewegten sich, doch ich konnte nicht verstehen, was sie sagte.

»Edward ist bei dir zu Hause auf dem Dachboden?«

»Hintere Ecke.«

Ich bemühte mich, die Szene aus *Das Schweigen der Lämmer* zu verdrängen, in der eine alte Frau in der Badewanne im Keller verweste.

Ihre Finger begannen, sich in den Rand des Lakens zu krallen. »Danny darf nichts erfahren.«

Und damit betrat Dad die Station. Nach einem Blick in sein greises, für schlechte Neuigkeiten gestähltes Gesicht beschloss ich, »Edward« für mich zu behalten. Ich würde Louise bitten, mitzukommen. Hoffentlich würde sich Edward als Teddybär oder sonstiges vergessenes Spielzeug aus unserer Kindheit erweisen, das meine Mutter plötzlich unbedingt sehen wollte.

»Wie geht's ihr?«, erkundigte sich Dad und betrachtete Mum, die wieder eingedöst war.

»Sie hat eine schwere Nacht hinter sich, aber ein Beruhigungsmittel gekriegt, deshalb schläft sie jetzt.«

Mein Herz schmerzte, als er sich über sie beugte und ihr Haar streichelte. »Alles Gute zum Hochzeitstag, Liebling.«

»O mein Gott, das hatte ich völlig vergessen. Ist heute der zehnte März?«

Dad drehte sich mir zu. »Ich kann ohne sie nicht leben, Gracie. Das geht einfach nicht.«

Als ich ihn umarmte, bemühte ich mich, nicht darauf zu

achten, wie knochig sich seine Schulterblätter anfühlten. »Sag so was nicht, Dad. Sie hat zwar einen langen Weg vor sich, aber noch sind den Ärzten die Ideen nicht ausgegangen.«

Hoffte ich zumindest. Meine Eltern glichen dem ursprünglichen Paar der Arche Noah. Ich konnte mir nicht vorstellen, dass sie ohneeinander überleben könnten.

Verstohlen warf ich einen Blick auf die Armbanduhr. »Dad, es tut mir echt leid. Ich will zwar nicht gehen, aber ich muss los und proben. Kommst du zurecht?«

»Deine Schwester ist draußen. Die Schule hat sie gerade wegen irgendwas Dringendem angerufen. Sie hat gesagt, sie kommt in einer Minute nach.« Dad seufzte. »Mir macht Sorgen, unter welchem Druck sie steht. Sie versucht, Mum zu besuchen, bei der Arbeit voll da zu sein, den Haushalt zu schmeißen, sich um Matilda zu kümmern und so weiter.«

Es war der falsche Zeitpunkt, sich über die unausgesprochene Annahme zu ärgern, meine Arbeit bestünde nur darin, einen Refrain zu trällern und ein bisschen die Beine zu schwingen, und könnte zeitlich daher beliebig an Notfälle in der Familie angepasst werden. Hinzu kam, dass bei Louise zu Hause Craig einspringen konnte, bei mir hingegen nur ich selbst.

Als hätte Dad meine Gedanken gelesen, fügte er an: »Ich weiß, dass auch du hart arbeitest, Schatz.« Er versuchte zu lächeln. »Aber du bist immer eine Überlebenskünstlerin gewesen.«

Und wie die pflichtbewusste Tochter, die zu sein ich allmählich lernte, akzeptierte ich, in welche Schublade der Familie ich gesteckt wurde.

VIERUNDDREISSIG

MONTAG, 10. MÄRZ 2014

Bei den Proben für das neue Stück war ich so mies, dass die gesamte Besetzung schnell die Nase voll von mir hatte. Jedes Mal, wenn ich in Fahrt kam, warfen mich der Gedanke, Mum könnte nicht durchkommen, dieser ständig von ihr erwähnte Edward und die Sache mit dem Dachboden wieder aus der Bahn.

Es konnte gar nicht schnell genug sechs Uhr werden.

Ich musste auf den verdammten Dachboden und mich vergewissern, dass dort oben keine verflixte Leiche vor sich hin moderte. Wir würden uns irgendeinen Blödsinn ausdenken müssen, damit Dad nicht mitbekäme, was wir vorhatten. Ich würde ihm eine Halbwahrheit auftischen – dass wir Mums alte Fotoalben suchten, um sie damit aufzumuntern und mit ihr darüber zu plaudern. Das wäre jedenfalls besser, als aus dem Fenster zu starren und lahme Bemerkungen darüber anzubringen, man könnte »heute den Frühling in der Luft riechen« und »die Narzissen werden auch bald rauskommen«. Krankenhäuser waren der Tod für geistreiche Unterhaltungen.

Sobald ich nach Hause kam, rief ich Louise an. »Ist Dad noch bei dir?«

»Nein, ich hab ihn abgesetzt, damit Mum sich ausruhen kann.«

Ich erzählte ihr von meinem Wortwechsel mit unserer Mutter.

»Vielleicht hat sie bloß Wahnvorstellungen. Die Krankenpflegerin hat gemeint, die Krankheit könnte sie verwirren.«

Ich bemühte meinen versöhnlichsten Ton, obwohl in dem von Louise die altvertraute Andeutung mitschwang, Mum würde niemals ihrer jüngeren, leichtfertigen Tochter etwas Bedeutsames mitgeteilt haben.

Mit erheblicher Willenskraft brachte ich ruhig hervor: »Ich finde, wir sollten auf dem Dachboden nachsehen. Sie hat es ziemlich vehement verlangt, also spukt ihr offensichtlich was im Kopf herum. Ich wollte heute Abend vorbeischauen, damit ich ihr morgen wenigstens sagen kann, dass sich Edward nicht mehr dort oben versteckt.«

Den Hintergrundgeräuschen nach zu urteilen, überlegte Louise, ob mein Bauchgefühl es wert wäre, sich dafür von Matildas Üben am Klavier loszureißen. Sie seufzte. »Na schön, bei der Gelegenheit kann ich mich auch vergewissern, dass Dad ein Abendessen hatte. Er wollte nicht mitkommen und hier übernachten. Hat gemeint, er sollte sich lieber daran gewöhnen, allein zu Hause zu schlafen.« Als ich das belegte Stocken in ihrer Stimme hörte, verflog mein Groll.

Wir einigten uns auf halb acht. Ich ließ Jude mit einer Pizza zurück, geplagt von einem schlechten Gewissen, weil er an diesem Abend allein sein würde. Obwohl er sich bestimmt über die uneingeschränkte Kontrolle über den Fernseher und die Gelegenheit freute, sich auf dem iPad für ihn völlig ungeeigneten Mist anzusehen.

Ich traf gleichzeitig mit Louise bei Mum und Dad zu Hause ein. Sie holte den Schlüssel aus der Handtasche und schloss auf. »Hallo, Dad?« Ich hatte keine Ahnung gehabt, dass sie einen eigenen Schlüssel besaß. Ich benutzte immer den unter dem Blumentopf aus Stein am Seitentor. Wahrscheinlich glaubte Mum, ich würde ihn nur verlieren. Und der Ehrlichkeit halber hatte ich schon das eine oder andere Mal meine Handtasche in Pubs, Nachtklubs und Taxis vergessen. Louise kam vermutlich nie auch nur eine Pfundmünze abhanden.

Aus dem Wohnzimmer dröhnte die Quizshow *The Chase*, und Dad rief die Antworten. Als ich klein gewesen war, hatte ich den Raum als riesig empfunden. Mittlerweile kam er mir mit dem uralten Velourssofa und dem Klavier, das immer noch den Großteil einer Wand einnahm, geradezu winzig vor. Ich überließ es Louise, ihm den Vorwand mit den Fotoalben zu verkaufen, und fühlte mich schäbig und hinterlistig, als Dad dankbar nickte und fragte: »Kommt ihr mit der Leiter zurecht? Ich selbst kann schon seit Jahren nicht mehr rauf. Durch die Probleme mit den Ohren ist mein Gleichgewichtssinn im Eimer.«

Als ich merkte, dass meine Erwiderung wohl ein wenig zu überschwänglich ausgefallen war – »Keine Sorge, Dad, bleib du nur hier im Warmen.« –, tat ich demonstrativ so, als hätte ich es nicht eilig, und blieb auf dem Weg aus dem Wohnzimmer stehen, um die Erinnerungsstücke in der Vitrine zu betrachten. Muscheln, die wir bei Strandausflügen gefunden hatten. Ein Becher vom Silbernen Thronjubiläum neben einem Foto von Louise als Siegerin beim Schönheitswettbewerb. Man würde nie auf die Idee kommen, wir könnten Schwestern sein. Ich besaß Mums schmale Züge und glänzendes, glattes Haar, Louise hingegen Dads dunkle Locken und seinen olivfarbenen, fast mediterranen Teint, der auf seinen Urgroßvater zurückging, dem wir auch den Namen Duarte verdankten. Mein Blick wanderte über die hinten lehnenden Postkarten, die Louise und ich von Schulausflügen geschickt hatten. Die Isle of Wight. Die Isle of Man. Edinburgh. Meine Aufmerksamkeit heftete sich auf ein Foto von uns beim Rummel unten am Hafen. Wir alle lächelten darauf. Obwohl ich den Tag nicht besonders fröhlich in Erinnerung hatte. Zumindest nicht dessen Ende. Dad hatte gerade einen Plüschhasen am Schießstand gewonnen, als eine Wahrsagerin im Vorbeigehen Mums Hand ergriffen hatte. Mum hatte lachend gefragt: »Und? Sehen Sie eine Zukunft mit Abwaschen, Bügeln und Putzen?«

Die Wahrsagerin hatte mit gerunzelter Stirn ihre Handfläche betrachtet. »Sie sollten Ihr Geheimnis lüften.«

Meine Mutter hatte mich gepackt und war davongestürmt, hatte die Frau praktisch aus dem Weg gestoßen. »Was für ein Schwachsinn. Die raten einfach ins Blaue hinein und hoffen, dass man ihnen einen Hinweis liefert. Scharlatane, alle miteinander.« Aber danach war die Energie des Tages dahin gewesen, und Mum war in kein Fahrgeschäft mehr mit uns gestiegen, hatte nur zugeschaut.

Als Louise die Leiter zum Dachboden herunterzog, wirkte sie forsch. Für mich bestand kein Zweifel daran, dass selbst vierzehnjährige Teenager die vorlauten Zungen hüteten, wenn sie meine Schwester im Gang auf sich zukommen sahen. »Allzu viel Zeit hab ich nicht. Ich habe Craig diese Woche nämlich kaum gesehen.«

Unwillkürlich fragte ich mich, ob sie einen Zeitplan hatten, eine Stundenquote, die sie im selben Raum verbringen mussten. Ich war mir nicht sicher, ob ich je den Druck aushalten würde, irgendwo sein zu müssen, nur weil es von mir erwartet wurde, eine Eigenart von festen Beziehungen. Wahrscheinlich würde ich es nie herausfinden.

Als wir den Dachboden betraten, sagte ich: »Mum hat gemeint, ›er‹ wäre in der Ecke.«

Louise verdrehte die Augen. Ihre Miene vermittelte deutlich: ›Je eher ich diesen Unsinn hinter mich gebracht habe, desto früher kann ich nach Hause.‹ Sie spähte in einige Kisten. »In der sind Fotoalben«, verkündete sie und schob sie in Richtung der Luke. »Damit haben wir schon mal was, worüber wir mit Mum reden können.«

Da ich mich nun tatsächlich an Ort und Stelle befand, schlug mein Herz schneller. Ich war froh über Louises Überzeugung, es würde nichts zu finden geben. Gleichzeitig sehnte sich ein kleiner Teil von mir nach einer Entdeckung. Nach irgendetwas, das erklären würde, warum Mama, wenn sie uns so sehr liebte, uns nie gestattet hatte, sie richtig kennenzulernen. Fast so, als hätte uns immer eine dünne Glasscheibe voneinander getrennt, durch die wir zu ihr gesprochen hatten, ihre unhörbaren Antworten aber nur hatten erahnen können.

Louise marschierte in die hinterste Ecke und begann, in alten Koffern und Kisten mit Geschirr zu kramen. »Erinnerst du dich daran?« Sie hielt eine große Silberfigur hoch, von der wir uns nach Großmutter Tod, von uns liebevoll Nan genannt, nicht hatten trennen können.

Ich nickte. »Ja. Ich hab mir immer so gern die Halsketten angesehen, die sie ihr umgehängt hatte.« Nan war so völlig anders als Mum gewesen. So umarmungsfreudig und herzlich. Wie ich bei Jude. Offensichtlich hatte das Umarmungsgen eine Generation übersprungen. Ich wünschte, es wäre Nan vergönnt gewesen, meinen Sohn kennenzulernen.

Louise teilte mir den Bereich mit den Liegestühlen und dem Windschutz zu. Geziert hob ich die Ecke von Letzterem an, weil ich fürchtete, eine fette Spinne könnte darunter hervorkrabbeln. Erst ein kaum unterdrücktes Seufzen von Louise ließ mich beherzter zupacken, denn ich wollte mir von ihr nicht anhören müssen, wer die Angelegenheit wirklich in die Hand nahm – sie – und wer wie üblich bloß herumstand und zusah – ich.

Ich zog den Windschutz aus dem Weg. Keine Ahnung, warum meine Eltern ihn behalten hatten. Zuletzt benutzt hatten sie ihn vermutlich um 1980 herum. Wurden überhaupt noch Windschutze verkauft? Darunter befand sich eine Kühlbox. Ich konnte mich erinnern, wie mein Vater sie gefüllt mit Cola- und Long-Life-Bierdosen hinunter zum Strand geschleppt hatte. Mum hatte immer einen großen Weidenkorb mit Cremes für jeden Notfall dabeigehabt – Sonnenschutz, Sandausschlag, Wespenstiche, Desinfektion. Und Sonnenhüte, die ich nie hatte aufsetzen wollen, worüber sie regelmäßig geschmollt hatte.

Dann erblickte ich etwas. Eine große Holztruhe. Eine, wie man sie aus Filmen kannte, wenn die Musik dramatisch anschwoll und man wusste, dass die Heldin darin etwas finden würde, das sie nicht ignorieren konnte.

»Lou. Sieh mal.«

Sie kam herüber. »Die kenne ich gar nicht. Du?«

Ich schüttelte den Kopf. Ein Teil von mir scheute davor zurück, hineinzuschauen. Ich versuchte, den Deckel zu öffnen. Und schämte mich dafür, wie kläglich meine Stimme aus mir drang. »Verschlossen. Wollen wir Mums Geheimnisse wirklich wissen? Was, wenn es etwas ist, das Dad verletzen wird?«

Louise zuckte mit den Schultern, als bauschte ich das Ganze unnötig dramatisch auf. »Es ist bestimmt nichts Aufregendes drin. Bestenfalls finden wir den einen oder anderen Liebesbrief von einem Kerl, den sie vor der Hochzeit mit Dad gekannt hat.«

Unwillkürlich fragte ich mich, ob sich Louise deshalb nicht vorstellen konnte, was für eine Büchse der Pandora die Truhe vielleicht enthalten würde, weil sie in ihrem Leben nie etwas Unbedachtes getan hatte. Ich hingegen könnte eine ganze Reihe von Männern aufzählen, die ich zu lieben geglaubt hatte. Oder bei denen ich mir vorgemacht hatte, sie würden mich lieben. Einige dieser »Bekanntschaften« hatten sich in Briefen, Karten und Fotos niedergeschlagen. Ganz zu schweigen von Verhaltensweisen, die nicht nur eine verschlossene Truhe, sondern zusätzlich ein dickes, solides Vorhängeschloss rechtfertigen würden. Darunter fiel auch Judes Vater.

Ich wusste nicht, was ich mir eigentlich erhoffte. Vielleicht eine Antwort auf all die kleinen Merkwürdigkeiten, die keinen rechten Sinn ergaben. Beispielsweise, dass Mum mich eher liebte, weil sie es als ihre Pflicht betrachtete, statt so tief und allumfassend zu empfinden wie ich, die ich beinah in Raserei verfiel, wenn jemand Jude nur wegen eines Pickels aufzog. Vielleicht auch ein Gespür für die so lebhafte Frau, von der Dad erzählte, fünf Jahre jünger als er, und eine Erklärung dafür, wie aus ihr die unzufriedene Person geworden war, die oft den Eindruck erweckte, sie könnte uns alle nicht wirklich leiden.

Ich schaute zu Louise auf. »Wo würde sie den Schlüssel aufbewahren?«

»Ich weiß es nicht« bekam man von Louise nie als Antwort. Wenn man sie fragte, woraus der innere Kern des Saturns bestand oder wie lang die Eingeweide eines Spechts waren, würde sie raten. Statt das Gesicht zu verziehen und meine Gedanken an die Nadel im Heuhaufen widerzuspiegeln, schlug sie vor, im Schmuckkästchen unserer Mutter auf dem Schminktisch nachzusehen. Was ich, offen gestanden, für keinen schlechten Gedanken hielt.

»Wird Dad uns nicht hören, wenn wir uns in ihr Schlafzimmer schleichen?«, fragte ich.

»Das bezweifle ich. Dafür hat er den Fernseher zu laut aufgedreht.«

»Was hältst du davon, wenn du nach dem Schlüssel suchst und ich hier oben weiterstöbere, ob irgendwo noch was Interessantes ist?« In Wirklichkeit wollte ich nicht Mums Sachen durchwühlen. Mir widerstrebte die Vorstellung, ihre Halsketten, Armbänder und Ringe anzufassen und mich zu fragen, ob sie je wieder etwas davon tragen würde. Ob sie je wieder in ihrem Zimmer schlafen würde. Ob sie je wieder bei den seltenen Gelegenheiten, wenn Dad darauf bestand, dass sie ihn zu einer »Sause« begleitete, den Kleiderschrank öffnen und unschlüssig zwischen ihren acht verschiedenen Blusen schwanken würde. Ich blinzelte gegen die Flut von Gefühlen an, gegen den intensiven Wunsch, die Dinge wären anders.

Gegen die Erkenntnis, dass ich vielleicht nie mehr die Gelegenheit erhalten würde, sie zu *ändern*.

Louise verschwand kommentarlos die Leiter hinunter. Sie vermittelte mir immer das Gefühl, ich wäre ungefähr so robust wie eine Pusteblume. War ich im Vergleich zu ihrer nüchternen Unerschütterlichkeit einer Straßenwalze wohl auch.

Ich nahm das Schloss der Truhe unter die Lupe. Der Schlüssel würde ziemlich klobig sein. Er könnte praktisch überall sein. Ich überlegte, wo jemand einen Schlüssel verstecken würde. Nur für alle Fälle hob ich die Truhe an. Offensichtlich war sie schon lange nicht bewegt worden, denn auf den Dielen zeichnete sich eine exakte rechteckige Begrenzung des Staubs ab. Kein Schlüssel. Ich blickte mich um, schüttelte ein Paar Gummistiefel, um zu sehen, ob etwas darin klapperte, bevor ich danach Ausschau hielt, ob sich irgendwo eine unscheinbare kleine Schachtel verbarg.

Schließlich kam Louise wieder heraufgeklettert. »Kein Glück.« Sie drehte die Truhe um. »Ich hatte die Idee, die Scharniere abzuschrauben. Aber die sind innen.« Louise dachte stets so praktisch. Dad meinte oft scherzhaft, sie bräuchte eigentlich keinen Ehemann. Woraufhin Mum immer missbilligend die Lippen schürzte, als wäre eine Tochter, die niemand heiraten wollte, mehr als genug.

Einen Moment lang standen wir beide mit in die Hüften gestemmten Händen da. »Ob wir das Schloss irgendwie knacken können?«

Ich kniete mich hin, um es genauer zu betrachten.

Louise seufzte. »Dad würde wissen, wie wir es aufbekommen.«

»Ich glaub wirklich, wir sollten erst mal nachsehen, was drin ist, bevor wir ihn einbeziehen. Er liebt sie so sehr. Das will ich ihm nicht ruinieren. Schon gar nicht, falls Mum nicht durchkommt.« Ich sah Louise an. »Glaubst du, sie könnte sterben?«

Ungeduld huschte über ihre Züge. »Ich denke, es ist sinnlos, darüber zu spekulieren. Im Augenblick würde ich sagen, es steht fifty-fifty.« Louise gelang es immer, so rational zu klingen. Bestimmt war sie nie in Matildas Zimmer gegangen, als sie klein war, und hatte sie geweckt, um zu sehen, ob sie noch lebte, wie ich es bei Jude getan hatte. Oder hatte die Fenster entriegelt, wenn sie ein offenes Feuer angezündet hatte, falls ein Funke oder Glut aus dem Kamin einen Brand auslöste und man schnell ins Freie flüchten müsste. Nein. Louise befasste sich nur mit Gewissheiten. Keine Ahnung, wie sie den Neurosen unserer Mutter entgehen konnte, die sich in mir hundertfach niedergeschlagen hatten.

Louise bewegte sich auf die Luke zu. »Ich hole die Truhe, wenn Dad im Krankenhaus ist. Jetzt können wir sie nicht rausschmuggeln, ohne dass er es mitbekommt. Und ich will nicht, dass er denkt, wir würden uns ...« Kurz stockte sie. »... vorzeitig Mums Sachen holen.«

All das Adrenalin, all die angespannte Erwartung, das Rätsel meiner Mutter zu lüften – oder auch nicht –, verflüchtigte sich. Plötzlich fühlte ich mich so schwer, als hätte ich einen Berg fettiger Fleischklöße gegessen. Niedergeschlagen setzte ich mich auf den Boden und lehnte den Hinterkopf an die Truhe. Und als ich nach oben schaute, erblickte ich etwas, das hinter einem Sparren versteckt an einem Nagel hing. Einen klobigen Schlüssel.

FÜNFUNDDREISSIG

MONTAG, 10. MÄRZ 2014

Als ich den Deckel der Truhe anhob, fühlte es sich an, als wehte die Vergangenheit heraus. Louise zeigte sich ungeduldig. »Ich muss bald los. Craig und ich sind gern um viertel nach zehn im Bett, sonst sind wir am nächsten Tag zu nichts zu gebrauchen.« Ich wollte mich nicht auf einen Wettbewerb einlassen, wer am wenigsten schlief, doch wenn ich einen Auftritt hatte, kam ich oft nicht vor halb zwei Uhr unter die Decke und musste trotzdem am nächsten Morgen raus, um Jude zur Schule zu bringen. Aber ich behielt den Gedanken für mich.

Er verpuffte ohnehin, als wir sahen, was die Truhe enthielt. Es handelte sich um eine wahre Schatzkiste voller alter Spielsachen. Ich hob einen Lamborghini von Scalextric heraus, einen Nachziehzug aus Holz und einen Kipplaster von Dinky. »Das versteh ich nicht. Eine Truhe mit Spielzeug?« Ich konnte mich nicht erinnern, dass unsere Mutter je Interesse an Autos gezeigt hatte, und die Sachen hatten weder Louise noch mir gehört. Mum hatte nicht mal den Führerschein gemacht.

»Ich hab dir ja gesagt, dass hier nichts Wissenswertes ist. Weiß Gott, warum Mum das gehortet hat. Dürfte allerdings inzwischen einiges wert sein.«

In mir breitete sich Frustration aus. Ich konnte nicht glauben, dass ihr großes Geheimnis aus einer Kiste voller banalem Spielzeug bestand. Als ich tiefer grub, stieß ich auf ein Guinness-Buch der Rekorde von 1975 und ein Dr. Who-Jahrbuch aus dem Jahr 1974 mit Jon Pertwee auf dem Cover. Dann vollführte mein Herz einen Satz, als ich einen Stapel Karten entdeckte. »Edward.« Ich holte sie heraus und schwenkte sie vor Louise. »O mein Gott. Sieh nur!«

Sie entriss sie mir unwirsch, als könnte sie nicht fassen, dass ich mal mit etwas recht gehabt hätte.

Ich zögerte. »Sollen wir reinschauen?« Obwohl Mum uns praktisch die Erlaubnis erteilt hatte, herumzuschnüffeln, erschien es mir falsch, nicht an uns adressierte Karten und Briefe zu lesen. Wiederum erwies sich Louise als weitaus pragmatischer.

»Na ja, hätte wenig Sinn, dass wir uns all die Mühe gemacht haben, ohne herauszufinden, wofür.« Sie fächerte die Kuverts auf. »In der Ecke steht das Datum drauf. Die erste Karte ist vom 13. Juni 1969.« Sie schob den Finger unter die Lasche des Umschlags, deren uralter Klebstoff keinerlei Widerstand bot.

Louise zog die Karte heraus. »Heute ein Jahr alt!«, prangte darauf. Ich spähte über die Schulter meiner Schwester und las die saubere Kursivschrift meiner Mutter.

Mein geliebter Edward, wahrscheinlich heißt du inzwischen nicht mal mehr so, aber für mich wirst du immer Edward sein, oder vielleicht Teddy. Ich weiß nicht, wo oder bei wem du bist, doch ich hoffe, du kannst nachts den Nordstern sehen und irgendwie fühlen, dass ich ihn ebenfalls sehe. Auch wenn ich mich nicht um dich kümmern kann, heißt das nicht, dass ich dich nicht liebe. Alles Gute zum Geburtstag, mein Schatz. Ich hoffe, du bist glücklich. In Liebe, Mum xx

Plötzlich fühlte ich mich wie damals, als Jude noch klein gewesen und in vollem Lauf aus der Schule gestürmt war, um sich mir in die Arme zu werfen, dass es mir den Atem verschlagen hatte. Ich hatte mich für intime Liebesbriefe und für die grässliche, den Magen umdrehende Enthüllung gewappnet, meine Mutter hätte es mit einem anderen Mann getrieben. Aber nicht dafür.

Louise verzog das Gesicht, als bräuchte ihr sonst so blitzschnelles Lehrerinnen-Gehirn dringend Starthilfe. Als ihre Stimme ertönte, klang sie angespannt. »Was um alles in der Welt soll das?«

»Hast du gewusst, dass Mum vor mir ein anderes Baby bekommen hat?«, fragte ich.

Louise brüllte beinah. »Sei nicht so verdammt albern! Meinst du nicht, ich hätte irgendwann in den vergangenen vierzig Jahren erwähnt, dass wir einen Bruder haben, wenn ich's gewusst hätte?«

»Er muss gestorben sein. Warum haben sie uns nie was von ihm gesagt? Ich meine, gut, Mum ist immer ein bisschen verschlossen gewesen, dafür ist Dad sonst ziemlich offenherzig.« Wieder und wieder starrte ich auf die Karte, als würden die Worte ihre Bedeutung ändern, wenn ich es nur lange genug täte.

Louise setzte sich auf die Fersen zurück. »Vielleicht war es zu traumatisch. Klingt so, als könnte er bei einem Unfall ums Leben gekommen sein. Offensichtlich hat sich Mum dafür verantwortlich gefühlt.«

»Aber warum schreibt sie ›wahrscheinlich heißt du inzwischen nicht mal mehr so‹?«

Louise zog die nächste Karte heraus und las sie laut vor. *»Hoffentlich kümmern sich deine neuen Eltern gut um dich. Ich denke oft an dich.«* Ihre Augen wurden groß. »O mein Gott. Er ist nicht tot. Sie haben ihn weggegeben.«

Ich schüttelte den Kopf. »Das hätten sie nie getan. Ich hab

gehört, wie Dad zu Jude gesagt hat, dass er ›seine Mädchen‹ – uns – unheimlich lieb hat, aber sich trotzdem so freut, endlich einen Jungen in der Familie zu haben. Danach hat er darüber gescherzt, wie unerträglich der Gedanke war, die Leidenschaft der Duartes für den FC Portsmouth könnte mit ihm aussterben. Warum hätten sie ein Kind weggeben und mich dann behalten sollen?«

Louise sah die Umschläge durch. »Wie konnten sie nur? All das Gerede über ›Amazing Grace‹ und darüber, dass sie gedacht haben, sie könnten keine Kinder mehr kriegen. Wenn irgendjemand in der Straße Nachwuchs bekommen hat, als ich noch klein war, ist Mum weinerlich geworden und hat schluchzend zu Dad gemeint, sie würde sich unvollständig vorkommen.« In der Stimme meiner Schwester schwang echte Wut mit. »Das ist so verlogen! All die Jahre hatte ich das Gefühl, ich hätte ihnen nicht gereicht. Mum hat Dad oft zugeraunt, wie unglücklich sie als Einzelkind war und dass sie unbedingt ein Geschwisterchen für mich wollte.« Die Lautstärke ihrer Stimme schwoll so sehr an, dass ich fürchtete, Dad könnte es hören.

Ich hob den Finger an die Lippen. »Pssst. Vielleicht hatten sie ja einen triftigen Grund dafür.«

Louise knirschte mit den Zähnen. »Welchen zum Beispiel? Warum gibt jemand ein Baby weg?«

Louises Wut ängstigte mich. Sie verlor sonst nie die Beherrschung. Ihr unumstößliches Motto lautete: ›Wir müssen uns alle beruhigen.‹

»Vielleicht konnten sie sich zu der Zeit kein weiteres Baby leisten«, schlug ich vor.

Im schummrigen Licht des Dachbodens färbten sich Louises Wangen krebsrot. »Sie hatten von Dads Eltern ein Haus geerbt! Dad hatte bei der Marine ein geregeltes Einkommen. Dein Freund hat sich vom Acker gemacht, als du mit Jude schwanger geworden bist. Du hast in einer Bruchbude gelebt, trotzdem hast du ihn nicht weggegeben.«

Ich bemühte mich, keinen Anstoß an ihrem vernichtenden Urteil über meine Lebensumstände zu nehmen. Als sollten Kinder nur Frauen gestattet sein, die ein Haus mit vier Zimmern, eine Trockenkammer und einen Ehering am Finger hatten.

Dann kam mir ein so abwegiger Gedanke, dass ich mich überwinden musste, ihn vor Louise auszusprechen. »Was, wenn das Baby nicht von Dad war? Mum hat mehrfach gesagt, er darf nichts erfahren.«

»Mach dich nicht *lächerlich!* Wie hätte Mum ein Kind auf die Welt bringen sollen, ohne dass Dad es mitbekommen hätte?«

»Er war oft ewig weg. Es könnte möglich gewesen sein.« Ich schob mir die Stirnfransen aus dem Gesicht. »Wenn das Baby auch von Dad war, warum sollte Mum ihm dann verheimlichen wollen, dass sie nach ihm suchen möchte?«

»Weil Dad nicht so dumm wäre, nach vierzig verdammten Jahren in der Vergangenheit zu wühlen und damit zwei Familien zu zerrütten. Und jetzt sollen wir ihre Drecksarbeit übernehmen, ohne ihm was zu sagen.« Louise schüttelte den Kopf mit ruckartigen Bewegungen, die von tief empfundener Missbilligung zeugten.

Ich kramte in mir nach meiner ruhigsten, vernünftigsten Stimme. »Warum lesen wir nicht erst den Rest der Karten, ehe wir voreilige Schlüsse ziehen? Vielleicht finden wir so heraus, wessen Kind es war. Soll ich zuerst schnell runter und nach Dad sehen?«

»Wir könnten ihn auch herholen und uns die Mühe sparen, die Kuverts zu öffnen. Warum hören wir uns die Erklärung nicht aus dem Munde eines Eingeweihten an?« Ich erkannte die Frau vor mir nicht wieder. Bislang war immer sie diejenige gewesen, die unsere Eltern in Schutz genommen und mich dafür zusammengestaucht hatte, ihnen Kummer zu bereiten.

»Sehen wir uns zuerst an, was uns erwartet? Zur Vorbereitung? Nur für den unwahrscheinlichen Fall, dass Dad doch nichts davon weiß.«

Louise schnaubte zwar, streckte aber die Hand nach den Karten aus, die ich ihr reichte. Ich gab ihr die von 1970 bis 1980. Die späteren behielt ich und beschloss, mich rückwärts vorzuarbeiten. Ich breitete sie aus und wunderte mich, dass Juni 1984 und Juni 1985 fehlten. Also begann ich mit Juni 1986. Als mein Blick auf »Heute achtzehn Jahre alt!« fiel, dachte ich daran zurück, was für eine Abfolge von Auseinandersetzungen das Heranrücken meines achtzehnten Geburtstags gewesen war. Mum hatte gebrüllt. »Wenn du dich nicht an meine Regeln halten willst, suchst du dir besser eine andere Bleibe!« Mum hatte gebettelt. »Geh nicht, Gracie. Rede einfach mit mir. Ich bin kein Unmensch. Ich verspreche, ich höre dir zu.« In mir hatte Wagemut mit Angst gerungen, als ich die Treppe hinunter und hinaus zu Zeds wartendem Auto gestapft war. Wochenlang hatte ich mich geweigert, sie zu sehen. Ich wäre am Boden zerstört, wenn Jude mir dasselbe antäte. Aber damals hatte ich nicht groß darüber nachgedacht, sondern nur mein Ding durchziehen wollen, ohne mir Mums Meinung darüber anhören zu müssen. Beim Gedanken an meine damalige Grausamkeit zog sich mir alles zusammen.

Zum Glück beendete Louise dem Toben der Schuldgefühle in mir ein Ende, indem sie mit dem Finger auf eine Karte zum vierten Geburtstag hieb. »Schau, hier nennt sie sich ›deine andere Mutter‹. Dann ist Dad wohl ›der andere Vater‹. Wie können die beiden nur in den Spiegel sehen? Craig und ich wären eher auf der Straße gelandet, als Matilda wegzugeben.«

So schnell würde Louise den richterlichen Urteilshammer nicht wieder wegpacken. Ich für meinen Teil analysierte alles, was ich über unsere Eltern zu wissen glaubte. Bei unserem großherzigen alten Vater konnte ich mir beim besten Willen nicht vorstellen, wie er sich ein Baby von der Schulter hob, es Fremden übergab und zurück in seinen Cortina stieg. Das fiel mir sogar bei Mum schwer, allerdings besaß sie eine Härte, durch die sie unter den richtigen Umständen zu allem fähig wäre. Ich richtete die Aufmerksamkeit wieder auf die Karte zum achtzehnten Geburtstag. Dabei hatte ich das Gefühl, durch eines dieser weiß besprühten Schaufenster zu spähen, um zu sehen, was sich dahinter verbarg.

Und dann begann der Nebel, sich zu lichten.

Lieber Edward,

ich habe dir nie wirklich erklärt, warum ich dich nicht behalten konnte. Da du jetzt erwachsen bist, ein Mann, finde ich, es ist an der Zeit dafür. Bestimmt fragst du dich, wie ich es übers Herz bringen konnte, dich jemand anderem zu überlassen. Ich an deiner Stelle würde es. Ich habe dich so sehr geliebt, aber die Umstände waren kompliziert. Es fällt mir schwer, das zu schreiben, doch mein Ehemann ist nicht dein Vater. Als du auf die Welt gekommen bist, war er fünfzehn Monate lang auf See. Bis heute habe ich es meinem Mann nicht sagen können, obwohl er ein guter Mensch ist – und ironischerweise weiß ich, dass er dich geliebt hätte, wenn ich nicht getan hätte, was ich getan habe.

Niedergeschrieben erscheint mir alles so lahm, so erbärmlich. Aber alles nach deiner Geburt ist aus Liebe zu dir geschehen. Ich hatte bereits ein kleines Mädchen namens Louise (deine Halbschwester). Und hätte mich mein Ehemann vor die Tür gesetzt, hätte ich dir nicht mal einen Bruchteil dessen bieten können, was deine neuen Eltern konnten. Ich wäre die von den Nonnen vorhergesagte schlechte Mutter gewesen. Also habe ich dich gehen lassen, obwohl es mir restlos das Herz gebrochen hat. Bitte verzeih mir. Auch wenn es dir jetzt nicht hilft, es ist kein einziger Tag vergangen, an dem ich nicht an dich gedacht und mir gewünscht habe, unser Leben wäre anders verlaufen. Ich hoffe so, so sehr, dass du glücklich bist und eine eigene wunderbare Familie gründen wirst.

In Liebe, deine andere Mum.

PS: Schau heute Nacht unbedingt zum Nordstern. Das mache ich jedes Jahr an deinem Geburtstag vor dem Schlafengehen und wünsche mir, ich könnte dich wiedersehen. Ich weiß, wie egoistisch das ist, aber es hat sich in achtzehn Jahren nicht geändert und wird es wohl auch nie.

PPS: Es tut mir leid, dass ich dir an deinem sechzehnten und siebzehnten Geburtstag nicht geschrieben habe. Da dachte ich, es wäre besser, dich loszulassen, damit alle ihr Leben weiterführen können, ohne endlos in der Vergangenheit zu wühlen. Besonders erfolgreich war ich damit nicht.

Meine Kehle fühlte sich wie zugeschnürt an von den Worten, die eine solche Sehnsucht und Traurigkeit ausstrahlten, verfasst in der sorgfältigen Handschrift meiner Mutter. Vor meinem geistigen Auge sah ich, wie sie den Füllfederhalter mit Quink füllte und behutsam Löschpapier auf die Zeilen legte. Kein Vergleich zu meinem lieblosen Gekritzel mit Kugelschreiber, das sie früher endlos zur Verzweiflung getrieben hatte.

Ich schluckte und zögerte, meinen Fund Louise zu zeigen und damit die Lunte der Dynamitstange in unsere Familiengeschichte anzuzünden. Ein Wort von mir, und alles, was wir kannten, würde in ein völlig anderes Bild gewürfelt, als würden wir uns einen Spaß daraus machen, Köpfe von Familienfotos auszuschneiden und auf die falschen Körper zu kleben.

Wow. Meine Mutter hatte eine Affäre gehabt. Mum mit ihrer Möbelpolitur und ihren Haushaltshandschuhen, ihrem Drängen darauf, sich Dokumentationen über Winston Churchill und Erdmännchen anzusehen, alles, was ›den Horizont erweitert‹, hatte es mit jemand anderem als meinem Vater getrieben. War es ein One-Night-Stand gewesen? Oder eine längerfristige Liebschaft? War sie ein paar Tage oder Jahre lang zur Tür hinaus und in die Arme des anderen gerannt, sobald Dad in See gestochen war? Mein Blick wanderte über die Worte, und die Sätze, die sich so falsch anfühlten, verdichteten sich zu einem homogenen Klumpen, der mich einen Moment lang daran hinderte, die bedeutendste Wahrheit dahinter zu verarbeiten: Dad wusste nicht, dass Mum noch ein Kind bekommen hatte.

Ich stützte den Kopf auf die Hände und rechnete nach. Wenn ihr Sohn im Juni 1969 ein Jahr alt gewesen war, musste er 1968 geboren worden sein. Demnach war er inzwischen fünfundvierzig. Ein über fünfundvierzig Jahre bewahrtes Geheimnis. Ich dachte an die Monate vor Judes Geburt zurück, bevor Mum und Dad davon erfahren hatten. Damals musste ich die Stelle im Hotel aufgeben und mir mit dem Wissen, dass ich schwanger war, Arbeit in einem Nachtklub suchen. Später hatte ich versucht, den Bauch einzuziehen, das Baby in mir zu verbergen, um den Job nicht zu verlieren. Jedes Mal, wenn jemand den Blick darauf gerichtet hatte, war mir heiß vor der Angst geworden, er könnte wissen, dass etwas nicht stimmte. Oft hatte ich Dad anrufen wollen, um es ihm zu sagen, hatte mich aber nicht dem Gedanken stellen können, die Tochter zu sein, die wieder mal alle enttäuscht hatte. Wochenlang war ich untätig geblieben, hatte mich nicht für eine Abtreibung entscheiden können, war zugleich jedoch unfähig gewesen, für ein anderes Szenario zu planen. Ich hatte es als Erleichterung empfunden, als bei Louises Hochzeit alles ans Licht gekommen war. Ich hatte Mums Gesicht vor Augen, die Miene eher besorgt als hart und zornig. Ihre Stimme hatte sanft geklungen: »Wie lange schon, Grace?« Sie hatte sich rundheraus geweigert, mich eine Abtreibung auch nur in Betracht ziehen zu lassen.

Dad hatte Ollie aufspüren und zwingen wollen, Verantwortung zu übernehmen, doch ich hatte ihn davon abgehalten. Ich hatte abgewunken. »Dad, das hat keinen Sinn. Lieber ziehe ich Jude allein auf als mit einem Alibi-Vater, der sich jeden zweiten Sonntag zu einem Besuch bei ihm aufrafft. Jude wird ohne ihn im Leben nicht viel verpassen. Außerdem hat er ja dich als Vorbild.«

Dad hatte mit einer Auflistung der Dinge losgelegt, die er Jude beibringen wollte, und mit der Zeit hatte niemand mehr seinen Vater erwähnt. Gott sei Dank.

Aber Mum, meine arme Mutter, hatte fast ein halbes Jahrhundert lang mit ihrer Scham gelebt. Kein Wunder, dass sie dadurch ein wenig eigen geworden war. Kaum vorstellbar, ein Geheimnis dieser Größenordnung mit sich herumzuschleppen. Wie tief musste man es in sich vergraben, wie brutal die Gefühle unterdrücken, um so zu überleben? Am liebsten wäre ich ins Krankenhaus geeilt, hätte ihre dünne Gestalt an mich gedrückt und ihr gesagt, dass alles in Ordnung wäre.

Was natürlich nicht stimmte. Dad wusste nichts. Er freute sich auf ihre goldene Hochzeit im nächsten Jahr und schmiedete bereits Pläne dafür. Zweifellos würde er uns alle mit einer rührseligen Rede zum Seufzen bringen. Im Wesentlichen würde sie besagen: ›Du, Susie, bist schlicht und ergreifend mein Leben.‹ Konnten wir ihm wirklich den Boden seiner Welt unter den Füßen wegreißen? Im Alter von zweiundsiebzig Jahren?

Ich wollte nicht diejenige sein, die entschied, ob wir Dad vor den Fehlern unserer Mutter schützen sollten. Mein Blick fiel auf Louise, die mit verkniffener, zorniger Miene den Inhalt der Karten überflog. Ihr Gespür dafür, sich in andere hineinzuversetzen, war nicht so ausgeprägt wie etwa ihr Talent, vorwurfsvoll mit dem Finger auf jemanden zu zeigen. Dennoch konnte ich es ihr nicht verheimlichen.

»Lou, da ist etwas, das solltest du dir ansehen.«

Mit einem genervten Schnauben streckte sie die Hand aus. Ihre Gesichtsmuskeln zitterten dabei vor Anspannung.

Ich setzte mich auf die Fersen zurück, biss mir auf die Unterlippe und fühlte mich wie das kleine Mädchen von damals, wenn Dad in der Feuerwerksnacht eine Rakete in einer Milchflasche angezündet hatte und wir nicht hatten wissen können, ob sie gerade aufsteigen oder ein Eigenleben entwickeln und ins Gewächshaus der Nachbarn einschlagen würde.

»Um Himmels willen!« Louise warf den Kartenstapel auf ihrem Schoß zu Boden, nachdem sie den Brief zu Ende gelesen hatte. »Warum jetzt nach all den Jahren? Glaubt sie etwa, wir würden unseren lang verschollenen Bruder aufspüren, uns zusammen hinsetzen, Ovomaltine trinken, Snap spielen und ihm die über vierzig Jahre schildern, die er verpasst hat? Ganz zu schweigen von Dad ... ›Ach, übrigens, der Sohn, den du dir immer gewünscht hast – es gäbe da einen, den Mum mit jemand anderem gezeugt hat.‹ Ich will ihn nicht finden! Wir sind doch glücklich, so wie es ist.«

Damit brach sie schluchzend in Tränen aus, und ich tätschelte ihr unbeholfen den Arm. Ich verspürte den Drang, den Kopf wieder in die Truhe zu stecken und nachzusehen, was sie noch enthielt, doch Dads Stimme tönte durch die Luke zu uns herauf. »Alles in Ordnung da oben?«

Ich eilte hinüber und rief: »Ja, entschuldige, wir sind bloß auf Erinnerungsstücke an Nan gestoßen. Da sind wir nostalgisch geworden.«

Er erwiderte etwas von einer Tasse Tee, die uns erwarten würde, wenn wir runterkämen.

Louise warf mir einen wütenden Blick zu, aber diese besondere Entdeckung sollte nicht ohne gewissenhafte Überlegungen das Licht der Welt erblicken. Ein für meine Verhältnisse bahnbrechender Gedanke.

Nachdem ich mich all die Jahre darüber geärgert hatte, dass ich wie die dumme Kleine behandelt worden war, schmeckte mir überhaupt nicht, dass die vernünftige Große ohne Rücksprache anscheinend abgedankt hatte.

SECHSUNDDREISSIG

DIENSTAG, 11. MÄRZ 2014

Meine Schwester war schon ein verblüffendes Wesen. Craig und sie posteten stets empört auf Facebook über von der Regierung vorgenommene Kürzungen, über den Verzehr von Hunden in China, Boykottaufrufe für dieses und jenes. Ich hatte mich immer für ein wenig herzlos gehalten, weil ich nicht genügend Wut aufbringen konnte, um mich für etwas zu engagieren, das mich nicht direkt betraf. Aber Mum tat mir so leid. Sie war erst neunzehn gewesen, als sie geheiratet hatte. Es musste ein hartes Los gewesen sein, Abend für Abend zu Hause zu hocken, während Dads Briefe Cocktailpartys in der Offiziersmesse am anderen Ende der Welt schilderten. Als Jude klein gewesen war, hatte ich mir nach ein paar Gläsern Wein am Samstagabend beinah eingeredet, Gareth in der Wohnung unter uns wäre eine brauchbare Möglichkeit. Und er war jemand, der mit sichtbaren Sockenflusen unter den Nägeln der großen Zehen barfuß herumlief und kein Gespräch führen konnte, ohne mit den Fingern irgendeinen Teil seines Körpers zu erkunden und die Beute in den Mund zu stecken.

Louise hatte erst mit einunddreißig geheiratet. Sie hätte also reichlich Freiheit zum Experimentieren gehabt, um es nicht so zu vermasseln wie Mum – und ich. Aber wie ich meine biedere Sandra Dee von einer Schwester kannte, hatte sie wahrscheinlich nur mit ein paar anderen Männern Händchen gehalten, bevor sie mit Craig zusammengekommen war. Natürlich hatte Mum unseren Vater »betrogen« und uns alle »enttäuscht«, wobei ich mich ausnahm, weil ich zu dem Zeitpunkt noch nicht auf der Welt gewesen war. Aber Herrgott, ein bisschen Barmherzigkeit und Vergebung wären nicht verkehrt gewesen. Ich bekam Gänsehaut beim Gedanken, ein winziges Menschlein in fremde Hände zu übergeben, ein Kind, das man besser kannte als jeder andere und dessen Bedürfnisse man zu erahnen begonnen hatte. Obwohl ich weder reich noch besonders schlau war, hatte ich nie daran gezweifelt, dass ich die Geeignetste dafür war, Jude zu lieben. Niemand sonst hatte gewusst, dass es ihm beim Einschlafen half, wenn man seine Augenbrauen streichelte, dass er lieber spazieren geschoben statt geschaukelt wurde, dass er keine Kapuzen leiden konnte und Söckchen für ihn nicht mal infrage kamen. Ohne Jude wäre ich nur ein Bruchteil meiner selbst gewesen, ein Abklatsch der Frau, die ich war.

Aber Louise schien das traumatische Erlebnis, »ein Baby wegzugeben«, völlig zu übersehen. Sie beharrte stattdessen verbissen darauf, Dad hätte das Recht zu erfahren, was sie getan hatte. Wir standen im Flur und fauchten uns gegenseitig an.

»Schlaf wenigstens darüber. Reden wir erst mit Mum, wenn's ihr gut genug geht, bevor wir alle in Aufruhr versetzen.«

Louise stemmte die Hände in die Hüften. »Vielleicht geht es ihr dafür nie wieder gut genug. Außerdem gehe ich sie morgen nicht besuchen. Ich finde es verabscheuungswürdig, dass sie uns in die Sache mit reinzieht. Geh du zu ihr. Ich tu's nicht. Und sie kann sich abschminken, dass ich nur eine Sekunde meines Lebens dafür vergeude, nach ›Edward‹ zu suchen – oder wie auch immer er inzwischen heißt.«

»Lou ... wahrscheinlich ist ihr nicht mal bewusst, was sie von sich gibt. Es muss so tief in ihr verwurzelt an ihr nagen, dass sie es in ihrem Zustand nicht länger unterdrücken kann.« Ich konnte kaum glauben, dass sich meine Schwester, die sonst immer auf Mums Seite gestanden hatte, so hartherzig zeigte.

»Und wenn schon. Trotzdem sollten nicht wir diejenigen sein, die sich damit herumschlagen müssen. Ich besuche sie nicht, solange sie diesen Unsinn von sich gibt. Dad sage ich, dass ich die Arbeit nicht weiter schleifen lassen kann. Was nicht mal gelogen ist.«

Also marschierten Dad und ich am nächsten Vormittag allein bei meiner Mutter auf. Damit wir nicht in bedrückender Stille durch die Korridore gingen, brachte ich eine Bemerkung über seine glänzenden Schuhe an. Ihm traten Tränen in die Augen. »Falls sie gehen muss, soll sie wissen, dass ich mir bis zum Ende alle Mühe für sie gegeben habe.«

Ich würde Louise anflehen müssen, Dad noch nichts zu verraten. Sie sah die Dinge so verdammt schwarz-weiß, war so besessen von Ungerechtigkeit, von richtig und falsch. Man konnte getrost sagen, dass meine Persönlichkeit ein erheblich größeres Spektrum von Grautönen umfasste. Wenn Mum es nicht schaffte, wäre Dad ohnehin schon gebrochen. Käme noch hinzu, was wir herausgefunden hatten, würde er restlos zerfetzt.

Sobald wir die Station erreichten, erkundigten wir uns bei der Krankenpflegerin, wie es Mum in der Nacht ergangen war. »Nicht allzu gut, fürchte ich. Sie hat etwas darüber gebrüllt, dass ›er‹ nicht hier ist und gefunden werden müsste, bevor es zu spät wäre.«

Ansatzlos warf ich ein: »Sie kann es nicht leiden, von Dad getrennt zu sein. Die beiden sind seit fast fünfzig Jahren verheiratet. Wahrscheinlich fragt sie sich, warum er nicht bei ihr ist.«

Dad sah aus, als könnte er jeden Moment umkippen. Dann sprach er aus, was sich niemand von uns vor medizinischem

Personal gestattet hatte, obwohl es meiner inneren Schwarzseherin mehrfach auf der Zunge gelegen hatte. »Sie wird sterben, nicht wahr?«

Die Pflegerin warf mir einen Blick zu, eine Mischung aus Mitleid und Ungläubigkeit darüber, dass uns der Gedanke erst so spät gekommen war. Sie setzte eine neutrale Miene auf. »Wir tun, was wir können. Der Arzt kann Ihnen nachher ein genaueres Bild vermitteln.«

Ich ließ Dad reingehen und eilte zur Pflegerin, um mich zu erkundigen, wann der Arzt kommen würde. Durch das Fenster sah ich, wie er sie zärtlich auf die Wange küsste, bevor er mit schief gelegtem Kopf dastand. Seine Gedanken wollte ich mir gar nicht ausmalen. Aber zumindest würde er sich nicht fragen, mit wem zum Teufel sie eine Affäre gehabt hatte und wo das daraus entstandene Kind sein könnte.

Schließlich setzte ich mich zu ihm. Zusammen blätterten wir die auf dem Dachboden gefundenen Alben durch, sprachen zu meiner Mutter über die Fotos und Erinnerungen. An einer Stelle warf Dad ein: »Meine Güte, erinnerst du dich an unseren fünfundzwanzigsten Hochzeitstag? Louise hatte die Strandhütte in East Wittering dafür gemietet. Damals ist unsere Gracie vom Wellenschutz gestürzt und hat sich das Bein aufgerissen. Wir mussten mit ihr ins Krankenhaus hetzen.«

Dad stellte mich nicht absichtlich als Unruhestifterin hin, das wusste ich. Dennoch wurde alles, worüber wir redeten, von Kommentaren begleitet wie: »Und dann ist Gracie verschwunden ...« Oder: »Und dann mussten wir nach Hause, weil Gracie ...« Und: »Gracie hat uns einen solchen Schrecken eingejagt, als sie ...« Nie kamen Episoden vor, bei denen Louise einen Tag ruiniert hatte oder unartig gewesen war. Natürlich war ich im Teenageralter schwierig gewesen. Dennoch konnte ich mich des Eindrucks nicht erwehren, dass meine Verfehlungen von damals protokolliert und hervorgehoben wurden, damit niemand sie je vergaß. Im Gegensatz dazu wurde alles, was Louise je falsch gemacht hatte, als Ausnahme abgetan, als untypisch für sie, als kaum erwähnenswert. Meine Eltern hatten sich mich so lange gewünscht, doch ich fragte mich, ob ihnen im Nachhinein lieber gewesen wäre, ich hätte nie das Licht der Welt erblickt.

Von Mum kam kaum eine Reaktion darauf. Nur vereinzelt ein Brummen oder Räuspern. Dad meinte immer wieder: »Schau, darüber lächelt sie!« Zwar widersprach ich ihm nicht, aber ich fand, er wäre überoptimistisch, ähnlich wie wenn man sich einredete, dass ein Baby lächelte, obwohl es in Wirklichkeit von Blähungen geplagt wurde.

Ich warf einen Blick auf die Armbanduhr. »Dad, ich muss bald zu den Proben los.«

Er nickte. »Aber du hast noch nichts gegessen. Ich hole dir ein Sandwich aus der Kantine.«

»Nicht nötig, ich besorge mir später etwas.«

Er stand auf. »Nein. Deine Mutter würde dich nie ohne etwas Anständiges im Magen zur Arbeit gehen lassen.«

Er würde sich nicht davon abbringen lassen. Als er hinausging, die Schultern zwar gestrafft, trotzdem irgendwie geknickt und verletzlich, öffnete meine Mutter flatternd die Lider.

Vielleicht würde ich nie wieder mit ihr allein sein. »Mum, ich weiß von Edward.« Ich ergriff ihre Hand. »Das muss schrecklich für dich gewesen sein. Es tut mir so leid.«

Ich wusste, dass sie mich hören konnte. Ihre Atmung beschleunigte sich, als versuchte sie, genug Luft in die Lunge zu bekommen, um mir etwas zu sagen.

»Ich verstehe es. Wirklich.«

Am liebsten hätte ich das Leben angehalten, wie ich es bei Filmen mit komplexer Handlung tat, und zurückgespult, um mir die Teile noch mal anzusehen, die ich nicht ganz verstanden hatte, und sie in kleinen, überschaubaren Häppchen zu verarbeiten. Während ich noch darüber nachdachte, verengte Mum angestrengt die Augen zu Schlitzen und presste hervor: »Finde ihn.«

Ich ertappte mich dabei, dass ich nickte. Als die törichten, tollkühnen Worte aus meinem Mund drangen, sah ich Louises wutentbrannte Miene vom Vortag vor mir. »Ich werd's versuchen, Mum.« Kaum hatte ich es ausgesprochen, ahnte ich, dass Louise mich dafür umbringen würde. »Weißt du, wo er ist?«

Als sie zu sprechen versuchte, erzitterte die Fusionsleitung in ihrer Hand durch die Anstrengung. »Bath.«

»Du meinst die Stadt, Bath? Weißt du seinen Nachnamen?«

Diesmal antwortete sie nicht.

Als mir bewusst wurde, dass ich ein schier unmöglich zu haltendes Versprechen gegeben hatte, ruderte ich zurück. »Ich weiß nicht, wo ich anfangen soll.«

Sie gab sich gewaltige Mühe, etwas hervorzubringen. Ihre spröden Lippen verzogen sich vor Anstrengung. Ich kam mir wie ein Aasgeier vor, der darauf wartete, sich auf seine noch qualvoll zappelnde Beute zu stürzen.

»Pssst. Du musst dich ausruhen.«

Dann spie sie es wie ein Husten hervor. »Frag Jeanie.«

»Jeanie?«

Mums Augen blinzelten bestätigend.

»Deine Freundin Jeanie? Die mit dem roten Haar?«

Ein knappes Nicken, dann sank meine Mutter zurück aufs Kissen.

Ich hatte Jeanie geliebt. Sie hatte zu den Wenigen gehört, die mich nicht ständig mit Louise verglichen hatten. Bei jeder Kritik von Mum hatte Jeanie meinen Arm getätschelt und gemeint: »Du bist wunderbar so, wie du bist, Liebes.« Als ich klein gewesen war, hatten wir sie so oft gesehen. Und irgendwann war sie plötzlich verschwunden. Ich versuchte, mich daran zu erinnern, wann ich ihr zuletzt begegnet war. In der Pubertät? Nein, davor.

Vage stieg aus meinem Gedächtnis auf, wie Dad gefragt hatte, wieso Jeanie nicht mehr vorbeikam. Mum hatte aufbrausend darauf reagiert. »Warum triffst du dich nicht mehr mit Dave? Oder mit Lenny? Früher warst du so gut mit ihnen befreundet, aber ich quetsche dich nicht darüber aus, wieso du keine Zeit mehr mit ihnen verbringst.«

Und mein armer Vater hatte traurig erwidert: »Die beiden haben immer noch die Marine gemeinsam. Dazu gehöre ich nicht mehr.«

Ich konnte mich nicht entsinnen, dass danach je wieder über sie gesprochen worden war. Wahrscheinlich war ich damals ungefähr zehn und hatte nie lang genug an jemand anders als mich selbst gedacht, um ihre Abwesenheit zu bemerken. Ich wusste nicht mal, wo Jeanie lebte. Wir waren nie bei ihr zu Hause gewesen. Sie hatte immer uns besucht. Mama hatte jedes Mal wie besessen aufgeräumt, bevor sie gekommen war, und dann darüber geklagt, wie es überall aussah, wenn Jeanie eingetroffen war.

»Ach was, ihr lebt in einem Palast. Ihr wisst ja gar nicht, wie gut ihr es habt.« Allerdings hatte sie es liebevoll gesagt, als freute sie sich aufrichtig für uns.

Ich zermarterte mir das Hirn darüber, was ich im Verlauf der Jahre über sie erfahren hatte. Dabei kam herzlich wenig zutage. Mir fiel ein, wie Mum eines Nachmittags Louises Kommode aussortiert hatte. »Sie haben vier Kinder und sind ein bisschen knapp bei Kasse. Ich gebe ihnen ein paar Sachen, aus denen Louise herausgewachsen ist. Du würdest sie sowieso nicht anziehen, also kriegt Sarah sie.« Mir war es nur recht gewesen – so war es mir erspart geblieben, Louises abgelegte Klamotten zu erben, und ich hatte um Dunlop Green Flash Schuhe und einen Ra-Ra-Rock betteln können.

Wenn Dad darüber gegrummelt hatte, dass Mum nie mit ihm ins Pub ging, aber ständig mit Jeanie ins Kino, hatte Mum erwidert: »Sie macht gerade eine schwere Zeit mit ihrem Mann durch und braucht ein offenes Ohr.« Damals hatte ich noch geglaubt, unter »schwere Zeit« fielen Dinge wie Mum, die mit Dad schimpfte, weil er Dreck auf den Teppich im Flur hereingeschleppt hatte, oder Dad, der genervt mit der Zeitung raschelte, wenn Mum darüber zeterte, dass er Bier auf seine neue Wildlederjacke verschüttet hatte.

Ich musste aus meinem Gedächtnis ausgraben, wo sie arbeitete, wo sie wohnte. Obwohl es keine Garantie gäbe, dass sie überhaupt noch im gleichen Haus lebte. Mir fiel ein, dass mein Vater mal an ihr vorbeigefahren war. Damals war ich vierzehn oder fünfzehn gewesen. Es hatte in Strömen geregnet. Dad hatte ihr angeboten, sie nach Hause zu bringen, doch sie hatte nicht einsteigen wollen. Frustriert hatte Dad verständnislose Laute von sich gegeben, als sie triefnass davongestapft war. »Gott weiß, worüber sich die beiden zerstritten haben.«

Bei der Gelegenheit hatte Jeanie ihre Arbeitskluft eines Supermarktes getragen. Braun? Blau? Ich hatte nur noch ihre hässliche Regenjacke im Kopf, unter der das knallig rote Haar in nassen Strähnen hervorgelugt hatte.

Vielleicht würde sich Louise an mehr über Jeanie erinnern. Nur würde sie fragen, warum es mich interessierte. Ich konnte ihr nicht sagen, dass ich vorhatte, nach Edward zu suchen.

Dad würde unter Umständen wissen, wo Jeanie wohnte. Nur was, wenn er misstrauisch darüber wurde, dass ich Fragen über sie stellte? Himmel. Nichts erschien mir einfach. Womöglich zerbrach ich mir umsonst den Kopf. Siebenundzwanzig Jahre waren vergangen, seit meine Mutter jene Karte zum achtzehnten Geburtstag geschrieben hatte. Könnte sie Dad irgendwann seither die Wahrheit gesagt haben?

Ich musste mich vergewissern. Also beugte ich mich dicht zu ihr. »Weiß es Dad?«

Die Laute, die sich von sich gab, hätten sowohl ja als auch nein bedeuten können. Immer wieder spähte ich zur Tür. »Weiß Danny von Edward, Mum?« Obwohl ich mich bemühte, nicht ungeduldig zu klingen, drang meine Stimme als angespanntes Zischen aus mir.

»Nein. Darf es ... nicht erfahren.«

Es war, als hoffte man, ohne verblassten Atlas und ein paar Kreuzchen für mögliche Standorte das achte Weltwunder zu entdecken. Edward ohne jeden Anhaltspunkt aufspüren. Es vor Dad verheimlichen. Louise daran hindern, auszupacken und Dads Welt zu zerstören. Nicht mit ihr zerstreiten, weil ich Edward finden wollte und sie nicht. Bei all dem nicht den Job verlieren. Und es nach Möglichkeit bewerkstelligen, bevor meine Mutter sterben würde.

»Das reicht«, tadelte ich mich und sprach es laut aus. »Geh es Schritt für Schritt an. Erstell eine Liste.« Ich hörte mich mehr und mehr wie meine Schwester an. Die Ironie daran, dass Mum all das ausgerechnet mir anvertraute, der hoffnungslosen, planlosen, dummen kleinen Grace, entging mir. Würde Edward überhaupt gefunden werden wollen? Vielleicht wusste er nicht mal, dass er adoptiert war. Und Jeanie? Wie passte sie ins Bild? Ich wandte mich wieder Mum zu, um ein weiteres Teilchen des Puzzles aus ihr herauszuholen, bevor die Zeit ablief.

»Mum, wie heißt Jeanie mit Nachnamen?«, fragte ich. Aber sie hatte die Augen geschlossen. Ich berührte sie an der Schulter. »Jeanies Nachname«, wiederholte ich.

Weiter jedoch kam ich nicht, weil Dad mit einem Eier-Kresse-Sandwich zurückkam. Er wirkte so erfreut über seine Beute, ich brachte es nicht übers Herz, ihm zu sagen, dass sie in der Wärme des Krankenhauses wie unsere Toilette roch, wenn Judes Freunde bei uns übernachtet und zu viel Cider getrunken hatten.

Ich verstaute das Sandwich in der Handtasche, umarmte ihn und ließ ihn mit meiner Mutter allein. Als ich ging, grübelte ich, wie um alles in der Welt ich Jeanie ohne einen Nachnamen aufspüren sollte, geschweige denn Edward.

SIEBENUNDDREISSIG

DIENSTAG, 11. MÄRZ 2014

Ich kam um drei Uhr nachmittags nach Hause, nachdem ich gesungen und getanzt hatte, als wäre meine Welt ein einziger Rosengarten, in dem ich nach Belieben pflücken konnte. Sogar der Regisseur hatte widerwillig eingeräumt: »Viel besser.« Völlig ausgelaugt, sank ich auf die Couch. Als Jude von der Schule eintraf, schaffte er es, die Aufmerksamkeit lang genug von Snapchat zu lösen, um besorgt zu werden. »Alles in Ordnung?«

In der Regel hätte ich darauf einfach geantwortet, dass es mir gut ging. An jenem Nachmittag jedoch versagten meine Bewältigungsmechanismen. Dicke, fette Tränen tropften auf die Kissen. Nachdem ich Jude ein Leben lang eingebläut hatte, »sieh's positiv, eine Menge Menschen hätten liebend gern nur unsere Probleme«, schien ich auf völlig neue gestoßen zu sein, die niemand haben wollen würde.

Jude umarmte mich. »Nicht weinen, Mum. Alles wird gut.« Ich fühlte mich erbärmlich dabei, auf die Aufmunterung eines Sechzehnjährigen angewiesen zu sein. Dann stellte ich mein Glück auf die Probe, indem ich ihn auf die Wange küsste. Er ließ es gerade mal eine Sekunde über sich ergehen, bevor er sich von mir befreite und in sein Zimmer verschwand. Wäre ich je in der Lage gewesen, Jude mit dem *Wissen* zu küssen, dass es das letzte Mal gewesen war? Ich musste Edward finden. Das bedeutete, ich musste einen weiteren Blick in die Truhe auf dem Dachboden werfen. Ich würde mich reinschleichen müssen, wenn Dad sicher im Krankenhaus sein würde.

Schließlich raffte ich mich vom Sofa auf und griff zum Telefon.

»Portsmouth 9281 9312.«

Dad musste der einzige Mensch in Großbritannien sein, der noch seine Nummer nannte, wenn ihn jemand anrief. Für mich waren mit jenen Zahlen so viele Erinnerungen verbunden. Spätnächtliche Anrufe bei Dad, wenn ich betrunken aus einem Nachtklub gewankt war. Mein Schluchzen in die Leitung, wenn sich ein weiterer Mann, von dem mir die Welt versprochen worden war, als Dreckskerl entpuppt hatte. Und jenes besondere Telefonat um drei Uhr morgens: »Dad, meine Fruchtblase ist gerade geplatzt.«

Jedes Mal war seine Stimme beruhigend und tröstlich zu mir gedrungen. »Bleib, wo du bist. Ich bin unterwegs.« In meiner jugendlichen Selbstsucht war mir nie der Gedanke gekommen, er könnte etwas Besseres zu tun haben – zum Beispiel schlafen. Ich wusste einfach, dass er immer mit ausgestreckten Armen für mich da sein würde. »Alles gut, Schatz, ich bin ja hier.« Mit den Worten hatte er mir stets absolute Geborgenheit vermittelt.

Und nun würde ich ihn hintergehen müssen.

Wir redeten kurz darüber, dass sich Mums Zustand nicht besserte, bevor ich fragte: »Haben sich irgendwelche Freundinnen von ihr gemeldet und nach ihr erkundigt?«

»Ein paar haben Nachrichten hinterlassen. Aber du weißt ja, wie deine Mutter ist. Immer ein bisschen scheu im Umgang mit Leuten. Am wichtigsten ist ihr die Familie.«

Ich atmete tief durch. »Was ist mit Jeanie? Hast du ihr Bescheid gegeben, dass Mum krank ist?«

»Jeanie?«

Ich musste Dad wohl auf die Sprünge helfen. Seine Unfähigkeit, sich Namen zu merken, hatte zu Hause als legendär gegolten. Mum hatte darüber so oft gelacht. Mit einer vagen Handbewegung hatte er beispielsweise gemeint: »Du weißt schon, Alan So-und-so. Nein, nicht Alan. Chris.« Von Mum kam dann etwas wie: »Paul.«

»Ja, Jeanie. Du weißt schon – auffallend rotes Haar, eine Horde Kinder, nicht besonders netter Ehemann. Als ich klein war, hat sie uns oft zu Hause besucht.«

Ich spürte förmlich, wie Dad am anderen Ende der Leitung die Stirn runzelte. »Mum hat sie seit Jahren nicht mehr gesehen. Ich weiß nicht, warum eigentlich. Früher waren sie dicke Freundinnen.«

»Könnte ein Besuch von ihr hilfreich sein? Das wäre mal eine andere Stimme. Ein Gesicht aus der Vergangenheit könnte ein positiver Einfluss sein.«

»Keine Ahnung«, erwiderte er. »Mittlerweile bin ich mir nicht mehr sicher, was noch helfen könnte.« Er klang ein wenig unwirsch darüber, dass ich auch nur vorschlug, eine andere, längst vergessene Person ins Spiel zu bringen, obwohl in den Sternen stand, ob Mum das Wochenende überleben würde.

Ich unternahm einen letzten Anlauf. »Hast du irgendwo ihre Nummer?«

In seiner Stimme schwang Widerwille mit. Er klang, als fehlte ihm die Energie für etwas anderes als Sorgen um Mum. »Vielleicht im Adressbuch, aber ich weiß nicht, wo es ist. Um solche Sachen kümmert sich deine Mutter.«

Ich unterdrückte ein Schnauben. »Sieh mal im Tisch in der Diele nach. Das Buch ist braun und hat vorn eine Rose drauf.«

Ich hörte Dad den Flur hinunterschlurfen. Dann folgte das Knarren der Schublade, als er sie öffnete. »Warte kurz. Ich überlege gerade, wie sie mit Nachnamen heißt. Lock. Irgendwas mit Lock.«

Meine Frustration steigerte sich. Endlich jedoch platzte aus Dad heraus: »Whitelock. Jeanie Whitelock. Die Frau hatte einen tollen Sinn für Humor. Hat uns immer alle zum Lachen gebracht.«

Seiten wurden umgeblättert. Dad murmelte vor sich hin: »T, U, V, W …« Stille. Dann: »Hier ist nichts, Schatz, tut mir leid. Nur die Nummer der Whitsteads.«

»Schau unter J nach, falls Mum sie als Jeanie eingetragen hat.«

»Nein, Liebes, unter J ist auch nichts. Aber ich glaube sowieso nicht, dass Jeanie helfen könnte. Das kann wohl niemand.«

Armer Dad. Meine Mutter lag im Sterben, und ich behelligte ihn wegen Telefonnummern. Mir blieb nichts anderes übrig, als zu lügen. Hoffentlich würde es sich wenigstens lohnen, indem ich Jeanie finden würde und sie mir helfen könnte, Edward aufzuspüren. Kurz schwieg ich und dachte an die Entscheidung, die ich treffen müsste, wenn es mir gelänge. Auf der einen Seite sah ich die geringe Chance, dass es Mum helfen würde, wenn Edward bereit wäre, ans Sterbebett der Frau zu kommen, die ihn weggegeben hatte. Auf der anderen würde es Dad das Herz brechen.

Ich klammerte mich an einen von Mums Lieblingssprüchen. ›Damit setzen wir uns auseinander, wenn es so weit ist.‹

Die nächste Stunde lang googelte ich nach Whitelocks. Diejenigen in Portsmouth kamen mir unwahrscheinlich vor. Ich war mir sicher, dass sie irgendwo in der Nähe des St Edward's Parks wohnte. Aber die Whitelocks, die ich auf 192.com fand, hatten unter allen Adressen die falschen Namen. Vielleicht war sie weggezogen.

Auch Facebook hatte keine Anwärterinnen zu bieten. Ich würde Jude fragen müssen. Wahrscheinlich würde er auf meinem alten Computer mit flinken Fingern irgendeinen Zauber bewirken, der nicht nur ihre Anschrift, sondern auch ihre letzte Einkaufsliste und ihren Lieblingsfilm zutage fördern würde.

In meinem Kopf liefen wieder und wieder meine Erinnerungsfetzen an Jeanie ab. Zwar könnte ich versuchen, den Supermarkt ausfindig zu machen, in dem sie früher gearbeitet hatte, doch davon musste es mittlerweile über zwanzig Filialen in Portsmouth geben. Ich stellte mir eine Reihe frustrierender Nachforschungen vor: ›Jeanie, sagen Sie? Ich bin seit achtundzwanzig Jahren hier. Nein. Da klingelt bei mir überhaupt nichts.‹ So würde man mich abspeisen, während hinter mir Kunden mit ihren Einkaufswagen in der Schlange stehen und darauf warten würden, ihre Fischfrikadellen und Fruchtsäfte in wiederverwendbare Tüten gepackt zu bekommen.

Da ich nicht länger stillsitzen konnte, fuhr ich zu Dad. Die Hyazinthen meiner Mutter waren aufgeblüht. Ich würde einige pflücken und ihr ins Krankenhaus bringen. Vielleicht würde ihr Duft irgendeinen Überlebensinstinkt ansprechen.

Nur für den Fall, dass mein Vater nicht wie besprochen um halb sechs ins Krankenhaus aufgebrochen war, klingelte ich. Als keine Reaktion erfolgte, holte ich den Schlüssel hervor, schloss auf und eilte die Treppe hoch. An der Tür zu meinem früheren Zimmer verharrte ich kurz. Wie oft hatte ich mit dem Rücken an der Tür gelehnt, die noch Klebereste von längst verschwundenen George-Michael-Postern übersäten. Ich konnte mich gut erinnern, wie sich das Holz an den Schulterblättern angefühlt hatte. Selbstgerechter Trotz hatte mein Rückgrat gestrafft, während ich fest entschlossen gewesen war, für immer dortzubleiben und zu verhungern, um meiner Mutter eine Lektion zu erteilen.

Mir wurde schlecht vor Schuldgefühlen. Ein Kind hatte Mum unsägliche Schmerzen bereitet, weil sie es hatte weggeben müssen, und das danach, indem es keine Gelegenheit ausgelassen hatte, um anzubringen: »Ich wünschte, du wärst nicht meine Mutter.« Wie sehr ich sie damit verletzt haben musste. Aber ich hatte die winzige Chance, es wiedergutzumachen. Ich zog die Leiter zum Dachboden herab, stieg hinauf, steuerte schnurstracks auf die Truhe zu und griff mir den Schlüssel von seinem Nagel.

Ich musste mich stählen, um das Schloss zu öffnen. Keine Spur von der kribbelnden Erwartung oder Aufregung, die ich beim letzten Mal verspürt hatte, nur Furcht vor weiteren schockierenden Erkenntnissen. Schließlich riss ich den Deckel auf. Ich holte die Karten heraus und legte sie auf die Seite. Beim Anblick der Geburtstagsgeschenke überkam mich ein frischer Anflug von Traurigkeit. Ihr unangetasteter Zustand wirkte makaber. Als wären die Freude und das Lachen, die sie bescheren sollten, in den Verpackungen gefangen. In der Ecke der Truhe lag unter einem Slinky eine gefaltete Frotteewindel, wie ich sie früher meinen Puppen mit riesigen Sicherheitsnadeln angelegt hatte. Ich schüttelte sie aus. In einem Zipfel stand der Name Paula eingestickt. Der Name, den Mum im Krankenhaus gerufen hatte. Was mir nicht weiterhalf. Ich wünschte, Nan wäre noch am Leben. Hatte sie davon gewusst? Oder hatte Mum die Schwangerschaft und Geburt auch vor ihr verheimlicht? Aber wie? Damals hatte sie ja bereits Louise gehabt. Durch den Staub begannen meine Augen zu brennen. Oder vielleicht bahnten sich bloß wieder Tränen an. Ich spähte in die Truhe und kniff im schwachen Licht der Glühbirne die Augen zusammen.

In einer Nahtstelle der Holzteile klemmte ein Stück Seidenpapier. Ich öffnete es. Zum Vorschein kam ein Schwarz-Weiß-Foto eines kleinen Jungen mit nacktem Oberkörper auf einem Kissen. Er trug eine riesige Windel, die ihm bis zu den Achseln reichte. Jude. Es handelte sich um Jude als winziges Baby. Dieselben dunklen, wie vor Überraschung hochgezogenen Augenbrauen. Dieselben Wangenknochen. Ich hob die

Hände ans Gesicht und drückte mir die Fingerspitzen in die Augen. Mein Gott. Kein Wunder, dass Mum nie in seine Nähe gewollt hatte, als er ein Säugling gewesen war. Für sie musste es sich angefühlt haben, als sähe sie einen Geist.

Ich drehte das Foto. *Edward Duarte, geboren am 13. Juni 1968. Mutter-Kind-Heim Westmill, London.* Meine arme Mutter, in Schimpf und Schande weggeschickt. Eingehend betrachtete ich den Hintergrund des Fotos, konnte jedoch nur eine kahle weiße Wand mit einem Kreuz erkennen. Ich fragte mich, ob daher die lebenslange Abneigung meiner Mutter gegen Religion rührte, ihre standhafte Weigerung, je einen Fuß in eine Kirche zu setzen, obwohl wir im Chor gesungen hatten, und ihr abfälliges Schnauben, wann immer jemand von ›Gottes Willen‹ sprach.

Aber wenigstens hatte ich eine Adresse als Ausgangspunkt. Dann kam mir der entmutigende Gedanke, dass es keine Mutter-Kind-Heime mehr geben könnte. In meinem Umfeld hatte ich nie von jemandem gehört, der in einem gewesen war.

Rasch vergewisserte ich mich, dass sich sonst nichts in der Truhe befand, dann packte ich alles so zurück, wie ich es vorgefunden hatte, ehrfürchtig wie die Kuratorin eines unbezahlbaren Kunstwerks. Bevor ich den Deckel schloss, dankte ich Gott – sorry, Mum –, dass ich in den 1970ern geboren worden war. Ohne Ehemann auf der Bildfläche mit Jude schwanger zu werden, hatte mir zwar nicht unbedingt Applaus eingebracht, aber ich konnte mich nicht entsinnen, dass es irgendjemand als Katastrophe betrachtet hätte.

Vielleicht würde sich Google diesmal als mein Verbündeter erweisen. Als ich den Flur hinuntereilte, erregte meine Aufmerksamkeit das Adressbuch, das auf der Seite mit J aufgeschlagen auf dem Tisch lag. Allein der Anblick von Mums Handschrift brachte mich zum Stehen und entfesselte neue Traurigkeit in mir. Würde ich sie mir je wieder ansehen können, wenn sie sich nicht erholte? Ich würde mich damit abfinden müssen, dass ich nie wieder miterleben würde, wie sie kleine Notizen an die Ränder ihrer Rezeptbücher kritzelte. Oder wie sie Kreuzworträtsel mit sorgfältigen Großbuchstaben ausfüllte. Oder wie sie Nachrichten an Dad verfasste und mit ihrem Namen samt Kuss am Ende versah – als könnte jemand anders für ihn hinterlassen haben: »Bin nur kurz los zur Bank.« Kein Wunder, dass Mum manchmal in Tränen ausbrach, wenn sie irgendwo Nans Parfüm roch. Und ich hatte sie deswegen immer als albern und peinlich empfunden.

Kurz überlegte ich. Dann entschied ich, mich zu vergewissern, dass Dad kein Irrtum wegen Jeanies Adresse unterlaufen war. Mum verschickte stets so eifrig Weihnachtskarten, obwohl sie selten Leute persönlich sehen wollte. Vergeblich sah ich die Einträge erst unter J, dann unter W durch. Dad hatte recht. Keine Spur von Jeanie. Ich blätterte zurück zum Anfang, konnte mir nicht verkneifen, nachzusehen, wie viele Menschen wir im Fall von Mums Tod verständigen, mit wie vielen Emotionen neben unseren eigenen wir uns auseinandersetzen müssten. Unter A fanden sich nicht viele. Ein paar mehr unter B. Mein Blick heftete sich auf Jean Blacklock. Natürlich. Blacklock. Von wegen Whitelock. Wie üblich hatte sich Dad bei dem Namen vertan. Darunter standen ihre Telefonnummer und eine Adresse in der Nähe der Guildhall. Ich notierte mir alles auf dem Block neben dem Buch.

Nachdem ich die Haustür abgeschlossen hatte, rannte ich den Weg hinunter. Ich überlegte hin und her, wo ich schneller vorankommen würde. Bei Jeanie oder bei dem Mutter-Kind-Heim? Ich konnte mir nicht vorstellen, dass Jeanie eine Ahnung haben könnte, wo Edward lebte, wenn Mum es selbst nicht wusste. Und obwohl sie früher gut befreundet gewesen waren, hielt ich es für unwahrscheinlich, dass meine Mutter ihr von dem unehelichen Baby erzählt haben könnte. Das Mutter-Kind-Heim Westmill wäre wohl ein besserer Ausgangspunkt. Vielleicht würde ich gar nicht mit Jeanie sprechen müssen. Nicht, wenn ich in dem Heim jemanden erreichte, der mir sagen konnte, was aus Edward geworden war. Trotz meines begrenzten Wissens darüber, wie eine Adoption ablief, war mir klar, dass dabei wohl verdammt große Hürden zu bewältigen sein würden. Was bedeutete, dass ich ihn wahrscheinlich nicht rechtzeitig aufspüren könnte, um Mum zu helfen. Aber ich würde den Rat beherzigen, den ich Jude erteilt hatte: »Nicht aufgeben, bevor man es versucht hat.«

Bei der Ankunft zu Hause rannte ich sofort zum Computer und schaltete ihn ein.

Jude kam aus seinem Zimmer, ging zum Kühlschrank und trank Milch direkt aus der Packung. Eigentlich sollte ich ihn dafür rügen, doch so vieles spielte für mich keine Rolle mehr.

Er stellte sich neben mich und starrte auf den Bildschirm. »Wonach suchst du?«

Ich erklärte ihm, was ich auf dem Dachboden gefunden hatte, dass Mum gemeint hatte, ich sollte mit Jeanie reden, und dass sein Großvater von all dem nicht das Geringste wusste. Judes pubertäres Gehirn schien sich weniger an der möglichen Familienkatastrophe zu stören, falls wir Edward tatsächlich fänden, dafür umso mehr an meinem stümperhaften Umgang mit dem Computer. Er schob mich aus dem Weg. Offenbar konnte er nicht länger mit ansehen, wie ich mit einem Finger tippte, zielsicher auf die falschen Symbole klickte und mich umständlich durch Menüs hangelte, statt wie er mit verblüffenden Abkürzungen durch die Bildschirme zu rasen.

Innerhalb von Sekunden hatte er Informationen über das Mutter-Kind-Heim Westmill aufgespürt. 1973 geschlossen. Abgerissen und durch ein Parkhaus ersetzt. Ich spürte, wie alles in mir mutlos erschlaffte. »Dann muss ich wohl zu Jeanie.«

»Soll ich Nan besuchen?« Jude klang zwar, als würde er lieber einen Teller Pilze essen – die er nicht ausstehen konnte –, aber ich liebte ihn allein dafür, dass er es anbot. Der Umgang meiner Mutter mit ihm war immer zurückhaltend und unbeholfen geblieben, trotzdem gab er sich alle Mühe.

»Mal sehen, was passiert. Vielleicht kannst du mich ja irgendwann begleiten.« Ich lächelte ihn an. »Weißt du, Edward hat als Baby genau wie du ausgesehen.«

»Wirklich? Wow. Er wäre mein Onkel, oder?«

Ich gestattete mir flüchtig die Fantasie, dass »Edward« – oder wie er mittlerweile auch heißen mochte – ein Onkel wäre, der mit Jude Xbox spielen, sich Rugby ansehen und bis zum Abwinken über Autos reden wollen würde. Jemand, den tatsächlich interessierte, wie schnell ein Volvo mit einem Lamborghini-Motor wäre. Nur warum sollte er ein Teil unserer Familie werden wollen, nachdem er über vierzig Jahre verankert in einer anderen verbracht hatte?

Mit einem Kopfschütteln vertrieb ich solche Gedanken. Eins nach dem anderen. Da man den Beton eines Parkhauses über das Geheimnis meiner Mutter gegossen hatte, würde sich die Frage, was Edward wollte, vermutlich nicht so bald stellen. Und vielleicht hatte Louise recht. Vielleicht sollte man schlafende Hunde lieber nicht wecken.

Bevor ich weiter in diese Richtung denken konnte, erschien Dads Telefonnummer auf dem Display meines Handys. Seine Stimme klang angespannt. »Schatz, ich muss dir leider sagen, dass sich der Zustand deiner Mutter verschlechtert hat. Ein Problem mit ihren Nieren ist aufgetreten. Sie wird immer verwirrter, ruft ständig etwas davon, dass ihr jemand ein Baby weggenommen hat.«

ACHTUNDDREISSIG

DIENSTAG, 11. MÄRZ 2014

Ich kämpfte mich durch den zäh fließenden Verkehr, der auch um halb acht noch nicht nachgelassen hatte, zum Krankenhaus. Während ich immer wieder aggressiv die Spur wechselte, dachte ich an meine hitzigen Diskussionen mit meiner Mutter darüber zurück, dass ich Sängerin hatte werden wollen. Damals hatte ich sie als weitere Hausfrau und Mutter ohne jeden Ehrgeiz abgestempelt. Was war ich undankbar gewesen, als sie Jude bei den seltenen mit ihm verbrachten Gelegenheiten zum Lesen ermuntert hatte, statt mit ihm in den Park zu gehen. Ich hatte alles falsch aufgefasst und mich gekränkt gefühlt, weil ich gedacht hatte, sie hielte mich für unzulänglich, wäre enttäuscht von meinen akademischen Leistungen und wollte Jude mein Schicksal ersparen. Was war ich damals kratzbürstig gewesen: »Mum, Jungs sind nicht wie Mädchen. Sie wollen nicht über Büchern hocken, sondern raus und sich austoben.« Während meiner gesamten Jugend hatte meine Mutter zwischen übertriebenem Interesse an mir und Phasen geschwankt, in denen sie sich von mir zurückgezogen und mir das Gefühl vermittelt hatte, sie fände den Goldfisch der Nachbarn faszinierender als mich.

Ich hatte eine Mutter gewollt, die zwar höflich zu den Lobeshymnen anderer über ihre Kinder genickt hätte, aber innerlich uneingeschränkt überzeugt davon gewesen wäre, dass ihre Tochter die beste von allen war. So wie ich bei Jude. Wenn jemand über einen Sohn, Neffen oder Enkel meinte, was für ein toller Junge er wäre, flüsterte mein Gehirn automatisch: ›Aber nicht so toll wie Jude.‹

Natürlich ärgerte auch ich mich über Tomatenketchup auf dem Teppich, auf allen Möbeln in der Wohnung verteilte Kapuzenpullis und leere Klopapierrollen, die offenbar die Toilettenpapier-Fee austauschen sollte. Trotzdem zweifelte Jude nie daran, dass ich uneingeschränkt glücklich war, ihn in meinem Leben zu haben, davon war ich ziemlich überzeugt. Bei Mum hatte es sich oft mehr nach einem Verhältnis von sechzig zu vierzig angefühlt. Ich hatte gehofft, irgendwann in der Zukunft könnten wir es zumindest auf achtzig zu zwanzig hochschrauben. Nur würde dazu vielleicht keine Gelegenheit mehr bleiben.

Mit solchen Gedanken jonglierte mein Verstand, als ich auf die Station zusteuerte. Dass die Krankenpflegerin uns zu dritt statt wie sonst nur zu zweit in die Intensivstation ließ, erschütterte mich. Dad gab sich alle Mühe, mich mit einem Lächeln zu begrüßen. Sein Gesicht wies eine leichte Schattierung von Grau auf, als zeichnete sich ein Bartschatten darin ab, doch ich wusste, dass er nicht gekommen wäre, ohne sich vorher zu rasieren. Louise hatte ihren Boykott der Besuche bei Mum beendet und schaute mit verquollenen Augen zu mir auf. Wenn man von dem komplexen Geflecht der meine Mutter umgebenden Schläuchen absah, wirkte sie friedlich. Sich danach zu erkundigen, wie es ihr ging, erschien mir überflüssig.

»Sie hat akutes Nierenversagen«, sagte Louise.

»Was bedeutet das?« Alles, worin »akut« vorkam, klang erschreckend.

»Dass ihre Nieren nicht richtig funktionieren und sich

dadurch Giftstoffe in ihrem Körper ansammeln. Deshalb ist sie auch so verwirrt«, erklärte Louise.

Dad kämpfte darum, seine Miene unter Kontrolle zu halten. »Es liegt daran, dass ihr Herz wegen der Sepsis weniger Blut pumpt. Ich weiß nicht, ob sie sich davon erholen kann, Grace.«

Louise platzte dazwischen: »Das hat niemand gesagt, Dad! Sie bekommt mehr Flüssigkeit, damit sie nicht dehydriert. In der Zwischenzeit wird eruiert, ob die ihr verabreichten Antibiotika das Problem verursacht haben könnten.« Sie klang wütend auf Dad, weil er sich anscheinend damit abgefunden hatte, dass Mum sterben könnte. Unter allen anderen Umständen neigte sie immer zu Pessimismus – Matilda brauchte sich nur den Kopf an einem Küchenschrank zu stoßen, schon verkündete Louise eine Gehirnerschütterung. Nun jedoch wirkte sie wie ein Kind, das wahrheitsverweigernd mit dem Fuß aufstampfte, obwohl unwiderlegbare Beweise dafür vorlagen, dass statt der Zahnfee in Wirklichkeit die Eltern eine Pfundmünze unter dem Kopfkissen versteckten. Ich wusste nicht, was ich reagieren sollte. Meine Schwester war sonst stets stur pragmatisch gewesen.

Ich scheute mich davor, Mum zu nahe zu kommen. Mich hielt die kindische Angst zurück, sie könnte auf der Stelle sterben. Wir saßen wie drei Gartenzwerge da, während die Geräusche von Rollwagen, hustenden Patienten und regelmäßige Pieptöne die Stille ausfüllten.

Schließlich legte Dad die Finger aneinander und sagte: »Sie soll merken, dass wir hier sind. Könnt ihr für sie singen?«

Louise schüttelte den Kopf. Tränen liefen ihr übers Gesicht.

»Ich versuch's«, bot ich an. »Was soll ich singen?«

»›If You Were the Only Girl in the World?‹ Das war das erste Lied, zu dem wir miteinander getanzt haben.«

Ich summte kurz vor mich hin, ging dabei in Gedanken den

Text durch. Dann biss ich die Zähne zusammen und ergriff die Hand meiner Mutter, legte sie um die vertrauten, manchmal tröstenden, manchmal anklagenden Finger. Als ich die Worte anstimmte, senkte sich Frieden über mich, wie immer, wenn ich sang. Der Rhythmus, der in meine Lunge und aus ihr strömenden Luft beruhigte mich und verlieh der Welt für mich eine Gestalt. Mum ließ keine Anzeichen darauf erkennen, dass sie etwas davon mitbekam. Ich wandte mich ab, um nicht den Schmerz in Dads Gesicht zu sehen, den inneren Kampf darum, für seine Töchter stark zu bleiben, obwohl ihn am Boden zerstörte, dass er im Begriff war, seine geliebte Frau zu verlieren.

Während ich sang, wuchs in mir die Überzeugung, dass ein so schwerwiegendes, quälendes, über Jahrzehnte schwelendes und verschwiegenes Trauma wie das Weggeben eines Babys ihr Immunsystem schwächte.

Als ich das Lied beendet hatte, begann mein Vater von alten Zeiten und davon zu erzählen, wie er regelmäßig ins Tanzlokal gegangen war, wo er Mum kennengelernt hatte. Geschichten, die wir gefühlt schon hundertmal gehört hatten. Doch während sie uns zuvor gelangweilt hatten, wollten wir sie nun tausend weitere Male hören und uns an ihrer Vertrautheit festklammern. Jeder noch so winzige Gesprächsfetzen wäre besser, als zurück in eine Stille zu verfallen, in der wir nur die lautlosen Geräusche ablaufender Zeit hörten.

Mir brannte es unter den Fingernägeln danach, zu gehen. Ich wollte unbedingt zu Jeanie fahren und herausfinden, ob sie mir weiterhelfen könnte. Sie schien die beste Chance zu sein, die ich hatte. Mein Blick fiel auf den neuen Schlauch im Arm meiner Mutter, der ihr Gott weiß was für ein Gemisch in den Körper flößte. Wenn Jeanie etwas über Edward wusste, durfte ich nicht zu lange warten.

»Tut mir wirklich leid, Dad, aber ich muss los. Jude abholen.«

Louise schaute auf. »Wann kommst du morgen?«

Ich wusste, was sie dachte. Nämlich, dass ich ihr alles allein aufbürdete. Was sich allerdings nicht ändern ließ. »Texte ich dir noch.«

Dad drückte nur meine Hand. »Tu, was du musst, Liebes. Ich bin mir ohnehin nicht sicher, ob es was bringt, dass wir hier rumsitzen.«

Mir graute beim Gedanken, ihm zu sagen, dass die einzige Chance, sie zu retten, ihn zerstören würde.

NEUNUNDDREISSIG

DIENSTAG, 11. MÄRZ 2014

Als ich vom Krankenhaus losfuhr, überlegte ich, wie ich nach all den Jahren an Jeanie herantreten sollte und ob sie zu Hause sein würde, falls sie überhaupt noch bei der Adresse wohnte. Bis ich dort wäre, würde es neun Uhr abends sein. Nicht die ideale Zeit, um jemanden zu besuchen, den man seit etlichen Jahren nicht mehr gesehen hatte. Aber sie würde eher mit mir reden, wenn ich vor ihrer Schwelle aufkreuzte, als wenn ich sie anriefe.

Schließlich erreichte ich den kleinen Bungalow mit dem rostigen blauen Tor und halbmeterhohen Brennnesseln im Vorgarten. Ich wünschte, Louise wäre bei mir. Sie würde das Heft in die Hand nehmen und dafür sorgen, dass es eine zivilisierte Unterhaltung bliebe, selbst wenn Jeanie auf Konfrontation ginge. Auf dem Weg zum Eingang kam ich mir vor, als verübte ich Hausfriedensbruch, und versuchte, den Kiesweg so leise wie möglich zu bewältigen. Ich fragte mich, ob sie mich wiedererkennen würde. Hoffentlich würde ihr Mann nicht da sein. Mum hatte oft darüber lamentiert, dass »die arme Jeanie mit so einem Rohling verheiratet ist«.

Ich klopfte an. Und plötzlich stand sie vor mir. Mit skeptischer Miene und argwöhnischem Ton sagte sie: »Hallo.« Durch ihre rote Lockenpracht zogen sich dicke graue Strähnen.

Ich hatte sie als augenzwinkernde, gern lächelnde Frau in Erinnerung, doch der Verlauf der Zeit hatte Spuren an ihren Zügen hinterlassen. Ich schluckte. »Jeanie?«

Sie schaute drein wie jemand, für den das Leben eine Abfolge unangenehmer Überraschungen gewesen war. Schließlich nickte sie. Man merkte ihr an, dass ich ihr bekannt vorkam, sie mich jedoch nicht einordnen konnte.

»Ich bin Grace. Grace Duarte. Sie sind früher mit meiner Mutter Susie befreundet gewesen.«

Schlagartig veränderte sich ihr Gesichtsausdruck. Sie stürmte vorwärts und umarmte mich. »O mein Gott. Die kleine Gracie. Mittlerweile die große Gracie. Du bist deiner Mutter so ähnlich. Jetzt erkenne ich es.« Kurz verstummte sie und klatschte sich die Hand auf den Mund. »Sie ist doch nicht gestorben, oder?«

»Nein. Aber schwer krank. Und ich hab gehofft, Sie können mir bei etwas helfen, das ihr helfen könnte. Allerdings bin ich nicht mal sicher, ob Sie überhaupt etwas darüber wissen.«

Aufmerksam beobachtete ich ihre Miene. Ihr Mund klappte auf, als wollten Worte herausrasen. Dann allerdings schürzte sie die Lippen und verschränkte die Arme vor der Brust. »Ich hab deine Mutter seit Jahren nicht mehr gesehen. Seit fast dreißig, würde ich schätzen.« Sie schlug die Augen nieder.

»Sagt Ihnen der Name ›Edward‹ etwas?«

Verblüffung breitete sich nicht nur in ihren Zügen aus, sondern überfiel sie regelrecht, besetzte jeden Winkel, straffte jede Falte. Sie schaute über die Schulter zurück in den Flur. »Komm mit.« Sie führte mich zur Küche. »Gehen wir da rein. Mein Mann sieht gerade fern. Wenn er uns reden hört und sich gestört fühlt, fängt er an rumzubrüllen.«

In letzter Zeit fing ich zunehmend an, die Vorzüge des Singledaseins zu schätzen.

Auf einem kleinen Plastikstuhl bei einer Tasse Kaffee und einem Keks klärte ich sie über Mums Worte, die Sachen auf dem Dachboden und das Drängen meiner Mutter auf, dass ich mich an sie wenden sollte.

»Liege ich richtig damit, dass sie Edward im Mutter-Kind-Heim Westmill bekommen hat?«

Jeanie hatte sich angehört, was ich wusste, und dazu genickt, als wäre ihr das alles nicht neu. Gesagt hatte sie allerdings nichts dazu. Nun ging ein sichtlicher Ruck durch sie, als sie zum Sprechen ansetzte. Gespannt wartete ich darauf, dass sich die Geheimnisse der Vergangenheit vor mir entfalteten.

»Ich war auch mit meinem Baby dort. Susie hab ich kennengelernt, kurz bevor sie Edward weggegeben hat. Es könnte sogar am Tag davor gewesen sein. Ich kann mich nicht erinnern. Aber genau wie du fällt sie auf. Deshalb hab ich sie bei der Feier zum Thronjubiläum sofort wiedererkannt.«

»Wer war Edwards Vater? War es eine große Liebesaffäre?« Ich musste mich auf meine Atmung konzentrieren, um die Worte herauszubringen, ohne vorwurfsvoll zu klingen. Wie auch immer die Sache enden mochte, Dad würde verletzt werden.

Jeanie runzelte die Stirn. »Sie hat nie über ihn gesprochen. Wenn ich sie danach gefragt habe, ist sie jedes Mal wütend geworden. Ich weiß nur, dass sie deinen Vater immer geliebt hat. Er war von Anfang an das Licht in ihrem Leben. Ich hab nie wirklich verstanden, wie sie in ihrer Misere gelandet ist. Im Gegensatz zu mir, die ich ... Ach, egal.« Mich erleichterte, dass sie nicht fortfuhr. Ich wollte mir diese Frau, die mich an eine gemütliche Schulköchin erinnerte, nicht als liebestolles Teenagermädchen vorstellen.

Aber ich wollte auch nicht, dass sie glaubte, ich würde sie verurteilen. Deshalb erzählte ich ihr von Jude und dass ich alleinerziehende Mutter war. Sie lächelte. »Du hast dein Baby behalten. Bestimmt hast du ihm genug Liebe für zwei Elternteile geschenkt.«

Ich holte Fotos aus der Brieftasche. »Das ist er als Baby. Und das ist er jetzt.«

»Er ist Edward wie aus dem Gesicht geschnitten. Das muss schwer für deine Mutter gewesen sein.«

Es fiel mir so leicht, mit Jeanie zu reden, dass ich ihr schließlich schilderte, wie ich wegen all der Marotten meiner Mutter, die ich damals nicht verstanden hatte, mit achtzehn von zu Hause ausgezogen war. Wir tranken weiter Tee, und letztlich fasste ich den Mut, sie zu fragen. »Ich muss Edward finden. Mum erkundigt sich ständig nach ihm. Ich habe gehofft, Sie könnten mir etwas sagen, das mir weiterhilft.«

Auf die Worte reagierte sie so heftig, dass sie ihren Tee verschüttete. »Nein. Nein, ich denke, das wäre keine gute Idee. Deine Mutter wollte ihn nie sehen. Und dein Vater darf nichts von ihm erfahren. Wäre nicht gut, ihn in dem Alter so aufzuregen. Ein bezaubernder Mann.«

Ich bemühte mich, ruhig zu bleiben und die richtigen Worte zu finden, um Jeanie auf meine Seite zu ziehen, statt sie zu verschrecken wie ein verängstigtes Pferd.

»Ich glaube, Edward aufzuspüren, könnte Mum helfen, gesund zu werden. Die Ärzte verstehen nicht, warum sie nicht auf die Behandlung anspricht. Eine der Krankenpflegerinnen hat gemeint, es wäre, als hätte sie aufgegeben. Edward nach all den Jahren zu sehen, würde ihr etwas geben, wofür sie kämpfen könnte.«

»Aber deine Mutter hat immer unerschütterlich darauf beharrt, dass dein Vater nie von ihm erfahren darf. Einmal hätte ich die Katze um ein Haar aus dem Sack gelassen, als ich ein bisschen beschwipst war. Deine Mutter war außer sich vor Wut. Sie hat danach wochenlang nicht mit mir geredet.«

»Dad würde sich lieber mit der Vergangenheit auseinandersetzen, als sie sterben zu lassen. Sie ist sein Leben.«

Jeanie begann, in der Küche auf und ab zu laufen. »Das weiß ich. Aber am wichtigsten war ihr immer, dass ihre Töchter und vor allem ihr Ehemann nie von ihm erfahren. So nach dem Motto, damit sie ihn nicht umsonst aufgegeben hat.«

»Sie hat mich eindeutig gebeten, ihn zu finden. Und mich ausdrücklich ersucht, mit Ihnen zu reden. Wahrscheinlich findet sie, dass es jetzt, da sie im Sterben liegt, an der Zeit ist, reinen Tisch zu machen.« Meine Stimme wurde brüchig. »Bitte, Jeanie. Wenn Sie irgendetwas wissen, das mir weiterhelfen könnte ... Mir fehlt die Zeit, den offiziellen Weg einzuschlagen. Das könnte Monate dauern. Und die haben wir nicht. Sie hat gesagt, er wäre in Bath, mehr konnte ich nicht aus ihr herausbekommen. Sie driftet immer wieder ab, als könnte sie nicht klar denken. Wissen Sie mehr?«

»Deshalb haben wir uns zerstritten«, erwiderte Jeanie.

Ich schwieg. In Jeanies Gesicht zeichnete sich ein Wechselbad der Gefühle ab. Sie blinzelte heftig. Schließlich schaute sie auf. »Edward hat deiner Mutter geschrieben, als er achtzehn geworden ist. Und sie hat ihm geantwortet, dass sie nichts mit ihm zu tun haben will, weil es weder seiner noch ihrer Familie gegenüber fair wäre.«

Falls ich je im Leben schockierter über etwas gewesen war, konnte ich mich nicht daran erinnern.

»O mein Gott. Der arme Junge.« Vergeblich versuchte ich, mir vorzustellen, Jude wegzugeben und jeden Kontakt mit ihm zu verweigern, wenn er nach mir suchte. Rasch rechnete ich im Kopf nach. Vor fast dreißig Jahren. Der arme Mann.

In Jeanies Gesicht brodelte es zwar, aber sie weinte nicht. Ich bezeugte gerade, wie Gefühle jahrelang mit strenger Hand zurückgehalten worden waren. »Ich konnte es damals nicht glauben. Was wir uns alle gewünscht haben, die wir Kinder weggegeben haben, was uns vor dem Wahnsinn bewahrt hat, war der Gedanke, sie vielleicht irgendwann wiederzusehen. Das hat auch für deine Mutter gegolten. Und als ich erfahren habe, was sie getan hatte, gab es einen fürchterlichen Streit zwischen uns. Ich war so neidisch darauf, dass ihr Sohn nach ihr gesucht hatte. Deshalb konnte ich einfach nicht begreifen, dass sie die Chance weggeworfen hatte, ihn zu treffen.«

Im Krankenhaus hatte ich die schiere Verzweiflung in Mums Gesicht gesehen. Sie hat es nicht aus Grausamkeit getan, sondern um uns zu schützen. Ich stieß den Atem aus. »Ich kann nachvollziehen, wie schwer das zu verstehen ist. Haben Sie ...« Ich beendete die Frage nicht.

»Nein. Ich hab nach ihm gesucht, konnte ihn aber nicht aufspüren. Vielleicht will er nicht gefunden werden.«

Unter normalen Umständen hätte ich sie nicht weiter mit Fragen gequält. Aber ich durfte nicht zulassen, dass Jeanies Kummer mich aus dem Konzept brachte. »Können Sie sich an irgendetwas erinnern, das sie über Edward gesagt hat? Einen Nachnamen, eine Straße, irgendetwas darüber, wo er zur Schule gegangen ist?« Noch während ich die Worte aussprach, schwappte Hoffnungslosigkeit über mich hinweg.

Jeanie schüttelte den Kopf. »Das ist schon so lange her.«

Frustration überwältigte mich. »Ich will nicht glauben, dass ich irgendwo einen Bruder habe, mein Fleisch und Blut, und es nicht möglich sein soll, ihn zu finden.«

Plötzlich sprang Jeanie auf. »Gott steh mir bei.« Damit verließ sie den Raum und lief die Treppe hinauf. Während ich am Küchentisch saß, dröhnten Schussgeräusche aus dem Fernseher durch das Haus. Ich wartete. Nach einer Weile stand ich auf und betrachtete dicht gedrängte Fotos auf einer Korktafel. Sie zeigten verschiedene rothaarige Kinder. Darunter befanden sich verblasste Polaroids mit Jungen in ärmellosen Oberteilen und Gummistiefeln aus den 1970er-Jahren, aber auch einige neuere, unter anderem von einer erwachsenen Frau mit niedlichen Zwillingen in den Armen – war das Stella, mit der ich früher gespielt hatte? Immer noch kam Jeanie nicht zurück. Ich traute mich nicht in den Flur, weil ich fürchtete, der große böse Simon könnte auftauchen, doch allmählich fragte ich mich, ob Jeanie durchs Badezimmerfenster vor mir getürmt war. Letztlich entschied ich, noch zehn Minuten zu warten und dann die Treppe hinaufzurufen. Aber Jeanie erschien vorher schon und wirkte aufgebracht. »Entschuldige. Ich hab das hier für dich gesucht.«

Sie reichte mir einen von vergilbtem Tesafilm zusammengehaltenen Flickenteppich aus Papierfetzen.

»Das ist der Brief, den er deiner Mutter geschickt hat. Sie hat ihn bei unserem Streit zerrissen und auf den Bürgersteig geworfen.« Kurz verstummte sie und runzelte bei der Erinnerung daran die Stirn. »Ich hatte solche Schuldgefühle, weil ich mich so mit ihr gezofft hatte, obwohl sie eigentlich Trost von jemandem gebraucht hätte. Am Nachmittag bin ich noch mal hin und hab eingesammelt, so viel ich finden konnte. Ich hatte immer vor, ihr den Brief zum richtigen Zeitpunkt zurückzugeben. Nur haben wir nie wieder miteinander geredet.«

Das Papier knisterte zwischen meinen Fingern. Es fühlte sich an, als riefen die Worte nach mir. »Sie haben ihr so sehr gefehlt, Jeanie.«

Spontan beugte sie sich vor und umarmte mich. »Sie war meine beste Freundin. Die Einzige, die mich verstanden hat. Begeh du nicht unsere Fehler, Gracie. Sei nicht zu verdammt stolz, stur oder dumm, um dich zu entschuldigen. Ich habe im Verlauf der Jahre so oft an sie gedacht, wollte so oft mit ihr reden. Sag ihr, dass ich sie lieb habe.«

VIERZIG

MITTWOCH, 12. MÄRZ 2014

Der Mittwoch war der einzige Tag, an dem ich keine Proben hatte. Ich brachte Jude zur Schule, bevor ich nach Bath losfuhr. Er hatte mich angebettelt, mitkommen zu dürfen. Aber ich wollte mich nur um meine Gefühle kümmern und nicht noch auf die von jemand anderem Rücksicht nehmen müssen. Ich rief Dad an und sagte ihm, ich würde ins Krankenhaus kommen, sobald ich könnte. An Louise schrieb ich mehrere Mitteilungen, die ich wieder löschte. Am Ende beschloss ich, sie wütend auf mich sein zu lassen, bis ich etwas Konkretes berichten könnte. Dann brach ich mit einer Mischung aus Aufregung, Angst und Nervosität nach Westen auf. Ich googelte die Adresse. Sofern die Online-Auskunft stimmte, lebten seine Eltern noch im Haus der Familie. Rockshaw Road. Ich sah bei Zoopla, einer Immobilienseite nach. Das Haus nebenan war über eine halbe Million Pfund wert. Eine halbe Million! Er schien es gut getroffen zu haben. Ich wünschte, ich hätte mit Louise darüber reden können, was ich plante und was ich herausgefunden hatte. Bei dem Gedanken wurde mir klar, wie einsam sich meine Mutter ohne Jeanie als Vertraute gefühlt haben musste.

Wie viele Ereignisse aus meiner Kindheit und meinem Dasein als Erwachsene würden durch die Wahrheit eine völlig andere Form annehmen? Würde sie die scharfen Kanten meiner Verbitterung zu einer versöhnlicheren Haltung abschleifen? Falls es ein Wort gab, das zusammenfassend beschrieb, wie man plötzliches Verständnis für ein schwieriges Familienmitglied erlangte, weil man dessen Geheimnisse erfahren hatte, und sich im Nachhinein wünschte, man wäre freundlicher gewesen, dann hätte ich es an diesem Tag gern gewusst.

Ich schaltete das Radio ein. Meine Gedanken schwirrten zwischen den Jahren hin und her, gruben Gespräche aus, Kommentare meiner Mutter, die mir als merkwürdig in Erinnerung geblieben waren, und überprüften sie darauf, ob sie nun einen Sinn ergaben. Als ich Swindon erreichte, grübelte ich stattdessen darüber, was Mums ablehnende Antwort an Edward, als er achtzehn Jahre alt war, bei ihm bewirkt haben mochte. Hatte er sie schulterzuckend abgetan und seinem Glücksstern dafür gedankt, dass er von netten Menschen adoptiert worden war? Oder hatte er sich ein zweites Mal verstoßen gefühlt? War er aus der Spur geraten, weil er zu jung gewesen war, um darüber nachzudenken, warum sie sich so verhalten haben könnte? Um makabre Möglichkeiten zu verdrängen, wie er hätte reagieren können, zwang ich mich, bei den Songs aus dem Radio mitzusingen.

Ich fand das Reihenhaus mühelos und hielt einige Meter dahinter an. Der Vorgarten sah gepflegt aus, die Sträucher waren ordentlich gestutzt, die Haustür wirkte frisch gestrichen. Offenbar konnten es sich die Besitzer entweder leisten, jemanden dafür zu bezahlen, oder sie waren noch rüstig und aktiv genug, um sich selbst darum zu kümmern. Hoffentlich würde ich es nicht mit zwei alten, gebrechlichen Menschen zu tun bekommen, die mich mit ihren Gehstöcken aus dem Haus jagen würden. Ich hielt an den großen Schiebefenstern

Ausschau nach Lebenszeichen. Mein Herz schien so laut zu pochen wie das eines Babys bei der Ultraschalluntersuchung. Ich konnte mir nicht vorstellen, dass diese Leute meinen Besuch als gute Neuigkeit betrachten würden.

Nachdem ich bis fünf gezählt hatte, stieg ich aus und gestattete mir keine Pause, bis ich die Tür erreichte und klingelte. Edwards Mutter öffnete mir. Sie musste es sein. Ich schätzte sie auf Mitte siebzig, aber eindeutig auf eine rüstige Rentnerin.

Im Gegensatz zu Mum öffnete sie nicht mit einer vorsorglich finsteren Miene, als ob es sich bei dem unerwarteten Besuch um jemanden handelte, der ihr etwas andrehen oder sie zu einer Religion bekehren wollte. Sie lächelte mich sogar breit an. »Hallo, Liebes.«

Was gut war, denn ich war mir nicht sicher, ob ich sonst den Mut aufgebracht hätte, etwas zu sagen. »Entschuldigen Sie die Störung, aber ...« Weiter kam ich nicht, bevor sie die Hände ans Gesicht riss.

»Du suchst nach Adam!«

Ich murmelte bejahend, während ich den Tonfall ihrer Worte einzuordnen versuchte – Verblüffung, Angst, Wut, Entsetzen?

Sie sah aus, als könnte sie jeden Moment auf den Boden sinken.

Ich wich leicht zurück. »Es tut mir leid. Ich wollte Sie nicht aufregen.«

Sie blinzelte mehrmals. »Komm rein.«

»Sind Sie sicher?« Am liebsten hätte ich mir die Zunge abgebissen, kaum dass die Worte meinen Mund verlassen hatten. Da war ich so weit gefahren, hatte mir solche Mühe gegeben, und auf einmal bot ich der Person, die mir helfen konnte, eine Ausstiegsmöglichkeit. Aber sie wandte sich um und winkte mich mit sich.

Im Haus roch es nach Politur und Lavendel, ein Ort, an dem sich sogar Louise auf die Klobrille setzen würde. Sie ging in eine Küche mit Oberlicht voraus, ein schöner, heller Raum wie aus einer Wohnzeitschrift, mit Granitflächen und verchromten Geräten. Die Frau ging eindeutig mit der Zeit. Mir wurde bewusst, dass ich mir ein in den 1960er-Jahren verharrtes Haus vorgestellt hatte, mit Resopal in der Küche und avocadofarbenen Badezimmern.

Sie ließ sich schwer auf einen Stuhl plumpsen, als hätten ihr die Beine mitten im Niederlassen den Dienst versagt. »Auf diesen Tag habe ich mein Leben lang gewartet. Nur dachte ich, seine Mutter würde kommen. Ist sie auch deine Mutter?«

Ich nickte.

»Aber woher haben Sie gewusst, wer ich bin?«

Sie zog eine Schublade auf und reichte mir ein Foto. »Das ist Adam.«

Einer Erklärung bedurfte es nicht. Er besaß dasselbe herzförmige Gesicht, dieselben dichten Brauen, hohen Wangenknochen und großen dunklen Augen. Am liebsten hätte ich das Foto geküsst. Gern hätte ich mir die Zeit genommen, ihn ausgiebig zu betrachten und zu verarbeiten, dass ich einen Bruder hatte. Dass ich eines von drei Kindern war.

Ich suchte nach der richtigen Erwiderung. Und suchte. Aber ich fand keine Worte.

»Ich bin Shona, Adams Mutter.« Ihre Stimme stockte bei »Mutter«, als hätte sie nach all den Jahren plötzlich Zweifel daran.

»Ich bin Grace.« Mir graute bei der Erkenntnis, dass ich ihr bisher nicht mal meinen Namen genannt hatte. »Entschuldigen Sie, dass ich Sie so überfalle. Ich hätte vorher schreiben sollen, es ist nur so, dass meine Mutter krank ist, sehr krank, und vielleicht nicht durchkommt …«

Und als ich mit der Geschichte loslegte, fing ich zu weinen an. Dabei flossen nicht nur ein paar emotionale Tränen, sondern ein ganzer Sturzbach. Es endete damit, dass Shona mich an sich zog, mich festhielt und einlud, mich ruhig auszuweinen, als wäre ich ihre eigene Tochter. Zwischen den Schluchzern versuchte ich, mir vor Augen zu halten, wie schräg es war, dass ich mich von einer fremden Mutter trösten ließ, noch dazu von der Adoptivmutter eines Bruders, dem ich nie begegnet war. Sie strahlte eine solche Wärme aus, so viel Großzügigkeit und Offenheit, dass ich mich nach einer Weile entspannte und allmählich beruhigte.

Schließlich bekam ich die Atmung wieder unter Kontrolle, obwohl meine Stimme einen schrillen Klang beibehielt, der erahnen ließ, dass ich jeden Moment einen Rückfall erleiden könnte.

»Wir brauchen Tee. Mit Tee wird alles besser.« Shona hantierte so geschickt mit dem Teesieb und hübschen kleinen Keksen.

Und beim Tee kamen unsere Geschichten ans Tageslicht. Sie verliefen anfangs über weite Strecken parallel wie Eisenbahnschienen, ehe sie sich kurz kreuzten und anschließend in andere Richtungen verzweigten. Ich erfuhr, dass ihr Ehemann Clive vor einigen Jahren verstorben war, Adams zweiter Vorname »aus Respekt vor seiner leiblichen Mutter« Edward lautete und sie Adam nie aktiv ermutigt hatten, nach ihr zu suchen – »was natürlich auf meine Unsicherheit zurückgegangen ist«. Seufzend erzählte sie, dass er stets rastlos gewesen war. »Aufgeweckt, intelligent, wortgewandt. Er wollte sich immer beweisen, immer der Beste sein. Sogar beim Cluedo-Spiel.« Ich konnte beobachten, wie die Erinnerung in ihrem Gesicht aufflackerte. Ein kleiner Familienmoment, bei dem sich Adam ehrgeizig über den Kerzenhalter, Professor Bloom und die Bibliothek ins Zeug legte. Ich konnte mir gut vorstellen, wie Shona alle zu einem Brettspiel versammelte, vielleicht zu Weihnachten. Ein paar Autostunden entfernt hatte sich meine Mutter um die Zeit immer für ein Nickerchen davongeschlichen. Ihre entschlossene Festtagsstimmung war stets in unerklärlichen Trübsal umgeschlagen, wenn wir uns am

Nachmittag hingesetzt hatten, um uns zusammen *Meine Lieder – meine Träume* anzusehen.

Shona erklärte, sie hätte Adam alles über Mum gegeben, was sie hatte. »Im Wesentlichen die Dokumente, die wir zusammen mit ihm bekommen haben. Den gerichtlichen Adoptionsbeschluss. Und die Kleidung, die er damals anhatte. Die habe ich behalten. Ich dachte mir, deine Mutter könnte sie gestrickt haben. Die Nonnen haben uns nicht viel verraten. In gewisser Weise war es einfacher, nichts zu wissen. So musste ich nicht ständig an die arme Frau denken, die ihn weggegeben hatte. Wir haben nur erfahren, dass sie aus einer der Marinestädte an der Südküste war.« Sie lächelte. »Er hat Wasser von klein auf geliebt, deshalb hatte ich die Vermutung, sein Vater könnte ein Seemann sein.«

Ich widersprach ihr nicht, weil ich es nicht wusste. Außerdem schrieben wir alle unsere Familiengeschichte gern um, wenn es uns in den Kram passte.

»Er hat zwar nie viel darüber gesprochen, aber ich hab geahnt, dass er irgendwann etwas über seine leiblichen Eltern erfahren wollen würde. Meine Tochter Katie hat sich nie den Kopf darüber zerbrochen. Adam hingegen hatte immer das Gefühl, anders zu sein. Als er klein war, hat er oft gefragt, warum seine Mum ihn nicht wollte.«

Mir war zum Weinen zumute, aber es wäre geradezu beleidigend gewesen, wieder loszuflennen, während sich Shona so zusammenriss.

»Ich wusste nicht mal, dass er nach ihr gesucht hatte, bis von ihr die Antwort gekommen ist, dass sie keinen Kontakt mit ihm wollte. Das war eine schreckliche Zeit für ihn. Für alle von uns. Er hat es nur mit Ach und Krach durchs Studium geschafft.« Kurz verhärteten sich ihre Züge. »Bestimmt hatte sie ihre Gründe.«

Wie üblich, wenn jemand meine Familie kritisierte, auch wenn es vielleicht gerechtfertigt war, spürte ich jenes Ziehen in der Brust, ein Gefühl der Empörung. Aber natürlich schützte Shona nur ihren Sohn, den sie geliebt und umsorgt hatte, als meine Mutter dazu nicht in der Lage gewesen war. Sie hatte ihm beigestanden, als sie miterlebt hatte, wie er die verletzendste Zurückweisung der Welt hatte verarbeiten müssen. Offen gestanden überraschte mich, dass sie meiner Mutter danach nicht einen Besuch mit einem Baseballschläger abgestattet hatte. Ich musste mich schon zusammenreißen, um meiner Meinung nicht Luft zu machen, wenn eine von Judes »Freundinnen« ihn nach drei Wochen abservierte.

Ich schilderte, wie Mum in Dads Abwesenheit schwanger geworden war und das Baby nicht hatte behalten können. Shonas Züge wurden milder. »Deine arme Mutter. Und dein armer Vater. Stört es ihn, dass du nach Adam suchst?«

Ich verzog das Gesicht zu einer Grimasse. »Er weiß nichts von Adam.«

In ihrem Seufzen schwang ein Hauch Verzweiflung mit. »Sie hat es ihm nie erzählt? Wie hast du es erfahren? Wie hast du uns gefunden?«

Ich bemühte mich, es ihr zu erklären, ohne Mum wie ein Flittchen wirken zu lassen und Dad wie einen armen Tropf, der keine Ahnung hatte, wen er eigentlich geheiratet hatte. Ich erzählte ihr von Adams Brief und Jeanies Rolle dabei. Gern hätte ich auch die Geburtstagskarten und die Geschenke auf dem Dachboden erwähnt. Allerdings erschien es mir zu persönlich, nur für Edward bestimmt. Für Adam. Deshalb ließ ich diesen Teil weg. Trotzdem sollte die Frau wissen, dass Mum ihn geliebt hatte und kein schlechter Mensch war.

Obwohl Shona so freundlich war und es wie durch ein Wunder schaffte, nicht urteilend zu klingen, merkte ich ihr an, dass sie in Gedanken schon bei dem Tag war, an dem unsere Familie – Adams andere Familie – sich der Existenz ihres Sohnes stellen müssen würde. Und natürlich würde für sie

Priorität haben, ihn zu schützen, nicht uns. Nicht anders sollte es sein.

Als sie nach ungefähr einer Stunde immer noch nicht erwähnt hatte, wo sich Adam aufhielt, und nicht mal angedeutet hatte, ich könnte direkt mit ihm reden, musste ich nachfragen. Ich wagte kaum, sie dabei anzusehen, weil ich fürchtete, sie könnte es mir rundheraus verweigern. »Besteht die Möglichkeit, mit Adam selbst zu sprechen?«

Sie senkte den Blick. Schließlich sah sie mich mit auf den Tisch gepressten Handflächen an, die Augen feucht vor Emotionen. »Wie könnte ich es dir verweigern? Adam war für mich ein Geschenk. Ein Privileg, kein Besitz.« Sie ergriff meine Hand. »Tu ihm nicht weh. Auch wenn ich ihn nicht zur Welt gebracht habe, liebe ich ihn wie mein eigen Fleisch und Blut. Ich würde alles für ihn tun. Alles.«

Was hatte mein Bruder für Glück gehabt, eine so wunderbare Frau als Mutter zu bekommen.

EINUNDVIERZIG

MITTWOCH, 12. MÄRZ 2014

Kurz danach brach ich auf, drückte ihr meine Kontaktdaten in die Hand und bat sie, ja flehte sie an, Adam zu überreden, sich bei mir zu melden. Ich verspürte den Drang, hinzuzufügen, dass es keine Zeit zu verlieren galt und sie es noch an diesem Tag tun müsste – ›Rufen Sie ihn heute Abend an, sobald er von der Arbeit kommt!‹ Adam musste nach Portsmouth, bevor es zu spät wäre. Mir schien es das Einzige zu sein, was sie retten oder zumindest in Frieden sterben lassen könnte. Aber ich sprach es nicht aus. Sie wusste es. Und ich konnte nur hoffen, sie würde großmütig genug sein, Mum eine zweite Chance zu geben, obwohl sie sich dafür vielleicht überwinden müsste.

Wir umarmten einander. Die Geste einer Mutter, die das komplexe Gefüge von Familien verstand und bereit war, die eigenen instinktiven Empfindungen zu unterdrücken, Eifersucht runterzuschlucken, wenn ihr Sohn dadurch die Antworten finden konnte, nach denen er suchte.

Mittlerweile wollte ich Adam nicht nur kennenlernen, weil es für meine Mutter so viel bewirken könnte, sondern auch, weil ich mich selbst emotional stark zu ihm hingezogen fühlte. Ich konnte mir nicht mehr vorstellen, das Wissen, dass ich einen Bruder hatte, zurück in die Truhe auf dem Dachboden zu verfrachten und anschließend zu ignorieren. Hoffentlich würde er zumindest mich sehen wollen, wenn auch vielleicht nicht Mum.

Zu Hause lief ich so unablässig rastlos auf und ab, dass ich beinah Löcher in den Teppich wetzte. Womöglich würde Shona eine Woche, zwei Wochen darüber nachdenken, bis es zu spät wäre. Ich bemühte mich, daran zu glauben, dass sie sich anständig verhalten würde. Und dass Edward eine zweite Zurückweisung riskieren würde.

Schließlich brach ich zum Supermarkt auf, um nicht ständig aufs Telefon zu starren und darüber zu grübeln, was passieren würde, ob ich mich noch besser für Mum hätte einsetzen können. Ich kochte Curry, Judes Leibgericht, gleichsam als Entschuldigung dafür, dass ich ihn in letzter Zeit so oft allein gelassen hatte. Trotz meiner Bemühungen – »Vergiss nicht die Melone im Kühlschrank.« – war ich mir ziemlich sicher, dass man bei KFC in den vergangenen Wochen einen kräftigen Umsatzzuwachs verzeichnet hatte.

Als das Handy klingelte, während ich gerade mit Kurkuma und Ingwer hantierte, hätte ich den unbekannten Anrufer vor lauter Hast mit tollpatschigen Fingern um ein Haar versehentlich abgewiesen.

»Hallo?«

Und er war es. Trotz des Wissens, dass er älter war als ich, überraschte mich seine tiefe Stimme, als hätte ich die des zögerlichen Jungen erwartet, der Mum vor all den Jahren geschrieben hatte.

»O mein Gott. Du bist es. Edward! Adam, meine ich natürlich. Ich kann nicht fassen, dass ich einen Bruder habe.«

Er lachte, ein wunderbar lebhafter Laut, der mich an Mum mit guter Laune erinnerte. »Und ich bin plötzlich von einer Schwester zu drei gekommen. Wie verblüffend ist das erst? Ist Louise damit einverstanden?«

»Sie ist ein bisschen verkopfter als ich – Louise durchdenkt gern alles aus der Perspektive aller Beteiligten. Aber wenn sie es verarbeitet hat, wird sie außer sich vor Freude sein«, antwortete ich mit ungefähr fünfzigmal mehr Zuversicht, als ich empfand. »Sag, wie verkraftet deine Mutter, dass ich bei ihr aufgetaucht bin? Ich glaube, ich habe ihr einen ziemlichen Schreck verpasst. Trotzdem war sie bezaubernd.«

Der Stolz in seiner Stimme ließ sich nicht überhören. »Sie ist eine fantastische Mutter.« Kurz zögerte er. »Entschuldige. Damit will ich nicht sagen, dass Susie – deine Mum – nicht großartig gewesen wäre. Ich meine nur, dass ich wahnsinniges Glück hatte. Natürlich ist es nicht einfach für Shona. Aber ich will auf keinen Fall, dass sie – oder irgendjemand – denkt, ich wollte meine leibliche Mutter finden, weil ich in meiner richtigen ...« Er korrigierte sich. »... in meiner anderen Familie nicht glücklich war.«

Mich begeisterte, wie offen er sprach. Irgendwie besaß seine tiefe Stimme denselben Rhythmus wie die von Mum. Er hatte so viele Fragen. »Wie hast du überhaupt von mir erfahren? Weiß dein Vater, dass du nach mir suchst? Meinst du, deine Mum ist im Delirium? Oder hat sie dich bewusst gebeten, mich zu suchen?« Er scheute sich nicht, heikle Themen anzusprechen, wischte meine Bedenken nicht weg und gab keine merkwürdigen, brummenden Laute von sich wie Louise, wenn ich etwas sagte, womit er nicht einverstanden war. Vor allem mochte ich ihn wegen der Begeisterung, die er für Jude zeigte. »O mein Gott. Ich habe einen Neffen! Endlich! Noch ein Mann in der Familie. Ich kann's kaum erwarten, ihn kennenzulernen.«

Schließlich gelangten wir zu Mums Zustand. Zwar ersparte ich Edward die unschönen Einzelheiten, trotzdem musste ich ihm die Wahrheit sagen. »Wir sind nicht sicher, ob sie durchkommt. Tut mir so leid. Deshalb bin ich einfach bei deiner Mutter aufgetaucht, statt dir zu schreiben. Ich dachte, es könnte zu spät sein, wenn ich warten muss, bis du einen Brief bekommst und darauf antwortest.« Kurz verstummte ich und nahm den Mut zusammen, um ihn zu fragen, ob er sie im Krankenhaus besuchen kommen würde. Doch das musste ich nicht.

»Es ist schon so viel Zeit vergeudet worden«, sagte er. »Ich will mir nicht für den Rest meines Lebens vorwerfen, dass ich die Chance hatte, meine Mutter kennenzulernen, und sie vermasselt habe.« Mit leiserer Stimme fügte er hinzu: »Bist du dir absolut sicher, dass sie mich sehen will? Ich will es nicht noch schlimmer machen.«

»Ja, das will sie. Würdest du es tun? Ich weiß, es ist viel verlangt.«

»Begleitest du mich?«

»Natürlich.«

Wir vereinbarten, dass er in drei Tagen kommen würde, am Samstag. Früher konnte er es nicht einrichten. Ich bot ihm als Treffpunkt bei mir zu Hause an, doch er meinte, er wollte lieber direkt zum Krankenhaus, um die Gefahr zu verringern, er könnte »die Nerven verlieren«. Für mich konnte der Samstag nicht schnell genug anbrechen. Ich schlug das einzige Lokal vor, das mir in der Nähe einfiel, das Funky Fish Café, das laut Louise »aufgewertet« worden war: »Das Essen ist gar nicht mal so schlecht, und hinten ist ein gemütlicher Sitzbereich. Dad ist begeistert davon.« Wenigstens könnten wir uns in dem Lokal bei einer schnellen Tasse Tee einander vorstellen. Und falls die Fotos von Mum mit der Band nach wie vor dort wären, könnte ich sie ihm zeigen.

Ich musste mir nur noch überlegen, wie ich es Louise beibringen sollte.

Und Dad.

ZWEIUNDVIERZIG

FREITAG, 14. MÄRZ 2014

Am Freitag schien sich der Zustand meiner Mutter stabilisiert zu haben. Aber wann immer der Arzt das Wort benutzte, war es offenbar nur ein Aufschub, bevor uns die nächste Katastrophe weiter in die falsche Richtung zerren würde. Ich hörte viel über Kreatininwerte, was ich nicht wirklich verstand, obwohl es mir zu peinlich war, es zuzugeben. Alles in allem bekam ich jedoch den Eindruck, dass positive Zeichen vorlagen. Anscheinend produzierte sie mehr Urin. Bei der Neuigkeit hellten sich Dads Züge auf. »Das ist eine gewaltige Verbesserung, oder?« Ich war mir nicht sicher, ob er mit »gewaltig« das richtige Adjektiv benutzte, dennoch nickte ich enthusiastisch und war schändlich dankbar, als der Arzt vorschlug, ich sollte Dad nach Hause bringen, damit er sich ausruhte.

Nachdem ich ihn abgesetzt hatte, wappnete ich mich für den fürchterlichsten Freitagabend aller Zeiten – ich würde bei Louise aufmarschieren und ihr gestehen müssen, dass ich ihre Forderung, Edward nicht zu suchen, ignoriert hatte, und er Mum besuchen kommen würde.

Meine Ankündigung, dass ich nur kurz vorbeischauen und über etwas plaudern wollte, war ihr eindeutig verdächtig vorgekommen. Dementsprechend streitlustig würde sie eingestellt sein.

Craig riss die Tür förmlich auf und begrüßte mich übertrieben herzlich. Offensichtlich hatte er sich für die Rolle des Gegenpols entschieden. »Komm, rein mit dir. Ich mache dir Kaffee.« Ich war dankbar, dass mir der Lärm der Kaffeemühle einige Augenblicke verschaffte, um die Einleitung im Kopf zu proben.

Louises Gesichtsausdruck wurde zunehmend ungläubiger, während ich ihr von meinem Besuch in Bath erzählte. Meine Stimme flüsterte fast, als ich schließlich sagte: »Ich weiß, du wirst es nicht gutheißen, Louise, aber Adam begleitet mich morgen zu Mum.«

Louise beugte sich auf dem Stuhl vor. Die Brille rutschte die Nase herunter und verlieh ihr das Aussehen einer beängstigend strengen Schulleiterin. »Bist du vollkommen wahnsinnig?«

Ich bemühte mich, nicht wie mein trotziges sechzehnjähriges Ich zu reagieren, wenn ich wieder mal von meiner älteren Schwester einen Vortrag darüber erhalten hatte, wie unfair ich mich gegenüber unseren Eltern verhielt. Stattdessen achtete ich auf einen neutralen Ton.

»Ich bin nicht wahnsinnig, Louise. Betrachten wir lieber die Fakten. Mum wird wahrscheinlich sterben. Darin sind wir uns wohl einig. Was sie sich am meisten wünscht, ist, ihren Sohn zu sehen.«

Louise unterbrach mich. »Er ist längst der Sohn von jemand anderem. Sie hat ihn seit fünfundvierzig Jahren nicht mehr gesehen.«

Wenn man meine Schwester nach ihrem Tod aufschnitte, würde man eine leere Hülle an der Stelle des Herzens finden.

Ich legte ihr die Fotos von Adam vor, die Shona mir mitgegeben hatte. »Schau ihn dir an. Er sieht ihr so ähnlich. Und mir. Er gehört zur Familie, ob du's akzeptieren willst oder nicht.

Und sie hat das Recht, ihn vor ihrem Tod zu sehen und zu erfahren, dass es ihm gut ergangen ist.«

Mit hochgezogenen Brauen betrachtete Louise die Fotos. Es ließ sich nicht übersehen, wessen Sohn er war. Aber sie schob die Bilder zurück zu mir. »Ich denke, du wirst feststellen, dass sie mit dem Unterzeichnen der Adoptionsdokumente ihre ›Rechte‹ aufgegeben hat.«

»Empfindet denn gar kein Teil von dir ein wenig Mitleid mit Mum dafür, dass sie dieses große Geheimnis ihr Leben lang mit sich herumgeschleppt hat? Meinst du nicht, sie hätte es verdient, vor ihrem Tod Frieden damit zu schließen, was passiert ist? Und dass es Adam zusteht, die Wahrheit von ihr zu erfahren?«

Louise sah mich auf eine Weise an, dass ich unwillkürlich jegliche Teenager bedauerte, die sie dabei erwischte, wie sie sich »Unangemessenes« an einem Schulcomputer ansahen. »Adam oder Edward oder wie auch immer kümmert mich nicht. Meine Sorge gilt Dad.«

Bei der selbstgefälligen Andeutung, mir könnte der Mann egal sein, der *mein Leben lang* für mich da gewesen war, mich gerettet, mich geliebt hatte, stand ich kurz davor, ihr mit dem Teelöffel ein Auge auszustechen.

»Glaubst du etwa, ich mache mir keine Sorgen wegen Dad? Mir graut davor, es ihm zu erklären. Aber etwas weiß ich mit Sicherheit: Wenn Mum gerettet werden kann, indem wir ihr zu bewältigen helfen, was sie zerfrisst, weil sie es so viele Jahre in sich eingesperrt hat, dann würde er wollen, dass wir es tun. Es mag nicht garantiert sein, dass es klappt, aber die Antibiotika und der andere Mist, den man ihr einflößt, haben bisher ja nicht viel gebracht. Natürlich gäbe es noch die Alternative, einfach rumzusitzen, einen Scheißdreck zu unternehmen und sie sterben zu lassen.«

»Still. Pass auf, wie du redest. Matilda ist im Wohnzimmer.«

Ich stützte das Kinn auf die Hand. »Entschuldigung.« Meine innere Sechzehnjährige rüttelte an der Tür, wollte herausgelassen werden.

Louise schüttelte den Kopf. »Nein. Ich kann das nicht zulassen. Was, wenn du mit Adam bei Mum auftauchst, der Schock ihren Zustand verschlechtert und sie deswegen stirbt? Oder wenn es bei ihr keinen Unterschied bewirkt, sie nicht rettet. Dann wäre Dads Leben auf den Kopf gestellt. Er würde nicht nur seine Frau verlieren, sondern auch alles, was er über ihre Ehe geglaubt hat. Er liebt sie. Ich wüsste nicht, wie er sich davon erholen könnte.«

Craig räusperte sich. »Darf ich meinen Senf beisteuern?«

Resigniert fand ich mich damit ab, in der Unterzahl zu sein. Allerdings war ich nicht hergekommen, um mir eine Erlaubnis zu holen. Nur, um zu informieren. Ich *würde* Adam am Samstag zu Mum begleiten. Und hoffen, dass mir danach noch so etwas wie eine Familie bleiben würde.

Sogar Louise wirkte desinteressiert an Craigs Meinung. Ich hingegen hatte kein Problem damit, ihm die Bühne zu überlassen. Zumindest würde es mir eine Verschnaufpause verschaffen, um meinen nächsten, zum Scheitern verurteilten Überzeugungsversuch vorzubereiten.

Craig legte Louise die Hand auf die Schulter, eine Geste der Zuneigung und Solidarität, durch die ich mich einsam fühlte. Er sah mich an. »Lou, auch wenn du's nicht hören willst, ich denke, Grace hat nicht unrecht. Danny weiß doch schon, dass irgendwas nicht stimmt und sie von einem vermissten Baby redet. Falls sie, Gott bewahre, stirbt, wird er ihre Sachen durchwühlen und zwangsläufig auf irgendetwas stoßen.« Er setzte sich zwischen uns. »Wäre es nicht besser, wenn er sich jetzt damit auseinandersetzt, während sie noch lebt und die kleine Chance besteht, Antworten von ihr zu bekommen? Ein Geheimnis dieser Größenordnung lässt sich nicht ewig unter den Teppich kehren, schon gar nicht mehr jetzt, da Susie selbst ihr Schweigen gebrochen hat.«

Das überraschte mich. Ausgerechnet dieser altmodische Mann mit seiner Sammlung von Karaffen, seiner Besessenheit davon, vor jeder längeren Fahrt den Reifendruck zu überprüfen und seiner wissenschaftlichen Herangehensweise an Komposthaufen – ›nicht zu viel Gras‹ – entpuppte sich als die Stimme der Vernunft.

Louise schaute drein, als hätte sie versehentlich eine Fliege verschluckt. »Danke, Craig, für den überaus nützlichen Beitrag.«

Die nächsten paar Wochen konnte er sich abschminken, dass im Schlafzimmer etwas laufen würde.

Ich streckte die Hand aus, wollte Louise am Arm berühren, doch sie zog ihn zurück. »Tut mir leid. Ich versteh deinen Standpunkt ja. Auch ich will Dad nicht verletzen. Aber Mum hat den Stein ins Rollen gebracht, und ich glaub nicht, dass wir ihn jetzt noch aufhalten können.«

Sie schüttelte den Kopf. »Du hast dich auf die Suche nach ihm gemacht. Wir hätten es auch einfach sein lassen können.«

Ich stand auf. »Tut mir echt leid, dass du so dagegen bist. Wirklich. Aber wir haben alles andere versucht, und nichts hat funktioniert. Ich für meinen Teil kann nicht tatenlos dabei zusehen, wie sie stirbt. Sorg nur dafür, dass Dad morgen nicht vor sechs Uhr abends im Krankenhaus aufkreuzt. Bitte. Das ist alles, worum ich dich bitte. Tu's nicht für mich. Tu's für ihn.«

Sie zuckte mit den Schultern. So unnachgiebig. So typisch Louise.

»Auf deine Verantwortung.«

DREIUNDVIERZIG

SAMSTAG, 15. MÄRZ 2014

Am Samstag traf ich früh im Funky Fish Café ein, um mich mit Adam zu treffen. Hoffentlich hatte ich ihn für unsere erste Begegnung nicht in das Pendant einer Autobahnraststätte eingeladen. Aber Louise kam gelegentlich her, und meine Schwester war niemand, der »Milchkaffee« als Getränk betrachtete. Wenn sie Kaffee bestellte, lief es nie ohne mindestens drei Sätze mit Sonderwünschen ab, und wenn es keine Sojamilch gab, drohte der Ausbruch einer Katastrophe. Daher war ich zuversichtlich, dass es gut genug für Adam und mich sein würde. Mit den Fotos hatte ich kein Glück. Türkisfarbene Zeichnungen von Seepferdchen und Fischschwärmen hatten die Aufnahmen der Shakers verdrängt. Ich erkannte das gesamte Lokal kaum wieder. Zuletzt hatte ich es vor all den Jahren besucht, als ich mir am Strand das Bein verletzt hatte. So gut wie nichts mehr erinnerte an die Vergangenheit als Imbissbude mit einer Tageskarte im Schaufenster. Stattdessen war daraus ein schickes Café mit Möbeln im Retrolook, Laternen und Treibholzschildern mit der Aufschrift »Beim Angeln« geworden.

Ein Mann Anfang dreißig bediente mich und empfahl mir die Spezialität des Tages, »Köhler mit Pommes«.

Lächelnd winkte ich ab, wollte mich nur still hinsetzen und beruhigen, bevor ich mich vor lauter Nervenflattern übergeben müsste. »Ich warte nur auf jemanden, der mich ins Krankenhaus begleitet. Vielleicht kommen wir auf dem Rückweg noch mal zum Essen her.«

Er fing an, mir zu erzählen, wie viele Leute das Café entdeckten, weil sie Verwandte im Krankenhaus hatten. »Wir erleben hier alles. Weinende Gäste, weil Angehörige schwer krank sind, lachende Gäste, weil sie sich erholen. Manchmal sind sie so aufgebracht, dass sie sich gegenseitig anschreien. Ist ein echtes Fenster zum Leben hier.«

Vor lauter Nervosität wäre mir um ein Haar herausgerutscht, dass ich mich gleich zum ersten Mal mit meinem Bruder treffen würde. Aber das durfte ich niemandem erzählen. Schon gar keinem Wildfremden, wenn es nicht mal mein Vater wusste.

Schließlich entschuldigte ich mich und ging an ihm vorbei zu den Tischen im hinteren Bereich, wo ich zugleich auf einer Seite durchs Fenster schauen und den Eingang im Auge behalten konnte. Jedes Mal, wenn die Glocke über der Tür bimmelte, vollführte mein Herz einen Satz. Und dann traf er endlich ein. Ich konnte gar nicht schnell genug vom Stuhl aufspringen. Als er mich erblickte, eilte er auf mich zu. Und als wäre es das Natürlichste auf der Welt, jemanden zu umarmen, dem man noch nie zuvor begegnet war, klammerten wir uns aneinander fest, während die Tränen flossen.

Der Mann hinter der Theke beobachtete uns unverhohlen, doch ich bemerkte es erst, als er sagte: »Meine Güte. Das nenn ich mal ’ne Begrüßung.«

Adam wischte sich das Gesicht ab und erwiderte freundlich statt irritiert: »Wir haben uns sehr, sehr lange nicht gesehen.«

Schließlich setzten wir uns. Eindringlich sah ich ihn an und erkannte mich in seinen Zügen wieder, wenngleich er ein kantigeres Gesicht besaß. »Danke. Danke, dass du gekommen bist. Ich kann dir gar nicht sagen, wie viel mir das bedeutet.«

Der Mann hinter der Theke brach sich vor lauter Halsverrenken beinah das Genick, weil er herausfinden wollte, was hinter unserer spektakulären Begrüßung steckte, doch ich beachtete ihn gar nicht. Ich konnte nicht aufhören, zu lächeln, in Tränen auszubrechen und anschließend wieder zu lachen.

Adam saß mir gegenüber. »Das ist meine erste Begegnung mit einer Blutsverwandten. Es ist so seltsam. Eigentlich bist du eine Wildfremde für mich, trotzdem habe ich das Gefühl, dich zu kennen.« Er faltete die Hände. »Ich will so viel wissen, dass ich nicht mal weiß, wo ich anfangen soll. Erzähl mir was von dir. Irgendwas. Stehst du deiner Mutter nah?«

»Nicht wirklich. Ich wünschte, wir hätten ein besseres Verhältnis.« Und während ich ihm schilderte, wie Mum in unserer Kindheit und Jugend gewesen war, kam mir der Gedanke, dass einiges dafür sprach, seine Geschwister erst als Erwachsener kennenzulernen. Adam zeigte sich so unvoreingenommen und meinte: »Muss schwer für dich gewesen sein.« Völlig anders als Louise, die mir immer das Gefühl gab, ich hätte mein Pech selbst heraufbeschworen.

Wir lachten darüber, dass wir beide nie geheiratet hatten. »Für Frauen hatte ich nie ein Händchen. Hab mir immer welche ausgesucht, die nicht zu haben oder voll die Kletten waren. Bei Beziehungen bin ich ein hoffnungsloser Fall«, sagte Adam. »Manchmal kommt es mir wie Absicht vor. Als würde ich mich selbst sabotieren.«

Plötzlich kam es mir nicht mehr so seltsam vor, dass ich trotz der jahrzehntelangen Ehe meiner Eltern und Louises solider Beziehung mit Craig allein geblieben war. »Ab sofort musst du mich einen Blick auf deine Freundinnen werfen lassen«, bot ich ihm an. »Durchgeknallte erkenne ich aus einem Kilometer Entfernung.« Dann errötete ich, weil ich fand, dass ich anmaßend klang. Bisher wusste ich ja noch nicht mal, ob er mich je wiedersehen wollte.

Aber er nickte enthusiastisch. »Ich brauche jede Hilfe, die ich kriegen kann, glaub mir. Meine – andere – Mum ist schon am Verzweifeln. Gott sei Dank hat meine Schwester ihr ein paar Enkelkinder geschenkt.«

Im Verlauf des Gesprächs erfuhr ich, dass er wie ich rastlos war, sich nicht für Nullachtfünfzehn-Jobs eignete, lieber im Schichtdienst arbeitete und Probleme damit hatte, sich etwas vorschreiben zu lassen. Nach vielen Berufsjahren hatte er sich als Grafikdesigner selbstständig gemacht und mittlerweile erste Auszeichnungen gewonnen. Wir bestellten weiteren Tee. Und Pfannkuchen. Ich hätte noch stundenlang mit ihm von Thema zu Thema springen können. Aber schließlich sah er mich an. »Es ist schon zwei. Ich denke, wir sollten langsam tun, wofür ich gekommen bin.«

Dabei biss er sich so auf die Unterlippe wie Jude, wenn ihm etwas Kopfzerbrechen bereitete. Ich konnte mir nicht vorstellen, dass es ein winziges Gen gab, das dafür verantwortlich sein sollte.

»Keine Sorge. Ich bleibe ja dabei.«

Als ich rasch auf die Toilette ging, stellte ich zu meiner Freude fest, dass die Fotos der Band mit meiner Mutter im Gang hinten hingen. Der Anblick mit von 1962 bis 1969 beschrifteten Aufnahmen erinnerte an eine Modenschau in Schwarz-Weiß aus den 1960er-Jahren. Ich holte Adam und zeigte auf das Bild von 1966. »Da ist Mum! Im geblümten Oberteil. Zu dem Zeitpunkt muss sie Louise schon gehabt haben.«

Eine gefühlte Ewigkeit stand er nur da. Wäre ich nicht dabei gewesen, hätte er das Foto angefasst, davon war ich überzeugt. Unwillkürlich fragte ich mich, was in seinem Kopf vorgehen mochte. Ich betrachtete sein Profil, während er hinstarrte. Mum musste dieses Gesicht einst mit dem Wissen gestreichelt haben, dass sie ihn am nächsten Morgen weggeben würde. Wir traten zurück, um einen älteren Mann mit einer Kiste durchzulassen. Lachend merkte er an: »Das bin ich auf den Fotos. In meinen glorreichen Tagen.«

»Welcher der Männer sind Sie?«, hakte Adam nach.

Mir gefiel, dass er sich mit jeder Person auf eine Plauderei einließ wie ich, statt wie Louise zu fürchten, er könnte an einen Spinner geraten.

Der Mann balancierte die Kiste auf dem Knie und zeigte mit dem Finger. »Da bin ich. Rob. Leadsänger der Shakers. Groß rausgekommen sind wir zwar nicht, aber wir hatten 'ne Menge Spaß.«

Ich deutete mit dem Kopf auf das Foto. »Das neben Ihnen ist meine Mutter.«

»Du bist Susies Mädchen?«

Ich stellte mich vor.

»Siehst ihr total ähnlich. Himmel. Wo sind die Jahre nur geblieben?« Rob fuhr fort. »Vor ein paar Tagen war dein Vater mit deiner Schwester Lucy hier.«

»Louise.«

»Sie wollten deine Mutter im Krankenhaus besuchen. Geht's ihr inzwischen besser?«

»Ziemlich unverändert. Wir wollen gleich zu ihr.«

Rob setzte eine mitfühlende Miene auf. »Sie ist schon eine ganze Weile da drin. Arme Suze. Wir werden alle nicht jünger.«

Eine unangenehme Pause entstand. Er stand da und kaute auf der Unterlippe wie jemand, der gern genauer nachgefragt hätte, aber sich vor der möglichen Antwort fürchtete, sie könnte sterben.

Schließlich räusperte er sich und sah Adam an. »Ist das dein Holder?« Dann schüttelte er den Kopf. »Nein, das kann nicht sein. Ihr müsst verwandt sein, so ähnlich, wie ihr euch seht.«

Adam schaute hilfesuchend zu mir. Vor unserem Kennenlernen hatte ich beschlossen, ihn als meinen Cousin vorzustellen. Nur brachte ich die Worte nicht heraus. Ich konnte mich nicht dazu durchringen, ihn zu verleugnen, während er sich unmittelbar vor mir befand. Wie angewurzelt stand ich da.

Wir starrten uns gegenseitig an, warteten beide darauf, dass der andere das Wort ergriff.

Am Ende rückte ich einfach damit heraus. »Adam ist mein Bruder.«

Robs Augenbrauen schossen in die Höhe. »Ich hatte keine Ahnung, dass ihr drei Geschwister seid. Nachdem sich die Band aufgelöst hatte, hab ich nicht mehr wirklich Zeit mit Susie verbracht, aber gelegentlich sind wir uns über den Weg gelaufen. Von dir hab ich gewusst. Manchmal hab ich sie mit dir im Kinderwagen unterwegs gesehen.«

Ich nickte. Am liebsten hätte ich das Geheimnis zurückgeholt, das ich soeben ausposaunt hatte. Adam rettete mich vor einer Antwort, indem er auf das Foto von 1967 zeigte. Ich hätte ihn dafür küssen können, dass er versuchte, Rob abzulenken. »Das ist 'ne tolle Aufnahme von Ihnen. Die Samtjacke gefällt mir besonders.«

Rob lachte. »Gott, was waren wir damals jung. Ich dachte, mit der Jacke würde ich wie Jimi Hendrix aussehen. Und gleich werd ich mir steinalt vorkommen, weil du sagen wirst, dass du 1967 noch nicht mal auf der Welt warst.«

»Sorry«, erwiderte Adam. »Ein Jahr daneben. Bin 1968 geboren.«

Diesmal ging ich dazwischen. »Meine Güte, sieh sich einer Mum in diesen Hotpants an. Wenn ich so was Freizügiges angezogen hab, ist sie immer stinksauer geworden. Am liebsten würde ich sie herschleppen und daran erinnern, wie sie sich früher rausgeputzt hat.«

Adam bewegte sich den Korridor entlang zum Foto der Band von 1968. »Da war Susie nicht mehr dabei«, sagte Rob. Er zuckte mit den Schultern. »Sie hatte schon durchschaut, dass wir nie in Wembley auftreten würden. Wir anderen haben ein bisschen länger gebraucht, um es zu raffen.« Er zeigte auf das Foto von 1969. »Das war unser letzter Gig im Portsmouth Palais. Nach dem Ausstieg eurer Mutter waren wir nie mehr so gut wie davor. Sie war ein echter Publikumsliebling, obwohl sie gar nie offiziell in die Band eingetreten ist. Wir haben sie einfach immer auf die Bühne gezerrt. Und weil sie so gerne gesungen hat, konnte sie nie widerstehen.«

Rob stellte die Kiste auf dem Boden ab. Blinzelnd musterte er Adam, als versuchte er, sich etwas zusammenzureimen.

Ich spürte, wie die Atmosphäre von Nostalgie in Verwirrung umschlug. »Tja, wir machen uns dann besser auf den Weg«, sagte ich und fühlte mich unter Robs Blick plötzlich klaustrophobisch. Ich dankte ihm und setzte mich den Korridor zurück in Bewegung.

Rob schüttelte Adam die Hand. Hinter mir hörte ich Rob zu ihm sagen: »Grüß deine Mutter von mir. Und deinen Vater auch. Kommt er zurecht, während Susie im Krankenhaus ist?«

Ich erstarrte an der Tür und wirbelte herum, wollte für Adam antworten, doch er kam mir zuvor. »Danny ist nicht mein Vater, nur der von Grace.« Anscheinend teilten Adam und ich die Eigenschaft, einer direkten Frage nicht ausweichen zu können.

Natürlich wäre es völlig falsch von mir gewesen, von Adam zu erwarten, er würde seinen Vater Clive verleugnen, den Mann, der wahrscheinlich mit ihm Fußball gespielt, ihn als Teenager herumchauffiert und ihm beigebracht hatte, dieser rücksichtsvolle, warmherzige Mann zu werden. Ich konnte von ihm nicht erwarten, Danny, dem er noch nie begegnet war, als seinen Vater auszugeben.

Dennoch wünschte ich inständig, er hätte es getan.

Rob wirkte nicht annähernd so schockiert, wie er sein sollte. Flüchtig ging mir durch den Kopf, Mum könnte das Stadtflittchen gewesen sein und es mit praktisch jedem getrieben haben, während Dad auf See gewesen war. Doch so schnell, wie mir der Gedanke gekommen war, verwarf ich ihn. Ihre Liebe zu Dad war echt, daran bestand kein Zweifel. All die kleinen, unscheinbaren Zärtlichkeiten, die beiläufige Berührung seiner Hand, die zarten Küsse auf den Kopf – das konnte man nicht vortäuschen.

Verständnis trat in Robs Züge. Er kniff die Augen zusammen, als überkäme ihn eine schmerzhafte Erinnerung. Mir fehlte die Energie, um mir zusammenzureimen, was sein Verhalten bedeuten mochte.

Am liebsten hätte ich die Flucht vor beiden ergriffen, bevor ich in einer Sackgasse aus Fragen festsäße, deren Antworten wie Messer in Dads Rücken wären. Louise würde so unglaublich wütend auf mich sein. Aber statt meinem Drang nachzugeben, wegzurennen und nicht anzuhalten, winkte ich unbeschwert zum Abschied und steuerte auf die Tür zu. Sogar für den Mann hinter der Theke hob ich zum Gruß die Hand, als hätten wir nicht gerade vor einem Fremden ein gewaltiges Familiengeheimnis ausgeplaudert. Genauso gut hätte ich mich auf einen Stuhl stellen und brüllen können: ›Das ist mein Bruder. Wir haben die gleiche Mutter, aber verschiedene Väter.‹ Gefolgt von: ›Ach ja – falls Dad auf ein Stück Kuchen vorbeikommt, vergesst einfach, dass ihr Adam je begegnet seid, ja? Er weiß nämlich noch nichts von ihm.‹

Louise würde mich umbringen.

VIERUNDVIERZIG

SAMSTAG, 15. MÄRZ 2014

Die Tür des Cafés schwang hinter uns zu. Wir setzten gleichzeitig zum Sprechen an, aber Adam zog es entschlossener durch. »Entschuldige. Ich hab Panik gekriegt. Es hat sich einfach so falsch angefühlt, dabei mitzuspielen, Danny als meinen Vater hinzustellen. Das konnte ich nicht. Es wäre so beleidigend für dich gewesen. Und für ihn.«

»Mein Fehler. Mir war klar, dass wir Rob über den Weg laufen könnten, aber ich wollte dir die Fotos von Mum zeigen.« Damit blieb ich stehen und drehte mich zu ihm. »Ich wollte, dass du ein Bild von ihr in jungen Jahren, in ihrer Blüte im Kopf hast. Sie ist eine fantastische Sängerin, und ich wollte mit ihr angeben.« Meine Stimme wurde kleinlaut. »Mir war wohl nicht ganz klar, wie sehr ich mir gewünscht habe, dass du auch stolz auf sie bist.«

Adam reagierte mit einer sanften Miene. »Danke. Es ist für uns beide eine Menge zu verarbeiten. Dabei werden uns zwangsläufig Fehler unterlaufen. Aber danke, dass du nicht darüber gelogen hast, wer ich bin. Du hast ja keine Ahnung, wie euphorisch ich mich gefühlt hab, als du gesagt hast: ›Adam ist mein Bruder.‹«

Mich verblüffte, dass Adam einen Weg gefunden hatte, mir das Gefühl zu vermitteln, ich würde mein Bestes geben. Bei Louise klang es immer eher so, als würde ich absichtlich das Glück aller sabotieren. Unwillkürlich fragte ich mich, wie anders sich alles entwickelt hätte, wenn Adam mit uns aufgewachsen wäre. Hätte er die Diskrepanz zwischen Louise und mir entschärft? Ich drückte seinen Arm. »Es wird alles gut. Zwar weiß ich noch nicht, wie, aber uns fällt schon was ein.« Eigentlich wollte ich ein ironisches »Bro« anfügen, dass mir jedoch im Hals stecken blieb. Den Humor würde ich mir für ein andermal aufsparen.

Schweigend gingen wir zum Krankenhaus. Wenn sein Kopf so überlastet war wie meiner, verbrauchten seine Gedanken alle Energie und ließen zum Reden nichts übrig. Als wir das Krankenhaus betraten, bemerkte ich Schweißperlen auf Adams Oberlippe. Im Korridor hielt er immer wieder an. »Willst du zuerst reingehen und ihr sagen, dass ich hier bin?«, fragte er. Oder: »Was, wenn dein Dad auftaucht? Oder Louise?«

Als ich es geschafft hatte, ihn zur Intensivstation zu scheuchen, lagen meine Nerven blank. Die reizende chinesische Krankenpflegerin begrüßte uns und teilte mir mit, dass Mum nach einer erholsamen Nacht ruhiger wirkte.

Ich weihte sie kurz ein und fragte sie angespannt: »Wären Sie so nett, nicht zu erwähnen, dass ich mit jemand anders gekommen bin, falls mein Dad heute Abend vorbeischaut?«

Sie nickte mit dem traurigen Lächeln einer Frau, die zu viele Szenarien zerrütteter Familien bezeugt hatte, um Überraschung zu empfinden.

Ich wandte mich an Adam. »Tut mir leid. Das fühlt sich so unhöflich an, aber ich muss zuerst allein mit Dad reden. Ich hab keine Ahnung, was er weiß. Oder ob überhaupt irgendwas.«

»Ich versteh das schon«, gab Adam zurück. »Mein Gespräch mit Mum darüber, dass ich nach meiner leiblichen Mutter suchen wollte, hatte ich genau planen müssen. Dir ist die Sache durch die Umstände aufgezwungen worden. Du musst tun, was du für richtig hältst.« Sein Blick zuckte immer wieder zur Tür. »Ich bin echt nervös.«

»Hoffentlich wirst du nicht enttäuscht. Sie ist an eine Menge Schläuche angeschlossen. Vielleicht reagiert sie nicht mal auf uns. Manchmal scheint sie gar nicht zu merken, dass wir da sind.«

Ich schob die Tür auf und führte Adam zu Mums Bett. Sie schlief. Ihre Atmung schien normal zu sein. »Ich wecke sie gleich. Setz dich.«

Adam ließ sich auf dem Sessel nieder. Er sah überwältigt aus, schluckte mehrfach und gab leise Geräusche von sich, als versuchte er vergeblich, einer wilden Gefühlsmischung Herr zu werden.

In mir regte sich ein eigenartiger Beschützerinstinkt für meine Mutter. Es erschien mir so unfair ihr gegenüber, dass sie den Sohn, den zu sehen sie sich sehnlichst gewünscht hatte, unter solchen Umständen treffen musste. Ich ergriff ihre Hand. »Mum, ich bin's, Gracie. Ich hab jemanden für dich mitgebracht.« Ich wandte mich an Adam. »Darf ich dich vorübergehend Edward nennen? Ich bin mir nicht sicher, ob sie in ihrem Zustand mit dem anderen Namen zurechtkommt.«

»Natürlich. Für sie bin ich Edward.«

Mum gelang es mühsam, die Augen zu öffnen.

»Ich habe Edward gefunden. Er ist hergekommen, um dich zu sehen.«

Aufmerksam achtete ich in ihrem Gesicht auf Anzeichen von Verständnis. Einen schrecklichen Moment lang dachte ich, sie würde wieder eindösen.

»Du weißt schon, dein Sohn Edward«, fügte ich hinzu.

Und als hätte jemand das Licht in einem dunklen Keller angemacht, riss sie die Augen weit auf.

Ich ergriff Edwards Arm und zog ihn näher. »Schau, hier ist er.«

»Hallo Mum«, sagte er, ein strahlendes Lächeln auf dem attraktiven Gesicht, das einen Kontrast zu den Tränen bildete, die ihm über die Wangen liefen.

Die dunklen Augen meiner Mutter wurden feucht. Sie streckte die Hand aus. Adam ergriff sie und drückte sie sanft. In ihre Züge, die erschlafften Wangen, gezeichnet und blass von den Wochen im Krankenhaus, trat ein Leben, von dem ich gefürchtet hatte, ich würde es nie wieder in ihr sehen. Ihre Worte ertönten gedämpft, aber recht deutlich: »Verzeih mir. Ich habe nie aufgehört, dich zu lieben.«

Eine lange Pause entstand, als könnte Adam nicht herausbringen, was er erwidern wollte. »Es gibt nichts zu verzeihen.« Seine Stimme klang brüchig. »Mum.«

Ihre Hand schlang sich um seine. Die Knöchel traten vor Anstrengung weiß hervor. Wie anders sich Adams Hand nun für sie anfühlen musste, die Hand eines Mannes mit langer Lebenserfahrung. Was für ein Kontrast zu den winzigen Fingerchen eines sechs Wochen alten Babys. Als ich auf ihre vereinten Hände starrte, überwältigte mich die schiere Macht mütterlicher Liebe. Die Geste vermittelte Zuneigung und Sehnsucht, tiefe, kraftvolle Gefühle, denen die Zeit nichts hatte anhaben können. Mum wirkte so selig, als hätte sie das Gesicht nach wochenlangem, zermürbendem Winterregen der ersten Frühlingssonne zugeneigt. Adam schüttelte leicht den Kopf, als könne er nicht glauben, dass dieser Moment, den er sich erhofft und erträumt hatte, handfeste Wirklichkeit geworden war.

Meine Mutter brachte heraus: »Erzähl mir von deinem Leben.«

Ich saß da und lauschte Adam, der es wunderbar verstand, Anekdoten aus seiner Kindheit auszuwählen und zum Besten zu geben. Dabei empfand ich es als gewaltige Herausforderung, das eigene Leben einerseits so zusammenzufassen, dass es interessant klang, zugleich jedoch so, dass es die Frau, die einen geboren hatte, nicht verletzte, sondern beruhigte. Aber er traf genau den richtigen Ton. Wie er mit einem Kricketball das Esszimmerfenster zerbrochen hatte. Wie er sich mit seiner Schwester vom Royal Crescent Hotel aus ein Feuerwerk angesehen hatte. Wie er als Schuljunge in der Kirche gesungen hatte. Wie er verregnete Tage mit seinen Eltern in Weston-super-Mare verbracht hatte – »Dad ist nirgendwohin ohne Windschutz und Kühlbox gegangen.« Ich fand ironisch, wie viel Adams Vater mit Dad gemeinsam zu haben schien.

Gelegentlich verzogen sich Mums Lippen zuckend zu einem Lächeln.

Schließlich kam die Krankenpflegerin vorbei, um nach uns zu sehen, und verkündete: »Ich denke, sie braucht jetzt Ruhe.«

Adam hob sich Mums Hand an die Lippen. »Ich komme ein andermal wieder.«

Was ich auch an Fehlern im Leben begangen hatte, diesmal hatte ich etwas richtig gemacht.

Zumindest für diese beiden.

FÜNFUNDVIERZIG

SAMSTAG, 15. MÄRZ 2014

Adam hatte mein Angebot, über das Wochenende bei mir zu bleiben, höflich abgelehnt. Anfangs war ich gekränkt gewesen, weil ich übermotiviert, wie ich war, auf Biegen und Brechen ein ganzes Leben in zwei Tage zwängen wollte. Aber Adam hatte es behutsam abgemildert. »Hör auf deinen großen Bruder. Es ist ein emotionaler Tag. Wir werden danach wohl beide ein bisschen Zeit zum Verschnaufen brauchen. Ich komme zwar mit, aber abends fahre ich zurück – meine andere Mutter wird unbedingt erfahren wollen, wie es mir ergangen ist.«

Mittlerweile hätte ich kaum dankbarer dafür sein können. Angesichts des Gesprächs, das mir *an diesem Abend* mit Dad bevorstand, hätte ich nicht zu Adam sagen können: ›Fühl dich wie zu Hause, Bier ist im Kühlschrank, da ist die Fernbedienung, ich bin bald zurück.‹ Nein. Es würde definitiv kein Gespräch werden, das sich in wenigen Minuten abhandeln ließe. Die Redewendung, in der Klemme zu sitzen, hatte ich noch *nie* als zutreffender für etwas empfunden.

Ich vergrub das Gesicht an Judes Schulter. »Wünsch mir Glück.«

Jude umarmte mich richtig, als wäre es der falsche Augenblick für das befangene Zurücklehnen dabei, das er neuerdings oft praktizierte. Meine arme Mutter hatte all diese Momente mit Adam verpasst. Das Knuddeln, die allzu kurze Phase der Kindheit, wenn der Nachwuchs einen noch für den Quell der Weisheit hielt und ständig bei einem sein wollte, bevor er sich unweigerlich von einem entfernte, wenn die Bande der Abhängigkeit erst ausfransten, dann nach und nach rissen und letztlich gänzlich gekappt wurden. »Granddad wird es verstehen, Mum. Er liebt Nanny.«

»Es wird ihm sehr, sehr wehtun, Jude.«

Mein Sohn runzelte die Stirn. »Aber wenn es ihr dadurch besser geht, wird er dann nicht einfach weitermachen und nach vorn schauen?«

Was war ich mit dem Jungen gesegnet. Nachdem ich ihm jahrelang eingebläut hatte, dass man manchmal einfach erdulden musste, was einem nicht passte, war ›weitermachen und nach vorn schauen‹ auch zu seinem Mantra geworden. »Hoffentlich, Schatz. Das hoffe ich wirklich.«

»Soll ich mitkommen?«

Dafür liebte ich ihn – für diese Güte in ihm, für das Gefühl, dass man sich auf ihn verlassen konnte. Ich mochte nicht die perfekte Mutter sein, aber ich hatte nicht völlig versagt.

Allerdings blieb abzuwarten, ob ich es als Tochter vollkommen vergeigt hatte.

»Das ist lieb, aber ich denke, das ist eine dieser fürchterlichen Erwachsenenangelegenheiten, die ich allein hinter mich bringen muss.«

Damit ging ich, bevor ich mich völlig auflösen konnte. Ich wusste, dass Dad um achtzehn Uhr mit Louise ins Krankenhaus wollte. Somit blieben mir anderthalb Stunden.

Während ich mich den Weg zu seiner Tür entlangschleppte, türmte sich eine Erinnerung auf die andere. Dad auf dem Bürgersteig beim Versuch, mir auszureden, von zu Hause auszuziehen. Mum, die mir die Straße runter nachrief, ich sollte zurückkommen und frühstücken, bevor ich zur Schule ginge. Ich beim Taubstellen, hämisch erfreut über ihre Ohnmacht. Dad in der Küche zwischen uns, um die Eskalation eines weiteren Streits zwischen uns zu verhindern. »Ich hasse dich«, war so oft durch unseren Flur gehallt, bevor ich die Treppe hinaufgestürmt war.

Ich hätte so viel netter sein können.

Schließlich klingelte ich. Auf Geräusche vom oberen Schloss folgte: »Bin am Suchen nach dem Schlüssel.«

Dann öffnete Dad die Tür. Sofort hellten sich seine Züge vor Freude auf. »Gracie! Louise hat mir erzählt, dass du den ganzen Tag bei einem Vorsingen warst. Wie ist es gelaufen?«

»Erzähle ich dir gleich. Gibt's ein Tässchen Tee?«

Als ich ihm in die Küche folgte, fiel mir auf, dass seine Hose ein wenig locker saß und seine Bewegungen steif wirkten. Wie sollte ich es ihm sagen? Wie? Die Goldene Hochzeit nächstes Jahr, auf deren Feier er sich so freute, würde wohl nicht so glanzvoll ausfallen wie erhofft. Aber es musste sein. Mir blieb keine andere Wahl mehr. Nicht mehr, nachdem Rob die Wahrheit erfahren hatte. Sein Café könnte ohne Weiteres die Klatschzentrale der Stadt sein. Innerlich verfluchte ich mich für die Dummheit, dass ich mich ausgerechnet dort mit Adam getroffen hatte. Sonst wäre mir mehr Zeit geblieben. Zeit für gründliche Überlegungen. Insgeheim hatte ich gehofft, nicht ich würde es Dad beibringen müssen, sondern Mum würde sich irgendwann ausreichend erholen, um es selbst zu übernehmen.

Ich beobachtete, wie er die Teekanne aufwärmte. Die tröstlichen, sich wiederholenden Rituale, all die winzigen Elemente eines Familienlebens – sie bildeten einen Rahmen, in dem man sich zugehörig fühlen, in dem man aufblühen und gegen den man rebellieren konnte. Fast fünfzig Jahre lang hatte er Mum regelmäßig gefragt, ob sie Tee möchte, und gewusst, dass sie bejahen würde. All das würde gleich eine völlig andere Form annehmen. Fast ein halbes Jahrhundert, geprägt davon, dass sie das Kind eines anderen geboren hatte. Fünf Jahrzehnte, in denen ein eisern gehütetes Geheimnis das Leben der beiden getrübt und alles mit einer feinen Giftschicht überzogen hatte. Und ich würde die sein, die ihm die Augen für etwas öffnete, das immer vorhanden gewesen war, aber so undenkbar, dass niemand von uns auch nur im Traum darauf gekommen wäre.

»Also, Schatz, was gibt's Neues?«

Ich musterte meinen Vater. Sorgen zeichneten sein Gesicht. Die Adern an seinen Händen traten deutlicher hervor. Seine Bewegungen wirkten kraftlos, ausgelaugt vom inständigen Hoffen, Mum würde sich erholen, und vom gleichzeitigen Versuch, sich mit der Möglichkeit abzufinden, dass er sie verlieren könnte. So egoistisch es sein mochte, ich hatte mich noch nie um meinen Dad sorgen müssen. Die Unterstützung war immer einseitig von ihm zu mir gewesen. Und nun würde ich ihn brechen.

»Dad, ich hab Neuigkeiten über Mum. Es wird dir sehr schwerfallen, sie dir anzuhören. Deshalb möchte ich vorausschicken, dass ich mich aus triftigen Gründen eingemischt habe. Und ich würde nie, nie etwas tun, um dich absichtlich zu verletzen.«

Das Ausmaß dessen, was ich zu sagen hatte, überwältigte mich und schnürte mir die Kehle zu.

Dad wurde fahrig. Zucker spritzte vom Teelöffel, als seine Hand heftig zu zittern begann. »Was ist? Wird sie sterben? Schon bald?«

»Es hat nicht wirklich mit ihrer Gesundheit zu tun. Aber ... O Gott, ich weiß einfach nicht, wie ich es sagen soll ... Du weißt, dass sie immer wieder davon geredet hat, ein vermisstes Baby zu finden, richtig?«

Unsicher nickte er.

»Die Sache ist die ...« Ich ergriff seine Hand. »Mum hat nach Louise noch ein Kind bekommen.«

»Eine Totgeburt?«

Ich konnte nicht nachvollziehen, wie es Polizisten schafften, Angehörigen regelmäßig schlechte Nachrichten zu überbringen. Mühsam konzentrierte ich mich. »Nein. Während du mit der Marine unterwegs warst, hat sie noch ein Kind bekommen. Einen Sohn. Edward.« Ich zauderte ob des Wissens, dass Dads Welt nie wieder wie zuvor sein würde. »Sie hat ihn zur Adoption freigegeben.«

Dad zog die Hand zurück. »Sie hat unseren Sohn weggegeben?«

Scheiße. Einen entscheidenden Teil hatte ich ausgelassen. Es kostete mich Überwindung, die Worte hervorzupressen, die als Nächstes folgen mussten. »Er war nicht dein Sohn. Deshalb hat sie ihn weggegeben.«

In Dad fiel etwas in sich zusammen, als wäre das Gerüst, das ihn aufrecht gehalten hatte, entzweigebrochen. »Woher weißt du das? Was soll das heißen? Ein Baby weggegeben? Wessen Baby?« Die Lautstärke seiner Stimme schwoll an. Ich vermochte nicht zu sagen, ob vor Panik oder Wut.

All die schrecklichen Szenarien, die ich mir ausgemalt hatte, seit ich von Adam wusste, erwiesen sich als fahler Abklatsch der schieren Erschütterung, die sich in Dads Gesichtsausdruck abzeichnete.

Ich versuchte, es ihm so verständlich wie möglich zu erklären, ohne unnötige Details einzubauen, die ihn noch schwerer verletzen würden. Er schüttelte den Kopf und wiederholte unablässig: »Woher weißt du das überhaupt?«

»Ich habe ihn kennengelernt, Dad.« Unwillkürlich schrak ich auf dem Stuhl zurück. Was für grausame Worte. Was für eine undankbare Vergeltung all dessen, was dieser wunderbare Mann für mich getan hatte.

Ich wollte ihm nicht gestehen, dass ich die glorreiche Idee gehabt hatte, Edward zu Mum zu bringen. Wie könnte ich zugeben, dass ich auf dem Dachboden herumgeschnüffelt, Dad hintergangen und in Bath Adams Mutter getroffen hatte? All das hatte mir von Anfang an Kopfzerbrechen bereitet, doch irgendwie hatte ich mir eingeredet, es würde in Ordnung sein und Dad würde es am Ende akzeptieren, wenn es Mum dadurch besser ginge. Mir war bewusst gewesen, dass ich ihn in gewisser Weise verriet. Aber ich hatte die Münze der Loyalität geworfen, und sie war auf der Seite mit dem Versuch gelandet, Mum einen Grund zum Leben – oder zumindest einen friedlichen Tod – zu verschaffen, statt Dad zu schützen. Doch während mir mein Vater auf den Trümmern seines Daseins gegenübersaß, empfand ich es nicht mehr als so eindeutig. Tatsächlich beschlich mich sogar der Eindruck, dass ich ihm gerade die Motivation entrissen hatte, seinen nächsten Geburtstag zu erleben.

»Es tut mir leid. Ich hätte es dir früher sagen sollen. Aber ich wollte dich nicht umsonst aufregen, falls ich ihn nicht gefunden hätte, er Mum nicht hätte sehen wollen oder, was weiß ich, falls mir irgendeine Möglichkeit eingefallen wäre, es zu bewerkstelligen, ohne dass du verletzt worden wärst.« Die Tränen strömten nur so aus mir. »Eigentlich hätte nicht mal ich es dir sagen sollen, sondern Mum. Nur hatte ich Angst, sie könnte sterben. Und ich dachte, es könnte ihr helfen, Adam zu ihr zu bringen. Und ich hab gehofft, du würdest trotz des Wissens über ihn wollen, dass sie weiterlebt.«

Er lehnte sich auf dem Stuhl zurück. Ich schenkte ihm mehr Tee ein. Stille breitete sich zwischen uns aus.

»Fang ganz von vorn an«, sagte Dad schließlich. »Und erzähl mir alles. Ich habe ein Recht darauf, dasselbe zu erfahren wie du.« Obwohl seine Stimme zittrig klang, schwang darunter eine eiserne Härte mit, die ich so selten zu hören bekommen hatte.

Ich brabbelte mehr, als ich redete. Über die Truhe auf dem Dachboden. Jeanie. Das Mutter-Kind-Heim. Adams Mutter. Adam. Wie ähnlich er mir sah.

Dad schwieg. Er saß nur da und wurde von meinen Erklärungen durchgeschüttelt. Gelegentlich nickte er, wenn sich bei ihm eine Erkenntnis einstellte. Manchmal verzog er gequält das Gesicht, wenn sich meine Worte wie Stacheldraht in ihn bohrten. Schließlich stand er auf.

»Wo willst du hin?« Ich stellte mir vor, wie er ins Krankenhaus raste, in die Intensivstation stürmte, Mum wachrüttelte und Antworten von ihr verlangte.

»Auf den Dachboden.«

»Das würde ich nicht, Dad. Nicht jetzt. Lass es erst ein wenig sacken. Wir können zusammen raufgehen, wenn du Zeit gehabt hast, über alles nachzudenken. Ich hab dir alles gesagt, was ich weiß, und alles beschrieben, was ich dort gesehen habe.« Dad könnte die klapprige alte Leiter selbst in bester Verfassung niemals bewältigen. In seinem derzeitigen Zustand würde mit Sicherheit auch noch mein zweiter Elternteil im Krankenhaus landen.

»Wer war es? Wer ist der Vater?«

Dann fielen seine Züge in sich zusammen. Er beugte sich vor, senkte das Gesicht auf die Arme und schluchzte. Heftig und herzzerreißend. Als würde alles in ihm rissig und brüchig wie eine alte Gartenbank, die zu viele Winter im kalten Regen verbracht hatte.

Ich stand auf, wusste nicht, was ich tun sollte, wie ich es in Ordnung bringen könnte. »Dad, das weiß ich nicht.«

»Rob? Jim? Einer von den Shakers?«

Scheiße. Scheiße. Könnte es Rob gewesen sein? Er hatte sehr interessiert an Adam gewirkt. In dem Fall wäre es kein Wunder, dass er einen merkwürdigen Ausdruck im Gesicht gehabt hatte. Wenn er es wäre, hätte ich in ein Hornissennest gestochen.

»Da kann ich dir nicht weiterhelfen, Dad. Tut mir leid.«

»Ich habe sie so sehr geliebt. Weißt du, ich hätte alles für deine Mutter getan. Wirklich alles. Für sie bin ich aus der Marine ausgeschieden. Sie wollte unbedingt noch ein Baby bekommen, dich. Warum hat sie mir das angetan? Ich habe ihr vertraut.« Er ließ den Kopf hängen. »Sie war alles für mich.«

Es war schmerzlich, mit anzusehen, wie Dad das innere Album seines Lebens mit Mum durchblätterte und plötzlich Dinge einen Sinn ergaben, die er, die *wir alle* verdrängt hatten. Wie sie mitten in einer Geburtstagsfeier unverhofft traurig geworden war. Oder dass sie zu sagen pflegte, die Monate Juni und Juli konnte sie am wenigsten leiden, während wir sie wegen der hellen Nächte und warmen Tage regelrecht liebten.

Ich fühlte mich panisch, als hätte ich eine riesige Bowlingkugel in sein Leben gerollt und mit einem Volltreffer unsere Familie in tausend Scherben zerschmettert. Keine Ahnung, was ich erwartet hatte. Vielleicht, dass Dad sagen würde: ›Das war vor langer Zeit. Jetzt ist wichtig, dass sich deine Mutter erholt.‹ Und dass darauf eine männliche Bemerkung darüber gefolgt wäre, dass er sich immer einen Sohn gewünscht hatte.

Aber obwohl ich wusste, dass so was nur in Filmen vorkam, hatte ich mir offenbar eine Art Hollywood-Finale erhofft, denn ich hatte mir keine Strategie für Dads heillose Verzweiflung zurechtgelegt.

Die Worte, die ich irgendwie hervorbrachte, klangen hohl. »Vielleicht ist es nicht so schlimm, wie es klingt. Ich hab nur zugestimmt, nach ihm zu suchen, weil ich dachte, es könnte ihr helfen, sich zu erholen. Möglich, dass ich mich geirrt habe. Aber ich hab mir eingeredet, du könntest mit allem fertig werden, solange sie nur nicht stirbt.«

»Und sie hat ihn gesehen, ja?«

Ich senkte den Blick zu Boden. »Wir waren heute Nachmittag dort. Ich war nicht bei einem Vorsingen. Dad, Louise war strikt dagegen. Es ist allein meine Schuld. Sie wollte nicht, dass wir nach ihm suchen. Ich dachte halt, es würde mehr Kampfgeist in Mum entfachen.«

Er holte tief Luft. Seine Brust bebte vor Emotionen. »Hat sie den Jungen erkannt? Hat sie gesprochen?«

Ich nickte. »Ja. Mehr als seit Langem.« Ich verspürte Erleichterung darüber, dass Dad das Ausmaß der Gefühlsregungen in jenem Raum erspart geblieben war.

Er schloss die Augen. Immer noch quollen Tränen unter den Lidern hervor. »Gott sei Dank. Gott sei Dank dafür.«

Er liebte sie. Ich hoffte, das würde es uns durchstehen lassen.

SECHSUNDVIERZIG

SONNTAG, 16. MÄRZ 2014

Am nächsten Morgen fühlte ich mich verkatert. Meine Augen schmerzten in ihren Höhlen. Dabei hatte ich mich vergangene Nacht nur mit einer Tasse Tee auf dem Sofa niedergelassen. Mein Gehirn schien blaue Flecke von den widersprüchlichen Empfindungen zu haben, die mir im Kopf herumschwirrten, von der Suche nach einer Lösung, die allen gerecht würde.

Louise war am Abend zuvor gekommen, um Dad abzuholen, hatte gesehen, in welchem Zustand er sich befand, und sich standhaft geweigert, ihn so zu Mum zu bringen. »Sie wird einen Tag ohne dich auskommen müssen, sonst landet ihr beide im Krankenhaus.« Bis zu ihrer Ankunft hatte Dad beharrlich gesagt, es ginge ihm gut und er wollte trotz allem zu Mum. Louise jedoch wollte davon nichts wissen. Sie rannte nach oben, packte ihm eine Tasche mit dem nötigsten zum Übernachten und scheuchte ihn ins Auto, um ihn mit zu sich zu nehmen. Ich hatte ihr angeboten, mitzukommen. Sie hatte es sich mühsam verkniffen, mich anzuherrschen: ›Du hast für einen Tag genug Schaden angerichtet.‹ Stattdessen hatte sie lapidar gemeint: »Wir kommen schon klar. Nach dem Tag heute wirst du selbst Erholung brauchen.«

Während ich mich dafür wappnete, Louise anzurufen und mich zu erkundigen, wie es Dad ging, wehrte ich mich verzweifelt gegen das Gefühl, dass ich die Vergangenheit hätte ruhen lassen sollen. Dabei kehrten meine Gedanken immer wieder zu meiner Mutter zurück, wie sie Adams Hand gedrückt hatte, die Züge friedlich, erleichtert von ihrer Bürde. Ebenso dachte ich daran, wie sehr ich Adam mochte, wie wohl ich mich bei ihm gefühlt hatte. Plötzlich erschien »Großer Bruder« auf dem Display meines Handys.

»Wollte nur hören, ob es dir gut geht. Wie ist es mit deinem Vater gelaufen?«

»Ziemlich emotional, um ehrlich zu sein.« Ich rechnete damit, das Wort »Understatement« durch mein Wohnzimmer flimmern zu sehen.

»Du Arme. Dein Vater wird einen Schock haben. Das ist völlig normal. Immerhin ist er mit einem gewaltigen, alten Geheimnis konfrontiert worden. Anfangs wird er wütend sein. Ruf mich an, falls du Dampf ablassen musst, aber zerstreite dich nicht mit ihm.«

Ich war froh, dass Adam nicht sehen konnte, wie sich die Tränen in meinen Augen sammelten. Sonst würde er mich womöglich für eine Heulsuse halten. Ich bemühte mich, meiner Stimme einen festen Klang zu verleihen. »Danke. Vielleicht muss ich darauf noch zurückkommen. Wie ist's dir ergangen?«

»War nicht das einfachste Gespräch, das ich je hatte, aber ich weiß, dass sie es im Grunde versteht. Um ehrlich zu sein, fühle ich mich ein bisschen ausgelaugt.«

»Es ist so schwer, oder? Einerseits will ich Dad nicht wehtun, gleichzeitig freue ich mich so, dass ich dich für Mum gefunden habe. Und für mich.«

Ich konnte Adams Lächeln durchs Telefon spüren. »Geht mir genauso. Mir bereitet nur Sorgen, dass meine Mutter – Shona – glauben könnte, ich hätte nach Susie gesucht, weil sie mir nicht reicht.«

In dem Moment polterte Jude aus seinem Zimmer und bemerkte nicht, dass ich das Handy am Ohr hatte. »Haben wir Brot da?«

Ich zischte ihm zu, im Gefrierfach nachzusehen. Adam sollte nicht glauben, seine innere Zerrissenheit wäre mir gleichgültig. »Entschuldige. Ich höre dir zu. Ist nur so, dass mein Teenager denkt, sein knurrender Magen wäre entschieden wichtiger als alles, worüber ich gerade reden könnte.«

Aber im Gegensatz zu Louise ließ er kein hörbares Schnauben darüber vernehmen, dass ich dabei versagt hatte, meinem Sohn Manieren beizubringen. Stattdessen lachte Adam. »In dem Alter hab ich viel zu oft nur an mich gedacht. Wahrscheinlich bin ich gerade erst dabei, dem zu entwachsen.«

Mit meiner Schwester hatte ich in sechsunddreißig Jahren nie einen so vertrauten Umgang entwickelt, dieses Gefühl, dass es nichts daran zu korrigieren gab, wer ich war. Als ich es ihm gegenüber erwähnte, erwiderte er: »Es ist so eigenartig. Mir kommt es so vor, als hätte ich seit Jahrzehnten jedes Wochenende mit dir geplaudert, statt erst dreimal in meinem gesamten Leben. Wie kann das sein? Ursprünglich dachte ich mir, ich würde dich vielleicht kennenlernen und mir denken, du bist nett, mit dir könnte ich befreundet sein. Aber ich hätte nicht mit einem so starken Gefühl familiärer Verbundenheit gerechnet. Du weißt schon, so in der Art: ›Das ist meine Schwester, und wenn du ihr Kummer machst, kriegst du's mit mir zu tun.‹«

Zum ersten Mal seit Jahren hatte ich das Gefühl, dass mir außer Dad noch jemand den Rücken stärkte, auf den ich mich verlassen konnte. So hatte ich mir immer die gegenseitige Unterstützung unter Geschwistern vorgestellt. Jedenfalls unter Geschwistern, die nicht Louise waren. Allerdings hatte Adam den Vorteil, dass er nicht das Chaos meiner Jahre als Jugendliche hatte miterleben müssen.

Unser Gespräch verlieh mir den Mut, Louise anzurufen. Obwohl ich sie nicht sehen konnte, wusste ich, dass sie stocksteif dastehen würde, die Pobacken vor Anspannung über die Katastrophe zusammengekniffen, die ich angerichtet hatte. »Dad weigert sich vorerst, ins Krankenhaus zu fahren. Er sagt, er braucht Zeit zum Nachdenken, bevor er Mum wiedersehen kann. Craig hat mit ihm geredet und versucht, ihm zu helfen, es aus der richtigen Perspektive zu betrachten.«

Der gute alte Craig.

Ich war zugleich dankbar und neidisch darauf, dass Louise einen Unterstützer wie ihn hatte. Und ich fühlte mich beschissen, weil ich die Überbringerin der Nachricht gewesen war, die Dads Leben auf den Kopf gestellt hat.

»Was schlägst du vor, was wir wegen Dad machen sollen?«, fragte ich und wappnete mich für eine Tirade.

»Ich denke, wir lassen ihn eine Weile um das Leben trauern, das zu haben er geglaubt hat. Dann wird er einfach darüber hinwegkommen und nach vorn schauen müssen. Oder er muss die Scheidung einreichen.«

Obwohl ich auf intellektueller Ebene wusste, dass ein solcher Verrat dazu führen konnte, wollte sich mein kindliches Ich nicht ansatzweise damit abfinden, dass sich meine Eltern trennen könnten. »Das wird doch nicht passieren, oder?«

Louise ließ ein Seufzen vernehmen, wie es bestimmt Eltern zu hören bekamen, die nicht wahrhaben wollten, dass ihr Kind es nicht ins Gymnasium schaffen würde. »Ich halte es schon für möglich.«

Und im Verlauf der nächsten Tage glaubte ich allmählich, sie könnte recht haben. Dad kapselte sich ab und verweigerte weiterhin Besuche bei Mum. Der Geruch von Politur wurde von Bieraroma abgelöst. Lasagne, Shepherd's Pie und Eintöpfe von Louise standen unangetastet bei ihm im Kühlschrank. Louise versuchte es mit ihrem Ansatz als Lehrerin und wies ihn darauf hin, dass er so alle im Stich ließ. Ich gab mir Mühe, ihn zu überreden, Mum zu besuchen – für uns, wenn schon nicht für sie. Aber wie ein Politiker, der mit einem Erdrutschsieg gerechnet und am Ende seinen Sitz im Parlament verloren hatte, saß Dad da und brachte nur wieder und wieder dasselbe vor. »Warum hat sie mir das angetan? Und danach all die Jahre gelogen? Warum? Ich habe alles, *alles* für sie getan. Für die Familie.« Ich suchte dann jedes Mal nach den richtigen Worten. Nur gab es keine. Die Situation war beschissen, und solange Dad nicht umdachte – was gewaltig viel verlangt war, denn er war unbestreitbar der Geschädigte bei der Sache –, waren wir im Wesentlichen am Arsch. Oder ›mit einem ernsten Problem konfrontiert‹, wie Louise es sittsam ausgedrückt hätte.

So unglaublich es zu sein schien, eine alles beanspruchende Sorge – dass Mum sterben könnte – war zu etwas völlig anderem mutiert. Nach Adams Besuch war Mum zwar nicht gerade aufgesprungen und hatte Tänzchen hingelegt, aber es war ihr unbestreitbar besser gegangen. Am Donnerstagmorgen hatte mich die Krankenpflegerin der Intensivstation mit einem breiten Lächeln begrüßt. »Ihre Mutter hatte gestern eine gute Nacht und erholsam geschlafen. Sogar ein bisschen richtiges Essen konnte sie zu sich nehmen. Wenn sie so weitermacht, wird sie morgen auf eine allgemeine Station verlegt.« Sie meinte, der Arzt hätte Wunder mit der geeigneten Kombination von Antibiotika bewirkt, ich hingegen wusste, dass es an Adam lag.

Die guten Tage überwogen allmählich die schlechten. Sie hatte zwar immer noch wenig Kraft, bewältigte aber zehnminütige Gespräche, bevor sie sich wieder ausruhen musste. Als Adam sie am Samstag besuchte, aß sie bereits selbstständig und hatte nur einen Tropf im Arm. Er war mit einem breiten Grinsen eingetreten. »Da bist du ja. Wie ich sehe, sind die ganzen Schläuche verschwunden. Einen Moment lang dachte ich glatt, ich wäre der Sohn einer Astronautin.«

Ich konnte mich nicht dazu durchringen, meine Tat zu bereuen – jedenfalls nicht völlig –, als ich sah, wie sie sich aufsetzte und ihr Gesicht vor Freude strahlte, während Adam mit ihr seine Fotoalben durchging. »Oh, sieh dich nur an! Dein süßes Gesicht. Ist das deine Schwester?«; »Ach, du mit einer Zahnspange. Grace hat auch eine gebraucht. Daran bin wohl ich mit meinen krummen Zähnen schuld.«; »Dein Vater hat ein freundliches Gesicht.« Ich musste mich abwenden, als ich sie mit zittriger Stimme sagen hörte: »Deine Mutter sieht reizend aus. Gott sei's gedankt, dass sie dich so geliebt hat.«

In Adams Erwiderung schwangen kein Groll und keine Hintergedanken mit, nur Liebe und Herzlichkeit. »Niemand hätte sich besser um mich kümmern können. Ehrlich.« Er drückte Mums Hand. »Du musst dich nicht schuldig fühlen.«

Louise verschwor sich widerwillig mit mir dabei, Dad fernzuhalten – »Aber nur, weil ich nicht weiß, was es bei ihm bewirken könnte, Adam versehentlich über den Weg zu laufen.« Schnell wurde klar, dass unser Problem nicht mehr darin bestand, ob Mum sterben könnte, sondern wo sie künftig wohnen würde. Dad weigerte sich, auch nur daran zu denken, sie nach Hause kommen zu lassen. Jedes Mal, wenn ich es ansprach, schüttelte er den Kopf. »Das ertrage ich nicht. Wie oft hat sie gelogen? All die Briefe aus Brighton, wo sie angeblich ihrer Tante ›geholfen‹ hat, obwohl sie in Wirklichkeit in London war. Und diese Truhe mit Sachen ›von ihrem Vater‹. Ich komme mir so dumm vor.«

Mum erkundigte sich immer wieder, wo Dad steckte.

»Der Zeitpunkt könnte kaum schlechter sein, aber er hat Gürtelrose und darf dich nicht besuchen. Das Letzte, was du brauchst, ist noch eine Infektion.«

Sie zeigte sich besorgter um ihn als um die eigene Genesung. »Kümmert ihr euch auch darum, dass er genug isst? War er schon beim Arzt? Ich wette, er achtet nicht richtig auf sich.«

Mir kam es so vor, als hätte ich eine Ladung Lügen in einen Komposthaufen gepflanzt, auf dem sie so schnell wuchsen, dass sie gestützt werden mussten.

Als Adam rausgegangen war, um Wasser zu holen, hatte sie sich mir zugewandt. »Was weiß Dad über Adam?«

Ihr Blick bohrte sich in mich. Ich musste alle Schauspielkünste aufbieten, um zu antworten: »Wir haben ihm noch nichts gesagt. Ich dachte mir, er sollte es besser von dir erfahren.« Dabei kam ich mir so feige vor. Aber ich wollte keinen Rückfall verursachen, indem ich ihr die wenig frohe Kunde überbrachte, dass er wahrscheinlich gerade das Branchentelefonbuch nach Scheidungsanwälten durchblätterte, während sie ihre Heimkehr plante.

»Danke. Danke für dein Verständnis. Für alles.« Und ich verstand es wirklich. Der einzige Bereich, in dem ich Louises Wissen definitiv übertrumpfte, waren Fehler. Allerdings hatte ich gehofft, Mum würde sich mehr öffnen. Als ich aus ihr herausbekommen wollte, wer Adams Vater war, wurde sie recht abweisend und zuckte mit den Schultern. »Was spielt das jetzt noch für eine Rolle? Es ist so lange her. Ich kann mich nicht mal mehr an seinen Namen erinnern. Das gehört alles der Vergangenheit an.«

Nur stimmte das nicht. Dad kapselte sich zu Hause in einer tiefen Depression ab, ich musste mich daran gewöhnen, einen großen Bruder zu haben, und Louise verweigerte nach wie vor standhaft, ihn kennenzulernen. Und ich traute mich nicht, sie zu bedrängen. Irgendwie konnte ich mir nicht vorstellen, dass Mum einen One-Night-Stand gehabt hatte. Ich gelangte zu dem Schluss, dass Adams Vater ihr das Herz gebrochen haben musste. Offenbar war es sogar nach Jahrzehnten noch zu schmerzhaft für sie, um daran zu denken.

Allzu viel Zeit blieb mir nicht für Gedanken über Adams Erzeuger. Da Mum in wenigen Tage entlassen werden sollte, stand ein erheblich dringenderes Problem an. Louises Mitgefühl ermüdete und sie redete bei jeder Gelegenheit auf Dad ein: »Sei nicht albern. Natürlich muss sie hierher zurück. Was wollt ihr zwei in eurem Alter noch ohneeinander machen?«

Allerdings sah es nicht danach aus, als würde Dad in absehbarer Zeit nachgeben. »Wahrscheinlich habe ich das halbe Leben in derselben Straße gewohnt wie ihr verdammter Liebhaber, und die ganze Stadt hat darüber getuschelt.«

Trotzdem ließ er nach wie vor niemanden Mums Becher mit der Aufschrift »Beste Ehefrau der Welt« oder ihren Sessel benutzen.

Jude und ich zermarterten uns das Hirn darüber, wie wir Dad überreden könnten, ihr noch eine Chance zu geben.

Jedes Mal, wenn ich Mum besuchte, mühte ich mich ab, ein paar weitere Teile des Puzzles aus ihr herauszukitzeln, um irgendetwas zu finden, das Dad umstimmen könnte. Schließlich brach meine Mutter in Tränen aus und verkündete: »Ich rede nicht mehr darüber, bis ich mit deinem Vater gesprochen habe. Ich muss es ihm sagen. Obwohl ich keine Ahnung habe, wie er es aufnehmen wird.«

Das Problem bestand darin, dass ich es wusste. Erst an diesem Vormittag hatte ich erneut versucht, ihn zu überreden, mich zum Besuch bei ihr zu begleiten. Er hatte die Beherrschung verloren. »Grace, mir ist klar, dass du nur helfen willst, aber das ist etwas zwischen deiner Mutter und mir. Und im Moment bin ich nicht in der Stimmung, sie zu sehen.«

Deshalb kam ich mir wie eine Verräterin vor, als ich meine Mutter mit hohlen Floskeln fütterte – »Das liegt so lange zurück.«; »Natürlich wird er aufgebracht sein, aber er liebt dich so sehr, dass er am Ende sicher darüber hinwegkommt.«; »Das Wichtigste für ihn ist, dass du wieder gesund wirst.«

Als ich am Montagnachmittag ging, teilte mir die Krankenpflegerin mit, ihre Blutwerte wären normal und sie könnte am nächsten Tag nach Hause. »Sie braucht nur jemanden, der sich anständig um sie kümmert.« Ich musste mich dazu durchringen, es als die beste Neuigkeit aller Zeiten zu betrachten.

Als ich ins Auto stieg, hasste ich mich dafür, dass ich überhastet ein Problem behoben und dafür woanders ein noch größeres verursacht hatte. Bei *jemand* anderem.

Auf dem Rückweg vom Krankenhaus geriet ich in einen Stau und musste dringend auf die Toilette. Also hielt ich bei Robs Café an, eilte hinein und betete, Rob würde nicht da sein. Allerdings hatte ich an dem Tag kein Glück. »Grace! Wie geht's dir? Und wie geht's deiner Mutter?«

Zu meinem Entsetzen brach ich in Tränen aus. Nachdem ich die Toilette aufgesucht hatte, führte er mich zu einem Tisch und servierte mir rasch ein Stück Trost-Karottenkuchen. Er verhielt sich so einfühlsam und freundlich, dass die ganze Geschichte aus mir heraussprudelte. Mich überkam dabei das seltsam befreiende Gefühl, wenn man jemandem, den man kaum kannte, sein Herz ausschüttete. Da er bereits von Adam wusste, ließ ich den Worten freien Lauf.

Er lehnte sich auf dem Sessel zurück. »Würdest du mich zu deinem Vater bringen?«

»Er ist im Moment in keiner guten Verfassung.«

Rob fuhr sich mit den Fingern durch das spärliche verbliebene Haar. »Ich kann ihm vielleicht helfen.«

»Wie?«

Er fingerte an einer kleinen Zuckertüte. »Ich hab so eine Ahnung, wie deine Mutter von jemand anderem schwanger werden konnte.« Anscheinend schaute ich entsetzt drein, denn er lachte. »Ich bin nicht Adams Vater, falls du das denkst.«

Alles andere war fehlgeschlagen. Und die Zeit drängte. »Fahren wir.«

SIEBENUNDVIERZIG

MONTAG, 24. MÄRZ 2014

Mein Herz zog sich schmerzhaft zusammen, als ich sah, dass die Scharniere des Eingangstors kaputt waren. Dad verstand sich meisterlich darauf, alles Mögliche mit einem Stück Metall von da und einer Schraube von dort zu reparieren. Er trieb Mum damit in den Wahnsinn, dass er oft alte Töpfe, Tortenheber und Lampenfassungen stibitzte.

Kurz vor der Tür blieb Rob stehen. »Du willst vielleicht nicht hören, was ich ihm zu sagen habe.«

»Mal sehen, was Dad will.« Wenn es etwas Schlimmes wäre, würde ich meinen Vater auf keinen Fall damit allein lassen.

Ich klopfte an, statt Rob zu zeigen, wo der Reserveschlüssel aufbewahrt wurde. Bald würde ich eine dieser alten Frauen sein, die ihre Handtasche von Zimmer zu Zimmer trugen. Keine Antwort. Ich rief durch den Briefschlitz, und letztlich tauchte mein Vater auf, wobei er unrasiert war. Mum hätte ihn sofort ins Bad geschickt.

»Dad, erinnerst du dich an Rob? Er hat früher mit Mum gesungen. Also, er weiß was darüber, was passiert ist, und würde gern mit dir reden.«

Falls ich erwartet hatte, er würde loshasten, um Tee aufzusetzen, hatte ich mich schwer geirrt. Dad schüttelte die Schockstarre ab, in der er die vergangenen Wochen dahinvegetiert hatte, stürmte vor und brüllte Rob direkt ins Gesicht.

»Du warst es, stimmt's? Du hast sie geschwängert. Jede Woche hast du mich mit ihr auf der Tanzfläche gesehen. Du hast gewusst, dass wir glücklich miteinander waren. Aber du hast die ganze Zeit darauf gelauert, sie mir wegzunehmen. Du musst jedes Mal begeistert gewesen sein, wenn mein Schiff im Hafen abgelegt hat. Und sobald du sie geschwängert hattest, hast du dich aus dem Staub gemacht.«

Beschwichtigend hob Rob die Hände und versuchte, ihn zu beruhigen. »Danny! Dan! Ich war es nicht.«

Dads Augen zuckten hin und her. Eindringlich suchte er in Robs Zügen nach einem Hinweis darauf, dass er lügen könnte. Nur ein hauchdünner Faden zivilisierten Anstands schien ihn davon abzuhalten, die Hände zu Fäusten zu ballen und in Robs Gesicht zu schlagen.

»Du warst es nicht? Tja, wer dann? Der dünne Kerl am Schlagzeug? Wie hat er noch mal geheißen? Johnny?«

»Jim. Aber er war es auch nicht.«

Irgendetwas an dem Gespräch erinnerte mich an die Geschichten, die ich Jude wiederholt vorgelesen hatte, als er ungefähr vier Jahre alt gewesen war.

Ich legte Dad die Hand auf den Arm, doch er war noch nicht fertig und schüttelte sie ab.

»Schon ein verdammter Zufall, oder? Susies Sohn taucht auf, und auf einmal kommst du aus dem Unterholz gekrochen. Echt dreist von dir, dass du mich gefragt hast, wie's ihr geht, als ich neulich bei dir im Café war.«

»Dad. Dad! Wollen wir nicht lieber reingehen?« Ich kannte unsere Nachbarn. Sie würden monatelang darauf herumreiten und die Teile, die sie nicht wussten, frei erfinden. Louise hätte das im Keim erstickt.

Meine Worte schienen den Nebel zu durchdringen, in dem sich Dad befand. Plötzlich verwandelte er sich wieder in den Zweiundsiebzigjährigen, der jeder noch so jungen Frau seinen Sitzplatz anbieten würde, statt wie eine knurrige Bulldogge die Zähne zu fletschen.

Drinnen räumte er rasch schmutzige Becher und Teller im Wohnzimmer weg, bevor sich die beiden Männer setzten. Meine Mutter hätte sich zu Tode geschämt. Ich versuchte mich an Schadensbegrenzung, indem ich Tee zubereitete und Kekse auf einem Teller anrichtete. Immerhin war ich die Tochter meiner Mutter.

»Danny«, ergriff Rob das Wort. »Hör mal, mir ist klar, wie seltsam dir erscheinen muss, dass ich hier auftauche. Nur hat Grace gesagt, dir geht es schlecht, und es gibt da etwas, das mir seit Jahren schwer zu schaffen macht. Ich hab nie darüber gesprochen, weil ich gehofft habe, es wäre nicht wahr. Aber ich denke, jetzt ist der richtige Zeitpunkt, um damit auszupacken.«

Dad wirkte wieder streitlustig. »Was weißt du darüber, was passiert ist?«

Rob warf einen Blick zu mir. Dann wandte er sich wieder Dad zu. »Sollen wir das vielleicht lieber allein besprechen?«

Mein Vater lehnte sich zurück und verschränkte die Arme vor der Brust. »Sie weiß mehr über die Sache als ich.«

»Bist du sicher?« Rob legte die Hände auf die Armlehnen und rieb mit den Fingern über das Acrylgewebe. »Wisst ihr, wer Adams Vater ist?«

Dad schüttelte den Kopf.

Ich schluckte vor Anspannung darüber, was folgen würde. »Nicht wirklich, nein. Mum will nicht über ihn reden.«

Rob seufzte. »Soweit ich weiß, hat sie nie ein Sterbenswort über ihn verloren, bei niemandem.«

Dann legte er mit einer Geschichte los, die wir nie geglaubt hätten, wenn Mum sie uns erzählt hätte.

»Sie hat so gern gesungen. Nur mit einem Baby als Gesellschaft hat sie sich zu Hause gelangweilt, wenn du auf See warst.« Er verzog das Gesicht. »Das soll nicht heißen ... Sie hat Louise innig geliebt, sie vergöttert. Aber sie war jung, hatte so viel Talent, und wir waren alle so naiv, haben gedacht, wir könnten groß rauskommen.«

Ich beobachtete das Gesicht meines Vaters, konnte jedoch nicht daran ablesen, was ihm durch den Kopf ging. Seine gesamte Sanftmut schien sich in Luft aufgelöst zu haben, verdrängt von einem harten Anstrich, der jeder Witterung trotzen würde. Rob erzählte uns von dem Talentsucher, der so angetan von Mum gewesen war. »Mich hat all die Jahre verfolgt, dass sie nicht mitmachen wollte. Susie hat es als das gesehen, was es war – ein Wunschtraum, der für sie nie Wirklichkeit werden konnte, weil sie bereits verheiratet war und ein Kind hatte. Danny, sie hat nie andere Männer angeschaut, nie mit jemandem geflirtet. Ja, wir haben viel zusammen gesungen, aber sie hat nie irgendjemandem den Eindruck vermittelt, es könnte für sie einen anderen als dich geben. Wir haben sie immer damit aufgezogen, dass sie jedes von ihr gesungene Liebeslied auf die Reise übers Meer zu dir geschickt hat.«

Dad verzog keine Miene, ließ sich nicht mal anmerken, dass er Rob überhaupt gehört hatte. Er starrte nur ausdruckslos vor sich hin. Rob fing an, über seine Worte zu stolpern. Immer wieder fuhr er sich mit den Fingern über die Lippen. Am liebsten hätte ich eingeworfen, dass er sich Zeit lassen sollte und wir ihn nicht verurteilen würden. Doch ich war Dad schon genug in den Rücken gefallen, also lächelte ich nur ermutigend. Er berichtete uns, wie der Talentsucher sie mit einem möglichen Plattenvertrag geködert hatte. Rob und Jim hatten Mum angefleht, mitzumachen, und sie waren alle zusammen etwas trinken gegangen. »Jim und ich waren voll dabei, aber Suze wollte nach Hause. Sie war besorgt, weil sie am nächsten Morgen wegen Louise früh raus musste.«

Darüber lächelte ich. Meine so ernste Schwester würde sich

freuen, zu erfahren, dass sie für Mum höchste Priorität gehabt hatte.

Wir stellten keine einzige Frage, lauschten nur gebannt wie Kinder bei der Märchenstunde.

Als Rob innehielt, spürte ich, dass er nach den richtigen Worten suchte. »Ich hatte ein ungutes Gefühl, als er uns nach Hause gefahren hat. Deshalb wollte ich ihn dazu bringen, Suze zuerst abzusetzen. Dann hab ich ihr angeboten, bei mir zu übernachten.« Er sah Dad an. »Ich wollte ihr mein Zimmer überlassen und hätte auf der Couch geschlafen. Zu ihr hab ich gemeint, meine Mutter hätte nichts dagegen, obwohl sie in Wirklichkeit wahrscheinlich ausgerastet wäre. Ich wollte Suze einfach nicht allein mit ihm im Auto lassen. Er war zu fixiert auf sie, zu aufdringlich. Und vielleicht zehn, fünfzehn Jahre älter als wir. Hatte coole Sprüche drauf. Aalglatt.«

Er stellte den Teebecher ab. »Die Wahrheit ist, dass ich unbedingt einen Plattenvertrag wollte. Deshalb hab ich mich davor gescheut, ihn zu verärgern, indem ich eine Szene gemacht hätte. Ich hätte sie nicht mit ihm fahren lassen dürfen.« Er schluckte schwer. »Habe ich aber. Am nächsten Morgen hat sie mich besucht. Sie hat fahrig gewirkt und fürchterlich ausgesehen. Als hätte sie die ganze Nacht nicht geschlafen. Ich hab sie gefragt, ob irgendwas passiert ist, wollte von ihr wissen, warum sie das Versprechen zurückzog, wenigstens über die Band nachzudenken. Sie hat gemeint, sie wäre erwachsen geworden. Damals wollte ich nicht glauben, dass er ihr was angetan haben könnte. Ich war ein Feigling. Ich wollte nicht, dass irgendwas einem Plattenvertrag in die Quere kommen könnte. Deshalb hab ich sie zum zweiten Mal im Stich gelassen. Ich bin ihr nicht hinterhergelaufen, habe nicht versucht, die Wahrheit aus ihr herauszukriegen.«

Zum ersten Mal ergriff Dad das Wort. »Was willst du damit sagen?«

Rob hatte Mühe, ihm in die Augen zu blicken. »Ich glaube, er hat deine Frau dazu gezwungen, mit ihm zu schlafen.«

Ich schnappte nach Luft. »Er hat sie vergewaltigt?«

Rob nickte.

Obwohl ich geahnt hatte, worauf es hinauslaufen könnte, fühlte es sich wie ein Schlag in die Magengrube an. Meine arme Mutter. Jedes Mal hatte sie mich abgewürgt, wenn ich sie nach Adams Vater gefragt hatte. Nun verstand ich, weshalb.

Danach schienen Rob die Worte auszugehen. Dad sagte zwar nichts, aber sein Gesicht verriet mir, dass seine Fantasie gerade mit ihm durchging. Schreckliche, hässliche Worte und Bilder schwirrten durch die darauf folgende Stille. Niemand sprach sie aus. Mein Blut kochte beim Gedanken, wie oft sich diese Geschichte auf der Welt wiederholte. Ein Mann in einer Machtposition, der glaubte, er hätte ein Anrecht darauf, sich zu nehmen, was immer er wollte. Ja. Ich konnte mir vorstellen, was meiner Mutter widerfahren war.

Rob konnte seine Gefühle kaum unter Kontrolle halten. Unablässig drehte er den Teelöffel in der Hand. Als er schließlich wieder das Wort ergriff, klang seine Stimme belegt und angespannt. »Als ich neulich Grace und den Jungen gesehen habe, sind wir ins Plaudern gekommen. Wir haben uns über die Zeit unterhalten, zu der Suze in der Band war. Als er dann erwähnt hat, wann er geboren wurde, konnte ich mich nicht mehr über die Nacht damals belügen. Die Daten passen zusammen. Ich könnte mich zwar irren, allerdings glaube ich das nicht.« Eine Träne kullerte über sein altes, zerfurchtes Gesicht. »Jetzt ist es zu spät, aber es tut mir so leid. Ich hätte energischer und weniger egoistisch sein müssen. Bitte geh nicht zu streng mit ihr ins Gericht.«

»Warum hat sie es mir nie erzählt, wenn es nicht ihre Schuld war?« Dads Worten fehlte nicht viel zu einem Schluchzen.

Man merkte Rob an, dass er beinah die Augen verdreht

hätte. »Hättest du ihr geglaubt? Deine Frau war, wie lang allein zu Hause, fünfzehn Monate? Hättest du es ihr abgekauft? Wie hätte sie es dir überhaupt erklären sollen? Sie hätte es in einen Brief packen müssen. Schließlich hätte sie dich schlecht mit einem Baby in den Armen am Hafen in Empfang nehmen können. Wärst du damit einverstanden gewesen, das Kind eines anderen großzuziehen, vor allem unter solchen Umständen? Unter dem Strich hat sie wahrscheinlich gedacht, wenn sie ihren Sohn aufgibt, könnte sie zumindest ihren Ehemann und ihre Tochter behalten.«

»Das wäre schwer zu akzeptieren gewesen, Dad, oder?« Ich wollte unbedingt, dass er die Geschichte aus Mums Sicht betrachtete. Für mich hörte es sich so wahr an. »Sie hat versucht, das Richtige zu tun, auch wenn es sich für dich wahrscheinlich nicht so anfühlt. Mum hat es getan, um dich zu schützen. Nicht, um dich zu verletzen. Du hättest dir nie verziehen, dass du am anderen Ende der Welt warst, als sie dich gebraucht hätte.«

Mein Vater kratzte sich an der Stirn. »Aber sie hat mir das Geheimnis über vierzig Jahre lang vorenthalten. Ich muss ein paar Monate nach seiner Geburt nach Hause gekommen sein. Es fühlt sich an, als wäre unsere gesamte Ehe eine Lüge gewesen. Ich hab mir Hunderte, über die Jahre vielleicht sogar Tausende Ausreden für ihre Eigenheiten einfallen lassen. Oft hatte ich das Gefühl, ich wäre ihr nicht genug. Wir alle nicht.«

Rob rutschte unruhig auf dem Sessel hin und her. »Ich wünschte, ich könnte die Uhr zurückdrehen, Danny. Aber wir waren jung und ehrgeizig. Dumm.«

Dad erschlaffte auf dem Sitz. »Der Dumme bin ich. Der idiotische Ehemann, der unbeschwert zurückgekommen ist, ohne zu merken, dass etwas nicht gestimmt hat. Nicht mal, dass meine Frau vergewaltigt worden war und ein Kind bekommen hatte.« Tränen strömten ihm über die Wangen. »Ich dachte, sie würde mir alles sagen. Ich dachte, wir wären glücklich.«

Ich fuhr mit dem Finger den Rand meiner Kaffeetasse entlang. »Ihr wart, ihr *seid* glücklich verheiratet. Hätte sie dich nicht so sehr geliebt, hätte sie das Baby behalten und riskiert, dich zu verlieren.«

Dad wirkte verwirrt. »Aber warum wollte sie es überhaupt bekommen?«

Die Antwort darauf kannte ich. Als sich Jude in mir bewegt hatte, ich dieses kleine menschliche Wesen in mir gespürt hatte, dessen Leben von mir abhängig gewesen war, hatte ich darüber nachgedacht, was aus meinem Kind alles werden könnte. Und obwohl ich gewusst hatte, dass es ein steiniger Weg mit Komplikationen und Konsequenzen werden würde, hatte sich mir bald die Frage gestellt: ›Warum sollte ich dieses Baby *nicht* wollen?‹

Rob stand auf und streckte die Hand aus. »Ich verschwinde jetzt. War schön, dich wiederzusehen, Danny. Ich weiß, es ist ein Schock, aber sei nicht zu streng zu Suze. Wir haben sie in die Höhle des Löwen geführt und dann im Stich gelassen.«

Dad überwand sich, einzuschlagen.

Danach steckte Rob die Hände in die Taschen. »Es tut mir aus tiefster Seele leid. Ich bin nicht mal sicher, ob's richtig war, es dir zu erzählen. Aber ich finde, du hattest ein Recht, es zu erfahren. Sie hat dich nicht betrogen und verraten. Wir haben sie verraten.«

Mein Herz fühlte mit ihm. »Sie trifft keine Schuld, Rob. Nur den Arsch, der ihr das angetan hat.«

Mein Vater schwieg.

»Dad, es ist nicht Robs Schuld. Er war doch selbst noch so jung.«

Rob hob die Hand. »Schon gut, Grace.«

Aber das war es nicht. Und ich konnte mir nicht vorstellen, wie es das je sein könnte.

ACHTUNDVIERZIG

MONTAG, 24. MÄRZ 2014

Nachdem Rob gegangen war, versuchte ich, Dad verständlich zu machen, dass Mum aus Angst, ihr würde nicht geglaubt werden, die Wahrheit verschwiegen hatte. Er saß da und wiederholte wie ein Mantra, ihre gesamte Ehe hätte auf Lug und Trug beruht.

Ich spürte, wie sich mein Temperament regte. »Dad, denk doch mal eine Minute darüber nach, wie es für sie gewesen sein muss, während du auf der anderen Seite der Welt warst. Mum muss völlig isoliert gewesen sein. Die gesamte Band war wütend auf sie, weil sie ihr die Chance auf einen Plattenvertrag ruiniert hatte. Sie muss eine Heidenangst davor gehabt haben, man könnte ihr Louise wegnehmen. Und davor, Nan zu beichten, dass sie statt zum Töpfern zum Singen gegangen war und nun einen Braten in der Röhre hatte, weil sich ihr irgendein Arschloch aufgezwungen hatte. Wenn du jetzt, nach all den verdammten Jahren, so reagierst, *warum* hätte sie es dir dann sagen sollen?«

»Weil wir einander nie belogen haben. Über nichts. Ich komme einfach nicht darüber hinweg, dass sie noch ein Kind bekommen und mir kein Sterbenswort davon erzählt hat. Ein

Kind, das sie jetzt bestimmt weiterhin sehen wollen wird. Einen *Bruder*, den du weiterhin sehen wollen wirst. Was sollen wir tun? Ihn zu Weihnachten einladen? Eine wandelnde Erinnerung daran, dass ein anderer Kerl deine Mutter ausgenutzt hat? Ich würde wie der Leidgeplagte in der Ecke hocken, der Idiot, der keine Ahnung hatte, was los war. Ihr könnt mir ja ein paar Walnüsse und Mandarinen zuwerfen. Ich nicke dann brav mit, während ihr plaudert.«

Diese Version meines Vaters jagte mir regelrecht Angst ein. Wie viel sich verändert hatte, ließ sich daran messen, dass mir Mums wankelmütiges Verhalten in der Vergangenheit mittlerweile beinah normal erschien, wenn man bedachte, was sie zu bewältigen hatte. Mein Vater hingegen kam mir wie ein verschwommener Abklatsch des Menschen vor, zu dem ich immer gerannt war, dessen Liebe zu mir immer seine Missbilligung überwogen hatte.

Einen letzten Trumpf hatte ich noch. Obwohl ich mir geschworen hatte, Dad nie davon zu erzählen. Bisher hatte mein gewagter Versuch, Adam aufzuspüren und alle dazu zu bringen, seine Existenz zu akzeptieren, zu keinem durchschlagenden Erfolg geführt. Und ich konnte nicht zulassen, dass sich Dad von Mum scheiden ließe. Schon gar nicht in diesem Alter.

Und obwohl er sie nach wie vor liebte.

Louise hätte den Begriff Reframing oder einen ähnlichen Management-Quatsch benutzt. Mir war völlig egal, wie man es nannte, solange es Dad dazu bewegen würde, seine Sicht auf die Dinge zu ändern. Und wenn es nicht funktionierte, würde mein Vater nicht nur wegen seiner Ehefrau, sondern auch wegen seiner Tochter am Boden zerstört sein.

»Versuchen wir es anders. Du hast Jude doch lieb, oder?«

Kurz entspannten sich seine Züge. Dann runzelte er die Stirn. »Was hat Jude damit zu tun?«

»Du hast immer gedacht, sein Vater wäre mein Ex Ollie, in

den ich verliebt war und der verschwunden ist, als ich schwanger geworden bin, richtig?«

Dads Züge nahmen einen argwöhnischen Ausdruck an.

Ich atmete tief durch. Wenn mein Plan nicht aufginge, wäre das derzeitige Desaster nur der Ausgangspunkt weiteren Übels. Ich legte mit der Geschichte los, bevor ich kneifen konnte. »Erinnerst du dich an das letzte Hotel, in dem ich gearbeitet habe? Den Nobelschuppen, aus dem ich mit der Begründung weg bin, dass die mir keinen Urlaub für einen Auftritt bei einem Festival geben wollten?«

Dad nickte.

»Der Direktor hatte mich sogar zur Entertainment-Assistentin befördert und mir die Leitung der Abteilung in Aussicht gestellt, wenn ich mich bewährt hätte. Ich war dafür zuständig, Bands zu buchen, das Programm zu planen und neue Talente zu entdecken. Damals habe ich zum ersten Mal angefangen, richtig Geld zu verdienen. Ich dachte, ihr könntet vielleicht sogar stolz auf mich werden, statt in mir die ewige Versagerin zu sehen.«

Dad hob die Hand. »Ich hab dich nie für eine Versagerin gehalten. Du hast bloß ein bisschen länger gebraucht, um auf eigenen Beinen zu stehen.«

»Dann eben Mum.«

Dad widersprach nicht.

Ich fuhr fort. »Anfangs hab ich den Großteil der Zeit mit dem Hotelmanager verbracht – ich war sein Schützling, sollte den Laden für großartige Veranstaltungsabende bekannt machen. Ich hab mich ins Zeug gelegt, viele Auftritte selbst bestritten und mir etliche Bands angehört, war sozusagen Talentsucherin. Manchmal ist er mitgekommen. Obwohl er um die vierzig war, hat er eine Menge von Musik verstanden. Und natürlich hat mir geschmeichelt, dass er meine Meinung hören wollte. Er war witzig und charmant. Danach hat er mich in der Regel zum Essen ausgeführt.«

Gott allein wusste, wie mein Vater den nächsten Teil aufnehmen würde.

»Nach einer Weile ist er dann ein bisschen zu freundlich geworden.«

»Was meinst du damit, zu freundlich?«

Da ich meinem Vater nicht in die Augen sehen konnte, richtete ich den Blick auf eine der Möbelrollen unter dem Fuß des Sessels. »Er wollte, dass ich mit ihm schlafe.«

Das war so verdammt unangenehm. Wer besprach schon gern sein Liebesleben mit seinem zweiundsiebzigjährigen Vater? Ich hoffte nur, meine »Geschichte« würde wenigstens die gewünschte Wirkung erzielen.

Ich fixierte nun ein Schmuckstück auf dem Kaminsims. »Das wollte ich nicht, aber ich hatte das Gefühl, ich hätte ihn gewissermaßen verführt und hätte wissen müssen, dass er nicht mitgekommen war, um sich Bands in versifften Kneipen anzuhören, um neue ›Künstler‹ zu entdecken. Wir sind scherzhaft damit umgegangen. Er hat gemeint: ›Wenn du den Job behalten willst, weißt du ja, wie du den Manager glücklich machen kannst.‹ Zwar hab ich darüber gelacht, allerdings hatte ich das Gefühl, dass er es für die Beförderung wirklich von mir erwartete. Und schlimmer noch, ich dachte, ich wäre es ihm für die Chance schuldig.«

Dads Miene verfinsterte sich. Seine Lippen bewegten sich, als wollte er unbedingt etwas einwerfen. Aber ich musste zu Ende erzählen, bevor ich die Nerven verlieren konnte.

»Dann hat eines Abends nach Dienstschluss das gesamte Personal etwas zusammen getrunken. Ein Kellner hatte Geburtstag, und der Manager hat gesagt, wir können uns nehmen, was wir wollen, Tequila, Wodka, Rum. Ich hab mich ziemlich betrunken, und er hat darauf bestanden, mir in mein Zimmer zu helfen. Das Nächste, woran ich mich erinnere, ist, dass er auf mir gelegen hat.«

Papa hielt sich die Hand vor den Mund. Ein Stöhnen drang zwischen seinen Fingern hervor.

»Ich konnte mich nicht wehren, dafür war ich zu breit. Also hab ich's einfach über mich ergehen lassen. Am nächsten Morgen war ich mir nicht mal sicher, ob es wirklich passiert war. Aber das Schlimmste war, dass er zu glauben schien, er könnte mich nehmen, wann er wollte, nachdem wir diese erste Hürde überwunden hatten. Und obwohl ich es nicht wollte, schon beim ersten Mal nicht und auch nicht danach, wusste ich einfach nicht, wie ich mich weigern sollte. Ich wollte auf keinen Fall den Job verlieren und wieder umziehen müssen. Ich hatte es so satt, Arbeit zu suchen, auf fremden Sofas zu schlafen und zu ›Vorstellungsgesprächen‹ zu hetzen, die man eher Probeauftritte für Striplokale hätte nennen können. Möglich, dass ich mir eingeredet habe, wir hätten eine Art Beziehung. Oder dass ich mich zumindest damit abfinden müsste.«

Dad wirkte völlig aufgelöst. »Warum bist du nicht einfach nach Hause gekommen?«

»Stolz. Als ich gegangen bin, hab ich mit solchem Tamtam angekündigt, ich würde mir die Brötchen als Sängerin verdienen. Ich konnte den Gedanken nicht ertragen, angekrochen zu kommen und ›ich hab's dir ja gesagt‹ von Mum und Louise über mich ergehen zu lassen.«

»Deine Mutter wäre entsetzt, das zu hören. Sie hat sich solche Sorgen um dich gemacht.«

»Dad, ich erzähle dir das nicht, um dir ein schlechtes Gewissen zu machen. Ich möchte, dass du verstehst, warum Frauen in solchen Fällen nicht darüber reden, was ihnen widerfahren ist.« Rasch fuhr ich fort. »Als ich schließlich gemerkt habe, dass ich mit Jude schwanger war, hab ich mich in Grund und Boden geschämt. Ich konnte niemandem erzählen, wie es passiert war. Damals dachte ich, jeder würde denken, es geschähe mir recht, weil ich so dumm gewesen war und nicht den Mut hatte zu sagen: ›Nein, tut mir leid. Dass du mich befördert hast, gibt dir nicht das Recht, es mit mir zu treiben.‹ Natürlich würde mir das heute, mit sechsunddreißig, nicht mehr passieren. Aber zu dem Zeitpunkt war ich neunzehn. Ich habe mir eingeredet, so würde die Welt nun mal funktionieren, und es wäre naiv, etwas anderes zu glauben. Und deshalb hab ich einfach mitgemacht. Bis ich die Schwangerschaft bemerkt habe. Natürlich ist dann herausgekommen, dass er verheiratet war. Als ich gesagt habe, ich wüsste nicht, was ich tun soll – das Kind behalten oder abtreiben –, ist er stinkwütend geworden. Hatte wohl Angst, seine Frau würde es erfahren. Er ist echt bedrohlich geworden. Deshalb hab ich gekündigt und bin bei einer Bekannten untergeschlüpft, auch eine Sängerin.«

Dad hielt sich den Kopf. »Es tut mir so leid, Grace. Ich wünschte, du hättest mit uns reden können. Du warst zu jung dafür, das alles allein durchzustehen. Wir haben dich im Stich gelassen. Kein Wunder, dass du seither kein Interesse mehr an einem festen Freund zu haben scheinst.«

Ich machte weiter, bevor ich zusammenbrechen konnte. »Wahrscheinlich hätte ich abgetrieben, wenn Mum es nicht herausgefunden und mich überredet hätte, Jude zu behalten. Ich hatte Angst, ich würde das Baby nicht lieben können. Und ich muss Mum dafür danken, dass sie mich davon überzeugt hat, das wäre Blödsinn. Denn mir ist völlig egal, wer sein Vater ist. Er ist ein wunderbarer Junge, und ich würde nicht ohne ihn sein wollen.«

Ich räusperte mich, damit die Tränen nicht dem Wichtigsten in die Quere kamen, was ich zu sagen hatte. »Am Ende habe ich aufgehört, daran zu denken, wie er gezeugt worden ist. Du hast Jude immer geliebt und dir nie groß den Kopf über seinen Vater zerbrochen, nur manchmal gemeint, ihm entgeht mit Jude etwas. Bei Adam ist es dasselbe. Es ist richtig von Mum, dass sie ihn liebt und Zeit mit ihm verbringen will. Er ist immer noch ihr Kind. Dir konnte sie nichts erzählen, weil sie sich geschämt hat. Du hättest ihr nie geglaubt, dass sie es nicht selbst herbeigeführt und diesen scheiß Plattentypen irgendwie dazu verleitet hat. Ich hab aus denselben Gründen nie jemandem davon erzählt. Und dabei betrachte ich mich als aufgeschlossene Frau und lebe in modernen Zeiten. Stell dir nur vor, wie es für Mum in den 1960ern gewesen sein muss.«

Mein Vater ließ den Kopf hängen. »Ich wünschte, du hättest es mir gesagt. Ich wünschte, sie hätte es mir gesagt.« Er schluckte schwer und bemühte sich, nicht zu weinen. Seine Stimme klang brüchig. »Ich hätte die Schrotflinte rausholen können. Diese Mistkerle.«

Ich lächelte, denn er hatte nie eine Flinte besessen.

»Wirst du es Jude irgendwann erzählen?«

»Jude wird nie erfahren, was mir widerfahren ist. Das wäre zu belastend. Ich will nicht, dass sich mein Junge im Spiegel ansieht und sich fragt, ob er wie sein Vater wird. Ich lasse ihn weiterhin in dem Glauben, er wäre das Ergebnis eines One-Night-Stands. Darauf bin ich nicht stolz, aber ich will alles dafür geben, ihn zu einem anständigen Mann zu erziehen, der Frauen respektiert.«

»Komm her und lass dich drücken.« Dad streckte die Arme nach mir aus. Dabei seufzte er, als hätten die giftigen, seit Wochen in ihm brodelnden Emotionen endlich ein Ventil gefunden.

Ich schmiegte mich an ihn. Ich hatte ihm mein schändliches Geheimnis anvertraut, und er hatte mich nicht enttäuscht.

In jener von elterlicher Liebe erfüllten Umarmung spürte ich einen winzigen Hoffnungsschimmer.

NEUNUNDVIERZIG

DIENSTAG, 25. MÄRZ 2014

»Was willst du lieber übernehmen? Mum heimbringen oder dafür sorgen, dass Dad und das Haus in angemessenem Zustand sind?«, fragte ich Louise.

Obwohl sie durchaus recht damit hatte, wer wofür geeigneter wäre, irritierte mich, dass sie ihre Märtyrerstimme auspackte und sagte: »Ich denke, das Haus sollte besser ich gründlich putzen, meinst du nicht auch?«

Ich wartete, war überzeugt davon, dass sie sich einen kleinen Seitenhieb nicht würde verkneifen können. Und ich wurde nicht enttäuscht.

»Außerdem weiß Dad, dass ich auf seiner Seite bin.«

Meine Stimme bebte vor Wut, als ich entgegnete: »Hier geht's nicht darum, wer auf wessen Seite steht! Er weiß, dass ich aus den richtigen Gründen nach Adam gesucht habe.« Und damit verließ ich den Raum. Sehr spät im Leben begann ich zu lernen, dass es zu mehr Glück und einem niedrigeren Blutdruck führte, einfach wegzugehen, statt sich auf ein zunehmend hitzigeres Wortgefecht einzulassen.

Louise wollte nicht akzeptieren, dass Mums Wiedervereinigung mit Adam zu ihrer Genesung beigetragen haben könnte. »Ich habe nach akutem Nierenversagen gegoogelt. Es tritt relativ häufig auf, und anscheinend erholen sich die meisten Patienten schnell davon, wenn sie die richtigen Antibiotika und Flüssigkeiten bekommen. In dem Krankenhaus haben sie offensichtlich kompetente Ärzte.« Sie verkniff sich zwar die Bemerkung, ich würde im Traumland leben, wenn ich glaubte, Adam hätte irgendetwas damit zu tun, dass Mum gesund geworden war, doch sie ließ keine Gelegenheit aus, mir unter die Nase zu reiben, ich hätte umsonst einen riesigen Wirbel ausgelöst.

Ob Adam nun bei meiner Mutter etwas bewirkt hatte oder nicht, mir jedenfalls half er, nicht den Verstand zu verlieren. Am Abend davor hatte ich mit ihm gesprochen, dem Sicherheitsventil des Dampfkochtopfs der Familie. Seine Worte waren weise und beruhigend gewesen. »Das ist eine echt große Umstellung. Soweit du mir Louise beschrieben hast, tut sie sich mit Veränderungen schwer. Also wird sie einfach länger brauchen, bis sie einlenkt. Meine Schwester war auch nicht wirklich begeistert davon, dass ich den bisherigen Status quo auf den Kopf gestellt habe. Manche Menschen sind nun mal so gestrickt. Wir müssen Geduld mit ihnen haben. Viel Glück dabei, Susie morgen sicher nach Hause zu bringen. Sag ihr, dass ich sie lieb habe.«

Und nun war der Moment gekommen. Mum saß auf dem Sessel in der Station und umklammerte ihre Handtasche, während sie auf mich wartete. Allein der Anblick, dass sie vollständig angezogen war und aus eigener Kraft aufstehen konnte, bescherte mir feuchte Augen. Mehrere Nächte hatte ich im Bett gelegen und mir überlegt, was ich bei ihrer Beerdigung über sie sagen sollte. Oder ob ich überhaupt etwas herausbringen würde. Ob irgendjemand von uns es könnte. Aber ich hatte einen Aufschub bekommen, eine neue Chance, sie zu verstehen, statt mich darüber zu grämen, dass sie mich nicht verstand.

»Ist Dad mitgekommen?« Hoffnungsvoll hellten sich ihre Züge auf.

»Nein, er wartet zu Hause auf dich. Ich glaube, dort flitzt gerade Louise herum und bringt alles auf Vordermann.«

Sie lächelte. »Dein Vater ist allein nie besonders gut zurechtgekommen.« Hastig fügte sie hinzu: »Dafür hat er so viele andere bezaubernde Eigenschaften.«

Ich hoffte inständig, er würde auf die einzige Art bezaubernd sein, die im Moment zählte. Mir blieb weniger als eine Stunde, um Mum darauf vorzubereiten, wie Dad sie in Empfang nehmen könnte. Es war schön und gut gewesen, ihr aufzutischen, Dad hätte Gürtelrose gehabt und sich deshalb von ihr fernhalten müssen, während sie krank gewesen war. Allerdings wurde dadurch die Einleitung zu dem Gespräch, das ich in den nächsten sechzig Minuten führen müssen würde, umso heikler.

Wir unterschrieben die nötigen Formulare, bedankten uns beim Pflegepersonal und traten den mühsamen Weg zum Auto an. Mum lag sonst immer Dad in den Ohren, wenn er trödelte. »Um Himmels willen, Danny. Leg einen Zahn zu, ich hab heute noch einiges zu erledigen.« An diesem Tag jedoch stützte sie sich auf mich und sagte: »Tut mir leid, dass ich so langsam bin. Fühlt sich an, als hätte mir jemand den Stecker gezogen.«

Als ich ihr ins Auto half, überlegte ich, wie ich anfangen würde. ›Dad weiß ein bisschen was darüber, was passiert ist.‹ Oder: ›Hoffentlich macht's dir nichts aus, aber wir mussten Dad von Adam erzählen.‹ Oder: ›Ich weiß, du hast gesagt, wir sollen Dad raushalten, aber …‹

Am Ende platzte ich einfach damit heraus, was sich bei Adams und meinem ersten Treffen mit Rob ereignet hatte, bevor ich damit fortfuhr, dass er Dad aufgesucht hatte, um ihm *jene* Nacht zu erklären.

Mum wurde sehr still. »Rob hat deinen Vater besucht? Was genau hat er gesagt?«

Mit einem Geschick, die ich jüngst verfeinert hatte, schilderte ich ihr das Nötigste.

Sie fing zu weinen an. »Davon habe ich nie jemandem erzählt. Niemals. Weiß es Adam?«

Als die Ampel auf Rot schaltete, konnte ich nur knapp vermeiden, dem Auto vor mir aufzufahren. »Nein. Ihm habe ich mehrfach gesagt, dass ich darüber nichts weiß. Das liegt allein an dir, Mum.«

Ich fuhr weiter, obwohl ich am liebsten angehalten, meine Mutter umarmt und nach den richtigen Worten gesucht hätte, um sie zu trösten. Wir waren es beide nicht gewohnt, über Gefühle zu sprechen. Mir war es gelungen, ein bisschen offener, ein bisschen ehrlicher zu sein, während sie im Krankenhaus gelegen hatte. Sogar »ich hab dich lieb« hatte ich mehrmals über die Lippen gebracht, ohne dass ich mir dabei dumm vorgekommen war. Die Gewohnheit wollte ich beibehalten. Auch ohne die Triebfeder der Angst, ich könnte keine Gelegenheit mehr dazu bekommen. Und dass sich meine Mutter gerade auf dem Beifahrersitz die Augen ausweinte, schien mir ein geeigneter Moment dafür zu sein.

Ich atmete tief durch. »Mum. Mir ist klar, dass ich wohl die Letzte bin, die dir sagen sollte, wie du dein Leben führen sollst. Und sosehr ich wünschte, ich könnte es, ich kann dir nicht versprechen, dass Dad Verständnis für alles aufbringen wird. Aber du sollst wissen, dass ich bestens nachvollziehen kann, was dir widerfahren ist. Und dass ich dir keinerlei Vorwürfe mache. Du brauchst dich für nichts zu schämen. Das sollte der Arsch, der dir das angetan hat, nicht du. Und jetzt musst du aufhören, dir den Kopf darüber zu zerbrechen, und dich darauf konzentrieren, ganz gesund zu werden. Ich hab dich lieb, Mum.«

Ihre Hand schob sich auf meinen Schoß. »Danke, Gracie.« Ein paar Sekunden verstrichen. »Amazing Grace.«

Den restlichen Weg fuhren wir schweigend. Als ich in die

Straße meiner Eltern einbog, traute ich mich nicht, zu ihren Fenstern zu schauen, weil ich zu sehen fürchtete, wie Dad aus dem Wohnzimmer stürmte. Ich lenkte mich damit ab, einzuparken und Mama beim Aussteigen zu helfen, verblüfft darüber, dass die Tür nicht in dem Moment aufflog, in dem wir anhielten.

Auf dem Weg zum Eingang stützte ich meine Mutter. Louise öffnete uns. Sie trug noch Gummihandschuhe – zweifellos, damit ihr Beitrag nicht übersehen wurde. »Willkommen daheim, Mum.« Sie beugte sich vor und nahm unserer Mutter die Tasche ab. Mum hingegen verrenkte sich den Hals damit, Ausschau nach Dad zu halten.

In mir gärte eine Mischung aus Angst und Wut. Er durfte Mum nicht im Stich lassen, sie war noch so gebrechlich. Natürlich hatten wir Verständnis für ihn, aber er besaß die nötige Größe, war ein grundanständiger Mensch. Er hatte dazu beigetragen, meinen Sohn nach seinem Vorbild zu formen, hatte zu ihm gesagt: »Du bist ein starker Junge. Das ist eine große Verantwortung. Solche Stärke muss eingesetzt werden, um Menschen zu beschützen, statt zu verletzen, vergiss das nie.«

Und plötzlich stand Dad im Flur. Seine Lippen bebten, während er Mum tief in die Augen sah, Louise und mich völlig ausblendete. Er streckte eine Hand nach ihr aus und wischte sich mit der anderen übers Gesicht. »Bestimmt willst du eine Tasse Tee, oder?«

Und wie jedes Mal bei dieser Frage seit neunundvierzig Jahren antwortete meine Mutter: »Gern. Das wäre wunderbar.«

FÜNFZIG

10. MÄRZ 2015

Bei jedem anderen Paar hätte ich vermutet, die Harmonie der beiden wäre bloß gespielt, und sie müssten dem Drang widerstehen, einander mit Nagelfeilen abzustechen, sobald sie unter sich waren. Aber das vergangene Jahr hatte alles verändert. Mums stacheliger, unberechenbarer Kern hatte sich aufgelöst. Seither war sie sanftmütiger, zugänglicher geworden. So sehr, dass Jude ihr oft Dinge erzählte, von denen ich gehofft hatte, meine Mutter würde sie nie erfahren: »Wir haben uns darüber unterhalten, wie sich Beziehungen seit ihrer Jugend verändert haben. Sie war offenbar ziemlich überrascht darüber, dass es heutzutage viele junge Leute miteinander tun, ohne fest zusammen zu sein.«

Wie sehr sich meine Mutter gewandelt hatte, schlug sich darin nieder, dass sie nicht prompt bei mir angerauscht war, um mir zu sagen, ich müsste mich dringend mit Jude über seinen Umgang unterhalten. Die größte Veränderung jedoch zeigte sich darin, wie liebevoll sie mit Dad umging. Hätte ich die Umstände nicht gekannt, ich hätte wohl wie Jude jedes Mal das Gesicht verzogen, wenn er ihr die Wange streichelte oder sie ihn auf den Kopf küsste. Rückblickend war sie so durchs Leben gegangen, als wäre sie darauf gefasst gewesen, dass er sie verlassen würde. Sie hatte sich in eine harte Schale gehüllt, war aufbrausend und starrsinnig gewesen, als verdiente sie Dad nicht und wollte ihn von sich schieben, bevor er sich gegen sie wenden konnte.

Seit ihrer Rückkehr aus dem Krankenhaus war eher Dad derjenige, der schnell überkochte: »Was für ein Mann kriegt nicht mit, dass seine Frau ein Kind bekommen hat? Hast du so wenig von mir gehalten, dass du mir nicht sagen konntest, was passiert war? Dein Erlebnis hat unser gesamtes Familienleben geprägt, trotzdem ist dir nie der Gedanke gekommen, es könnte ein Gespräch wert sein.«

Monatelang hatte sich Dad immer wieder vorgeworfen, dass er Mum nicht beschützt hatte. »Hätte ich es gewusst, hätte ich mit Nachdruck Landurlaub verlangt. Ein paar meiner Kameraden und ich hätten ihm gern einen Besuch abgestattet.« Dabei zuckten seine Augen, als sähe er das Racheszenario Bild für Bild vor sich. Als er damit durch war, drohte er stattdessen, Judes Vater aufzuspüren und ihn zur Rechenschaft zu ziehen. Deshalb hatte ich nie den Namen genannt. Ich konnte es nicht gebrauchen, dass sich mein dreiundsiebzigjähriger Vater auf den Kriegspfad begab und im Gehhilfekonvoi mit seinen Freunden loszog.

Die Fülle der Emotionen, mit denen sich mein Vater herumschlagen musste, ließ mich meine Einmischung in die Geschichte unserer Familie oft hinterfragen. Aber sogar, als Mum nach der Rückkehr aus dem Krankenhaus von ihm ausgequetscht worden war und er die Vergangenheit wieder und wieder durchgekaut hatte, war sie nie laut geworden oder ihm mit etwas gekommen wie: ›Wenn's dir nicht passt, weißt du ja, wohin du dir deine Pläne für die Goldene Hochzeit stecken kannst.‹ Sie hatte nur todtraurig gewirkt und gesagt: »Es tut mir leid, dass ich einige schlechte Entscheidungen getroffen habe. Ich weiß nicht, was ich sonst sagen soll. Wenn ich ändern könnte, was passiert ist, würde ich es. Aber das kann ich nicht. Ich habe nie aufgehört, dich zu lieben.«

Bei den Worten war Dad zusammengezuckt, hatte sie an sich gezogen und erwidert: »Ich sollte es nicht an dir auslassen. Aber ihm würde ich gern mal bei Nacht begegnen.«

An diesem Abend freute ich mich zu sehen, wie sie Händchen hielten, während sie die Nieswurzen im Garten betrachteten. Alles an Mum wirkte gelöst statt wie früher angespannt und kritisch, beseelt vom Drang, dass alles perfekt sein musste. Sie hatte es nicht mal für nötig gehalten, die Luftballons zur Goldenen Hochzeit zu ordnen, die Jude wahllos draußen verteilt hatte.

Wir hatten das Boot aus dem Garten hinter das Haus geschoben und dort stattdessen ein kleines Festzelt aufgestellt. Es grenzte an ein Wunder, dass wir alle diesen fünfzigsten Jahrestag lebend – und nach wie vor zusammen – begingen.

Matilda wirbelte in einem gerüschten, wallenden Kleid herum. Louise hatte sich bestimmt an ihren feministischen Grundsätzen verschluckt, als sie es ihr erlaubt hatte. Allerdings war mir aufgefallen, dass sie viele ihrer Ansichten hinter zwei dominante Themen zurückgestellt hatte: Mum die Schuld für ihre schwierige Kindheit zu geben und Adam nicht in der Familie willkommen zu heißen.

»Was ihr passiert ist, hat mich die Chance gekostet, die Musikhochschule zu besuchen«, hatte sie einmal gemeint.

Worauf ich gekontert hatte: »Aber sie hat nur versucht, dich zu beschützen. Wenn du dich so benachteiligt fühlst, bewirb dich doch bei *X-Faktor*. Du bist erst neunundvierzig, nicht neunundneunzig.«

Worauf Louise erwidert hatte, sie könnte nicht alles aus einer Laune heraus hinschmeißen, und ich bräuchte mir nicht einzubilden, sie würde anfangen, Adam ihren Bruder zu nennen. »Ich kenne ihn ja nicht mal.«

Es war so untypisch für mich, die Vernünftige, die Besonnene zu sein. »Aber was passiert ist, war nicht seine Schuld. Warum soll er dafür bestraft werden?«

»Ich bestrafe ihn nicht. Ich binde ihn lediglich so spät nicht mehr in mein Leben ein. Er hatte ja Glück und ist nicht in einer Familie aufgewachsen, in der es ein halber Weltuntergang war, mal keine eins in Geografie zu bekommen.«

»War Mum wirklich so schlimm?«

So und ähnlich ging es dahin. Wir erinnerten uns dermaßen unterschiedlich an unsere Kindheit, als wären wir in zwei verschiedenen Haushalten aufgewachsen. Damit wir uns nicht völlig zerstritten, räumte ich letztlich ein, dass unsere Mutter nachsichtiger mit mir umgegangen war, weil sie bereits bewiesen hatte, dass sie eine intelligente, fleißige Tochter großziehen konnte. Und als Zeichen meiner neu gewonnenen Reife hatte ich nicht darauf reagiert, als Louise mir an den Kopf geworfen hatte: »Sie hat dich verwildern lassen.«

An diesem Tag hatte ich sie regelrecht angefleht, für die Feierlichkeiten eine freundliche Miene aufzusetzen. Wir hatten so viel, wofür wir dankbar sein konnten. Mum ging es wesentlich besser, obwohl sie nach wie vor unter schrecklichen Gelenkschmerzen litt.

Nach zehn Monaten schien Dad einen zerbrechlichen Frieden mit der Vergangenheit geschlossen zu haben. Dadurch verringerten sich meine Schuldgefühle darüber, wie viel Zeit ich mit meinem neuen Bruder verbrachte.

Der Vorschlag, Adam und seine Mutter zur Goldenen Hochzeit einzuladen, war von Dad gekommen. Er hatte ihn beim Mittagessen an einem Sonntag unterbreitet und damit sowohl Mum als auch mich dazu gebracht, vor Rührung in den Rosenkohl zu heulen. Gleichsam als Rechtfertigung hatte Dad gemeint, er müsste wohl langsam weich in der Birne werden. Doch ich hatte ihm angesehen, dass er sich mit der großherzigen Geste irgendwie über den eigenen Schmerz und das Gefühl des Verrats erhoben hatte. Während wir noch am

Schniefen gewesen waren, hatte ich nach dem Motto »wenn schon, denn schon« meinerseits vorgeschlagen, auch Jeanie einzuladen. Dad hatte das Gesicht verzogen. »Na, meinetwegen, aber versprich mir, dass nicht Davina McCall auftaucht und uns filmt. Das wird nämlich langsam wie 'ne Folge von *Long Lost Family*.«

Mum hatte mit Tränen in den Augen gelächelt und geflüstert: »Meinst du, Jeanie würde kommen?«

Ich nickte. »Als ich letztes Jahr bei ihr war, hat sie dich sehr vermisst. Du kennst ja Jeanie. Ich wette, eine Party würde sie sich nicht entgehen lassen.«

Mittlerweile war es fast sieben Uhr abends, und in meinem Magen brodelte es. Ich beäugte die Champagnerflaschen und fragte mich, ob ein schneller Schluck die Angst dämpfen könnte, dass ich statt einer Familienvereinigung ein Familienblutbad eingefädelt hatte. Dann schloss Jude seinen iPod an, »Uptown Funk« dudelte durch das Festzelt, und die süße Matilda fegte so unbefangen, wie es nur eine Achtjährige konnte, über die Tanzfläche. Mum und Dad pendelten zwischen dem Flur und der Küche, um die Gäste zu begrüßen und zum Festzelt zu führen. Ich musste immer wieder auf die Toilette, was nicht ganz dem glamourösen Auftreten der Partyveranstalterin entsprach, das ich mir vorgestellt hatte.

Jeanie traf als Erste ein. Trotz ihrer vierundsechzig Jahre ehrte sie das Jubiläumsthema mit einem goldenen Paillettenkleid und mehreren Tätowierungen in Herzform auf dem Unterarm. »Was sagst du dazu? Hat meine Enkelin für mich gemacht. Sie sind abwaschbar. Aber wenn sie mir gefallen, lasse ich sie mir vielleicht richtig stechen.«

Sie hatte sich kein bisschen verändert. Immer noch marschierte sie schnurstracks zu den Drinks, warf mit empörenden Äußerungen um sich und lachte über die verdatterten Mienen der Leute. »This Judy, Judy, Judeeeee?«, sang sie meinem verwirrten Sohn zu. »He's a stunner, isn't he?« Jude schaute entsetzt drein und rannte davon, um sich Erdnüsse zu holen.

Das Wiedersehen zwischen ihr und Mum brachte mich schwer ins Grübeln über die Sturheit der Menschen. Die beiden fielen einander in die Arme, als hätten sie auf den Moment gewartet, um sich wieder vollständig zu fühlen. Ich beobachtete, wie sie in ihr früheres unbeschwertes Lachen verfielen, ihre tiefe Verbundenheit erkennen ließen und von einem Thema zum anderen sprangen. Nans Tod – »Was hätte ich mir gewünscht, sie hätte es noch erlebt, Adam als Erwachsenen kennenzulernen.« Jeanies ungezogene Enkelkinder – »Kleine Teufel, alle miteinander.« Ricks überraschender Erfolg mit einem eigenen Möbelbetrieb – »Das verdankt er deinem Dan.« An einer Stelle beugte sich Mum vor und stellte leise eine Frage. Jeanies Züge verdüsterten sich, und sie schüttelte den Kopf. Mum zog sie an sich. Kummer und Bedauern sprachen aus ihrer Miene.

Die beiden erinnerten in keiner Weise an zwei Menschen, die fast dreißig Jahre lang entfremdet voneinander gewesen waren, eher zwei Freundinnen, die sich zuletzt vor einer Woche gesehen hatten. Wie viele Menschen auf der Welt verpassten unwiederbringliche Zeit mit geliebten Menschen. Und das nur wegen eines falsch aufgefassten Wortes oder einer unangebrachten Reaktion, verschlimmert durch Stolz oder Angst vor Zurückweisung, die wie giftiger Efeu jeden Weg zurück durch eine Entschuldigung überwucherten, bis man nur noch allein vorwärtsgehen konnte?

In meiner Freude darüber, dass ein Teil meines Plans aufging, umarmte ich Jude. Er ließ es ungefähr drei Sekunden lang zu, bevor er sich von mir löste.

Als Nächstes trudelten einige von Dads alten Kameraden ein. Craig leistete dabei hervorragende Arbeit als Garderobier und Weinkellner.

Immer wieder sah ich auf die Armbanduhr. Was, wenn

Adam im letzten Moment kalte Füße bekommen hatte? Was, wenn er die Vorstellung, Dad zum ersten Mal gegenüberzutreten, als zu überwältigend empfunden hatte? Was, wenn Shona es ihm oder sich selbst ausgeredet hatte? Die Enttäuschung wäre ein herber Schlag für mich. Ich hatte mit Dad darüber gesprochen, und er hatte mir versichert, dass es in Ordnung für ihn wäre. »Bei der Feier wäre es besser. Nicht so intensiv. Wir können einander einfach begrüßen und das eigentliche Kennenlernen auf ein andermal verschieben. Aber die erste Hürde hätten wir damit genommen.«

Mochte Gott meinen Vater mit dem riesigen Herzen segnen. Er hatte uns sogar alle zusammengetrommelt, uns mitgeteilt, er hätte nachgedacht und uns eingebläut, niemand sollte ein Wort über Adams »Vater« oder darüber verlieren, wie er gezeugt worden war. Darüber sollte allein Mum mit ihm reden – »wenn und falls sie es für richtig hält«.

Wenn mein Jude nur zu halb dem Mann heranwüchse, der mein Vater war, würde ich verdammt gute Arbeit geleistet haben.

Als Mum in der Küche auf die Uhr blickte, bevor sie im Spiegel im Flur erneut ihren Lippenstift überprüfte, klingelte es. Als ich die Tür aufriss, hoffte ich inständig, Adam und seine Mutter vor mir zu haben, nicht einen weiteren von Dads Freunden, der nicht glauben konnte, dass ich mit »all den Ohrringen« siebenunddreißig statt siebzehn war. Und tatsächlich stand er da, in der Hand eine Flasche Portwein, während Shona halb von einem riesigen Strauß gelber Rosen verdeckt wurde. Ich umarmte ihn.

»Wir haben eine halbe Stunde um die Ecke im Auto gesessen und uns gewappnet.«

»Alles gut, es freuen sich schon alle auf euch.«

Ich schüttelte Shona die Hand. »Vielen Dank fürs Kommen.«

Mum eilte den Flur herab. Ihr Hinken kam dabei deutlicher als sonst zur Geltung.

Falls es je einen Moment für ein wissenschaftliches Experiment über die Fähigkeit eines menschlichen Gesichts gegeben hatte, hundert Emotionen gleichzeitig zu zeigen, hatte die BBC ihre Chance verpasst. Mums Züge wurden sanft.

Shona trat vor und sprach die großherzigsten Worte, die ich je von einem Menschen zu einem anderen gehört hatte. »Vielen, vielen Dank für meinen Sohn. Deinen Sohn.«

Meine Mutter ergriff ihre Hände. »Ich danke *dir*, dass du dich um ihn gekümmert hast, als ich es nicht konnte. Er hatte großes Glück.«

Dann fiel all das sorgfältig aufgetragene Make-up, auch meines, einer Flut von Tränen und Gelächter zum Opfer, bis wir uns alle die Gesichter mit Küchenpapier abtupften und unsere Wimperntusche überprüften.

Louise tauchte an der Küchentür mit zwei Gläsern Champagner auf, die sie Adam und Shona reichte. »Das braucht ihr vielleicht. Ich bin Louise«, sagte sie in einem Ton, als übte sie für ihre bevorstehende Thronbesteigung. Trotzdem grinste Adam, als hätte sie ihm herzlich auf die Schulter geklopft und ihm mitgeteilt, sie könnte kaum glücklicher sein.

»Vielen Dank. Ich hab von Grace schon so viel Großartiges über dich gehört.« Kurz verstummte er. »Ich weiß, wie schwer das für dich ist. Umso freundlicher ist es von dir, dass wir heute Abend dabei sein dürfen. Ich hoffe, wir stören nicht.«

Louise blinzelte heftig. »Sehr gern geschehen. Ich gehe Dad suchen.« Damit schoss sie davon.

Mum wirkte hin- und hergerissen, als wollte sie einerseits nach Louise sehen, andererseits Adam und Shona nicht verlassen.

Adam drehte sich mir zu. »Ist es für sie okay, dass wir gekommen sind?«

Ich nickte. Dabei wurde mir zum ersten Mal klar, dass

Louise nichts für ihre Gefühle konnte, ihr Empfinden von Loyalität und Liebe instinktiv gesteuert wurde, nicht logisch. »Es dauert bei ihr immer ein bisschen. Gib ihr Zeit.«

Aber an diesem Abend hatte sie ihm zumindest die Hand entgegengestreckt. Oder na ja, einen Finger.

Meine Mutter hängte sich bei Shona ein, ich führte Adam weiter ins Haus.

Mum drückte seine Schulter. »Du hast ja keine Ahnung, wie glücklich ich bin, dass ich heute Abend meine *gesamte* Familie bei mir habe.«

Bevor Adam etwas erwidern konnte, tauchte Dad auf. Ich spürte, wie Adam den Körper anspannte.

Mum trat an Dads Seite. »Adam, Shona, das ist mein Ehemann Danny.«

Shona schüttelte meinem Vater die Hand und ließ sie nicht mehr los. Die Worte sprudelten aus ihr heraus, als hätte sie ewig darauf gewartet, sie endlich aussprechen zu können. »Danke, dass Sie Adam empfangen. Mir ist klar, dass es nicht leicht für Sie sein kann.« Mich begeisterte, dass sie hinzufügte: »Aber er ist ein wirklich bezaubernder Mann.« Als müsste sie, obwohl er mittlerweile fünfundvierzig war, immer noch für ihn eintreten und dafür sorgen, dass die Leute wussten, was für ein Juwel sie mit ihnen teilte. Genauso würde ich bei Jude sein, ganz gleich, wie alt er wäre.

Adam streckte die Hand aus, doch Dad zog ihn in eine herzliche Umarmung.

»Ich freu mich, nicht mehr der einzige Kerl in einer Familie voller Frauen zu sein. Höchste Zeit, dass es ein bisschen ausgeglichener wird.«

Dad hatte recht. Es gab mehr gute als schlechte Menschen auf der Welt. Und der Beste stand unmittelbar vor mir.

MEHR VON BOOKOUTURE DEUTSCHLAND

Für mehr Infos rund um Bookouture Deutschland und unsere Bücher melde dich für unseren Newsletter an:

deutschland.bookouture.com/subscribe/

Oder folge uns auf Social Media:

facebook.com/bookouturedeutschland
x.com/bookouturede
instagram.com/bookouturedeutschland

EIN BRIEF VON KERRY

Liebe Leser:innen,

ich möchte euch herzlich dafür danken, dass ihr euch dafür entschieden habt, *Das geheime Kind* zu lesen. Wenn euch das Buch gefallen hat und ihr gern über Neuveröffentlichungen von mir informiert werden möchtet, meldet euch einfach unter dem folgenden Link an. Eure E-Mail-Adresse wird niemals weitergegeben, und ihr könnt euch jederzeit abmelden.

deutschland.bookouture.com/subscribe/

Ich weiß vorher nie, woher mich die Inspiration für ein Buch ereilen wird. In diesem Fall habe ich mich mit einer Freundin über die Mutter-Kind-Heime der 1960er- und 1970er-Jahre unterhalten, was den Ausschlag zu einer Idee gegeben hat. Hinzu kam, dass ich bei *Long Lost Family* gesehen habe, wie verzweifelt Menschen ihre leiblichen Familien finden wollen. Das hat mich zum Nachdenken darüber gebracht, wie sich die Freigabe eines Babys zur Adoption auf alles andere danach auswirken muss. Beim Lesen der Erfahrungsberichte vieler Frauen hat mich besonders berührt und traurig gestimmt, wie viele von ihnen Schuldgefühle hatten, sich geschämt haben und mit niemandem über ihre Erfahrungen sprechen konnten. Damit war die Idee zum vorliegenden Buch geboren.

Ich schreibe mit Vorliebe über die Herausforderungen des Daseins als Eltern. Wie Louises Freunde in der Geschichte habe ich gedacht, Erziehung wäre ein Spaziergang, bis ich selbst Kinder hatte. Es hat sich reinigend angefühlt, darüber zu schreiben, wie Grace aus den Fugen gerät, und (zumindest einige) meiner schlimmsten Ängste zu Papier zu bringen. Ich drücke mir die Daumen dafür, dass meine fiktive Figur nicht als Realität Einzug in mein Haus hält.

Außerdem fasziniert mich, wie unterschiedlich sich Geschwister entwickeln können, die unter einem Dach bei den gleichen Eltern aufwachsen. (was meine Kinder mit einschließt). Dass Susie gezwungen war, Edward aufzugeben, hat sich in ihrem Fall darauf ausgewirkt, was für eine Mutter sie für ihre anderen Kinder geworden ist. Aber mich würde interessieren, worauf Leser:innen zurückführen, dass sich Grace und Louise so unterschiedlich entwickelt haben – auf Biologie oder Erziehung?

Irgendwo dazwischen hat mich auch die Frage bewegt, wie sich Menschen, die einander eigentlich lieben, so zerstreiten können, dass sie nie wieder miteinander reden, weil beide nicht den richtigen Moment für eine Versöhnung finden. Irgendwann ist dann so viel Zeit vergangen, dass man kaum noch einen Weg zurück findet.

Beschließen möchte ich diese Zeilen mit einer Botschaft der Hoffnung – nämlich der, dass es mehr gute als schlechte Menschen auf der Welt gibt und Anstand, Vergebung und Liebe siegen werden. Selbst in diesen turbulenten Zeiten glaube ich nach wie vor daran.

Ich hoffe, *Das geheime Kind* hat euch gefallen. Falls ja, wäre ich euch sehr dankbar, wenn ihr eine Bewertung schreiben könntet. Ich würde zu gern eure Meinung erfahren, die obendrein viel dabei bewirkt, neuen Leser:innen zu helfen, auf eines meiner Bücher aufmerksam zu werden.

Außerdem höre ich mit Vorliebe von meinen Leser:innen – ihr könnt mich über meine Facebook-Seite, über Twitter, Goodreads oder meine Website kontaktieren. Wann immer sich

Leser:innen bei mir melden, werde ich daran erinnert, warum ich meine Arbeit so liebe – reines Motivationsgold!

Vielen Dank fürs Lesen

Kerry xx

www.kerryfisherauthor.com

facebook.com/kerryfisherauthor
x.com/KerryFSwayne

DANKSAGUNG

Wie immer schreibe ich meine Danksagungen einerseits mit Freude – weil ich das Glück habe, dass mir so viele Menschen dabei helfen, meine Bücher bestmöglich zu schreiben –, andererseits bang, weil ich immer fürchte, jemanden zu übersehen.

Ich beginne mit meinem wunderbaren Verlag Bookouture. Zu schreiben, veröffentlicht zu werden, und eine veröffentlichte Autorin *zu bleiben*, ist ein hartes Brot. Ich schätze mich ausgesprochen glücklich, mit einem Unternehmen zusammenzuarbeiten, das nicht nur dynamisch und professionell ist, sondern dem wirklich etwas an seinen Autor:innen liegt. Daher ein großes Dankeschön an das gesamte Team von Bookouture, das so bemüht daran arbeitet, unsere Bücher in bestmöglicher Form herauszubringen. Besonders danke ich Lydia Vassar-Smith für ihr Vertrauen in mich, Jenny Geras für ihr sorgfältiges Lektorat und ihre unermüdlichen Ermutigungen sowie Kim Nash für die vielen Stunden, die sie in die Werbung für unsere Bücher investiert. Außerdem empfinde ich es als großes Privileg, der einander unterstützenden Autor:innengemeinschaft von Bookouture anzugehören.

Danke an alle bei Darley Anderson – Mary Darby, Emma Winter und Kristina Egan haben wahre Wunder dabei vollbracht, meine Bücher weiter in die Welt hinauszutragen. Meine Agentin Clare Wallace ist wie immer wunderbar weise und ruhig gewesen, wenn ich es nicht war.

Ich schätze mich glücklich, dass ich mich mit einigen großartigen Autor:innen angefreundet habe – danke an Jane

Lythell, die mir in der Anfangsphase dieses Buchs bei mehreren Schreibretreats Gesellschaft geleistet hat. Und an Julia White und Steve dafür, dass sie uns ihr wunderschönes Cottage dafür geliehen haben, dem Alltag zu entfliehen. Ein dicker Dank geht an Jenny Ashcroft und alle Mitglieder des DWLC – Claire, Kendra, Adrienne und Alison. Eure Unterstützung bedeutet mir alles.

Wie immer gilt meine Anerkennung auch Bloggern und Buchgruppen auf Facebook – ihr leistet Erstaunliches bei der Mundpropaganda für neue Werke. Ich bin dankbar für die Zeit, die ihr dem Lesen von Büchern und dem Verfassen von Kommentaren und Rezensionen widmet.

Anna Collins ist nicht nur eine wunderbare Freundin, sondern auch eine großartige Quelle für medizinische Informationen – etwaige Ungenauigkeiten gehen allein auf mich zurück. Mike Adams war so freundlich, sein Wissen über das Leben bei der Marine in den 1960er-Jahren mit mir zu teilen – vielen Dank an Harriet Benge, die den Kontakt hergestellt hat. Ebenso danke ich Lisa Timoney, die großzügig eine Fülle persönlicher Details über ihre eigene Adoption zur Verfügung gestellt hat.

Ich habe auch große Unterstützung von meiner unmittelbaren und erweiterten Familie erhalten. Danke – ich freue mich schon darauf, euch ein paar Wochen lang nicht über den Laptop hinweg anzuschauen!

Abschließend ergeht ein riesiger Dank an alle Leser:innen, die meine Bücher kaufen, besprechen und weiterempfehlen – und ganz besonders jenen, die sich die Zeit nehmen, mit mir persönlich Verbindung aufzunehmen. Solche Nachrichten versüßen mir immer den Tag.

Printed in Poland
by Amazon Fulfillment
Poland Sp. z o.o., Wrocław

48728422R00240